U0112542

八闽文库

要籍選刊

111

衣讔山房詩集
小石渠閣文集

[清]林昌彝 著

王鎮遠 林虞生 點校

二〇一九年八閩文庫出版工程領導小組

組　長

梁建勇

副組長

楊賢金

成　員

施宇輝　馮潮華　賴碧濤　陳熙滿

王建南　黄　誌　卓兆水　葉飛文

陳　强　林守欽　王秀麗　蔣達德

二〇二〇年八閩文庫出版工程領導小組

組　長

邢善萍

副組長

郭寧寧

成　員

施宇輝　馮潮華　賴碧濤　陳熙滿

肖貴新　王建南　黄　誌　卓兆水

葉飛文　陳　强　林守欽　王秀麗

林義良

二〇二二年八閩文庫出版工程領導小組

組　長

張　彥

副組長

鄭建閩

成　員

林端宇　鄭家紅　顔志煌　黃國劍

許守堯　肖貴新　林　生　黃　誌

卓兆水　吴宏武　陳　强　張立峰

鄭東育　林義良　林　彬

二〇二三年八閩文庫出版工程領導小組

組　長

張　彥

副組長

王金福

成　員

林端宇　鄭家紅　顔志煌　黃國劍

許守堯　肖貴新　黃　誌　陳熙滿

吴宏武　林　生　李　潔　張立峰

鄭東育　黃葦洲　林　彬

八閩文庫編纂委員會

八閩文庫編輯中心

八閩文庫總序

葛兆光　張帆

一

在傳統中國的文化史上，福建算是後來居上的區域。經歷了東晉、中唐、南宋幾次大移民潮，浙、閩之間的仙霞嶺，早已不是分隔内外的屏障，而成了溝通南北的通道。歷史使得福建越來越融入華夏文明之中。唐宋兩代，特别是在「背海立國」的宋代，東南的經濟發達，海洋的地位凸顯，福建逐漸從被文明中心影響的邊緣地帶，成爲反向影響全國文明的重要區域。在七世紀的初唐，詩人駱賓王曾説「龍章徒表越，閩俗本殊華」（駱臨海集箋注卷二晚憩田家，陳熙晉箋注，上海古籍出版社一九八五年，第三六頁），前一句説的是華夏的衣冠對斷髮文身的越人没有用，後一句説的是閩地的風俗本來就與華夏不同，意思都是瞧不起東南。但是，到了十五世紀的明代中期，黄仲昭在弘治八閩通志序裏却説，八閩雖爲東南僻壤，但自唐以來文化漸盛，「至宋，大儒君子接踵而出」，實際上，它的文明程度已經「可以不愧於鄒魯」（四庫全書存目叢書史部一七七册，齊魯書社一九九六年，第三六四頁）。

的確，自從福建在唐代出了第一個進士薛令之，而且有了晉江歐陽詹、福清王棨、莆田徐夤和黄滔這些杰出人物之後，到了更加倚重南方的宋代，福建出現了蔡襄（一〇一二—一〇六七）、陳襄（一〇一七—一〇八〇）、游酢（一〇五三—一一二三）、楊時（一〇五三—一一三五）、鄭樵（一一〇四—一一六二）、林光朝（一一一四—一一七八）、朱熹（一一三〇—一二〇〇）、蔡元定（一一三五—一一九八）、陳淳（一一五九—一二二三）、真德秀（一一七八—一二三五）等一大批著名文人士大夫。這些出身福建或流寓福建的士人學者，大大繁榮和提升了這裏的文化，甚至使得整個中國的文化重心逐漸南移，也許，就像程頤説的那樣「吾道南矣」（宋史卷四二八道學楊時傳，中華書局一九七七年，第一二七三八頁）。也就是説宋代之後，原本偏在東南的福建，逐漸成了中國重要的文化區域。

不過，習慣於中原中心的學者，當時也許還有偏見。以來自中心的偏見視東南一隅的福建，那時福建似乎還是「邊緣」。雖然人們早已承認福建「歷宋逮今，風氣日開」（黄虞稷閩小紀序，撰於康熙五年，續修四庫全書史部七三四册，上海古籍出版社二〇〇二年，第一二七頁），但有的中原士人還覺得福建「僻在邊地」。像北宋樂史的太平寰宇記，一面承認「此州（福州）之才子登科者甚衆」，一面仍沿襲秦漢舊説，稱閩地之人「皆蛇種」，并引十道志説福建「嗜欲、衣服，别是一方」（樂史太平寰宇記卷一〇〇江南東道一二，中華書局二〇〇七年，第一九九一頁）。所以，歷史上某些關於福建歷史、文化和風俗的著作，似乎還在以中原或者江南的眼光，特别留心福建地區與核心區域不同的特异之處，筆下一面凸顯异域風情，一面鄙夷南蠻鴃舌。但是從大的方面説，我們看到宋代以降，實際上福建與中原的精英文化越來越趨向同一，正如宋人祝穆方輿勝覽所説，「海濱幾及洙泗，百里三狀元」。前一句裏所謂「洙泗」即孔子故鄉，這是説福建沿海文風鼎盛，幾乎趕得上孔子故里；後一句裏「三狀元」是指南宋乾道年間福建登第的三個狀元，即乾道二年（一一六六）的蕭國梁、乾道五年的鄭僑和乾道八年的黄定，他們都是福建永福（今永泰）這個地方的人（祝穆新編方輿勝覽卷一〇，施和金點校，中華書局二〇〇三年，第一六三頁）。

文化漸漸發達，書籍或者文獻也就越來越多，福建文獻的撰寫者中不僅有本地人，也有流寓或任職於閩中的外地人。日積月累，這些文獻記録了這個多山臨海區域千年的文化變遷史。而八閩文庫的編纂，正是把這些文獻精選并彙集起來，爲現代人留下唐宋以來有關福建的歷史記憶。

二

福建鄉邦文獻數量龐大，用一個常見的成語說，就是「汗牛充棟」。那麼多的文獻，任何歸類或叙述都不免挂一漏萬。不過，我們這裏試圖從區域文化史的角度，談一談福建文獻或書籍史的某些特徵。

毫無疑問，中國各個區域都有文獻與書籍，秦漢之後也都大體上呈現出華夏同一思想文化的底色，但各區域畢竟有其地方特色。如果我們回溯思想文化的歷史，那麼，唐宋之後福建似乎也有一些特點。恰恰因爲是後來居上的文化區域，所以福建積累的傳統包袱不重，常常會出現一些越出常軌的新思想、新精神和新知識。這使得不少代表新思想、新精神和新知識的人物與文獻，往往先誕生在福建。衆所周知的方面之一，就是宋代儒家思想的變遷。應當說，宋代的理學或者道學，最初乃是一種批判性的新思潮，一些儒家士大夫試圖以屬於文化的「道理」鉗制屬於政治的「權力」，所以極力强調「天理」的絶對崇高。人們往往稱之爲道學或理學，也根據學者的出身地叫作「濂洛關閩之學」。其中，「閩」雖然排在最後，却應當說是宋代新儒學的高峰所在，以至於後人乾脆省去濂溪和關中，直接以「洛閩」稱之（如清代張夏雒閩源流録），以凸顯道學正宗恰在洛陽的二程與福建的朱熹，而道學最終水到渠成也正是在福建。因爲宋代道學集大成的代表人物朱熹，雖然祖籍婺源，却出生在福建，而且相當長時間在福建生活；他的學術前輩或精神源頭，號稱「南劍三先生」的楊時、羅從彦（一〇七二—一一三五）、李侗（一〇九三—一一六三），也都是南劍州即今福建南平一帶人；他的提攜者之一陳俊卿（一一一三—一一八六），則是興化軍即今莆田人；而他最重要的弟子黄榦（一一五二—一二二一）是閩縣（今福州）人、陳淳是龍溪（今龍海）人。

正是在這批大學者推動下，福建逐漸成爲圖書文獻之邦。慶元元年（一一九五），朱熹在福州州學經史閣記中説，一個叫常濬孫的儒家學者，在福州地方軍政長官詹體仁、趙像之、許知新等資助下，修建了福州府學用來藏書的經史閣，即「開之以古人斅學之意，而後爲之儲書，以博其問辨之趣」（朱文公文集卷八〇，朱子全書第二四册，上海古籍出版社、安徽教育出版社二〇一〇年，第三八一四頁）。宋代之後，經由近千年的日積月累，我們看到福建歷史上出現了相當多的儒家論著，也陸續出現了有關儒家思想的普及讀物。大家從八閩文庫中可以看到，這裏收録的不僅有朱熹、真德秀、陳淳的著述，也有明清學者詮釋理學思想之作，像明人李廷機性理要選、清人雷鋐雷翠庭先生自恥録等等。應當説，這些論著構成了一個歷經宋元明清近千年的福建儒家文化史。

說到福建地區率先出現的新思想、新精神和新知識，當然不應僅限於儒家或理學一系。更應當記住的是，從宋代以來，中國政治、經濟和文化的重心，逐漸從西北轉向東南。一方面中原文化南下，被本地文化激蕩出此地的异端思想；另一方面海洋文明東來，同樣刺激出東南濱海的一些更新的知識。

三

我們注意到，在福建文獻或書籍史上，呈現了不少過去未曾有的新思想、新精神和新知識。比如唐宋之間，福建不僅出現過譚峭（生卒年不詳）化書這樣的道教著作，也出現過像百丈懷海（約七二〇—八一四）、潙山靈佑（七七一—八五三）、雪峰義存（八二二—九〇八）那樣充滿批判性的禪僧，還出現過禪宗史上撰於泉州的最重要禪史著作祖堂集。又如明代中後期，那個驚世駭俗而特立獨行的李贄（一五二七—一六〇二），有人說他思想獨特就是因爲他生在各種宗教交匯融合的泉州，傳説他曾受到伊斯蘭教之影響；當然更重要的是佛教與心學的刺激，使他成了晚明傳統思想世界的反叛者。而另一個莆田人林兆恩（一五一七—一五九八），則乾脆開創了三一教，提倡「三教合一」，也同樣成爲正統的政治意識形態的挑戰者。再如明清時期，歐洲天主教傳教士「梯航九萬里」，也把天主教傳入福建；明末著名傳教士艾儒略（一五八二—一六四九）應葉向高（一五五九—一六二七）之邀來閩傳教二十五年，從而福建纔會有「三山論學」這樣的思想史事件，也産生了三山論學記這樣的文獻。無論是葉向高，還是謝肇淛，這些思想開明的福建士大夫，多多少少都受到外來思想的刺激。最後需要特别提及的是，由於宋元以來福建成爲向東海與南海交通的起點，所以各種有關海外的新知識似乎都與福建相關：宋代趙汝适撰寫諸蕃志的機緣，是他在泉州市舶司任職；元代汪大淵撰寫島夷志略的原因，則是他從泉州兩度出海。由於此後福州成爲面向琉球的接待之地，泉州成爲南下西洋的航綫起點，因而福建更出現了像張燮東西洋考、吴朴渡海方程、葉向高四夷考、王大海海島逸志等有關海外新知的文獻。這一有關海外新知的知識史，一直延續到著名的林則徐四洲志。老話説「草蛇灰綫，伏脉千里」，歷史總有其連續處：由於近世福建成爲中國的海外貿易和海上交通的中心，所以這裏會成爲有關海外新知識最重要的生産地。這纔能讓我們深切理解，何以到了晚清，福建會率先出現沈葆楨開辦面向現代的船政學堂，出現嚴復通過翻譯引入的西方新思潮。

甚至還可以一提的是，近年來福建霞浦發現了轟動一時的摩尼教文書。這些深藏在道教科儀抄本中的摩尼教資料，説明唐宋元明清以來，福建思想、文化和宗教在構成與傳播方面的複雜性和多元性。所以，在八閩文庫中，不僅收録了譚峭化書、李贄焚書續焚書和藏書續藏書、林兆恩林子會編等富有挑戰性的文獻，也收録了張燮東西洋考、趙新續琉球國志略等關係海外知識的著作，讓我們看到唐宋以來，福建歷史上新思想、新精神和新知識的潮起潮落。

四

在八閩文庫收録的大量文獻中，除了福建的思想文化與宗教之外，也留存了有關福建政治、文學和藝術的歷史。如果我們看明人鄧原岳編閩中正聲、清人鄭杰編全閩詩録收録的福建歷代詩歌，看清人馮登府編閩中金石志、葉大莊編閩中石刻記、陳棨仁編閩中金石略中收録的福建各地石刻，看清人黄錫蕃編閩中書畫録中收録的唐宋以來福建書畫，那麽，我們完全可以同意歷史上福建的後來居上。這正如陳衍（一八五六—一九三七）在閩詩録的序文中所説「余維文教之開，吾閩最晚，至唐始有詩人，至唐末五代中土詩人時有流寓入閩者，詩教乃漸昌，至宋而日益盛」（續修四庫全書集部一六八七册，第四一一頁）。可見，宋史地理志五所説福建人「多鄉學，喜講誦，好爲文辭，登科第者尤多」，「今雖閭閻賤品，處力役之際，吟咏不輟」（通典州郡十二），真是一點兒不假。

清代學者朱彝尊(一六二九—一七〇九)曾説「閩中多藏書家」(曝書亭集卷四四淳熙三山志跋,四部叢刊初編集部二七九册,上海書店一九八九年,第六〇一頁)。千年以來的人文日盛,使得現存的福建傳統鄉邦文獻、經史子集四部之書都很豐富,翻檢八閩文庫,就可以感覺到這一點,這裏不必一一叙説。需要特别指出的是,福建歷史上不僅有衆多的文獻留存,也是各種書籍刊刻與發售的中心之一。福建多山,林木葱蘢,具備造紙與刻書的有利條件,從宋元時代起,福建就成爲中國書籍出版的中心之一。宋元時代福建的所謂「建本」或「麻沙本」曾經「幾遍天下」(葉夢得石林燕語卷八,侯忠義點校,中華書局一九八四年,第一一六頁),更有所謂「麻沙、崇安兩坊産書,號稱『圖書之府』」的説法(新編方輿勝覽卷一一,第一八一頁)。版本學家也許將它與蜀本、浙本對比,覺得它并不精緻,但是,從書籍流通與文化貿易的角度看,正是這些廉價圖書,使得很多文化知識迅速傳向中國四方,也深入了社會下層。淳熙六年(一一七九),朱熹在建寧府建陽縣學藏書記中曾説到,「建陽版本書籍行四方,無遠不至」,可當時嘉禾縣學居然藏書很少,「學於縣之學者,乃以無書可讀爲恨」,於是一個叫姚耆寅的知縣,就「鬻書於市,上自六經,下及訓傳、史記、子、集,凡若干卷以充入之」。當地刊刻的書籍,豐富了當地學者的知識,也增加了當地文獻的積累,甚至扭轉了當地僅僅重視「世儒所誦科舉之業」

的風氣(朱文公文集卷七八,朱子全書第二四册,第三七四五頁),這就是一例。到了清代,汀州府成爲又一個書籍刊刻基地,近年特别受到中外學者注意的四堡,就是一個圖書出版和發行中心,文獻記載這裏「以書版爲産業,刷就發販,幾半天下」(咸豐長汀縣志卷三一物産)。所以,美國學者包筠雅(Cynthia J. Brokaw)文化貿易:清代至民國時期四堡的書籍交易(劉永華、饒佳榮等譯,北京大學出版社二〇一五年)就深入研究了這個位於汀州府長汀、清流、寧化、連城四縣交界處客家聚集區的書籍事業。繼承宋元時代建陽地區(如麻沙)刻書業,這裏再一次出現中國書籍出版史上占據重要位置的福建書商群體。

可以順便提及的是,福建刻書業也傳至海外。福建莆田人俞良甫,元末到日本,由九州的博多上岸,寓居在京都附近的嵯峨,由他刻印的書籍被稱爲「博多版」。據説,俞氏一面協助京都五山之天龍寺雕印典籍,一面自己刻印各種圖書,由於所刊雕書籍在日本多爲精品,所以被日本學者稱爲「俞良甫版」。

從建陽到汀州,福建不僅刊刻了精英文化中的儒家九經三傳、諸子百家以及文選、文獻通考、賈誼新書、唐律疏議之類的典籍,也刊刻了很多大衆文化讀本,諸如西厢記、花鳥争奇和話本小説。特别是在明清兩代書籍流行的趨勢和商品化書籍市場的影響下，蒙學、文範、詩選等教育讀物，風水、星相、類書等實用讀物，小説、戲曲等文藝讀物，在福建大量刊刻。如果我們不是從版本學家的角度，而是從區域文化史的角度去看，這種「易成而速售」（石林燕語卷八，第一一六頁）的書籍生産方式，使得各種文獻從福建走向全國乃至海外。特别是，這些既有精英的、經典的，也有普及的、實用的各種知識的傳播，是否正是使得華夏文明逐漸趨向于各地同一、同時也日益滲透到上下日常生活世界的一個重要因素呢？

五

八閩文庫的編纂，當然是爲福建保存鄉邦文獻；前面我們説到，保存鄉邦文獻，就是爲了留住歷史記憶。

這次編纂的八閩文庫，擬分爲三個部分。第一部分是「文獻集成」，計劃選擇與收録唐宋以來直到晚清民初的閩人各種著述，以及有關福建的文獻，共一千餘種。這部分采取影印方式，以保存文獻原貌；按傳統的經史子集四部分類，便於呈現傳統時代福建書籍面貌。這是八閩文庫的基礎部分，因而數量最多。第二部分是「要籍選刊」，精選一百三十餘種最具代表性的閩人著述及相關文獻，以深度整理的方式點校出版，不僅爲了呈現歷代福建文獻中的精華，也爲了便於一般讀者閱讀。第三部分則爲「專題彙編」，初步擬定若干類，除了文獻總目之外，還將包括書目提要、碑傳集、宗教碑銘、官員奏摺、契約文書、科舉文獻、名人尺牘、古地圖等。我們認爲，第三類是以現代觀念重新彙集與整理歷史資料的一個新方式，它將無法納入傳統的四部分類，却是對理解福建文化與歷史至關重要的文獻，進行整理彙集，必將爲研究與理解福建提供更多更系統的資料。

經歷幾年討論與幾年籌備，八閩文庫從二〇二〇年起陸續出版，力爭用十年時間，經過一番努力，打下一個比較完備的福建文獻的基礎。

當然，不能説八閩文庫編纂過後，對於福建文獻的發掘與整理就已完成。八閩文庫僅僅是我們這一兩代人的工作，還有更多或更深入的工作，在等待着未來的幾代人去努力。無論從舊材料中發現新問題，還是以新眼光發現新材料，都是建立在前人的基礎上，而又對前人的工作不斷修正完善的過程。還是借用朱熹寫給陸九齡的那句廣爲流傳的老話：「舊學商量加邃密，新知培養轉深沉。」用舊的傳統融會新的觀念，整理這些縱貫千年的歷史文獻，也就無論「人間有古今」了。

要籍選刊出版説明

福建自唐代以降，名家輩出，著述繁興，流傳千載，聲光燦然。遺存之文獻，多可彰顯福建歷史發展脉絡，展示前賢思想學術及文學藝術成就，爲研究福建區域文化之基本典籍。八閩文庫之要籍選刊擇取重要之閩人著作及有關福建文獻百數十種，予以點校。其中具備條件者，將采用編年、箋注、校證等方式整理。諸書略依經史子集分部編次，陸續出版。

二〇二一年八月

整理前言

一

公元一八四〇年(清道光二十年),鴉片戰争的炮聲震撼了古老的中華民族,中國人民奮起展開了反帝反封建的英勇鬬争,寫下了可歌可泣的歷史篇章。在嚴酷的現實面前,一些有骨氣的愛國士紳,感於内憂外患的日益深重,紛紛尋求救國之方,於是道咸年間學風丕變,一種以「經世致用」爲標幟的治學風尚,替代了以考據爲特點的乾嘉學風。反映在文學上,便是涌現出了一批敢於面對現實、具有高度愛國熱情的詩人和作家,他們以自己的作品,記録了這個動盪劇變時代的脉搏,林昌彝就是其中的一位。

林昌彝,字蕙常,又字薌谿,别號有硃砨山人、茶叟、五虎山人等,福建侯官(今福州市)人,生於嘉慶七年(一八〇二),卒於光緒二年(一八七六)。其父林高漢,字卿雲,曾涉洋經商。昌彝爲庶出,其生母吴氏教子以義方,爲昌彝選擇了習儒的道路,臨終還囑咐他「勉爲聖賢之學,勿以科名爲重」。昌彝的業師陳壽祺,是當時著名的經師,他的藏書有八萬卷之多，昌彝早年即浸淫其中，并爲許多書作了提要，這爲他後來在經學、文字學、輿地學等方面取得的成就打下了堅實的基礎。昌彝自謂：「余之知做人者，先母吴太安人之所鑄也；余之知讀書者，陳恭甫師之所鑄也。」（海天琴思續録）

林昌彝於道光十九年己亥（一八三九）中舉，時年三十八歲。此後他先後八次赴禮部應試，均未售。這十幾年中，他遍遊了大江南北、黄河上下，直至北方的燕趙等地。他後來的詩中説：「意氣平生隘九州，雲山萬里快孤遊。」自注云：「徐、豫、秦、晉、齊、魯、燕、趙、楚、吴皆已歷覽。」（感事留别詩二首）這使他得以飽覽世事，廣結交遊，後來在文學創作中深刻地反映現實，顯然得力於此。

這一時期正值國家多難，民族危機日深。鴉片戰争以後，福州闢爲通商口岸，林昌彝家鄉的烏石山爲英國侵略軍占領，激起了他的切齒憤恨，他畫成一幅射鷹驅狼圖以示志向，所謂「射鷹」就是「射英」的意思。又以十餘年的努力，編成了二十四卷的射鷹樓詩話，這是一部記録鴉片戰争前後詩歌創作情況，從而表現愛國熱情和民族精神的珍貴文獻。同時他還寫了平夷十六策和破逆志，提出驅除侵略軍的措施和辦法，體現了他經世致用的治學態度。林則徐讀後曾大加稱揚：「真救世之書，爲有用之作。其間規劃周詳，可稱盡善。此百戰百勝之長策，與弟意極合。」可見他的主張在當日是頗合時用的。

在此期間，他還結識了不少同氣相求的朋友，都是知名的詩人和學者，如魏源、姚燮、朱琦、湯鵬、張際亮等。尤其值得一提的是他與林則徐的關係。林則徐是昌彝的族兄，比他年長十八歲。道光三十年（一八五〇）七月昌彝落第回鄉，時林則徐正寓居鄉里，二人談詩論事，過從甚密，林則徐爲衣讔山房詩集所寫的題詞以及論射鷹樓詩話的書箋即作於此時。同年十月，林則徐應召離鄉，旋即在赴粤東途中病逝。二林的契交，反映了他們在民族思想和愛國情緒上的一致。

咸豐三年（一八五三）四月，林昌彝向咸豐帝進呈所著三禮通釋二百八十卷，奉諭：「該舉人留心經訓，徵引詳明，賜官教授。」然而，在福建建寧、邵武二府司教期間，官場的傾軋使他寒心。寫於此時的寓言四首，發洩了他對人心險惡的感歎：「群犬來乞憐，我便投之骨。喫骨反噬人，狰獰笑汝猲。」不久，昌彝即離職回鄉，答友問一詩，正可看出他當時的處境與心情：

> 四面張弧奈彼何，含沙鬼蜮伏江河。上階粉蝶頑童撲，入座青蠅弔客多。
> 怪事無勞呵壁問，坦懷不作碎壺歌。梅花風骨吾家物，獨向寒泉薦菊過。

同治元年（一八六二），他到廣州遊歷，次年課徒無量寺，并在廣州刊刻了衣讔山房詩集。郭嵩燾署廣東巡撫，延他課子；又次年劉熙載督學廣東，招他襄校文卷。翌年正月回閩，未滿一月，廉州（今廣西合浦縣）守戴肇辰又延他掌海門書院，不半載，士習文風爲之丕變。此後他往來於粤閩兩地。同治八年（一八六九），他的海天琴思續録在廣州刊板；十二年，他曾爲王韜的甕牖餘談作序。此後便不見有關他的行蹤及著述的記載。

林昌彝一生著作等身，其中以治經的著述最多。據他集中自述，就有三禮通釋、詩玉尺、讀易寡過、今文尚書二十九篇定本、左傳杜注刊譌、禮記簡明經注、説文二徐本互校辨譌、温經日記、小石渠閣經説等；據桂文燦經學博采録知他還有六朝禮記集説補義、荀卿子禮釋、伏生書傳、三代佚禮考、陳氏禮書考譌、段氏説文注刊譌、衛氏禮記集説補義、春秋地理考辨、聖學傳心録、士林金鑑等著述；另有五部詩話性的著作：射鷹樓詩話、海天琴思録、海天琴思續録、敦舊集、詩人存知詩録（後兩種未刊）。至於詩文編集，則有衣讔山房詩集八卷、小石渠閣文集六卷及賦鈔、詩外集各一卷。

二

衣讔山房詩集的價值，首先在於表現了作者矢志抗擊侵略、憂心民族危機的愛國熱情，其杞憂一首云：

海涸山枯事可悲，憂來常抱杞人思。嗜痂到處營蠅蚋，下酒何人啖鰋鮧！

但使蒼天生有眼，終教白鬼死無皮。彎弓我慕西門豹，射汝河氛救萬蚩。

他所謂的「杞人思」，分明是指自己的國仇家恨。「鮐鮧」即魚腸醬，相傳漢武帝逐夷至海上，得之，因以命名。這裏顯取其「逐夷」之音義。五六兩句是他强烈的心聲，故海天琴思録中載他答友人問時説：「『但使蒼天生有眼，終教白鬼死無皮』，此余之願望也。」蒿目時艱，他在詩中常常厲聲斥責英軍的侵略行徑，其廣州採風雜感之三云：

包藏禍心英吉利，七萬里外輪船至。互市高樓鬼島連，挾山奇貨通天智。
洋煙流毒劇堪哀，茶藥曷换洋米來？

對於罪惡的鴉片貿易，詩人以爲「此天怒人怨，爲天理所不容，人情所共憤」（射鷹樓詩話）。他對國人的吸食鴉片，長歌當哭，感歎不已，亭檻詞三章之三、風災行、汝曹等詩都指出了鴉片的危害，表現了憂時憂國的痛切心情。

其次，集中詩作愛憎分明，勇於揭露社會現實。天災人禍給人民帶來的苦難，在詩人心中投下了深深的陰影，如早年寫的感事三首，其小序云：「客有從江南歸者，述吴、楚歲荒，兼憂水患，浮尸横江，餓莩載路，爲之愴然。」詩對江南一帶人民的苦難寄予了深切的同情與憂慮。又如市價行，對貧民的轉死溝壑和市儈的貪狠殘暴，都作了窮形盡相的刻劃，最後發出「許種仙人璧，濟汝饑寒户」。市價倘不平，試以摩天斧」的宏願，可見他强烈的愛憎。他對貪官污吏施以無情的鞭撻，亭檻詞三章之二云：

休休休，官方如此是吾憂。高爵厚禄居不忝，腰懸金印稱公侯。創深父老江頭喘，官不問民但問牛。嗷鴻百萬集中野，長官攜笛上高樓。心傷赤子流離日，眼見貴人歌舞秋。休休休，伊誰請劍斬而頭！

「請劍斬而頭」，如此激烈的感情、尖鋭的語言，已完全突破了傳統諷喻詩所謂「含藴」的樊籬。他的大蠹詩就明言：「天下有大蠹，吏胥爲之首。」可謂一針見血。林昌彝一生仕途蹭蹬，中年飽嘗「苦寒未已還苦饑」（昨夜）的滋味，結合儒家學説所倡的「仁」道，使他時時不忘以拯溺爲己任。其所憂詩中説：「不憂一家寒，所憂四海饑。」答友人問時説：「『八百孤寒歸廣厦，萬家煙火覆長裘』，此余之懷抱也。」於此可見詩人的胸襟和志向。當然，林昌彝畢竟是官僚文人，有他的階級局限。他對官場的黑暗雖有所揭露，對人民的疾苦雖表示同情，但却不能加入到人民反抗鬬争的行列中去。當太平天國運動爆發後，他也不無對農民起義軍的詆毁之詞，這是我們在閲讀他的作品時應予注意的。

林昌彝的較大一部分詩是記遊蹤、咏山水的作品。一些長篇古風以雄健淋漓的筆墨，謳歌了祖國河山的壯麗，如武夷山大隱屏歌寄家子萊、登泰山觀日亭、遊翠微山等都是這樣的作品。他與師友唱和贈答的詩也不少，尤其是有關林則徐、陳壽祺、何紹基、魏源、姚燮、張際亮等的詩作，是我們考察當時詩壇的重要資料。林昌彝又性喜論詩，其詩集中論詩之作，如論詩一百又五首、書荃兒詩卷、讀何子貞師東洲草堂詩等，從不同方面表達了他的詩論觀點，與他的射鷹樓詩話、海天琴思録等著作互爲表裏。

林昌彝在本朝詩人中最推重顧炎武和朱彝尊，故何紹基説他的詩「雄厚似顧亭林，婷雅似朱竹垞」，如實指出了他詩風的淵源所自。顧、朱兩人都以學問造詣發爲詩歌，是學人之詩與詩人之學結合的代表。林昌彝畢生以治經考據爲主要學問，自然强調詩人的學養根柢，主張學問與天籟相結合，因而他的詩遣字造句典雅，講究有來歷，用典也精切巧妙。他的詩中，一些咏史懷古和有關經訓的篇什，體現了他對史料的嫻熟和經學修養的深邃。如讀史懷古名將七首、唐中和五年李克用題名碑拓本爲崔梅笛賦、會稽秦石刻拓本爲會稽施又泉賦、錢舜舉伏生口授尚書圖等即是如此。

林昌彝詩歌藝術上的另一特點是注重比興，講究詩意的藴藉深厚。他在海天琴思録卷三中説：「三百篇國風多設喻之辭，此『衣讔』之義也。正言之不足，故反言之。……『衣讔』之義，即大喻譬之義也。」可知他以「衣讔」命集的緣起，就是要繼承詩經運用比興進行美刺的傳統。集中如貧女、寒號蟲、寓言四首等詩，都用了比興的手法託物寄志；一些咏史懷古之作，也意在指陳現實，故意味雋永。

衣讔山房詩集八卷，同治二年（一八六三）六月開雕於廣州，時林昌彝身在廣州，應曾爲其手訂。詩集前有阮元、湯鵬等人的評贈，而二人在道光年間即已下世，又林則徐咸豐元年（一八五一）的信中已有「并大著詩集及詩話五本送上」之語，可知林昌彝的詩結集頗早，當是累年有所删訂補充。詩集所收，始自二十三歲之作，止於梓刻之時。然而，其中不知何故竟羼入了魏源的詩作多首。以魏源古微堂詩集對勘，至少有以下十九篇重出（等號後爲魏集篇名）：

月夜太湖泛舟作歌＝太湖夜月吟　北旅雜詩七首＝北上雜詩七首同鄧湘臯孝廉

送王見竺秋試下第歸＝秋試下第柬筠谷兄　題魏默深蕉窗聽雨圖＝蕉窗聽雨吟

元祐黨籍碑歌　閱世二十首＝君馬黃二首、怨歌行五首、行路難十三首

牧羊圖爲默深賦＝牧羊圖　岱嶽吟＝岱嶽吟上　井陘行＝井陘行寄感

潼關行＝潼關行示楊廣文　遊洞庭湖＝洞庭吟　富陽董文恪山水屏風歌

代龔仰白茂才上羅天鵬軍門凱旋詩集杜＝宮傅楊果勇侯西征凱旋壽詩集杜

江南吟七首＝江南吟十首　泰山經石峪歌　聽雞曲＝雞窗待旦吟

金臺秋感十六首＝秋興、後秋興　楊椒山琴歌＝椒山琴和陳太初修撰

睦杭舟次遇姚梅伯成長歌送歸四明＝走筆送姚梅伯燮歸四明

這些詩的著作權當屬魏源，理由如下：

一、魏源清夜齋詩稿有「秋舫較過」印記，秋舫即陳沆，卒於道光六年（一八二六），可知此稿編成當更在前。詩稿中已録有元祐黨籍碑及井陘行、北旅雜詩三首等詩。而林昌彝集中之詩自云起自道光五年，顯出於魏作之後，且考昌彝道光六年前未離開福建，故不可能作井陘行及北旅雜詩。

二、林昌彝射鷹樓詩話收録魏源的秋興詩六首，明載爲魏源之作。

三、魏源走筆送姚梅伯燮歸四明作於道光二十四年姚燮離京南返時，考姚燮復莊詩問中有曹户部楙堅席上醉後長歌贈魏源兼湯郎中詩，并附有魏源和作即此詩。

四、岱嶽吟云：「庚子之秋登日觀，茫茫大雪空三歎。丁未之春尋石峪，摹搨摩崖游太促。今歲仲夏共游侣，未造峰顛愁溽暑。兩登岱嶽未悉嶽真形，搔首造化慙山靈。」然林集中登泰山觀日亭有「紅日出天天下小」等語，顯非遇雪；又重陽日有感詩中注文云：「甲辰重九登泰山。」甲辰處於庚子與丁未之間，與岱嶽吟中「兩登岱嶽」云云顯然不合。

我們這次整理衣讔山房詩集，即以同治二年廣州刊本爲底本。爲了保持原貌，對誤入林集中的魏詩，仍予存留，以待識者考訂。

三

林昌彝的文章今見於小石渠閣文集之中，也明顯地帶有經世致用的特點，其中有不少切合時事的議論。如漢宋學術論可以說是對乾嘉學風的矯正，與温伊初論轉移風俗書則力圖挽回當日士風的頹敗。又如請毀福州淫祠議、闢邪教議也都是有感於時事而發的篇章。他的序跋、傳記、祭文很少有應酬之辭，大多是爲親交故舊所作的，故往往真切動人。文集中還有一部分是他治學的心得，如答何願船比部問古韻書、答魏默深舍人問江沱潛漢書、同舟問答等，都可見他學問的精深。

林昌彝的散文力追兩漢，與當時充斥於文壇的桐城派異趣，他公然聲稱：「學文莫學桐城派。」劉烔甫屺雲樓文集序則云：

> 文至雅潔，品莫貴焉，然非徒汰除俗調以爲雅、刊落枝葉以爲潔也，蘊蓄閎深，詳明確當，天然高邁，削膚見根，辭約義豐，外淡中腴，是能得理與氣之精而具真雅真潔者也。

言外之意，分明是對桐城派單純强調文簡辭約的針砭。因而他的文章雜取漢唐句法，時用排偶，江開評謂「能合東西京而一之」（海天琴思録卷三）。從他存留的一卷賦鈔看，他還是作賦的能手，而且大多是用辭典雅、對仗工穩的駢賦。其碧海掣鯨魚賦以掣鯨喻清海氛，也體現了他的抗英思想。

小石渠閣文集六卷，光緒戊寅①（四年，一八七八）孟冬刊於福州海天琴思舫，爲其家刻本，卷末有補遺四臣表一篇。疑此集本爲林昌彝手訂，而刊時他已作古，故有「補遺」之稱。集中個別牴牾，如昌彝三子荃兒或稱銓兒，均存原貌。

衣讔山房詩外集一卷、賦鈔一卷及丁杰衣讔山房詩集後序均輯自衣讔山房全集。全集爲其侄孫敬煐署簽，其中詩文集與上述二種版本完全一致，疑爲昌彝後人以家藏舊板略作補充而彙成。小石渠閣文集序輯自劉存仁屺雲樓文鈔卷八，原題爲小石渠閣文鈔序。

限於水平，不當之處在所難免，敬希廣大讀者不吝指正。

王鎮遠　林虞生

一九八四年十二月

① 原作丙寅，光緒無丙寅，據劉存仁光緒丁丑所作小石渠閣文鈔序改。

目録

整理前言

衣讔山房詩集

卷二　古今體詩八十四首

卷三　古今體詩一百又二首

卷四　古今體詩九十七首

卷五　古今體詩九十七首

卷六　古今體詩一百又一首

卷七　古今體詩 一百七十九首

卷八　古今體詩八十五首

詩外集

試帖詩五十首

賦鈔

賦 九首

小石渠閣文集

卷一

卷二

卷三

卷四

卷五

卷六

補遺

輯佚

附録

衣讔山房詩集

評贈

儀徵阮　元芸臺

大著小石渠閣經説並詩鈔奉納，飫讀數過。説經諸篇極爲精鑿，議禮各條尤雄辨明確，三禮通釋匆匆未及卒讀爲憾。詩筆沈雄幽逸，兼漢魏、盛唐之勝，其堅實妍雅，則虎頭遺民、金風亭長之勁敵也。船已過關，何不暫留數日，多領教言。貴老師何東洲如有確耗，望書數行通知，相好不必作楷也。

道州何紹基子貞

揚扢風雅有餘藴，綜叙今古有餘采，辨晰名理有餘味，此吾薌谿詩之能備四始也。俊逸似高青丘，雄厚似顧亭林，婷雅似朱竹垞，此吾薌谿詩之兼善三家也。

侯官林則徐少穆

飫讀大著，風骨沈雄，情韻淒婉，天姿學問兩者具備。五言古醇至澹泊，恃源敦厚；七言歌行屈蟠頓挫，矯健縱橫，兼有抗墜抑揚之致；五言七言律震越渾宏，又復雲霞縹緲；七言絶句曲折繚亮，餘意不匱。蓋能合子建、步兵、蘇州、工部、太白、東川、義山、青丘、少谷、亭林、梅邨、竹垞爲一手，而復鎔鑄四部，囊括七略，出以沈鬱之詞，婉麗之旨。感慨時務，藴抱宏深，經世大略，不朽盛事，當今作者，安得不以此事推袁，讀竟爲之襝袵贊嘆，得未曾有。

閩縣陳壽祺恭甫

根柢深厚，詞旨婞雅，是能追步風、騷，出入漢、魏，直合亭林、竹垞爲一手。冥心三禮，精之益精，而詩筆如此雄秀，石渠長賓、浣花老杜，一人兼之矣。

歙　王茂蔭子槐

逸秀沈雄，自成一子。漁洋山人詩爲近代大宗，惜不能八面受敵；今讀孝廉詩，真能八面受敵矣。

長洲陶　樑鳧鄉

有金石氣，亦有薑桂氣，故能八面受敵。

晉江陳慶鏞頌南

凌鑠漢魏，追攝唐宋。才力雄大，凡馬一空。

邵陽魏　源默深

連日晤談，見閣下醰邃淵懿，蓋孫泰山、石徂崍之流亞也。近讀大著詩集，沈雄逸秀，卓然大家，集中比體似浣花，興體似青蓮，此其所以冠倫魁能，爲當世寶。

象州鄭獻甫小谷

漢人無不工文，而經生則不必工文，服、孔、鄭、何是也；唐人無不工詩，而經生亦不必工詩，顔、孔、殷、陸是也。宋以後經學無專家，詞學有專家，其能者淹貫考訂以示博，若馬貴與、鄭漁仲、王伯厚、唐荆川、楊升菴、方密之及顧亭林、朱竹垞諸人，而昔之分爲二者，乃復通爲一。雖不必號經生，不必號詞客，不能不號爲通人矣。閩南薌谿教授，昔以治禮經得名，即以獻禮書得官，於世人研練聲律，講求格調之詞學，似有所不屑。昨見其射鷹樓詩話，今見其衣讔山房詩鈔，又復宏肆綿密，才大律細，此真耕田得稻，鑿井得泉，視世之謹守倉囷，販賣瓶盎，以救飢渴者有霄壤之别。爰抒所見，不但論其詩，然所以論其詩者，亦於是乎盡。

光澤高澍然雨農

諸體意豁足以赴題，筆健足以達意，氣雄足以振筆，詞備足以舉氣，非沈浸於太白諸古樂府不能有此，真煌煌巨製也。

益陽湯　鵬海秋

導源漢魏，追步盛唐，俯視古今，籠罩一世，讀竟爲之伏首至地。

侯官周豐元介農

詩魄極雄，詩膽極大，詩骨極秀，詩情極婉。揮霍風雲，騁馳雷電，足以横掃古今，推倒豪傑矣。

泰州王廣業子勤

鉅製骨雄肉秀，格老氣蒼，總制清衷，遞爲心極。五七古高者直前無古人，後無來者。香山樂府且遜，況汗流籍、湜耶？六義俱備，上迫風、騷，拜服，令人百讀不厭。

宜黄符兆綸雪樵

措意似杜，植體似韓，其行神行氣又往往似蘇，綜三家而抉其精。五湖三江，呼吸吞吐，遂能如淮陰行陣，建大將旗鼓，又如楚軍鉅鹿之戰，呼聲直動天地，此薌谿古體詩所爲沈博而絶麗也。其五七言近體，樸實堅緻，一語不墮時習。予交海内詩人夥矣，前十年得識亨甫張君，亨甫詩長劍倚天，不可迫視，其語語見骨，而皮附者不能去。今復得與薌谿交，讀薌谿詩，耳目震盪，殷殷隆隆。竊謂亨甫才人之詩，而學足以贍之；薌谿志士之詩，而學博才雄，足以副之。蓋學勝者，詩之又進一境，而其恃源敦厚，謹繩法度則如一。二君皆閩産也，論閩中近時詩人，允稱二傑，對此予乃陋同邾、莒，悔不早焚筆研也。

閩縣林壽圖穎叔

尊著古體偉麗，峭雋中兼有勁直樸質之氣，源本韓、蘇，委注虞、劉；五言長篇闢闔震蕩，尤得浣花神髓，與小長蘆抗衡；近體亦擅前明、國初諸老，風力於亭林尤近，固由學勝，欽佩之至。閣下湛深經術，又擅經濟才，他日有不徒以詩傳者。

光澤何秋濤願船

雄秀在骨，幽豔在肉，宏麗在皮。以淵博之學，發爲浩瀚之詞，原本經術，出入騷、雅，此才一出，當與天下共寶之。

仁和錢步文冬士

大著如天風海濤，震蕩心目；而超妙幽峭，則又如王子晉月夜吹笙，足以破行雲而凌碧落也。於治經之家得此奇才，令人佩服無已。

臨桂朱　琦伯韓

大著五七古雄奇跌蕩，兼有韓、蘇之勝；近體瀟灑出塵，不失風人之旨。其根柢從經術出，積之已厚，味之彌旨，所謂豪傑之士，不爲時代所汩没者。

監利王柏心子壽

百寶沐浴，五兵縱横，足爲當世大才。匆匆奉納，未獲細校，但覺精曜華燭，心目震蕩而已。古體多奇作，五七律不墮開元、大曆以下。

善化孫鼎臣芝房

導源李、杜，浸淫韓、蘇，囊括諸家，無體不備，瑰偉宏博。其天才固然，亦由陶冶既深，故紛紜揮霍，無不如志，敬服敬服。

曲阜孔憲彝繡山

詩不難於有才，而難於以法用才。薌谿先生能以幽峭之筆，寓之於大氣盤旋之中，動合自然，功力獨至，洵爲近今作手。

平定張穆石洲

李、杜、韓、蘇併源而出，如此詩筆，真不愧海内奇才。披讀數過，爲之傾倒之至。

長沙李杭梅生

治經説禮之士，兼長詩筆，代無數人。集中諸體，直薄風、騷，力追唐宋，近代顧亭林、朱錫鬯而外，誰與抗衡？

長沙徐樹銘壽蘅

原本經術，胚胎漢魏，雄才灝氣，澎湃乎灌蘇瀣而趨韓潮矣，那不鼎足崑山、小長蘆！

邵武張際亮亨甫

胎息深厚，氣格沈雄，詩境如豫章翻風，鯨魚跋浪；又如入桃源勝境，別有洞天，我欲買絲繡之。

閩縣林夢郊石甫

詩固不難有性情，性情而具氣骨之難。薌谿之詩，蓋氣骨而出以性情者矣。予與薌谿年相若，遇相若，志亦稍稍相若，獨予詩則弗若遠甚，此予所以愧薌谿也。其可傳處，諸君子論之最詳盡，然予特不願其以詩傳，薌谿亦不自喜傳以詩耳。

閩縣劉存仁炯甫

蛇鳥風雲之陣，金戈鐵馬之聲，天空海闊之懷，凌古鑠今之氣，近代亭林、翁山、梅村、竹垞而外，誰爲敵手？

侯官黄瑞麟蓮卿

大著渾雄壯闊，秀逸風華，吴鈎欲騰，龍虎耀彩；荆璧乍剖，玕琪飛光。其氣則長鯨碧海，其情則翡翠蘭苕，可與亭林、竹垞二家鼎峙爲三。

細觀通集，多沈鬱處，多峭逸處，多奇闢處，如此詩筆，必傳無疑。

侯官王廷俊偉甫

五古老蒼遒勁，靈氣往來，溯源漢魏，大旨於杜、韓爲近；七古崇宏開敞，如建章宫千門萬户，臚列紙上，極宇宙偉觀；時體則清微窈眇，又若泠風吹空，孤月在水，飄飄乎壒埃上征，迴出俗境，於世之刻翠裁紅者，不值一唾矣。

侯官王道徵卡蘭

雄奇瓌瑋，横視古今，此才罕有其匹。昔劉吏部公𠂤言：「七律較五律多二字耳，其難十倍，譬開硬弩，只到七分，若到十分，滿者極少。」林薌谿孝廉集中七律，可謂開到十分滿者，吏部見之，定當把臂入林矣。

閩縣蔣鎔少陶

魄力雄灝。根柢宏深，近代以經師而深於詩學者，顧亭林以後，吾薌谿一人而已，他人不足多也。

漢陽葉名澧潤臣

天才亮拔，氣格沈雄，直合昌黎、眉山爲一手。捧讀數遍，真有望洋之嘆。

大興彭琳賓南

鉅製新機紾心，古豔沐手，天空海闊，潮湧瀾翻。長篇則洪響鏗鏜，近體則天衣裁錦，良由根柢既深，故爾嘯歌自得。方諸竹垞，儘可抗衡；比以亭林，洵堪步武。兼才學識爲史，通天地人曰儒，三復斯集，願拜下風。

高安朱　舲芷汀

昔人謂「學者如牛毛，成者如麟角」，蓋深歎操觚者之難也。薌谿先生湛深經術，著作等身，其所作古今體詩，雅健雄深，渾灝流轉，直不啻麟角之在抱矣。

肅寧苗　夔仙輅

秕糠兩漢，槊帨六朝，金心在中，銀手若斷。作者悲壯似杜，超逸似李，雄浩似韓、蘇。貴鄉鄭少谷後，以大著爲二雄。再三盥誦，欽佩無既。

侯官林士雍穆人

沈雄俊逸，五七古上自步兵、少陵，下至梅邨、竹垞，皆併筆而出；近體亦迫中、盛。具此數枝好筆，自可上窺漢晉，下矙元明，自成一子，總持詩教，非君誰歸？

桐城張用糈辛田

本朝精通經史而兼工詞章者，以小長蘆爲最，必其質文兼擅，始足以副博學鴻詞之選。薌谿先生治經數十年，醖釀深厚，其發而爲詩，故能沈鬱頓挫，凡纖佻浮靡之氣，一洗而空，他日薦舉鴻博，爲先生首屈一指矣。方之竹垞，允無愧色。

嵩山倘來道人惺惺子

詩以言志，然必先有骨而後有肉、有皮。前代前七子李、何諸公，有皮而尚有肉；至後七子王、李諸公，有皮而並無肉，何論骨哉？硃砬山人詩，骨騰肉飛，不事皮相，而在内者有心、有肝、有膽，具此三者，始可言志。大集行世，慎勿負在枕煙亭時雲外之約可也。

題詞

嘉應温　訓伊初

先生許鄭倫，臯經擁南面。貫串三禮學，著述數百卷。所著三禮通釋極博而精，道州何子貞先生稱爲神通廣大之學。上下數千年，窮本乃知變。抉摘前人誤，目光能掣電。兼精詁訓旨，古義識通轉。所著説文二徐本刊譌補遺極確，其論象形、指事、轉注，精於戴、段二家。我初讀其書，望洋眼瞑眩。餘事作詩人，騷壇掉鞅韅。百怪入肝腸，萬象困煎鍊。漢魏唐宋明，陶鎔成一片。與我同南下，雄談興無倦。謂我古詩文，渾樸非謬贋。何意詹詹言，乃登上上選。先生編昭代十二家古文，以余作備一家，又著詩話，收拙作甚多。韓孟雲龍逐，四方上下徧。勗哉不朽業，儒林文苑傳。

邵武張際亮亨甫

萬里風雲掃墨來，瑯嬛讀遍上騷臺。陳恭甫師小瑯嬛館藏書八萬卷，君以七年遍讀，佳者爲作提要。能持剛筆能柔筆，亦是仙才亦鬼才。長劍斬蛟誰並駕，神鎚擊虎勢難摧。中原霸業分齊楚，可否苞茅進酒杯。乾嘉以來，詩教頗雜，近見二三詩家，乃滕、薛小侯耳。時飲道山座間，黃蓮卿孝廉問曰：「君與薌谿乃齊、楚之霸耳，君爲齊乎，楚乎？」余曰：「吾服膺屈、賈，則楚耳。」薌谿笑曰：「君集中某某篇鉅作也，如方城、漢水，吾當以伍兩師旅攻之；若某某篇特苞茅耳，吾不責其入貢縮酒。」滿座軒渠鼓掌。

順德羅惇衍椒生

書上三大禮，九重歡稱奇。百家供睥睨，餘子敢攀追。倒峽才如此，旋乾手在斯。願登著作堂，多師是我師。輯大集集中句。

晉江陳慶鏞頌南

歸田七品官，呻吟萬首詩。淋浪湖海氣，漭蕩天風吹。濁醪澆塊壘，雄才射鯨鯢。君著射鷹詩話甚佳。懷抱觀生平，偶露胸中奇。初印本詩話，英夷以重價向坊間購之。

邵陽魏源默深

詩有煙霞氣，人疑謫歲星。他年笙鶴返，遺此作丹經。薌谿精參同契。樸學難兼美，亭林外幾人？河間君子餡，浩劫共千春。近日河間掘得君子磚，乃獻王毛公處也。

益陽湯鵬海秋

長空朔風起，黄鵠相鳴翩。萬里羽翼齊，一朝遍八埏。河漢聲西流，元化日夜遷。讀君雅頌詩，安得不相憐？茫茫百世後，作者誰比肩？出海上下逐，龍雲同一天。

歙　郭應辰仲和

雄文兩漢接三唐，一手君能綜衆長。翔步禮堂追許鄭，高歌樂府軼張王。那知策有圓毬異，君屢上春官第，三場皆沉博絶麗，而未邀特賞。似此才誰旗鼓當？黌舍莫嫌牆壁具，六經敷教大文章。時課學生背誦七經。前以三禮通釋賜讀，心折久之。兹復以衣讔山房詩鈔見示，無體不精，非讀破萬卷，不能道其一字，又令鯫生額塌土矣。

宜黄　陳偕燦少香

長劍倚天星亂飛，神師怒蹲百獸懾。老蛟夜泣蒼龍吟，鈞天一奏靈璈協。林生詩骨秋波寒，刓刻造化成奇觀。少陵已往退之死，此調寥寥誰肯彈？吁嗟此筆迴狂瀾。烏文螭簡青霞鋪，神樞探出三壬符。薌谿博極群書，著有經説數十種。經生詩史兩相副，近代亦數長蘆朱。落落乾坤只數子，衆哇尚悦箏琶耳。仙芝不飽鳳皇饑，王郎斫地悲歌起，仰天嗚嗚吾醉矣。

侯官　吴聯穗瑞人

奇才上可搥黄鶴，餘子紛紛絶等倫。虹氣排空亘萬里，琪花著樹自千春。蛾眉見妬真知己，龍性難馴抗古人。我本山中風漢侣，擕君詩卷醉芳辰。

閩縣林士傅可舟

讀書萬卷筆如神，壓倒才人與學人。文采夢中翔鸑鷟，工夫手裏縛麒麟。拾來瑶草非無意，修到梅花是此身。千載吾家傳盛事，經師詩伯兩爲隣。

沔陽周揆源鐵臣

琳宫貝闕富奇觀，寶氣還從倚劍看。天下幾人能學杜？用友人鄧湘皐句。文章百代合瞻韓。似君摇筆山皆動，令我望洋海共寬。早向閩疆樹一幟，張衡未敢據騷壇。謂張亨甫。

宜黄符兆綸雲樵

中原旗鼓幾騷壇，江左流風誤謝安。乾隆、嘉慶之間，詩人如袁簡齋一派，實風雅之蠹，甌北亦然。獨洗雙瞳如古鑑，要持此筆障狂瀾。孝廉方著詩話。驪龍熟睡探珠易，天馬生騎歷塊難。一樣離騷激哀怨，蕭條沅芷與汀蘭。

侯官張慎欽臣

莽莽風濤捲翰來，森嚴壁壘倚天開。三唐以後少雄筆，七子之間敵俊才。謂建安七子。磈礧半生狐鬼嘯，興亡六代管絃哀。解衣直當漢書讀，佐我狂夫醉百杯。

長樂楊春蕃陶逕

獨闢騷壇壁壘新，能教餘子走踆踆。古無狂狷成何世？天爲文章屈此人。十載未售劉綽志，一官無補鄭虔貧。可憐與我同寥落，一領青氊樵水濱。

侯官林廷禧范亭

學海經郛徧問津，且將餘事作詩人。射鷹樓是瑯嬛室，萬卷淹通筆有神。

胸吞夢澤探驪珠，馳驟青蓮步大蘇。近代詩家誰把臂，顧崑山與小長蘆。君論近代詩，許可朱竹垞、顧亭林二家。

絳跗一集冠吾鄉，恭甫師有絳跗草堂詩鈔。弟子河汾各擅長。文苑儒林爭不朽，婁光堂並遂初堂。亨甫有婁光堂稿，君集舊名遂初堂稿。

海内憐才幾鉅公，京華惆悵客囊空。論兵亦似譚詩壯，氣作長霄萬丈虹。君有平夷十六策、平賊二十策，經太僕卿王子槐奏進。

廿載苔岑氣誼真，科名況與棣華親。與涑亭兄同年。力扶風雅吾家事，可許雲龍逐後塵？

閩縣林仰東子萊

壇坫今宗匠，陽春和者希。行空搏龍象，倒海走珠璣。才大誰青眼，時平肯布衣？

魏公猶晚達，矯翼盼高飛。

泰州朱葆善櫻船

我讀時賢詩，往往意不樂。古音歎淪亡，風氣日浮薄。修詞不立誠，于焉僞體作。妍媚强悦人，竭力塗丹堊。縱使蘭茝榮，終覺根柢弱。荷柱不勝梁，老嫗恣譚謔。自詡性靈詩，衣鉢長慶託。一倡而百和，無乃受其縛。誰歟挽狂瀾，涇渭判清濁。先生實人傑，矯矯雲中鶴。獨自鞭古心，經庫潛啓鑰。往時著詩話，去取慎筆削。不將贋鼎登，即此見才略。果然錦囊中，光燄令人矍。雙劍互森芒，千花各吐萼。高若天心穿，險同山骨鑿。至味沃醪醨，宏聲響鐘鎛。竭來痛妖氛，短衣欲振髆。忠義溢楮墨，字字行間躍。所言必可行，衆口何從鑠？詩史接浣花，膏馥耐咀嚼。嗟余瓦釜鳴，饑軀久失學。籓籬未一窺，目迷五色錯。江河日下時，何以竪立脚。野狐亦有禪，誤會不可藥。君其指迷津，俾我識先覺。庶免面牆譏，請振尼山鐸。

吴縣潘曾瑋玉泉

史學博於經學博，射鷹傳並射烏傳。詩才直是萬人敵，漢魏之間開寶前。

侯官黄紹芳篠石

秋水芙蓉花自開，豪情策馬向燕臺。嶙峋嶽勢凌空起，莽蒼河聲到海迴。一代風騷歸正雅，中原旗鼓幾詩才？少陵老筆紛披在，多少江山得力來。

鎮海姚　燮梅伯

昔我渡滄海，中夕發鬱洲。皇皇天津河，逢君夜唱酬。君才九萬里，百年不我遒。讀君千首詩，能令烏白頭。

閩縣周球章文遲

放眼乾坤外，凌空發浩歌。雄才如海大，肅氣得秋多。巖谷聲應振，神仙劫不磨。青天如問句，風雨泣愁魔。

一讀一擊節，長言咏嘆之。渾雄韓筆共，哀怨楚騷遺。幼婦吟殊妙，美人來未遲。閩川風雅在，烟月滿新詩。

金華王家齊蘭汀

詩教重言志，性情自有真。緊惟性情正，所貴學業醇。芳潤漱載籍，忠孝事君親。煌煌先聖訓，四始六義陳。楚人始變古，詞采何紛綸。漢魏迄六朝，積漸判畦畛。三唐作者多，崛起爭嶙峋。兩宋暨元明，才彦亦彬彬。源遠流多歧，古義久浸湮。淫哇方迭奏，箏竽間歌豳。萬怪劇惶惑，百態交變新。嘽緩與噍殺，桑濮兼洧溱。川流合涇渭，花落雜溷茵。豈無大雅流，壯志懷苦辛。學者九牛毛，成如獨角麟。側聞趨庭訓，幼稚早書紳。望古中激昂，力弱志弗申。閉門時自娱，密爾忘賤貧。執戟愧子雲，薄宦逐風塵。結交謝時彦，却掃惟逡巡。觥觥林夫子，傑出當七閩。六經窮奧旨，當代井大春。高名播四海，儒流仰席珍。昨來嶺外遊，邂逅越水濱。示我盈囊作，展誦驚絶倫。萬卷讀皆破，驅使筆有神。性情昭學術，矩矱追先民。儒流義宏達，搢紳詞雅馴。蒿目感時艱，迥異無病呻。痌瘝切懷抱，藹如言者仁。變雅有怨誹，詞旨深淪渾。三復坐太息，使我氣復振。薄海方波瀾，藝苑多荆榛。世無楚卞和，誰辨玉與珉？與君偶會合，羇羽偕沈鱗。樹頰異世賢，抗心希古人。文章詎小技，道在氣乃純。百年勿浪擲，不貲視此身。畢世閲蜉蝣，晚節勵松筠。元音在天地，斯道無緇磷。舊友周雨林以斯二語見題拙詩，予愧不克當，今轉以持贈國博。時方相與商榷古今道術學業及詩教宗旨，三復佳什，爰賦五言古四百字奉題。

衣讔山房詩集　卷一

古今體詩

始旃蒙作噩，時年二十(四)〔三〕歲。

夢遊玉華洞紀所見

洞在延平府將樂縣。

靈洞創天工，造物巧陶鑄。亂石叱群羊，夢入仙山路。千嵐萬嵐煙，九尺八尺樹。歷亂落巖花，飛起雙仙鷺。剔徑捫藤蘿，足下煙奔赴。仙風吹我衣，肩雲空曲步。神行洞裏月，衣濕洞中露。九龍巖底宿，蜿蜿矚煙霧。造化闢奇境，入者毋自誤。幽澗水雲深，棋聲出晻暮。不敢發笑音，恐遭仙子怒。

書禰衡傳後

撾鼓漁陽罵賊奇，建安名士孰能之？斯文元氣淋漓筆，我愛先生孔子碑。人但知禰衡有鸚鵡賦，而不知其所撰魯孔子碑及顔子碑爲有道之言，非諸人所能及。

夕陽

蒼蒼亭障散煙霞，目斷鄉關夕照斜。空谷無人惟落葉，遠天如夢有歸鴉。河梁送客初分袂，旅邸登樓正憶家。萬緒千愁應莫遣，那堪惆悵暮城笳。

烏石山房訪詩僧道源留飲

鳥鳴空翠中，殘陽在林隙。陟磴疑步虛，回環達岡脊。方春蓄媚景，崖草紛如積。雲影落衣裳，雨香襲巾幘。因尋支遁居，遂造空王宅。之子結静盟，讀書屏人迹。破夢警齋鐘，遊心躡洞石。六時功課多，宗旨兼詮釋。遠公寬酒戒，開筵喜供客。譚久散奇花，興濃傾舊醳。浮生半日閒，良晤談今夕。醉弄煙月高，四山蕩晴碧。

柳色

嫋嫋臨風婉婉姿，輕塵朝雨不勝悲。六朝金粉消難盡，十里樓臺遠更宜。曉笛江頭孤燕影，春旗陌上落花絲。雲山一幅天涯望，怕對尊前唱柳枝。

旗山夕眺

薄雲弄暝光，飛飛勢近遠。天風吹未休，白日忽已晚。田父荷鋤歸，野人採樵返。衆鳥投高林，群羊下平坂。翛然心目清，掃石孤坐穩。何來煙寺鐘，催月上層巘？

大嘉山拜李忠定公墓

青衣鬼哭青城月，十年不返青城骨。兵頭老鐵化降雲，世上英雄但淪没。嗟公投袂起康王，七十五日何匆忙。只怪人前鬧管樂，誰知君側容汪黄。須公一出此流寓，天意豈應興宋祚。六飛已出狩無常，三鎮何曾復其故。松風閣外北風哀，猶似金人萬馬來。袍笏當朝戲猕狒，金繒委敵趨輿臺。回首南都西日暮，草白荒原竄狐兔。靈巖魂戀清涼山，棲霞望斷湯陰樹。一聲白雁起胡沙，茂陵金盌落人家。麥飯欲澆無尺土，啼鵑血漬冬青花。

水仙花絶句

淩波無語立亭亭，脱盡塵埃唤夢醒。憑弔煙皋憐解佩，湘雲湘月又湘靈。

游白雲寺

倏爾有游興，披蘿上翠微。天花雲外落，海燕與之飛。霧氣不離屐，嵐陰常在衣。僧樓一聲磬，鎮日坐忘機。

題賈長江詩

一字推敲律不差，圖成主客位名家。詩聲羌有鼕鼕節，君看墳前鼓子花。長江舊墓多鼓子花，後改葬房山。

古意

千金買美妾，萬金買園廛。十萬買高爵，無錢買少年。

貧女

貧女安貧甚，紉蘭佩自芳。惟知勤織紡，無事豔梳妝。力却千金聘，甘分十指忙。榮枯吾有命，不肯玷幽香。

寒號蟲

舉世皆趨熱，之蟲獨耐寒。寒號人不聽，不聽賞音難。得過吾且過，應作如是觀。怕逢秦吉了，巧舌博聲歡。

讀書南園題壁

一片亭亭月，花新春更新。月來臨水照，花與鳥爲鄰。此際眠琴趣，翛然不染塵。陰陰微雨過，積翠隱鋪茵。

嘯傲琴尊裏，縱横擁百城。池魚行樹影，山鷓愛書聲。呼僕炊晨飯，聽鐘課夜更。閒來嘗煑茗，帶月掃柴荆。

默坐息群動，閉關成一軍。緑天蕉欲雨，陰地石生雲。萬影園牆合，幽香静晝聞。鄰園蟬響裏，伴我讀皇墳。

莫道幽居寂，霜華縞一林。空山聞落木，方夜起禪心。立雪鷗深夢，負冰魚聚沈。寒梅真可嚼，書味箇中尋。

西湖舟夜同陳蘭臣殿勳作

滿船明月如可呼，中央宛在留斯須。村邊村接樹邊樹，山外山連湖外湖。鐘聲渡水上方寺，漁火隔煙何處桴。一尺白魚跳波起，十三橋畔響菰蘆。

大夢山古冢

松楸寒入骨，石馬立不發。落葉起秋聲，林間似咄咄。山鬼暗嘯風，野狐私拜月。下有大夢人，斂魂卧泉窟。

詠夢二首

太白謂「處世若大夢」，余謂此夢實無人覺也，然亦不必覺，亦無庸覺也。張文敏公詠夢云：「乍離還覺明明在，欲説翻成漸漸消。」名句也，作詠夢。

瞬息飛來五嶺游，星河欲曙照高樓。昏昏夜店燒燈短，的的春閨倚枕愁。命酒縞衣歌雪月，歸舟朱字視笠篌。千秋話到陽臺事，雲雨巫山何處求？

塵生洛浦渺淩波，虚牖風鷩送恨多。歷盡憂歡思是種，幻成離合意爲魔。蘧蘧蝴蝶誰家信，款款鴛鴦别浦歌。芳草池塘方得句，棲烏無奈破眠何。

與黄蓮卿瑞麟秀才夜話

白露西風萬感增，高城夜月訪詩朋。霜花滿地愁孤枕，寒柝驚秋共一燈。如此星河宜久話，年來壇坫愧同登。幽齋莫愴驚飈起，刀尺深閨怨不勝。

砧聲

到處秋風音可憐，家家門巷搗吴綿。千聲哀杵霜凝指，萬里明河星在天。塞上驚飈傳暮角，江頭卷石咽淒煙。寒蟲落葉同悲切，望斷離人總黯然。

元祐黨籍碑歌

女真鼙鼓來混同，隕星化石朝元宫。石裂霆震歸太空，猶有崖壁留其蹤，星宿森羅捫有鋒。烏乎鴻濛裂光嶽，元氣茫茫真宰鑿。鬼神夜哭真仙崖，興懷文母不可作。萬人擁馬温公來，謫粵坡翁歸嶺隈，伊川博帶經筵陪。三公袞袞濟時出，竟把藎臣作黨魁。後黨忽至前黨竄，紹聖力翻元祐案。宣和又取惇珪勘，薰蕕老韓同一貫。再變三變浮雲局，群臭群芳事星漢。君不見，汴城閉，言路開。童蔡斥逐楊時回，公論明赫尊風雷。風雷未竟霿蒙起，又見汪黄蹙宗李，又見秦湯排趙史。趙鼎、史浩。

書晉書愍帝紀後

劉曜焚宫作天子，官民三萬同日死。嵇侍中血濺帝衣，宫嬪散作官軍妃。神州陸沈非典午，亂臣石勒生石虎。諸陵發掘餘枯骸，銅駝街走君王苦。

聽友人話古戰坂詩以弔之

九州清角響哀音，神虎秋方旆影沈。蘆管吹殘霜月冷，戈鋋葬盡雪花深。寒驚星斗啼蕟鼓，沙走關河死暮砧。千載斜陽餘片土，白雲青靄弔空林。

秋　思

素月下東壁，文露淒以寒。崇柯起虚籟，槭槭迴庭欄。物候增索瑟，余心益寡歡。美人隔萬里，欲往稀風翰。佳期昔屢阻，行路今良艱。幽居感啾嘆，永夜空長嘆。

書參同契後寄李晴川先生

狂風捲逝波，細雨生春草。聞君朝攬鏡，白髮蕭蕭老。胡不鍊金石，使君長壽考？珍重復珍重，丹田以爲寶。

帳中蚊

飽飫脂膏啗人血，宵小二三難殄滅。明時一摑如雷霆，世上君子須懷刑。

書吴梅村詩後用陳秩庭懋德山人原韻

巨刃摩天偃鼓旗，江山摇筆大蘇碑。千秋遺恨終銜口，萬遍離騷欲脱頤。故國衣冠餘涕淚，清時壁壘振雄奇。南朝莫弔諸君子，雞犬梁園愧俯眉。梅村有弔死事六君子倪元璐、周之楨等六人詩，極哀愴。

書吴梅村弔思陵公主百韻詩後

皇枝小鳳質瑀珊，下嫁文簫舊彩鸞。太息周郎無限恨，神傷輦路玉釵寒。

秋聲

莫聽風聲與水聲，寒柯落葉入秋驚。無情草木軀之響，有恨乾坤假以鳴。喚盡愁人應慘楲，攬來旅夢不分明。商飈騷屑空棖觸，百感縱横對短檠。

秋雁

落日寒沙暮影秋，江湖銀浪接天流。數聲孤塞離人淚，永夜深閨少婦愁。湘浦蘆花千尺水，衡陽月色萬家樓。汀洲風雪謀粱急，莽莽乾坤任去留。

秋柳

江北江南夕照圖，西風蕭瑟送長途。畫橋過客秋深淺，寒笛吹煙影有無。隋苑鴉飛黄葉盡，灞陵雁去碧天孤。關山莫愴凋零曲，流水天涯感壯夫。

感事三首

客有從江南歸者，述吴、楚歲荒，兼憂水患，浮尸横江，餓莩載路，爲之愴然。

霖雨蒼生任，匡居萃百憂。東南逢儉歲，天地話衰秋。目極平江路，心傷破楚樓。可憐歌舞地，魚鼈入新愁。

急漲河湖合，維揚泛舳艫。支祁騰古鍊，甓社問明珠。孰障陳登堰，誰成鄭俠圖？嗷嗷諸雁户，觸處盡窮途。

金粉江南會，流離最可悲。何緣愁桂玉？竟使暗旌旗。災祲連三輔，波濤接九疑。至尊勞旰食，何策貢清時？

短　歌

疏者日已疏，親者日已親。富貴與貧賤，一卷歸藏墳。墳中死骸骨，昨日方采薪。昔者哭戚友，今者棲煙塵。只見百年樹，不見百年人。

饑寒謡

勿笑人饑，爾飽弗知。勿笑人寒，爾無心肝。

夢中作

鼯啼猿嘯鬼燐微，黑月茫茫暗鐵衣。白草黄沙吹笛夜，滿山風雪雁南飛。

寒　鴉

野曠天長去復回，汝鴉何事墜塵埃。霜寒驛堠千團簇，楓冷關河數點來。殘月淹淹棲遠浦，斜陽黯黯弔荒臺。饑聲咿啞真愁聽，滿目蘅蕪爲我哀。

陳蘭臣落魄菁城以長歌代柬賦此答之

男兒作客輕萬里，鞍馬天涯何日已。衝雪敝裘竟至此，修名未立不可死。讀君長篇當詩史，擲筆狂歌走山鬼。鐵笛横吹誰足比，殘月蕭蕭照行李。琴劍飄零淚難止，魂夢歸來黯然矣。霜壓孤城哀笳起，落葉秋聲亂入耳。鼻無黄氣疇知己，破帽殘衫識者幾？射虎南山履其尾，拔劍飛花落如雨。胡爲仲宣悲客邸？吁嗟乎！朱門酒肉慎勿喜，箕口才人誠有以。

送許梅笛出塞

極目長江莽莽流，暮城吹角上凉州。雲埋雪磧飛征雁，雨壓邊花散朔鷗。荒驛樹寒孤塞晚，戍樓鐘急亂山秋。茫茫大漠胡沙地，鬼哭荒原起客愁。

風雨上石竹山

裂磵風霆走，泉聲接渺冥。鐘飛江樹黑，潮落海門青。亂石争孤嶂，空煙蕩萬屏。倚天拂長劍，回首白雲停。

題友人青草樓壁間

人代空悠悠，煙雲行不留。青來漁父艇，翠上酒家樓。流水楊花怨，斜陽燕子愁。明當恣游覽，五嶽寄扁舟。

釣　舟

半壁魚鄉地，居然避俗塵。蒹葭呼稚子，車馬看勞人。入饌鱖盈尺，浮家花四鄰。

歌來山水綠，此是葛天民。

驛柳

滿天花雨晝冥冥，驛柳飄零向客青。何處承恩何處怨？看人幻夢看人醒。勞勞塵路忙無已，莽莽江波去不停。一曲關山飛獨雁，笛聲淒咽那堪聽。

囦關曉發

破曉發囦關，推舟楊柳岸。篙工霧中語，行人水邊飯。慷慨離故鄉，遥望素雲斷。朝日升平林，人影篷影亂。卸帆負纜行，檥楫臨江半。水石湛清輝，釵葶抽澗畔。沄沄潭水生，木杪暝煙散。出樹聽鐘遲，中流起長歎。

山行曲二章

谿外山，山外樹，樹間雲，雲外渡。亂山矗矗長亭暮，晚煙幾處茅檐露，行人且向谿頭住。

雲外聲，來樵曲，不見人，聲斷續。斜陽初紅山轉綠，谿頭落葉雲生足，行人笑飲酒家祿。

葫蘆山

沙鳥没何處？孤帆天際來。灘聲春向枕，雲氣築成臺。舟共石高下，巖同谿往迴。斜陽紅樹外，渺渺笛聲哀。

高桐舟次寄友

濛濛春樹正煙昏，遠岸迷茫暗有村。回憶家山舊池館，杏花歸燕不開門。

過黯淡灘

造化闢危灘，厥名曰黯淡。雷霆行地底，雙峽如入坎。谿山鬱溟濛，白晝雲黯黮。平川化劍鋩，一色石氣黕。挽舟百夫力，三折落坎窞。驚濤逐蛟鼉，峇嵒千菡萏。水聲人聲雜，喧豗一篙撼。出險曾瞬息，柁師亦落膽。談笑皆强顔，默禱神靈感。浪静泊洲渚，谿聲在漁槮。

晚泊劍谿寺門

紅樹青山宿火稀，水亭隱現掩柴扉。邨莊黯黯燈初暝，河漢冥冥雁獨飛。涼露白横荒寺冷，大波緑送遠帆微。灘頭怪底鶯棲鷺，來盥游僧白袷衣。

延平懷古

狼煙捲地倪鯢鯨，鐎斗寒凝戰鼓聲。萬槳樓船飛古渡，千家燈火枕孤城。寧陵許遠空弓鎧，淝水王琳失旆旌。碧血忠魂褰日月，登壇合擬一軍驚。

劉坑夜泊懷劉三烱甫存仁

今夜建州月，蒼茫起客愁。一輪天上鏡，萬里海門秋。峰影澹欲遠，谿雲凝不流。因風想之子，此際獨登樓。

舟發鼇頭

一葉渺然去，人煙向櫂開。傍帆雙燕下，入眼萬山來。水國雲爲海，谿灘浪作雷。

中流横玉笛，二月落疏梅。

建安梨山古寺題壁

谿聲撼嶺走飛沙，刺史祠堂夕照斜。瑟瑟殘碑湮篆籀，蕭蕭古壁動龍蛇。空山杜宇争啼血，層巘冬青亂落花。最是神靈呵護地，深崖燈火拜千家。

政和左齋夜坐

清秋吹角暮城孤，寂寞官齋感壯夫。落日青楓嘯山鬼，蔓煙白草泣封（孤）〔狐〕。萬山飛瀑聲争答，獨樹臨關榦半枯。腸斷他鄉荒隴地，蕭蕭琴劍兩師徒。

黄熊山拜朱韋齋先生祠 韋齋先生爲文公父。

攀藤披棘上山阿，剔蘚捫苔碣再磨。聽唱南枝三囀鵲，至今桑槺尚謳歌。先生有「詩就南枝三囀鵲，樽前秋月半銜山」之句，政和士民至今誦之。

清明日適郊見梨花盛開磬聲出遠林有悟

數聲清磬不知處，王阮亭句。清磬，山子蟲也。一樹梨花落晚空。宋人句。梨花，白鷺也。解得非花亦非磬，詩家妙境悟禪中。

武夷山大隱屏歌寄家子萊

武夷山人孤鶴形，往來九曲邀群靈，納日吐月摩蒼冥。道心一往不可極，招我共住雲霞屏。玆山中立如建瓴，谿流縈帶清且泠。深林淺麓迴芳馨，衆峰羅列千娉婷。石門花塢長不扃，上有孤館明淵渟。緑文金字堆黄庭，寒栖道藏誰所銘？山人居此凡幾世，叉手日誦茅君經。因乞名山朝帝廷，飄然夜躡鳳凰翎。歸來千劫觀風霆，平林煙雨醉不醒。至今大隱招不得，但見蒼鬢無頽齡。煩君爲吹鐵笛聽，穿雲裂石聲瓏玲。我行願託揚飛舲，俯視身世如浮萍。從君縱體登鸞軿，乘風飛上晚對亭，長嘯一聲天地青。

下黯淡灘

蕭蕭舴艋挾風驕，銀漢西傾起怒潮。白馬飛濤千澗走，黑雲捲地萬山揺。聲高争擊馮夷鼓，日午聽吹伍子簫。半壁危峰一飛櫓，猶疑風雨百靈朝。

夜泊鵝洋

扁舟千里碧波遥，射虎雄心久不銷。獨枕關河愁落月，鵝洋風雨六更潮。夜聞吠蛤。

舟中同李繡宸秀才作

夕樹椏杈外，移舟傍淺沙。風聲響山葉，電影落巖花。濟世思長楫，浮生此短艖。天涯有知己，慎莫苦思家。

南岸晚步

林隙疏鐘動，歸雲夕照邊。山花空磵雨，樵跡晚邨煙。暮色高千鷺，寒聲響一蟬。江帆渺何處？困水憶歸鞭。至淮安由岸路歸。

到家喜劉炯甫至

鴻雁天外翔，乘風懷我友。我友總角交，杯茗論詩久。任延當九齡，才聲集文藪。

名馳甘露頂，華藻追黃九。奕奕齠齔資，英英良非偶。邛邛相負行，鶼鶼飛則耦。緊我政水游，陽關贈我柳。游子淚兩行，欲泣還掩口。落日春遲遲，停雲散杯酒。見時無一言，有言在見後。願身化明月，照君齋中牖。今歲戢翼歸，黃鍾等瓦缶。璞玉縱棄捐，洪音終大叩。忽報來故人，汪汪蕩塵垢。

春閨恨詞

金壺瀝血恨紅娥，紫玉殘釵鬱咽多。不向邯鄲輕傅粉，背人雙淚落秋波。

臨風叩叩佩香囊，羅袂幽蘭暗自香。可怪蔣侯第三妹，青谿獨處亦無郎。時劉三炯甫與余同報罷。

玉簫環指認前身，荳蔻薰湯洗濯新。鸞鏡房櫳涼似水，笛聲吹瘦隔紗人。

杏花春雨不禁寒，枝上鸝聲破夢殘。斜拔搔頭彈錦瑟，多情韓重遇應難。余於韓學使備取而未售。

游仙詩寄劉炯甫

淮南雞犬盡仙期，火候參同只自知。靜聽藐姑天上曲，月明唱我落花詩。

紅綃曲

七言古詩學長慶體而出以博麗，近代首推吴梅村。然香山失之甜滑，梅村失之贍實，前明何大復明月篇又失之空廓，王漁洋論詩不取明月篇，是也。惟以初唐四傑爲皮，以長慶爲肉，以杜爲骨，則於風人之旨思過半矣。近代擅此體者，以山左單芥舟爲最，家石甫與子萊二君均倣爲之，因成此篇請質，若綺語誨淫，則吾豈敢。

太師氣燄吞雲霄，珠喉宛轉歌紅綃。金閨幾曲紅樓悄，玉笛一聲明月高。誰家公子飄飄舉，獨向侯門趿珠履。緋桃手擘貯金甌，金甌微露纖纖指。指上紅綃玉筍篸，胸前明鏡秋波涵。花飛寂寂更無語，雪豔盈盈三月三。誤到蓬山春欲暮，歸來閒作天台賦。紫閣香寒翡翠衾，明璫煙冷鴛鴦渡。短鬢蓬頭劍客雄，仰天長嘯浮雲空。世間豈有不平事，眼看明月飛青銅。珠歌翠舞誰家院，玉女星眸侍春宴。琥珀杯濃碧玉漿，珊瑚簪脱黄金釧。花陰十五月輪低，青絹裁成短後衣。深院不愁花作障，重垣不畏錦成圍。花陰小犬金鈴吠，鍊鎚一擊瑶瓊碎。撾殺狺狺孟海洲，淩空奪得延年妹。不剔金缸繡户扃，微聞薌澤透紗檽。翠環初墜金釵冷，紅臉纔舒玉漏停。碧雲飄斷蘭膏歇，獨倚闌干望明月。一枕鴛鴦夢未成，仙郎已到芙蓉闕。夜深花逕有誰來，風動珠簾繡幕開。穎語瑯嬛驚笑靨，花冠不整酌金罍。自言妾是幽燕女，月下喁喁私與語。記得將軍擁翠旄，朔方虜盡鉛黃侶。饌玉漿金近綺羅，瓊筵日日擁笙歌。妾自偷生貯金屋，郎如佳約渡銀河。況是爪牙有神術，不使春嬌厭抱束。奮翮凌霄比翼飛，妝匳掃盡鸜哥緑。遲明日出太師驚，盜出紅綃雞未鳴。雪泥鴻爪春雲碧，道是無情却有情。古來大使神州有，英雄勸汝一杯酒。天上人間兒女情，博取紅顔如返手。金戈鐵馬千人呼，紫電青霜塞道途。瞥若翅翎鷹隼疾，誰家蓄得崑崙奴！

閲朱竹垞詩話有感前明許啓衷死節

矯詔平章痛抱冤，許天錫，閩縣人，弘治中上疏劾劉瑾，爲瑾所殺。千秋遺恨許黄門。車盤驛壁題詩在，黄犢出林知有村。

莪蒿篇

伊誰誦莪蒿，莪蒿音慘切。我生命不辰，欲語但嗚咽。方書苦無靈，九閽不通謁。穹穹與厚厚，親愛一朝歇。須臾别已難，不信有永訣。

伊誰誦莪蒿，莪蒿不忍讀。我心徒悲傷，墓門空築屋。渺渺望孤雲，哀哀形影獨。思昔承歡時，真爲人子福。至哉朱生言，不如村舍犢。朱錫鬯先生有村舍犢詩。

展墓

墓在北關外一峰山，俗曰一鳳山。

松楸親顏色，蕭蕭鳴聲哀。一卷易歸藏，千哭萬徘徊。夕陽林際暝，寒影横蒼苔。天籟鬱悲音，百憂從中來。素月低下春，黯然照荒萊。狐兔竄淺草，形影空疑猜。四望無人迹，零露濕我頣。潸潸出涕洟，徒倚肝腸摧。死者長已矣，生者難心灰。

追　慕

九京何處返親魂，霜葉棲鴉冷墓門。迴憶寒燈嚴課讀，秤鎚猶哭舊瘡痕。

題女鬼趙婉容詩卷

梨花寒食哭涼宵，露草緜芊骨欲銷。腸斷十三樓上月，芳魂黯黯雨蕭蕭。婉容詩有「哭向涼宵愁對月，冷螢飛上十三樓」之句。

秋日晚晴登于山樓同秩庭

秋聲起天末，黛色失煙鬟。梅落風前笛，鐘飛雨後山。故人同菊淡，暮鳥逐雲閒。百尺危樓迥，登臨此改顔。

同秩庭飲臨江樓

萬樹蒼茫際，飛來兩白鷗。江山此杯酒，風月又扁舟。蘿帶碧緣岸，菜花黄上樓。平生足懷抱，未倦陸機游。

中宵

中宵兀無寐，忽然反鴻濛。鴻濛孰爲人？三百六倮蟲。譬彼萬孺子，胞與乾坤同。聖人爲之長，不能爲之聰。閱牆一家內，操戈同袍中。斯時欲返初，大聲莫覺聾。彷彿萌芽外，苞蔽千萬重。籜去筍乃見，物生始曰蒙。老耼稱嬰兒，軒皇師小童。

夢中得有無釵影燭初成醒續成一絶

有無釵影燭初成，破夢窗前落葉聲。長憶佳人雲水路，捲簾紈袖隔霜清。

書玉環傳後限愁字同秩庭作

舞馬黄衫在御樓，宫人白髮淚交流。徒令粉黛羞顔色，何事珍珠慰懊憂？傾國有花專席寵，照簾無月上陽愁。一從動地聞鼙鼓，比翼鴛鴦夢不秋。

得謝碩甫鷺門書却寄

海天明月照寒衣，落葉蕭蕭捲地飛。舊雨壺觴何限思，故人鞍馬幾時歸？南皮高會懷吴質，西洛孤棲惜陸機。可記三山霜雪夜，殘燈孤角話柴扉。

阸過

讀書禪寺，幾遭廟門之阸。

多難臺卿九死存，親朋幸免賦招魂。猶憐待嫁文簫婦，寶鏡能圓夙世恩。是歲議娶。

送孫惕齋歸惠安省親

東去水粼粼，前峰古黛皴。平沙煙樹暗，飛雪鹵池春。碧海搜蛟蜃，青山護鬼神。青山在惠安，有靈安王廟。頻牽游子夢，近倚白雲親。

送鄭玉谿歸肅寧

笛裏關山路幾千，滿身風雪入幽燕。半村榕葉清江樹，九里梅花細雨天。游子還鄉仍負米，全家傍水好耕田。他時回首西甌望，柳色青青帶曉煙。

催粧詩

兩行銀燭畫簾開，鸞鳳今宵下鏡臺。不事天錢賒百萬，漢書一部壓箱來。

紫簫吹月倒金壺，佳話雙棲記碧梧。吟到六珈偕老句，鴛鴦圖是比肩圖。吴蔚林、梁君榮繪鴛鴦圖，並賦鴛鴦曲三十章相贈。

吴蓬山自楚南寄遊湘詩草代柬答之

楚天雁去暮歸雲，長笛高樓萬里聞。衡岳蘆花悲仲舉，洞庭蘋草弔湘君。鯽魚多處難求甑，犬子貧來孰買文。飛到湘中黄葉句，令人筆硯竟思焚。寄來黄葉樓詩草一卷。

讀史有感唐天寶用兵失度五首

漢陵雲樹動清秋，胡騎陰山尚未收。往憶玉棺寒寢劫，況當珠柙故宫愁。孤城傳箭空營火，落日迴旗黯戍樓。聞道將軍天上下，茫茫鵲印莫輕求。

朝廷宫闕倚天高，詎意徒煩廟算勞。香積孤軍誰後效，涇陽輕騎問先逃。何來京觀長鯨築，空望旌旄旅雁號。社稷煙塵憂不細，故侯疇是霍票姚？叶陶。

宫殿空聞暮角悽，薊門回首暝煙低。沙場白骨連禾黍，墟市黄塵受鼓鼙。滄海横流滹水北，潼關遠阻太行西。總戎誰裕屯田計，目斷軍儲秋草淒。

淒涼夔府久蒿萊，烽火南中動地哀。絶域文鵰沈北向，大宛天馬歇西來。閫戎無策閒長駕，金紫何人稱將才！千載忠臣襄戴翼，炎方珠玉有餘財。

蜀道封疆詔選師，雲臺寄重慎登陴。軍聲不解威難震，大將空勞鬢有絲。徒領鋪音敷。敦驤萬騎，幾曾談笑卻千羆！魚鳧故國藩籬鎮，冠佩真思褒鄂姿。

貧交謡

破衣不典，可以禦寒。貧交不棄，可與彈冠。

榮辱謡

小言如桔梗，大言如金玉。關尹子語。用之不得當，百駟莫能贖。桔梗有時榮，金玉有時辱。

寒夜書懷寄秩庭三首

高城蕭瑟漏聲殘，聽我嗚梭説鼠肝。涼露在天冰在硯，青衫擁簡不禁寒。

井臼躬操共食藜，清貧何事累山妻。裙釵幸遇鸞凰友，有爛明星聽警雞。

門巷蕭蕭索米回，西風腸斷雁聲哀。男兒餓死填溝壑，莫乞王孫一飯來。

詠錢和秩庭

銅山終古屬空虛，祇是方圓世不如。能使鬼神通禍福，直教骨肉變親疏。恃才傲物奴難免，作態淩人臭未除。自笑生平忘棄汝，卻因有汝可藏書。

古劍

壯士千年去，人間此鐵兵。驅雷天亦黯，出匣鬼曾驚。留答君親義，鳴多節烈聲。鋒棱藏莫露，箇裏獨錚錚。金人詠劍詩：「箇裏鋒棱藏莫露。」

紫簫招鳳圖爲張玉夫公子賦

玉夫聘而未娶，其外舅招至其家讀書，因緣偶見女，題詩扇上，懷之，因作此圖。未幾，女捐館。

鳳凰臺上虛明月，鳳凰臺下落春花。一從秦女吹簫後，瓊樓韻事屬仙家。仙家樓閣春雲裏，蕭史前身張公子。瀟灑宗之美少年，文章爭貴洛陽紙。東家少女如明珠，環珮淒涼夜月孤。紫簫吹徹紅閨豔，多情夫壻知也無？腔喉渺渺出碧梧，竟寫丹青入畫圖。飛聲歌管停仙姑，十年前已聘羅敷。誰謂羅敷自有夫？宵宵天上狼對弧。遥遥畫裏郎見吾，牽牛隔水思黄姑。音入九天落紅霰，二十四橋月如練。花間聽曲替花愁，曲罷紅英飛片片。紅英片片催殘月，瑶臺小立不禁寒。雙飛雙集雙入夢，夢中紈扇傳詞壇。扇頭字字皆汍瀾，示我此圖墨未乾。崔徽粉本人争看，美人微步來珊珊，怎奈如花隔雲端。望君莫共仙姬騎鳳去，使我相思寂寞摧心肝！

注經

苦心御户復持銅，静注群經動注空。山妻有身居側室，彌月居側室，乃妻居偏室也，舊解禮記誤。胎教且學蔡季通。

衣讔山房詩集　卷二

古今體詩

過田家

青青松柏樹，上有春鳥鳴。禽鳥爾何知？惟聞布穀聲。望杏開春田，寒食近清明。村舍雨暘課，時無雞犬驚。但見羊牛來，川上夕陽平。幸吾耒耜閒，理我瓜豆棚。倉中八斗粟，與我子孫耕。俗習敦禮讓，所喜無逢迎。禮讓夫云何？歲事誦豳雅。結廬古樹邊，打麥眄原野。插籬未彌月，荳豆忽盈把。有時清風來，高卧瓜棚下。急雨下遥村，恍如瀑布瀉。明日烹雞豚，又是社翁社。相呼隔鄰叟，銜杯足瀟灑。或是山澤癯，或是漁樵者。

夜飲臺江樓送客

萬里波光一鏡開，酒家樓上冷傳杯。大江煙暝雙蛟去，雙蛟浦在白龍江外。遠樹雲高五虎來。明月楊枝遲畫舫，秋風桃葉滿歌臺。懷人異日漳江地，魚腹瓜刀疊浪回。

雙江旅夜懷陳蘭臣山人

落葉無人徑，荒村碧一圍。江魚乘月上，山鳥背星飛。有客企予望，式微胡不歸？何時俱硯席，拈句掩柴扉？

游西山禪寺

絶頂有僧寺，雲歸松榻前。石樓秋見海，煙岫月依禪。獨坐聽山雨，萬緣空夜泉。箇中微妙理，不與世人傳。

不寐

艱虞中歲困儒冠，始信人間行路難。暮角風高殘夢斷，明河天遠曉霜寒。囂囂鄉里輕孫楚，悄悄煩憂問李端。歌罷戾㾾乞無米，投詩有客勸加餐。前劉三炯甫憐余瘦而多病，寄詩云：「治經耗精力，强飯慰朋儕。」

二月初八日佛誕辰登天章臺望大江賦長句

登臺擊劍唱江東，浩浩煙波入眼空。萬葉帆檣殘照裏，亂山鐘磬落花中。乾坤轉轂追飛馬，歲月驚心感去鴻。我本南華舊弟子，人間君復尚飄蓬。

書明史王化貞熊廷弼争遼陽事後

干戈十載遍遼陽，剜肉加徵歎補創。公議不聞籌戰守，私仇但見鬭熊王。四千買閒徒虛話，六萬征東亦漫嘗。最恨廣寧城已陷，侈談猶説復邊疆。

書熊廷弼傳後

再起田間受特知，濟時難得此逢時。如何遘閔憂讒口，坐使沈寃僇喪師。報國有身應兩失，恃才無養亦奚裨！絶憐嘔盡存遼血，功不能居罪莫辭。

哭家讖凡處士

寒花無語入湘簾，怕聽鄰家暮笛淹。零落山丘回首望，秋風何處哭陶潛？

前身羅漢謝凡塵，宿草寒泉隔世因。正則生辰君死歲，千秋從此兩庚寅。識凡卒於庚寅歲。

斜陽舊曲有哀聲，誰贈孤魂及第名？腸斷生前杯酒淚，隻雞墓下不勝情。

何肉周妻竟可憐，美人名士總如煙。因緣曾是彌陀果，花雨諸天久證禪。處士好禪學。

零星舊稿付薇園，檢點申徽手跡存。讀罷人間可哀曲，友人搜其遺草數十首付梓。和煙和月與招魂。

孤桐裂帛度哀絲，白馬青蠅往事悲。風雨垂楊山上暮，秋墳聽唱鮑家詩。

等身世界現河沙，仙佛生來共一家。參到金剛觀自在，鏡臺非樹亦非花。

寒窗細雨夢初回，夢惠梅花跨蝶來。七月十五夜，夢識凡跨大蝶以梅花一枝贈。可許龍華逢盛會，天香吹送下樓臺。

再書明史王化貞熊廷弼争遼陽事後

敵騎驚傳迫瀋陽，紛紛廷議尚如狂。不教節制歸經略，何用虛名賜上方！祖臂居然分左右，私心無復念封疆。河東陷後河西繼，戰勝玄元國亦傷。

范忠貞公畫壁歌

耿藩植黨初披猖，磨牙礪爪横閩疆。海天半壁危一綫，逐人魑魅窺大荒。城頭夜半妖星響，滿地干戈驚攘攘。海風驅水捲愁雲，慘淡斜陽掛千丈。入關虎豹出關呼，東西結援滇池吴。蕭牆禍患出肘腋，縱姦奚異狼生貙。范公萬里推車入，老驥悲鳴作人泣。天荒地老鬼窟深，掣海鯨鯢擺尾立。跕鳶妖鳥天際來，蒼涼城郭徒蒿萊。荷戈萬衆饑欲死，神龍掉尾真堪哀。毒檻陰謀事勢惡，軍心激變風波作。三月十五日甲寅，迴廊殺氣刀光落。吁嗟乎！國家養士如養疴，當時秉政劉秉政。徒顔酡。范公敝舌吞聲哭，孤懷耿耿光山河。重垣扃鐍固如斗，桎梏在躬碑在口。破壁飛騰字有聲，淋漓煤迹龍蛇走。三年垢面形容枯，可憐無有完肌膚。寸心萬死臨刀鋸，淚痕血暈相模糊。在旁疑有鬼神扶，不然何以八日絶食不死罵聲細，九日十日仍復精神麤。至七百餘日，猶能濡染大筆慘切撚吟鬚。

覓九華山草廬 在東城外，與壽山相聯屬。

暮雲流暗壑，隱然微有聲。懸巖漱飛泉，疑與亂石争。蕭晨飄迅商，萬籟吹竽笙。

樵擔雲際没，鳥徑夕陽明。黄葉落秋煙，平坂牛羊行。哀蟬飽風露，苦辛向人鳴。獨抱秋心古，似言入山清。鬱鬱泉石中，悠悠移我情。誓將此築室，課兒學躬耕。

訪陳山人隱居

林泉晝不惬，來此訪仙蹤。澗仄餘殘雪，山深多亂峰。蘿衣上花影，潭木老秋容。衹是空巖裏，幽人何處逢？

吾年二十七

吾年二十七，窮經徒抱膝。三萬六千場，四分去其一。老蘇當兹歲，始爲發憤日。已來者如斯，未來安可必！偶然涉六經，難精飛衛蝨。瑯嬛八萬卷，記誦方成帙。恭甫先生小瑯嬛館藏書八萬卷，余每鈔讀，爲作提要。纔能見方隅，何敢炫著述。搔首發詩歌，嘐嘐復唧唧。曾誦三百詩，未窺三百室。讀書可千遍，吟聲出蓬蓽。正恐鄧禹譏，難免毛生咥。友誼等千金，骨格重萬鎰。文章未雕龍，妄夢執丹漆。今生學已遲，歲月逝波疾。古人治一經，去華必摭實。及其得閒時，精理抽乙乙。許鄭重博綜，程朱理則密。稂蘱無雜糅，嵌罅少分出。撰言必鈎玄，立語各無匹。武侯觀大意，别有天授質。拘儒守其言，讜論毋乃失。陶公不甚解，大旨自能悉。吾生兀窮年，難化胸中窒。駁辨事吹毛，魚鳥徒聱耴。披卷相縱横，迴異猿偷栗。嚼梅讀漢書，奥語解未畢。深愧五德蟬，見陸雲寒蟬賦。不如蟻子術。五角與六張，文場挫斧鑕。鳳皇尚在笯，黄鵠離羅畢。臺卿咏屯歌，宋五笑坦率。不解近世人，科名序爵秩。難逢陳驚座，拈鬚與辨詰。屢焚君苗硯，欲乞江郎筆。入耳厭淫哇，盆間鬬蟋蟀。論詩愛賓賢，賓賢名嘉紀，泰州人，聖於詩。奉爲波羅蜜。世儒漫狂吟，虚聲偶洋溢。打油與釘鉸，我胸有升黜。撼樹訝蜉蝣，縛繭類蜣蛣。藏拙盛德事，僅免蛾眉嫉。風月訪劉琰，神仙説李泌。欲作萬里遊，亦慕孤山逸。殺人笑錢刀，富貴柱下磧。紙上偶談兵，小言薄謅諑。腰鼓驚斗牛，狐鬼供呼叱。神劍發奇光，每使姦邪堲。與佛本有緣，逢人説陰騭。美人如花箭，聞者或心慄。娶婦守荆釵，閨房無私暱。人生貪嗔癡，一身皆梏桎。當懷天下憂，奚患止或尼。釜甑突不知，蓬廬忘据拮。爲筮地山謙，六爻皆迪吉。

題白雲館壁上

白雲不可孤，天外見真吾。書得未曾有，山深空所無。花潭尋活水，石徑闢榛蕪。終日對淳古，龐公相與娱。

送梁君榮佩璋　八首

君榮家粵西，隨宦吾閩，相知六載，情愫款洽。近有南楚之遊，爰成七言長句八章，用以誌別。

蕭蕭征旆向斜暉，寂寞蓬門笠屐稀。匹馬椒丘遲楚客，數峰荃浦怨湘妃。天涯知己餘杯酒，蘋末涼風嘆短衣。可怪九皋兩黃鵠，雲霄最恨不同飛。

驪歌繞夢感離群，何處苔岑不憶君！國士鬚眉逢醉白，美人蘭芷問靈氛。江天帆影杯中落，海國鐘聲水上聞。六載徵歌依趙瑟，別愁怕唱柳紛紛。

往事飄蓬感寸心，年來澤畔託行吟。離懷江樹雲無際，清夢梅花月偶臨。渺渺煙波晴峽遠，茫茫情緒暮流深。一聲羸馬淒其別，歧路相逢淚不禁。

亂山夕照海天高，慷慨雄心斫劍豪。何事勞生懸夢寐，誰憐我輩久蓬蒿？有鎚應落韓熙袖，無線堪縫范叔袍。又向津頭憶瓊樹，江潯南望益蕭騷。

堦前風雨戰茭菰，攜手相逢擊唾壺。壁上懸梭英氣躍，牀頭磨劍鬼聲孤。君家夢到騎蝴蝶，春事悲餘弔鷓鴣。欲贈瑤華不堪折，祇留短札報潛夫。

薜蘿哀怨發江濱，擲筆狂歌哭鬼神。禊事歲難逢癸丑，丁亥歲，詩社倣蘭亭癸丑之事。

湘君天遺降庚寅。論文幸遇沈麟士，把臂當交鄭虎臣。忽報暮雲散高會，滿天星斗照離人。

夜雨談詩又五年，對牀曲尺記閒眠。江山鴻鵠暮無影，花月琴樽夢可憐。六代風雲留戰坂，余前有弔古戰坂詩，極爲君所賞。半生肝膽託哀絃。明朝執手河梁暮，隔地相思總黯然。

側身天地一悲歌，南眺雲山奈別何。萬里壯遊羨虞寄，君自粵客閩十餘稔。千秋高俠識荆軻。關河落日悲彈鋏，歲月離弦嘆逝波。送客還憑長短笛，臨風吹出感恩多。唐樂府有感恩多曲。

薄暮懷君榮

不見梁周翰，蕭蕭兩鬢蓬。關山方夕照，羈旅又秋風。結夢扁舟外，余未識君榮時，已夢與舟中聯吟。交情落魄中。仙家以丹成爲落魄。生平流水曲，獨爾和孤桐。君榮爲余譚玄之友。

詠小忽雷

酒酣花下曲初徵，牆外黄門聽欲䨑。零落琴聲甘露變，人間不識鄭中丞。鄭中丞，女部也。

苦寒吟答家松門振濤茂才

臣朔飢欲死，硃砈寒欲死。余署曰硃砈山人，「硃砈」見伸蒙子硃砈篇。臣朔飢死愧侏儒，硃砈寒死累妻子。城頭戍鼓聲如啼，雪花片片風淒淒。屋上飛鳥凍墜地，閉門亂擁寒蘆低。用林茂之「孤鶴入蘆花」意，謂被也。無衣何以能卒歲？有酒盈壺且微醉。生平不話范丹貧，汝客何須苦相慰！牛衣對泣古亦有，四壁蕭蕭殭獨守。明星有爛弋雁鳧，飛來萬谷笙鐘曉。登樓笑對碧翁翁，飄然閶闔來長風。丈夫意氣雄古今，拔劍出門西復東。人生但效春雲藹，長裘蓋遍萬人海。

題張亨甫際亮松寥山人詩集後即送其入都

雄才横海壓長蘆，斫劍狂歌擊唾壺。古樹斜陽話鴻鵠，清樽冷月弔猿狐。天生李嶠真才子，世有張堪總丈夫。極目煙波渺無際，夢魂遥逐片雲孤。

附 亨甫次韻

江東名士出菰蘆，爲我臨歧倒玉壺。十月冰霜遲去馬，九邊關塞夢飛狐。時回疆聞警。當時未必容張儉，異日多應憶灌夫。況是鍾牙本同調，天涯從此撫絃孤。

黄蓮卿孝廉招同亨甫明經遊積翠寺即席和亨甫

回首丘山感萬牛，茫茫身世去來舟。烽煙滿眼誰投筆，燈火千家獨倚樓。殘月東南天似夢，寒雲西北水空流。相逢杯酒應同醉，莫遣張衡詠四愁。

附 亨甫遊積翠寺即席元韻

尚走風塵笑馬牛，飄飄天地一孤舟。江湖望闕翻無路，嶺海籌邊倘有樓。酒醒客懷當落月，夜涼漁火在迴流。北歸蕭瑟傷南顧，君漫言愁我欲愁。

君勿爲名士

君勿爲名士，名士本如娼。誰想真顏色，空作野鴛鴦。

君勿爲名士，名士多於鯽。大千祇一粟，立身無寸尺。

亨甫出所製山水帳屬題率賦長句並送入都

去年我製梅花帳，北窗高卧無人間。夢騎騏驥遊閶闔，手持雷斧鳴天關。曾對東皇太乙語，要窮六合而外之奇山。生平頗恨九州隘，目中最陋青山頑。東皇命我乘雲去，蛟龍導路相追攀。長風駕足萬億里，天柱地維咫尺耳。大江橫涕揖湘君，沅湘波濤捲天起。雷填填，雨冥冥，雲中君愁山鬼喜。我飛去兮扶桑東，雲霓掩藹横長空。我飛去兮大海北，雷師告余日昏黑。歸來惝恍一夢醒，安得椒丘焉止息。自嗤意氣空宇宙，但覺名區徒偪仄。建寧張子天下才，江山摇筆煙雲開。少年足迹遍海内，天台雁蕩揮詩來。邇來卧遊入空谷，示我名山歸尺幅。畫成髣髴滄洲趣，但見萬山環抱，一山方起一山伏。清音泠泠在山腹，卧對名山足清福。吾生當爲天下嶓，君其毋讓孟郊獨。明朝又約名山遊，千樹萬樹亂山秋。我欲追君徒夷猶，煙波滿眼生離愁。夢魂願化千群雁，長隨破浪之飛舟。

白雲

白雲未歸山，作勢在空際。何不化霖雨，下澤人間世。

祭竈詞

餳糕祠竈神，杯盤紛雜錯。好語一一奏，替人瞞過惡。
過惡固難瞞，形影自相告。暗室有十目，獲罪無所禱。

除夕感懷

時序推遷迫壯年，妻兒如雁擁燈前。儒生壓歲惟書橐，萬卷縹緗抵萬錢。

所憂

婚嫁尚未畢，向禽難入山。不憂一身饑，所憂一家寒。
霄壤原並育，魚鳥充四維。不憂一家寒，所憂四海饑。

静觀篇

平生甘澹泊，況乃居中田。有屋小如舟，羅列皆書編。潛心悟妙理，沖静合自然。摛詞禁華藻，詩思若湧泉。乃從秦漢後，想落羲皇前。古人獲我心，一覽三千年。

谿山雲晝合，谿水流湝湝。曠覽山水間，東風吹高臺。雲邊厓石落，雨後春花開。我立蒼藤下，何事慰余懷？幽石不待掃，疎篁風快哉！偶學陶泉明，長歌歸去來。

六經若日月，辭簡義亦明。奈何百家書，紛紛有所營。秋涼坐虛館，颯然神慮清。前不見古人，古人豈無情。文與時勢變，孰能與之争？浩然一長嘆，吾道思干城。

坐時雲滿衣，卧時雲滿牀。白雲自來去，青天雲自忙。煙壓柳絲重，風吹華鄂香。筍迸緑苔錢，松吸青霞漿。燕燕爾何爲？呢喃春晝長。曉來萋已緑，春草夢池塘。

名山争秀出，隔嶺聞秋鐘。洞天三十六，一一有仙風。樓臺縹緲間，烟霞相與通。但見碧溪流，流出青峰中。我見赤松子，相依黄石公。仙酒熟松花，飲之如長虹。

悵然思古人，相思淚如雨。登舟别名山，迤邐向南浦。一帆輕且速，不用勞篙櫓。蒼蒼松樹林，丁丁伐樵斧。樵人相與歌，禽鳥獨無語。天末北歸鴻，翩翩下寒渚。

丈夫遇知己，勝於得美官。幽石坐無聊，欿然渺所歡。古來英雄士，所就非一端。

論文美邦國，習武備急難。浩然淩紫霄，卓然不可干。所以隴西李，目識荆州韓。我讀少陵詩，好鳥不歸山。鹿鹿風塵裏，仙人教駐顔。何不臨清流，亦將相與還。所以張子房，流攬煙霞間。直走青山深，遠彼秦楚關。漢王有天授，居然龍顔攀。茫茫天地間，所遇非古人。西施豈不美？而乃負樵薪。若耶浣紗去，契合若有神。飄飄范大夫，爲國忘其身。罷彼浣谿紗，一辭碧水濱。國步有艱難，安得獨屏營？桐柏八千丈，周圍八百里。其山有八重，四面如削止。中有金庭宫，王子晉居此。高出萬古峰，俯臨千仞水。日日鍊還丹，恨不遇仙子。仙子時一來，瀑布空青起。幸居堯舜世，四海絶干戈。不爲夔與龍，恐負君恩多。慨然招隱士，何必居煙蘿！古人家國間，油然葆太和。君子不援手，其奈蒼生何！相與登東山，悠悠發浩歌。

看雲圖爲王用卿上舍賦

閒雲不肯輕出山，出山無復閒雲閒。偶然蹤跡在天際，已覺指示環人間。人間眼界復何有？朝爲黄牛暮蒼狗。誰憐雲也本無心，獨任人情善翻手。翻手作雲胡爾爲？君今試看雲安之。雲兮何來去何止？來去蒼茫差可喜。人生三萬六千場，誰似此雲長不死！王郎意氣猶雲龍，讀書萬象羅心胸。一時飛思入變態，横看側看天爲空。横空看雲雲自好，塵世勞勞雲笑我。達人富貴都等閒，獨至看雲不草草。烏乎浮生如浮雲，眼看俗子徒紛紛。與君扶杖入山去，抱雲招下雲中君。

民心謡

民心趨義，天下大治。民心趨利，菑害並至。

釜甑謡

名教掃地，黄金坌至。道義爲鄰，釜甑生塵。

題畫 爲黄則仙師題。

訪勝題詩路百盤，相隨琴鶴白雲寒。泉聲飛響孤煙外，有鳥争呼山樂官。烏名。河陽花事滿江關，千里輕舟獨往還。彭蠡西風豫章雨，一帆秋色下崖山。

嘉興錢氏手寫宋本杜注左傳並橅當陽侯印歌

腰懸金印汝勿喜，汝是杜家不孝子。唯阿注左昧真心，掩飾其詞直穢史。書法大殊南董狐，注家竟是遼東豕。汝父杜恕刺幽州，曾遭司馬閉之死。當陽久久不得調，皇皇悻悻熱中起。爾時昭有篡弑心，收羅名士歸箇裏。炫來妹子貌傾城，韓姞相攸聯笄珥。汝也目見篡竊事，釋例春秋妄比擬。集解難欺萬世人，忘却父讐滅天理。春秋之作誅亂臣，汝書大悖春秋旨。亂臣司馬懿師昭，成濟賈充賊子耳。鄭莊祭足彼何人？趙盾趙穿無足齒。賢哉仇牧孔父嘉，王淩毌丘此其是。師也逐君昭弑君，抽戈犯蹕操毒矢。射王中肩本暴行，司馬借爲藍本紙。鄭志苟免王討非，如此注經真足恥。李豐之忠奸可斥，王經之節貳可指。高貴討昭堂堂陣，汝注春秋曲而詭。汝看相繼師昭後，裕與道成效步咫。若衍若泰若霸先，歡洋堅廣皆同軌。石虎冉閔與苻堅，相習成風無代已。羅胸武庫果何爲？左癖居然嗜痂痔。服虔舊注不復見，汝注祇宜糞土毁。劉炫規似博狼槌，狼作浪，非。見漢書留侯本傳，讀仄聲。祇中副車未著軹。劉炫規杜見左傳孔疏引。誅心之論出後來，千秋我愛雕菰氏。焦氏説見雕菰樓集及左傳補疏。

陳恭甫師命箋絳跗草堂詩鈔謹呈一百韻　時應恭甫師聘，修福建通志。

萬丈摩空筆，天風捲海詞。文章操鬼斧，壇坫樹神旗。細響嚴辭振，元音大力持。高撐巖穴秀，下瞰培塿卑。矯矯飛鴻曲，聲聲猛虎詩。韓蘇爭壁壘，漢魏築藩籬。百代看扶懦，千秋藉起衰。揮毫曾渡象，染翰欲吞貔。倒峽才如此，旋乾手在斯。齊驅曾有幾，釋憾總無遺。握槧空空妙，懸河字字奇。雄師撼陣日，偏將受降時。每貴三都價，齊教十日思。況當青綺歲，早焕碧梧蕤。年少陳驚座，清流吴隱之。壓蕃千輻集，問字萬夫馳。江漢毫端露，山川筆下摛。翻洲踢鸚鵡，入夢兆蟛蜞。握卷人如鳳，譚經客化貍。食貧書柿葉，買物返燈榹。相約師文舉，何嘗靳孝尼？九經勤嚼茹，七諷廣呻咿。然草披蒲牒，題箋噉豆糜。才華齊孝綽，家學比王慈。列宿參還舍，渾天辨守夷。九霄飛霹靂，萬壑現嶔崎。頃刻秋聲賦，清奇華嶽碑。龍文膽斗壁，鳳管寫淋漓。撰曲驅窮鬼，吟山走大魈。高歌殊刻鵠，潑墨早揚鬐。藝苑無雙詫，騷壇獨步推。一斑寧豹隱，寸管幾鼈噫。腕底淩煙鑱，囊中脱穎錐。錦江下霜鶻，文苑出天驪。棘院初燒燭，蘭名早蔽逵。金篦常刮眼，碧樹想交枝。身價侔丹鳳，精神閃赤螭。黌宫重衫綬，舊閣寫之而。芹藻觀旂至，衣冠鼓篋披。詩書扛巨鼎，名姓入烝彝。獨韻追三步，鴻篇將萬雌。雲霞常繞腕，談笑盡舒眉。品望河東柳，霏言司馬芝。軒軒動毛髮，默默洽肝脾。學浪長澎湃，才源望渺瀰。文詞敵班馬，言論雜軒岐。未入紅蘭署，偏親白玉規。題名先鹿唱，研桂肅鴻儀。屢出申公簡，齊深董子帷。司衡稱領袖，名士耀冠緌。墨海蠡難測，書闈衆不疲。百家空睥睨，餘子敢攀追。簪筆來丹陛，披香躡紫墀。玉堂前殿夢，舊史老臣姿。天上蓬萊水，人間太液池。詩魂金翡翠，文骨碧琉璃。擘紙裁蘭藻，鋪箋落素棋。鈎陳詞浩浩，粉署策纍纍。賜錦傳金馬，量才出玉麒。花磚宣禹玉，雲彩應韓琦。鵷隊聯班肅，鈴聲出殿遲。吟場元帥上，學府至尊知。傳檢輝薇省，鳴珂駕寶羈。昌朝贊喉舌，伏闕重欽咨。冠冕躋黄序，圖書擁絳輜。南宫三禮定，東觀六經司。孔壁開昭運，曹倉立碭基。洪鈞公頌協，著作古人悲。杜預胸成庫，韓熙袖有鎚。玉山人朗朗，瑶瓦雪澌澌。秉鑑臨河汭，傳薪感魯僖。揀沙操月斧，度巧越工倕。沅芷紉無漏，湘蘭采得宜。儒林詖行拒，大雅德隣資。儲藥盈青篋，掄材耀色絲。衆仙看虎變，使節振夔皮。巨響洪鐘發，飛光古鏡垂。扶輪收梓杞，勘字馥荃蘼。望闕雲韶動，趨朝淑景移。煙花臨鳳沼，綸綍錫犀毗。主德勤相眷，天波早濯疵。養親明詔下，陳牘拜章辭。賦别來陶謝，群仙望吕伊。離歌駒載道，飲餞酒盈卮。策轡雙駒疾，還鄉一鶴隨。金鼇開講席，玉館立山茨。飛騎人餘幾，馳聲更有誰？經談瓊鹿洞，説著鐵牛祠。奏樂生徒集，撞鐘麈尾麾。鏗鏗號揚政，奕奕繼安熙。析理河爲口，飛談雪瀉瓷。洪音聞碧落，高議落紅滋。抵掌花生席，開筵燕在楣。條分辭滚滚，列座對睢睢。豈止驚山魅，真能哭嶽衹。傳家留鐵杵，購稿走昆彌。學盡師從彦，人甘鑄子期。經文藏石室，形象畫蒲葵。榕嶠維風教，薇宫降福禧。淩霄吹鐵笛，高唱入雲湄。

送友之粵

揚州韓慕薌州元、鄭慕谿誠二君遊幕吾閩，從陳敬軒案頭見余詩，乃以余之字爲字，今冬别余游嶺南，詩以送之，並以志感。

茫茫天地送征鞍，江上魂銷此别難。驅鱷文齊韓吏部，題鴂詩重鄭都官。韓君長於文，鄭君長於詩。梅花五嶺回鞭指，橘子三山帶雨寒。君去仙城莫惆悵，好當風雪强加餐。

讀史懷古名將 七首

漠漠黄沙戍火紅，將軍猿臂欲摩空。狼煙邊草千旗月，雁塞秋聲萬馬風。霹靂晝鳴飛白羽，鼓鼙夜震走黄弓。如何破盡匈奴虜，到死曾無尺寸功！李廣。

掀天事業鎮蠻邊，阨險山川聚米年。壯盡雄風鑄金馬，掃殘毒霧墜飛鳶。苔花銅柱功難掩，薏苡明珠謗可憐。垂老據鞍心益壯，裹屍猶想葬茅煙。馬援。元人過交趾詩：「戰功難掩處，銅柱上苔花。」

十人持鼓夜鳴弓，鄯善招徠第一功。疏勒降旗投馬足，莎車亂騎散螗攻。蠻方傳箭幢麾白，葱嶺横戈塞草紅。生入玉門猶壯志，將軍有子紹英風。班超。

關河黑月亂雞聲，塞北悲歌慘不驚。破夢戈同中夜枕，倚天劍欲渡江鳴。一龍人代童謡起，七馬春秋寇燄平。千古祖劉雙壯士，揺鞭河北掃鯢鯨。祖逖、劉琨。睢陽百戰血模糊，畫像高懸天子圖。赤火焚營萬幕警，黑衣縋壁一軍呼。霽雲抽矢真名將，叔冀屯兵愧丈夫。三十六人俱厲鬼，至今惟記陸家姑。張巡。茫茫亂雪戰雲昏，十萬雄師殺氣吞。笳震牙城埋鬼陣，令嚴鐎斗散蜂屯。黄沙霆走軍聲壯，赤羽星飛虜騎奔。千載奇功留片石，金雞喚後竪降旛。李愬。旗鼓雲中偃九門，饒陽擊賊寇終奔。車飛大砲諸酋陷，麾指降城萬騎屯。躍馬雄心思孝德，媢功小醜笑懷恩。臨淮遺法軍中識，壁壘河山百戰尊。李光弼。

秋夜登城樓書懷

深谷起何處？暮山無盡情。白雲千雁影，黄葉萬秋聲。淚爲思親下，心因數柝驚。中年感哀樂，絲竹激空清。

自題一燈課讀圖後

寸草難酬罔極親，井燈回首淚猶新。井燈事見先母本傳。種瓜負米今無分，天下傷心第一人。

王㭍蘭道徵山人夢遊蓮花洞圖

古來今，一夢耳。人間世，花在水。大千界，等螻蟻。妙蓮花，發洞裏。江上舟，來彼美。採蓮人，仙家子。屏萬緣，結歡喜。蓮咒缽，喻其旨。三萬場，去箭駛。羊胛熟，雲生履。藕爲船，歸來是。

松石圖爲李鴻緒題

古松鬱蒼秀，下有磅礴石。宿雨溜苔斑，細草枕澗碧。濤聲空際飛，雲氣蓊然積。山阿有幽人，煙霞歸窟宅。横琴古樹陰，意若適其適。白雲爲之侶，氛埃盡盪滌。空翠滿虚抱，佳月款良夕。寄懷清微境，詩意羌心得。嗟嗟塵網中，逐逐皆形役。静者有真機，觀覽猶粗迹。惟應山中人，可以共栖息。

題亨甫金臺殘淚後

同調鍾牙賦離憂，尋聲怕聽畔牢愁。如何鷩代張平子，淚灑金臺亦感秋。

追弔何希修青芝孝廉

流水笳簫往事空，淒涼蒿里曲初終。文章舊夢羅含鳥，歌詠長灰白傅筒。幾載墓門餘鬼燐，有人湘草哭秋風。楚濱吟罷招魂句，青塚高原夕照中。

狓均圖爲劉煥爲孝廉賦 「均」即古「韻」字，見史記。

天籟鳴自然，喁于諧律呂。清角協黃宮，流徵雜商羽。音均本不恒，孰爲括其矩？自有文字來，均學開李呂。封氏聞見記：「魏李登撰聲類十卷，凡一萬一千五百二十字，以五聲命字，不立諸部。」魏書：「呂静作集類五卷，宫商角徵羽各爲一篇。」錢竹汀云：「漢世言小學者，止於辨別文字，至魏李登、呂静始因文字類其聲音，雖其書不傳，而宫商角徵羽之分配實自二人始之。」顔氏家訓亦言：「均集有分章，猶後人分部也。」周陸乃繼興，四聲分部伍。齊書周顒傳：「周顒始著四聲。」陸厥傳亦分四聲，皆在沈約前。唐宋互異同，賈劉屢修補。賈昌朝、劉定容。誰歟輯其成，嘉定章氏黼。謬譌刊紐圖，正例依洪武。歷代多纂修，終難述覶縷。火燬與魴彭，春秋左傳「士魴」，公羊作「士彭」。「魴」「彭」，方言異音，輕重不同。南北殊風土。五經均不同，況乃楚詞楚。文心雕龍「楚詞詞楚」。按：楚詞本楚音，故訛均繁多也。累黍定中聲，華夷歸合譜。沈不識雙聲，軒昕義無取。抗志漢魏前，證今宜援古。汶長著説文，姬公明訓詁。風雅尊周詩，詩歌溯韓杜。讀書略識字，數典不忘祖。金石鏗元音，琳瑯搜故府。劉君英傑士，高誼敦古處。本范亦參方，贍族創豪舉。君生平慕宋范文正公之爲人，嘗置義田以贍族，近代方靈皋亦嘗行之。爰置續命田，戚屬得資斧。盎盎春風和，枯條悉吹煦。驅策走九州，觀書眼如炬。仰天督奎文，鳴窌通牛語。亢倉陋鶩昪，鐘彝辨癸父。力學三十年，勤劬茹荼苦。遠紹太始音，樹作中流柱。千載鬭蓁蕪，斠（茖）〔若〕手畫肚。衆喙息紛呶，豎儒何足數！我憶留金翁，皴圖一延佇。説文「劉」作「鐂」，从金，留聲。

同蓮卿登鼓山大頂峰即步元韻

振衣巉巖巔，飛躡捫絶磴。萬壑天風迴，泠泠獨清聽。高秋鬱青蒼，上方發鐘磬。八衢聞流鈴，穹廬虹氣亘。眼中十萬户，一一羅形勝。花雨雲外落，冥茫墜鳥徑。坐嘯日西沈，群山不敢應。翛然出塵埃，餐霞塵夢醒。

再遊鼓山題幽居禪室壁間

泉恐出山濁，心聊對澗醒。澗光寒釀碧，山色曉凝青。風籟非禽籟，樵形誤樹形。

遠瞻嵐翠合，重至路疑扃。

大蠹

天下有大蠹，吏胥爲之首。黨惡肆刁獪，新舊例俱有。有例須白金，無金休矢口。荐食來長蛇，變幻若蒼狗。竟操黜陟權，能試高下手。夙夜所用心，孳孳在利藪。兩漢重功曹，必擇高望叟。郡邑舉賢良，掾吏無敗醜。六朝崇令史，吏胥亦純厚。吏與士分途，朱明開其牖。流毒至近代，居然成稂莠。此輩無官方，難責其操守。官或朝暮更，吏則累世久。欺詐出家法，勢勝官八九。官明察二三，官昏如木偶。今欲除其弊，莫若剖其斗。易之以士人，品高或不苟。許駕部宗彥謂「以有品士人易之」。昌彝謂：「駕部謂使有品士人易之，是矣。亦不可使世其業。」治道庶有益，我言非覆瓿。此蠹倘不除，終爲邦之咎。

題許梅笛華山訪道圖

絶壁捫苔落曉紅，笙鐘萬谷送秋風。微茫古廟神鴉散，縹緲天梯鬼斧空。仙子佩環晴翠外，故人裙屐亂山中。深龕倘遇棲真客，曾否蓬萊此處通？

答王偉甫廷俊見懷

美人窈窕出蓬蒿，著述名山寄訊高。斫劍王郎能拔我，漢儒經術楚風騷。

答石甫和韻

策蹇窮途寄一身，清才淪落半風塵。吞雲真氣空河嶽，動酌高歌哭鬼神。怪底世人皆欲殺，何堪我輩獨愁貧！江河自有迴流日，絶代佯狂莫效顰。

衣讔山房詩集　卷三

古今體詩

道山僧舍次亨甫明經即席韻

攜酒上方寺，鐘聲煙外飛。浮雲惟鳥度，落葉有僧歸。歲月催殘笛，江河送落暉。長風起巖壑，吹上故人衣。

海内論知己，交談竟夕心。張衡長不樂，王粲獨高吟。潮落江天渺，鴉棲暮樹深。虚堂此明燭，千載溯高岑。王子遷詩後成。

大澤龍蛇遠，空山雀鼠饑。談兵呼白羽，轉粟夢朱旗。各有憂時感，能無對酒悲！何年賦招隱，同拜水仙祠？

唤起千秋月，長空弔美人。乾坤容我醉，肝膽向君真。瘴海横戈苦，高臺擊劍頻。角聲天外落，俯仰亦酸辛。

附録 亨甫道山僧舍即席元韻

高閣蟬仍唱，閒庭鳥自飛。舊游渾似夢，往與會城諸友屢集於此。多病不如歸。氛祲干星象，天文家言近彗掃文章。江山動晚暉。東南烽未息，臨眺一沾衣。

海水涵天迥，蒼茫萬古心。不才難獨往，未死尚哀吟。燕雀橫空滿，蛟鼉得氣深。直愁蓬閬外，老鳳失丹岑。

丹實明愁眼，祥鸞久自饑。炎風蒸草木，暑雨怨旌旗。有夢兵應洗，無家醉亦悲。獨長將短淚，閒灑范公祠。

列坐連佳士，勞歌見古人。病兼兒女累，狂得友朋真。地俯南荒盡，天瞻北闕頻。登高還送遠，薌谿不日往泉州矣。身世劇悲辛。

哭陳恭甫師

金鼇峰畔舊帷堂，師自道光甲申主講鼇峰十年，甲午孟陬歸道山。接席談經鬢有霜。師年六十，猶著書課士，夜以繼日。入夢龍蛇呼起起，師精皇極數，謂辰巳以後難逃大厄，言卒驗。傷心麟鳳感茫茫。淹中墜簡搜應遍，棘下先師念不忘。流水高山哀調盡，門前書帶已斜陽。

淮陰侯乞食圖爲社亭題

英雄淪落皆如此，一襟我亦愁蒿萊。縛草難驅五窮鬼，乞食肯效王孫哀。逢人不借豆羹活，胯下之辱同塵壓。闤門賣餅歌屯庀，長門薦賦無良媒，侯生今世亦凡材。歲在敦牂月在宿，七閩饑饉成荒災。時閩中告饑，升米至七十銅錢。滿目嗷鴻集中野，身死不受人嗟來。我時枵腹拜許鄭，鼻無黃氣腸如雷。古來餓鄉禁俗子，其如妻子聲喧豗。同室進食左右截，我瞻塵甑空徘徊。千載豈無兩漂母，我生頗恥持瓶罍。披圖灑淚長太息，淮陰本是天人才。昔日江頭成餓莩，婦人一飯歡顏開。長安惡少莫輕視，壯夫不受庸夫哈。淮陰本是天人才，不然誰知當年垂釣有高臺！

自題餓夫圖

圖繪一人箕踞石上，手托瓦盆，有犬群吠。

饑腸九轉吞星斗，恥向侯門托瓦盆。席地幕天伸足易，何勞邨犬吠黃昏。

昨夜

冬夜作。

苦寒未已還苦饑，八歲五歲三歲兒。炳兒八歲，濂兒五歲，梩兒三歲。山妻喁喁向我語，昨夜梁間落饑鼠。

桐江釣雪圖爲丁式如珏同年賦

蘆花兩岸飛濛濛，江頭萬鷺棲孤篷。白雲在天呼之下，釣絲直拂金鼇宫。其釣非釣雪盈把，不釣利名如君寡。得魚沽酒醉便休，細雨斜風歸去也。

絶句寄家子萊仰東

梅花心緒菊花知，臣朔年來尚苦饑。可嘆炎涼僂指數，同心獨有甲辰雌。子萊與余同庚。

黄忠端公祖墳苔字歌聯句

公父青原公墳被土人侵佔，一夕風雷大作，次日遍墳苔草書「黄界」二字，土人乃惶恐，事息。

荒烟蔓草天霦霦，鄭谿銅山萬古存孤岑。子萊先賢忠孝死不朽，英光長照閩江潯。漳浦黄家舊名胄，鄭谿勝朝累葉重纓簪。石齋尚書負神異，子萊挺生夢感龍精妊。饜心文字搜丘索，洞機名理尤浸淫。先生嘗著三易洞機。登高四望暝雲合，先人墳墓當嶇嶔。

君子之澤已五世，何物狐鼠生氛祲。鋤强太守不復出，拔薤安得來龐參。帝遣元精作飛檄，群靈千隊行騤騤。薌谿墓旁居人盡鍵户，譌言毅魄從天臨。子萊荒瑩一夕長苔蘚，黄山黄界鋒芒森。薌谿横掃墓側連碑陰。前朝陵寢亦榛莽，杜鵑啼血悲秋霖。子萊鄰山北面望宫闕，遥遥不見松楸林。孤忠萬劫念君父，上天久鑒公之心。黄泥宜有鬼神護，流示奕祀光來今。閿鄉風雨出堆塚，六安陂岸留公琴。薌谿古來哲人存聖蹟，我時憑弔還霑襟。矧此海濱毓賢地，白楊不翦今蕭槮。子萊秋聲颯颯吹片紙，墳樹爲我俱悲吟。薌谿

古意寄寧德陳玉川山人

高臺冠雲表，宛與摘星齊。胡爲燕婉求，色者亂之階。豔妻煽方處，柏舟良可悲。南山有鳥羅，無乃餅師妻？深深湖上水，中夜起徘徊。但愁聽者苦，不知歌者哀。膠柱而鼓瑟，從古知音稀。不如雙鴛鴦，朝朝江上飛。

閱世二十首

君不見河有魴兮江有鱮，南北古今嗜何歧！今人若請古人客，下箸何異驚蟛蜞。風

流兩晉牛心炙，若登今筵等鼠腊。寰海饔飧稻粱麥，誰辨書中麻黍稷？潘妃步步生蓮花，窅娘裙下新月斜。豈有章條與號令，南窮黔粵西流沙？南威却步夷光蹙，不羨蠐首羨弓靴。男女飲食情同貫，今人古人若冰炭。青牛化胡老聃辱，章甫適越神禹歎。扁鵲不工帶下醫，枉攜藥石走殽西。

君不見東漢盛南陽，季漢盛襄陽，北宋衣冠盛洛陽。卧龍雛鳳每比户，德星慶雲時一堂。今日斗米黄巾藪，昔時桔梗柴胡沮澤旁。吴越文明甲天下，昔時斷髮文身化。齊魯今誰禮樂郊，幽燕盛境長安亞。邯鄲瑟，濮上桑，桃浪蘭風溱洧鄉。今人不聞夜合笑，枳橘有時遷地良。何況攀鱗附翼乘王氣，麟鳳已遥羽翼逝。猶從巢穴覓風雲，何異南陽洛陽求國瑞。陵有移兮谷有徙，天旋地轉無終始。花有開落月圓缺，地轉天旋互盈竭。服參必求上黨參，帚敝柱膠譌殺人。

渡水何必萬丈虹，庇身何必萬牛棟。材費人勞木石重，水涸天晴山澤凍。略彴容舠堪渡人，竹屋茆篬足穩夢。共笑棟虹徒亘連，磊砢穹窿復何用！溱洧憚成鞭石梁，齊王欲毁明堂礱。洪濤齧石雷破山，蛟龍起陸天地恐。略彴漂流不復存，茆屋翻飛那足聳。始悟不動安如山，棟虹端爲風雨幪。

君馬黄，臣馬蒼，兩驂相逐如雁行。南山牡，北山牝，水草寢訛矜顧影。牝牡驪黄各一群，選毛配色爛如雲。立仗十年不一鳴，此物真堪瑞太平。一朝秦寇從天至，盡出天閑當敵騎。旆卷霜寒鼓聲死，踠地長嘶淚盈臆。四十萬匹盡駑材，畢竟龍媒在何地？當年取我取驪黄，如何驅我陣雲旁！當年相毛不相骨，如何今責電霜掣！君求千金百戰馬，請覓鼓車鹽車下。

淩霜竹箭傲雪梅，直與天地争春回。如何不逾河以北，亦如蘭桂江南栽。梅竹君子性，蘭桂美人魂。但傲南雪畏北雪，材難自古窮乾坤。誰言摧挫盡天意，恩生害兮害生恩。不見松柏梁棟材，燕南塞北皆徂徠。不見柳爲木精應天宿，沙漠以外青青荄。横絶六合無南北，幾見遷地難良哉！柳如民庶松大臣，一世仰用材始真，梅竹未足雲雷屯。吁嗟乎！梅竹尚謝雲雷屯，區區蘭桂安足陳，何況蕭艾與穫薪。

寒山一夜鳴，倏令天地驚。大壑深厓頭角成，晦冥變化如有神。拔樹移湫徙窟宅，騰以魚蝦萬千百。前村後村波濤黑，傾刻丘陵成澤國。月令金鼓旌陽劍，誰向潯陽逆潮射？四海但謂鱗甲盥，誰知乃是雉蛇卵！四海但仰雲雷欽，誰知災孽非甘霖！多少蟄龍潛土室，欲作風雷無羽翼。吁嗟造物風雷職，莫使潛龍爲蜥蜴。

新沐冠，新浴舞，散髮天風歌白紵，倒濯銀漢無殘暑。火雲燒天汗垢塵，坐卧麻姑搔不仁。胡不蘭湯上巳濱，一番禊祓一番新。主人色難心畏潔，欲浴先必謀蟣蝨。更衣受風防外泄，甘聽群污飽膏血。披此七斤大布袍，百年不浣滄浪月。君不見燈蟲不翦燈不然，蟫蠹不捐書不全。由來利害無兩便，由來膠柱無百年，素女改破媧皇絃。

水性本是地中流，不逢大禹滔天浮。陸生舌下城七十，庖丁朝解十二牛。死棋中有國手著，殺人方即生人藥。禍福倚伏塞翁馬，何時何地無回薄？堯牽牛，舜荷箠，不如牧豎麾肱指。左畫圓，右畫方，更加掣肘誰成章？會者不難，難者不會。虎鈴解繫非二人，龍伯豢屠藏一芥。起雷造冰有何技？神符只是人間紙。中流一壺洴澼洸，肯信三軍待君濟。九曲絲穿不如螘，大聖有時拜桑婢。

扁鵲見秦王，三見三歎唏。初病腠理可鍼灸，次病腑臟可湯液。鍼灸苦膚藥苦口，攻伐恐傷元氣厚。何如勿藥得中醫，國老衣鉢爲君授。三見甫入門，望氣先卻走。藥石攻補百不受，太乙雷公齊束手。（娠）〔侲〕童媢子環芻狗，堂上稱觴萬年壽。

名匠五都市，人人矜斲埴。使構淩雲臺，莫傳國工式。呼機寒女家，各各矜供帳。使製天孫錦，莫問鄰姥樣。航海鯨浪高如山，野渡孤舟難復難。小巫莫鎖支祁怪，庸醫詎治華佗肺。白虎鼓瑟蒼龍篪，鈞天樂奏巴人駴。昨日巧，今日拙。大者癡，小者黠。常時叱咤生風雷，遇變南山銜石闕。尺短豈無寸長，小受不可大量。鼷技有盡，鳩拙難藏。如何觴豆三爵旅酬揖，堯飲千鍾孔百榼。

誰言布穀鳥，不可代犢犂春曉？誰謂羅浮蝶，不可代蠶成繭帛？長養費盡春風心，翩翩欲笑農桑色。秋風木落黄雲稀，九月天寒未授衣。欲尋鶯蝶救寒飢，始悟所用在是所養非。高高者天，漠漠者海，榑桑玉禾竟安在？路長翼短何曾悔，主人終不鶯蝶罪。豳風障子顔色改，解渴望梅應有待。得過且過行相賀，明春鳳皇不如我。

豈無大宛龍駒獻，昆侖月窟如星電。不作戰馬作舞馬，銜杯上壽娱前殿。更遣駑駘作導師，日調魚雅回翔姿。惟恐風雲之氣霜電骨，不化仗前倡俳物。足不習兮沙漠，目不習兮霜鍔，耳不習兮鼙柝。漁陽鐵騎朝叩關，驪山舞馬垂雲鬟。急驅舞馬作戰馬，漫更錦障裝刀鐶。十年錦障雄心死，何處沙場報知己！

取才亦使勇冠軍，取色亦使尹服邢。才色空群不及德，猶令一世推娉婷。縱慚軒轅嫫后誠，終勝昆侖媚豬輩。深山大澤生龍蛇，美玉明珠發光怪。昨夜蛾眉入漢宫，門楣户閥生春風。得非詩禮式金玉，得非星曆欺芙蓉。每下愈況猶不應，但傳挾瑟窄雙弓。有女尚祝熊羆祥，有女尚警關雎章。何能競技倚門倡？夷光尚不取，何況求孟光，雞鳴待旦顛衣裳。

生小苧蘿村，少長緑珠里。一顧世間無蛾眉，一嚬江上無秋水。屑金布地塵生履，一塵一步香風起。與君織錦疑七襄，與君主饋調天漿。二十五絃彈别鵠，鄰女停鍼國工服。共道蛾眉宜漢宮，尹邢不敢儕車轂。若言漢宮不需人，何故圖畫徵求徧山谷！相需何殷復相詭，東沈白日西逝水。他年恨不生同時，待君憶儂圖畫裏。

入宮十年不見知，一見君王殺畫師。士感一言死知己，何怪千秋墓草青離離。國色例當人主貴，閼氏單于亦相敵。千秋圖畫重明駝，豈非顧盼光輝力。邯鄲才人廝養謫，一生不及君王側，落日滹沱夢顏色。

美人一笑采雲間，王母雙成絳節還，人天相去咫尺關。美人一睞采雲蔽，香風忽起青鸞逝，天上人間千萬世。前歲尚希青鳥使，昨日嚴霜青鳥死。夢裏神光月如水，覺後空櫺月如紙。月中之影世界同，語聲不達廣寒戺。他生未卜此生已，隔海扶桑木連理。相望何親相晤難，始知天上甚人間。天風吹不到，海水送將還。

生不同時不同地，縱逢或不可君意，誰復怏怏歎胸臆！咫尺宋玉東牆東，少小夭桃尺五紅，嫣然一笑羞春風。春風春月芳心許，油壁車來賞紅雨，波影霞光嬌欲語。紅雨簌，紅淚續。谷爲陵，陵爲谷。玉忽瑕，瑕忽玉。雲朝雨暮恣翻覆，青天白日仇膏沐。豈是連波嫿若蘭，豈真廝養覬邯鄲。易莫易兮難莫難，幻莫幻兮慳莫慳。天風吹不到，海水送將還。

東皇東皇，胡不使札君吳、屈相楚，洛陽年少相漢祧張禹？不然胡不勿令生下土，亦免五嶽方寸餬千古？東皇東皇，我欲爲君掃落花，飄茵不飄藩溷家，萬里錦障圍紅霞。郎陪瑶母宴，妾駕紫鸞車。游戲但摶銀漢沙，萬年不令鳳隨鴉。紅霞如電，紅日如箭。年年王謝堂前燕，依舊百姓家中見，何况銜泥柏梁殿。

風雷一夕梭龍失，否即十年甘掛壁。七十二鑽智神龜，何以支牀自呻息？三十六輻共一車，車轂之用當其無。旁人方笑馬腫背，癡叟誰信龍能屠。精衛萬年摩頂踵，秋蟬一蜕何其勇！由來妙用善藏用，修羅宫即藕絲孔。何必垂天之翼方圖南，海天風多身不安。何必垂天之翼方圖南！

君不見阮籍陶潛之酒可以亡夏商，吾家和靖先生之鶴可以覆衛邦。米家之石書畫舫，何殊艮嶽花石綱。帝王好尚異儒生，儒生以之寄其情，人主以之傾其城。溺佛溺仙皆玩物，何獨酒色可自伐。朝會但聽蔡邕琴，何異琵琶曹妙達。聽於聲者聾於官，荒其本者詳其末。吹皺一池之春水，皖山不入酒杯裏。采石江頭釣月人，量去長江一萬里。百年養士鬱風雲，如何但得廷珪之墨澄心紙！

論詩

萬卷羅心胸，天籟出口吻。君看好女子，不用施脂粉。

別才非關學，嚴叟論難定。鼓瑟覓知音，休求俗耳聽。

答友問袁簡齋詩

老大入頹唐，少作尚豔偉。渠是通天狐，醉即露其尾。

弔秋海棠 失題作。

亭臺一夜忽飛霜，冷落相逢亦自傷。暮雨易增騷客恨，秋風誰賞美人芳。我愁蘭芷憐同病，爾對琴樽定斷腸。一縷香魂來海上，淡烟殘月兩微茫。

秋日登鎮海樓遠眺歸憩僧寺

虎門迢遞日西斜，片片(航)〔帆〕檣矗矗牙。黃葉秋高稠石磴，白雲天遠望人家。無端世態隨流水，何許詩情逐暮鴉。且把行藏問初祖，花宮風月幾恒沙。唐人詩：「檣排矗矗牙。」

重九日宛平彭縣尉招飲席間口號

臺迴鳶飛菊酒天，看詩脱帽話樽前。三山秋色來千里，九日清風買萬錢。官舍名花紅映肉，城樓去鳥白棲煙。持螯閒話情文摯，主是陳登客魯連。

回首寄劉炯甫

忽忽論詩十二年，劉郎才調本神仙。草堂回首聯吟夜，涼月一亭花未眠。乙酉余安研炯甫家，課其令弟學，每與炯甫晨夕聯吟。今歲炯甫屬余商訂詩稿，中附録余七律詩云：「秋聲滿樹簾初捲，涼月一亭花未眠。」此二語久不復記憶，全詩少風格，不可存，今改爲絶句以寄炯甫，用志昔時主客之好云。

題桃花小樓圖

夾岸桃花散曉霞，風光疑是武陵家。一樓煙雨空濛外，應有漁舟問落花。

書祖龍本紀後

祖龍亂天紀，焚書亦徒勞。顛倒我衣裳，難向沙丘逃。鮑魚亂尸臭，一死如鴻毛。

秦鏡能照膽，何不照趙高？

啾嘆

空林落葉亂飛鴉，啾嘆孤山處士家。月白風清香在袖，滿身寒影弔梅花。

題文徵明太白樓頭醉酒圖

嗜酒佯狂愁更愁，滄洲笑傲一杯浮。君看東海青天月，長掛高樓九百秋。

孤亭

薄暮孤亭望，泠泠百籟喧。亂山青抱郭，萬竹翠成邨。雁語秋煙暝，羊歸落日昏。荷鋤逢野老，相對話郊原。

幽居寄友

幽居感岑寂，木落霜天空。我菊如此黄，點綴疎籬東。人生貴適意，此志將毋同。伏櫪一長鳴，恐居凡馬中。何當遇伯樂，萬里風雲通。

哭樫兒

六歲，戊戌九月二十四夜暴殤。

刀劍西風劇可悲，那堪割削哭兒詩。獨憐一掬傷心淚，流到泉臺汝不知。

噩夢驚抛掌上珠，樫兒死之前半月，余得惡夢，心異之。中年絲竹泣童烏。青天可問應搔首，消息巫陽事有無。

殘更血淚下如潮，顧況哭子詩：「日暮哭成血。」壘塊填胸恨不消。靈運生身知是幻，夢兒亭上月蕭蕭。

共命迦陵痛翦翎，朱錫鬯喪子詩云：「本爲共命鳥，卒然翦其翎。」咄哉牛斗竟無靈。斷腸何處尋黄絹？痛見邙山墓草青。

玉樹凋傷可奈何，思兒一夕鬢雙皤。銅盤夜火空垂涕，萬縷愁絲逐逝波。

九京汝去苦無依，每到眠時望汝歸。余每從館中歸，樫兒必牽衣顧問飽飯否？余偶值腰足痛楚，樫兒必搥至夜分。黯黯兒魂歸不得，有誰相恤汝寒饑？

牽衣勿藥尚呼孃，九月二十四日夜鼓四下，病垂危，忽張目牽内子衣曰：「吾母勿藥，爲兒病不起矣。」到死猶憐兩目張。死一時而目不瞑。斫斷塵根心百碎，人間難覓返魂香。

招魂謡　哭檉兒作。

悽鴉落葉邙山路，翦紙招魂白日暮。魂兮汝幼將安歸？衹恐夜臺有風露。魂兮汝去杳如烟，魂兮招汝山之巔。魂兮汝去瞥如電，夢裏牽衣忽相見。死後十餘日方入夢。離魂黯黯淚如霰，離腸寸寸穿如箭。魂兮魂兮汝歸來，魂兮汝曷來相唁？汝耶思汝哭成血，汝孃哭汝但嗚咽。汝兄汝弟望汝歸，汝不歸來痛永別。嘷嘷嗷嗷猿聲哀，茫茫渺渺魂歸來。悽悽惻惻燈如豆，蕭蕭槭槭寒風催。漫漫寂寂歸何處？汝耶思汝肝腸摧。招汝魂兮巖之阿，疾風捲雪冰峩峩。招汝魂兮地之下，思汝形聲淚盈把。魂兮汝去衣裳單，魂兮汝去饑且寒，魂兮歸來行路難。魂兮歸來與汝語，牛角觺觺非伴侶。見宋玉招魂。嗚呼魂兮曷歸來？長人千仞能食汝。見宋玉招魂。魂兮化去驚蘧蘧，幽都渺莽難久居，魂兮魂兮來依余！

讀離騷遠遊篇題後

鸞鳥翔飛天樂聞，湘靈鼓瑟奏承雲。故鄉掩涕空臨睨，修到神仙尚憶君。

一望天閶詄蕩開，雲中婉婉駕龍來。餐霞未訪丹丘訣，徒倚人間亦可哀。

邵武吴厚園茂才詢及近況作二十八字以答之

身世虚舟如是觀，尻輪神馬感無端。孤山山上蕭蕭月，照見梅花萬樹寒。

西江晚霽圖爲江右友人題

燈火隔林薄，絶無閭井喧。牛羊歸栗里，雞犬出桃源。雲影淡摇月，梨花深閉門。平居得幽趣，不事學文園。

言懷

海外有五嶽，上與銀河通。中有神仙人，碧落敲晨鐘。玄牝發天苞，紫氣來金闕。榑桑不起雲，倒吸靈臺月。莊生好玄化，爲著逍遥篇。天地視鯤鵬，一如小物然。鷦鷯戀故里，不過一枝耳。誰挾泰山飛，夜飲溟渤水。至人騎日月，四問四不知。何子處之高，而視人之卑。先生無遺教，弟子謹識之。故鄉不平步，非謂不忘故。吾舌與吾齒，盡人知之矣。剛亡而弱存，天下事如此。

明月照寒山，下見寒山雪。非心亦非佛，教我如何說。昨到白雲裏，忽見赤松子。問余仙人術，身之精神是。大戴禮：「身之精神謂之聖。」春盌翦松花，清秋采菊芽。世人徒自醉，胡不煉丹砂？

山中有喬木，崔嵬春雨滋。上有黃鳥鳴，喈喈何所思？將爲琴與瑟，纅繭以潤之。持以贈君子，和諧會有時。

我昔適村舍，四圍紅杏花。茳豆不盈把，旁種花木瓜。村中一老叟，早起方抱孫。欣然見我來，談笑開柴門。土竈炊新粒，瓦缶蒸雞豚。有兒耕且讀，主人亦不俗。

丹山有鳴鳳，巢彼龍門枝。託身非不高，恥爲雞鶩知。英雄有坎坷，由來悲路歧。寧爲千仞翔，勿爲俗習移。振翮淩雲霄，及此少年時。

蕭蕭北邙山，纍纍死人墓。死者在生時，名利營朝暮。富貴位已極，貪欲不肯悟。想見彌留日，性命危朝露。尚爲子孫計，田園金石固。誰知百世後，饑渴莫能度。何不飲醇醪，徘徊紈與素？

今日有斗酒，解君千古憂。放懷天地間，同爲山水游。紅顏不須臾，振古皆如玆。榮名雖已立，恐爲後世嗤。攜琴上瑶島，從此訪安期。

斜月淡河漢，明星低建章。擁衾不能寐，愁人知夜長。拂衣坐中庭，松露冷衣裳。

美人思不來，手折秋花香。安得坐蓬壺，觀日出扶桑？

離騷思美人，意旨微有託。春草緑沅湘，隨風度高閣。言情何靡麗，羅綺相參錯。讀者坐忘倦，悲者不自覺。謂之淫奔詩，國風胡爲作？

芙蓉淬劍匣，秋水生太阿。縱有殺人心，難割絲與蘿。結髮當及時，恩愛自古宜。吁嗟復吁嗟，道遠棄山陂。瑶華齊結子，寧使春芳萎。錦衾與角枕，粲爛將何爲？

青林細雨至，花裏哢春禽。隔花三兩聲，幽然清道心。道心誰與知，琴臺枕竹籬。籬邊見緑水，葱翠捎雲枝。

淑氣蘇萬彙，麗日罩金陂。衆花已成綵，春蝶復滿枝。桃夭含章館，梨溶影娥池。故人不遐棄，相與談心期。春明北海尊，爲詠東山詩。

明月散林彩，信步東湖遊。微風吹我衣，蘅芷攬芳洲。香草豈不美，而難與之儔。庶幾一遇之，澄清敦好修。

懷許梅笛游河内

蘆雪菰烟鷺水濱，蕭蕭琴劍獨吟身。香蘭莫遺悲秋士，玉佩終當贈美人。萬里庾樓明月夜，九秋邢觀惠風晨。神皋翥鳳思君夢，愁絶蓬廬向子諲。

書陳恭甫師絶筆詩後

武夷山下落春花，巖壑幽香坐飲茶。不唱人間哀樂曲，騎麟飛上玉皇家。先生爲武夷五曲山神，素不飲茶，及病篤惟飲茶，兩月而逝。絶筆詩第二首云：「雨前把玩幾旗新，奇樹幽香每結鄰。自笑平生疎茗飲，揭來誰判配茶神。」

憶范公祠荔支有感

曾記江城如畫樓，憑欄擘荔漫消愁。而今高閣仙枝裏，何處飛來鬼蝶游？荔枝曰仙枝，鬼蝶喜食之，見虞初新志。近范公祠積翠寺爲英鬼所穴。

病　愈

百年歲月感匆匆，何處樽前唱惱公？病不禁秋消瘦甚，五更風雨燭花紅。

讀虞伯生武夷幔題後

浮生何事祇空忙，金谷繁華説夢鄉。悟到人天無我相，落花飛絮兩茫茫。

大千世界幻虛空，天地渾如鳥一籠。閒掛仙瓢何處飲？蘆花深處月明中。

有所思寄君榮

披彼玉鶴氅，駐賞金麟洲。君子有所思，萬里浮雲浮。紅顏久視果不謬，鑄金之術誰爲求？谷神不死守生氣，功成上與清虛遊。取精玄牝有妙理，容成仙去空丹丘。

題　畫

鐵橋風捲嶂千盤，莽莽黄沙塞草殘。馬上蠻姬作胡語，一簫萬里九真寒。

趙雍寒雅圖爲張筦仙賦

楊柳新黄棗楓紫，寒鴉飛入畫圖裏。咿咿啞啞來洞庭，白徧蘆花八百里。紛紛擾擾如沙塵，烏雲一片空中起。翩翩翻翻復聯聯，高高下下更跂跂。或撲或追或徙倚，或噪或啄或集視。或掠或啼或欲墮，蕭蕭萬箇聲未已。一幅殘陽界遠山，或呼其群哺其子。低盤時或逐白羊，高飛忽避蒼鷹駛。千團黑影帶秋色，長天萬里沈沈水。征夫紫塞涕沾襟，戍卒榆關淚難止。烏棲曲唱莫斷腸，披圖喜見奇男子。鵶名，見清異録。

書范文正公傳

經濟文章此獨賢，千秋已定秀才年。甲兵滿腹資雄鎮，風木關心廣義田。父子功名三世共，黎民憂樂一人肩。先生節尚高山水，百拜嚴陵記一篇。

書毛文龍傳後

兵法毛公善用奇，朅來海上誓雄師。三方並進謀誰定，一飽難求事可知。豈有空言能濟急，由來庸主半多疑。即今慷慨談皮島，我爲將軍灑涕洟。

古謡

集古歸藏易語。案：歸藏易此節僅見於爾雅邢疏引，絶似古謡。

瞿有瞿有瞿有觚，宵梁爲酒尊兩壺，兩羭飲之三日蘇。

同亨甫登鼓山遇大雷雨

接嶺來風雨，微茫墜翠旂。雲奔山欲動，煙立水孤飛。萬馬巖頭失，千鴉樹杪歸。前谿幾邨落，隱隱掩柴扉。

柳青青送李繡宸廷森

柳青青，去橈停。關心秋月色，看劍酒初醒。垂楊遊子路，鐘聲催日暮。日暮送君行，秋江如有情。白鷗一片忽飛起，數叢沙草向煙裏。去帆千里又萬里，柳色青青送行李。

題　畫

紅欄無數簇緋英，燕子飛來倍有情。細聽呢喃歌一闋，樓頭互答讀書聲。

炳兒好解經其説易諸篇頗有理悟因成二十八字

苦心長對一燈青，喜汝觽辰善説經。消息天人能解悟，得閒我倚竈觚聽。

眠琴緑陰圖爲友人題

萬竹陰陰緑，披襟爽氣森。此君足幽賞，使我感鳴琴。不鼓意何遠，停徽心與深。定知雲外響，化作老龍吟。

讀周櫟園詩題後

蒼黃囚服勇登陴，保障全閩足總師。讀到仙霞題壁句，詩才過嶺亦雄奇。

送吳伯鈞鹺尹 國俊

黯黯河梁下筆難，七閩海國送征鞍。江淮詞賦思才子，會計賢勞服長官。西去百川遊謝傅，南來九稅問桓寬。比鄰大地藏知己，烟雨楓橋別後寒。

答友

力追騷雅掃淫哇，中有金鍼繡綺霞。不學冬蟲思夏草，徒憐秋蝶夢春花。雕鎸宇宙勞長鑱，結納雲烟共短槎。萬轉千回心一寸，高吟盡在日西斜。

中秋同黃蓮卿秀才登淩霄臺

鱗鱗城郭萬家明，永夜樓臺入望清。鼓角高秋鳴似語，關山涼露落無聲。江煙水國寒牛斗，花影村燈動旆旌。何恨懷人蘭芷思，天涯故友愴離情。時梁君榮隔歲未聞消息。

感懷

多病邠卿懶注經，老成知己半凋零。長興張小軒侍郎師、同里陳恭甫師，並前後下世。鼓琴從此無人聽，只有煙波海上青。

己亥秋薦後瞻佛像有思亡兒阿樫

祝佛喃喃最有情，阿耶秋榜早題名。而今秋榜題名姓，不聽喃喃祝佛聲。

題符雪樵兆綸明府夢梨雲館詩集

蛩邊燈火古人愁，集中句。一夕西風入小樓。讀罷夢梨雲館句，關山涼月不禁秋。「涼月關山横笛夜」，君集中漫興句也。

江山如畫入詩囊，壇坫西江兩幟張。謂君與少香師。獨把金鍼來度世，不從花底繡鴛鴦。金元遺山詩：「鴛鴦繡出從君看，不把金鍼度與人。」似未免太隘矣。

東越談詩愧二雄，君謂余詩與張亨甫爲閩中二雄。草間恐妒到蒼蟲。薛君采詩：「勸君莫作鳳凰吟，恐有蒼蟲草間妒。」時有妒君言者，故及之。與君同抱憂時感，儘在蠻煙瘴海中。集中多感吾閩近事。

佛座千花一手持，河聲海氣入新詩。集中感事詩云：「河聲直倚蛟爲室，海氣俄驚蜃作樓。」若教評入鍾嶸品，可是紅鑪點雪時。

悲歌贈子萊

吁嗟乎！東流之水無迴波，既落之葉無返柯，揶揄有鬼來山阿。人生萬事幻泡影，鐘鳴哀操空悲歌。古來聖賢多薄命，天亦難問吁嗟何？炎涼世態玉成汝，簞瓢清福貧哉頗。秋聲捲籜鳴東舍，鬱鬱萬憂起長夜。天風吹落步虛空，飢烏不啼月西下。吁嗟乎！黄金照眼行路難，鞠藭空自摧心肝。金夫銅臭等螻蟻，梅花冰魄終高寒。空齋寂寞復寂寞，美人門外來珊珊。

歲暮感懷寄社亭皖城

年華逝水急相催，病榻蕭蕭半上苔。自覆青絲憐少婦，暗拋紅豆怨良媒。楚吴風雪群鷗下，甌越烟波獨雁來。欲折瓊枝相贈遠，斜陽向暝獨低徊。

唐中和五年李克用題名碑拓本爲崔梅笛賦

乾綱倒置日無色，群藩禍亂薰天黑。詔書惟及咸陽道，赤心兒子初難得。唐季大盜如虎狼，鴉兒忽睹沙陀裝。勤王之師力百戰，雁門亞子京兆王。爰拜平章進郡爵，司空太保名煌煌。大茂倉祠北岳聳，義憤直足排邊霜。東西收復先忻代，四十一州方破碎。幽州主將肆横行，鎮州萑苻初困忩。天殃人怒不暇計，鄰瘠己肥成大憝。狐飛上黨愁塵埃，五十萬騎東方來。新城之拔祇一戰，易州寇虜紛紛摧。亞子忠誠篤世誼，白髮陣上威如雷。酹酒行庖一輕騎，刻石徵事戰功恢。可惜回兵空北指，鳳翔奔帝誠堪哀。刑賞未公失和事，報仇未免生疑猜。三垂岡上稱有子，上源驛裏猶雄才。英豪磊落固如此，功罪兩兩應兼賅。題名碑本誰摹刻，贈我曾記清河崔。千載留名不識字，鐵鎗吾慕彦章氏。

衣讔山房詩集　卷四

古今體詩

書　別

琴劍離鄉國，銷魂別未能。依依戀妻子，黯黯慰親朋。策馬天仍暮，聞鷄水始冰。生平懷壯志，俯仰看行縢。

五谿山行

茅店村墟裏，千峰不斷青。谿頭魚尾尾，雲外鳥冥冥。詩境崔黄葉，松風雷翠亭。雷翠亭先生有建谿松風歌。山靈應笑我，鞅掌此勞形。

南浦除夕寄内

科名未了逐風塵，南浦關心草似茵。屈指妻兒今夕話，計程遥數遠行人。

仙霞嶺

輿轎出雄關，勞勞古時路。千秋閲過客，亭堠宛如故。鳥路接天梯，飛蹻亦難度。行人陟林表，危磴時窘步。前旌侣猿狖，後隊行雁鶩。曲如磨緣蟻，息類足拳鷺。箭栝通天門，人語出深樹。林香雨濕衣，徑滑雲生屨。澗谷千仞深，淩兢愁却顧。但保無失足，奚患墮烟霧。

過七里灘釣臺二首

不釣王侯釣鱮魴，東京風俗挽頹唐。釣臺高並淩霄節，記得先生舊姓莊。子陵本姓莊，以避漢帝諱，改姓嚴。

青天萬里客星高，亦是雲霄一羽毛。更有幽人泉石隱，世間無復識牛牢。牛牢亦光武故友，人不之知。

棲霞嶺拜岳忠武王墓

南枝魂鬱動哀聲，太息冰天馬角生。宋室誰如君大勇，趙家自壞汝長城。滿朝議已歸秦婦，一疏愚猶上晏卿。我拜王墳淒下淚，松楸瑟瑟尚悲鳴。晏敦復上黜和議疏，檜使人密喻之，乃止。

西湖絶句

信宿龔君太息湔妝樓，樓在西湖。

明霞娟月澹如無，髣髴青谿見小姑。愛汝啼妝勞夢想，癡情欲向乞西湖。

會稽拜大禹陵

宇宙平成載績多，支祁鏁後定風波。辛壬癸甲新婚別，欙毳舟車久旅歌。萬國朝宗臚玉帛，百靈效順奠山河。會稽黼冕思明德，俎豆馨香肅拜過。大禹陵碑有「久旅忘家」之語，明人詩有久旅歌。

吴門夜泛

西岸蘇隄狎緑波，赤闌干畔倚修蛾。扁舟夜蕩吴門去，聽唱彎彎月子歌。

虎丘踏青詞

梨花寒食江南道，江南何處無芳草。江南芳草碧如煙，佳人都説江南好。誰家裙屐來青娥，行行緩步蓮花多。東風惜汝嬌無力，踏遍飛花當奈何。飛花片片因風起，紅遍橫塘四三里。春風有色最銷魂，人影衣香春醉矣。紛紛蕩子未還家，化爲蜂蝶逐汝釵頭花。勸汝守身當如玉，閉門莫插紅塵足。

靈巖山謁韓蘄王墓

第一中興武略優，功名應恥並張劉。倉皇白馬空南渡，太息黃龍竟北遊。妙策誓擒諸部虜，中原未報兩宫仇。靈巖山麓穹碑壯，過客淒涼弔古丘。

月夜太湖泛舟作歌

邇莫邇於萬古前後之仙胸，舉頭即見天際峰。遠莫遠於同時並世之塵俗，俯瞰蒼蒼邃幽谷。不見平湖萬頃秋月開，豈非泰伯虞仲札蠡之所溯洄哉！大浪如山擁月至，撞舟砉然如春雷。後浪前浪相推續，今月古月同徘徊。萬丈無聲神鬼泣，魚龍不動蒼煙堆。

乘槎已貫天漢外，却恐風引歸蓬萊。江心莫釐壓船重，山影静極疑欲動。遥知壺嶠有幽人，月下微吟孤褐擁。萬歲千秋此宇宙，幾人濯魄冰壺汞。浪遊忽憶十載前，夢賞揚州月色圓。玉鈎斜外笛聲起，語聲人影月中懸。扁舟弄月心始放，從此驅車西北上。攜月嵩高岱華巔，世間形影無斯曠。昨日閉關西子湖，夜臺明鏡枯禪枯。閉月空山無一詠，不許人世窺蟾蜍。太湖重見月華皓，釣竿七尺垂垂老。出世曾參月落遲，入世翻嫌月出早。今人古人彈指間，今月古月如玦環。前三五是羲皇夢，後三五是塵劫還。少年見月心先喜，中年見月如止水。騎鯨客去三千年，幾見明生真魄死。誰未來，誰過去？千古大江流不住。試問湖心釣月人，冰輪畢竟沈何處？

渡揚子江遇大風

東來一髮海門高，九派江聲共怒號。天地青蒼餘夕照，楚吴日夜送驚濤。蒜山風急歸雙鳥，瓜步煙開走萬艘。身世輕舟自來去，茫茫人事等鴻毛。

維揚懷古雜詩四十二首

金焦兩點對朱樓，渺渺江山一片秋。殘笛數聲帆影去，竹西歌吹是揚州。

老濞開渠造釣臺，廣陵又報錦帆開。驕淫覆轍悲家國，却作千秋水利來。

丘壟參差亦可悲，江都故國夕陽時。美人去後春波緑，細草新蒲鬬鴨池。

天塹分明識事機，淮渦何故試戎衣？旌旗惆悵龍舟堰，不見征吴羽蓋歸。

紫塞蒼梧此路行，維揚雄富古來争。詞人鮑照傷心賦，一片蕪城萬古情。

胭脂舊井長青苔，那信隋宫又劫灰。亡國不關春草恨，年年緑上鬬雞臺。

江山歌舞一時休，畫盡長蛾總是愁。不信摘星高閣上，絳仙還有舊妝樓。

流珠宫殿擁紅妝，水調池亭夢不長。今日雷塘殘照裏，可憐禪智好山光。

西風落盡廣陵花，處處垂楊有暮鴉。蕭瑟飛螢金粉地，青蕪寒雨玉鈎斜。

建炎宫闕宋行都，往日郊壇輦路蕪。戰守江淮形勝壯，翠華何意愛西湖。

晚唐群盜起鹽徒，百戰吴王此建都。故宅今餘光孝院，佛燈明滅檜濤孤。

北府軍威扼上游，屯田石鼈盡良疇。長淮重鎮儲兵食，控制中原第一籌。

揚子津頭江水深，岳韓戰壘久消沈。戍樓鼓吹殘秋後，斜日還明皁角林。

和戰紛紜決策差，黄龍痛飲事難諧。高樓巀嵲陵天外，枉説籌邊與鎮淮。

招降單騎震威名，况有陂渠足溉耕。溝水秋涵禾黍緑，張綱城外暮霞晴。

當年麾節過禪宫，飯後殘鐘一夢中。七里官河遺愛在，詩家但説碧紗籠。

鹽筴平增歲課來，漕綱直引汴渠開。三司發運思劉晏，富國還應數此才。

獨上平山憶醉翁，隔江山翠此堂中。紅橋處處樓臺好，只恨無人送碧筒。

姚魏無言暗自嗟，郡齋奢宴鬬穠華。風流只有東坡老，省却淮南萬朵花。

金帶圍因宰相開，魏公高宴送深杯。青苗誤殺蒼生盡，何事名花應瑞來？

小杜吟魂不可招，淮南依舊玉人簫。可憐十里珠簾地，明月無情廿四橋。

雙檜難尋謝傳栽，蒼茫況溯孔融臺。寄聲都轉三樓地，退食須詢董井來。

綺麗今時豔體收，古音那復更宜搜。熟精選理知誰在，莫問昭明往日樓。

高臺戲馬俯平皋，使府朱輪擁節旄。曾記賞心拚酒地，當筵蘆管薛陽陶。

月觀風亭賸故基，争春郡圃夢芳時。更憐玉蕊仙蹤斷，何處瓊花后土祠？

桂花風裏酒初醒，縹渺江帆不斷青。正是二分明月夜，晚涼人話玉鈎亭。

故墟桑里記傳烽，廢縣江陽溯舊封。莫問本初公路浦，霜林但有夕陽鐘。

南兗丹陽地本歧，詩家傳説總沿疑。春來何處梅花閣，枉想風流水部詩。

鳴鼓傳聞召雨雲，厲王精爽在荒墳。桃花岡下何年冢，寒食棠梨倚夕曛。

煙月家家話勝遊，此邦耆舊待誰搜？涼風五色園瓜熟，那記青門有故侯！

文采陳顏似子雲，孔璋書記最能文。遺碑今日瞻神讖，書品休明信軼群。

曹憲家居文選巷，薪傳注本五臣多。文章學士箕裘在，碑版人間李太和。

酸棗豐碑妙墨留，孟陽爲政厲清修。英靈更溯鍾山廟，香火千秋拜蔣侯。

侍郎中令集曾刊，染翰燕南又將壇。惟有清詞文懿筆，年年衡鑒在春官。

墓碑愴惻故君情，才調當時二陸名。腸斷江南詞賦地，白頭身似庾蘭成。

五季風騷孰擅場，陽春緑亦漱餘芳。林泉最愛司空集，脱屣功名學子房。

論孟逢原講義精，剛中辨學最分明。愛才忽憶韓忠獻，心許孫洙似賈生。

高吟賣藥自由身，潘閬逍遥九陌塵。着眼淮南驢背客，只愁交臂失詩人。

水繞茱萸堰路低，真州夜火望淒迷。鹽船身是襄陽賈，紅袖臨風唱大隄。

騎鶴何人話壯遊，壺天佳麗似迷樓。閶闔繁富關元氣，回首鶯花別有愁。

漢代曾修江水祠，邗溝神座更河湄。浮山禹廟思明德，萬姓春臺在此時。

阻風中酒正無聊，水面人煙一望遥。三十六湖難越處，孤舟五日鳳凰橋。

新豐

李白詩「南國新豐酒」，即謂此，非長安新豐也。

殘霞界遠天，鴉棲江樹夕。村莊如畫裏，微露晚烟碧。樹杪望行人，身小僅一尺。王維詩：「新豐樹裏行人小。」泊來估客船，撩起詩翁癖。舟子數酒錢，争向新豐擲。遥聞雞犬聲，俛仰殊今昔。張閶塘久虛，吕蒙城屢易。蕭瑟新愁地，流水空聚積。

露筋祠

萬古心不死，一宵空露筋。孤身訴秋月，真氣壓寒雲。但向碧寥去，那須青史聞。箇中有本性，祠宇亦紛紛。

漁莊

漁莊聚漁人，江間多築屋。煙霞養天機，蓑笠亦清福。菱灣相映帶，椏杈數竿竹。隄邊郭索行，舍外白鷗宿。忽來䙡㶉聲，蘆中一燈簇。持竿或小倦，曹騰睡去熟。天地可爲廬，風塵自僕僕。

淮陰釣臺下作

三齊王去釣臺存，兩岸垂楊落日昏。試問淮陰十萬户，幾人一飯進王孫？

謁漂母祠

結客千金裘，翩翩少年場。遺以珊瑚鞭，贈以玳瑁裝。散盡千黄金，不識人衷腸。人生有緩急，跋涉呼匡襄。但覺熱如火，誰知冷如霜！我謁漂母祠，蘆花兩岸香。寄語并州兒，一飯不能忘。

宿遷

驅車淮南村，泗口交流漲。離離望古源，冥冥平楚曠。故國訪鍾吾，空城淒下相。細雨去驢鳴，暮雲歸雁唱。瑟瑟駱馬湖，峒峿山相向。憤王舊第宅，巷對梧桐帳。羈緒寫赫蹏，遠樹人煙漾。

茌平懷古四首

「茌平」，見説文及漢書，俗作「茌平」。

崢嶸叢祠古貌存，行人遥指魯連村。聊城當日攻難下，一箭書贏萬騎屯。魯仲連。

滑稽辯口足翻盆，博得歡心一石吞。滅燭微聞薌澤氣，主人堂上獨留髡。淳于髡。

功名異數越尋常，火色鳶肩命世良。臺省諸公曾袞袞，幾人青眼馬賓王。馬周。

汪汪千頃露襟期，琴酒陶情且賦詩。能殺閭丘償少伯，一生湖海見鬚眉。張鎬。

夜發中山店

囊劍愁邊地，征夫怨道途。星催雞夢醒，風逐馬鳴孤。野曠黄沙合，天寒白草枯。勞勞名利客，底事爲饑驅？

宿富莊驛聞雞聲

喔喔嘐嘐入耳鳴，催來百感倍分明。乾坤昏曉勞三唱，塵土消磨此數聲。壯士關心曾起舞，行人破夢急遄征。唤醒世界沈沈睡，拔劍江頭欲斬鯨。

濟寧登太白酒樓

萬里秋風帶雁青，高城煙樹望冥冥。故人今古餘明月，分野山川應酒星。絶代佯狂天可問，半生蹭蹬醉難醒。笑君澹宕曾如我，攜盞樓頭屐一停。

登泰山觀日亭

君不見潮頭萬丈皆朝東，泰山突兀撑晴空。我聞玉檢金泥不可見，榑桑雞叫雲霞紅。紅日出天天下小，星辰跳盪魚龍悄。暘谷那有羲和鞭，鄧林化杖須何年？日中尳躃金烏在，五色陸離復光怪。盧敖駕海求神仙，精光返照咸池外。渾儀蠡測亦荒唐，胡爲乎黄人捧日燒天光？登高俯視春茫茫。九地在上九天下，萬里銀河如倒挂。銀河倒挂水晶宫，麒麟夜鬬鯨鯢風。蒼蒼海嶠負天立，一夜徑渡南溟通。坐見火雲騰海曲，精光絢爛射人目。憶昨波斯萬寳張，乘風破浪飛梯航。龍女采得青珊瑚，化作赤綃萬縷空中翔。安得手挽烏號射玉羊，淩風直到蓬萊鄉！

樓桑懷古

赤伏符飛帝子文，幽燕第宅至今聞。中原名士羅諸葛，天下英雄屬使君。一旅能軍空百戰，千秋遺恨限三分。樓桑廟社穹碑斷，古木陰森向夕曛。

北旅雜詩

胡爲別戚愛，登此萬里途。疏者日以親，親者日以疏。出谷水赴壑，出石雲彌虛。扶疏幹去土，學習巢辭雛。皇都象北極，萬辰所拱趨。群材龍湊海，文獻日麗衢。海大水變化，日麗雲昭蘇。足不九州涖，寧免井蛙愚。尼父咨柱下，吴札觀周書。

客行梁宋道，言訪梁宋迹。欲尋史上蹤，十九無一獲。濁河決千里，一淤輒尋尺。屈指三千年，幾決幾淤積？每有浚濠人，十仞逢甍脊。沙覆中天臺，塵掩兔園宅。當年歌舞館，下隔黄泉百。萬年龍戰壘，上有河聲淒。陵谷復陵谷，太息重太息。

何者送我行？終日太行山。宇宙苟無此，豈不曠且閑。我心有太行，嵯峨萬古間。信陵函谷召，岳帥朱仙班。椎誤博狼沙，星隕大散關。爾朱犯洛都，騎渡盟津灣。決河灌賊營，闔汴魚龍反。何不借風雷，一壯天地顏！滄海不升天，北斗不杓南。金烏不東走，黄河不西還。何怪五嶽胸，方寸撐塵寰。

千里河南北，高下寸地無。豈其扶輿氣，磅礴爲平蕪。緬懷畫井世，甽澮兼溝涂。經緯備潦旱，縱横資泄儲。一經阡陌闢，屢值黄流瀦。誰言盡地利，地利彌有餘。西北仰東南，吴越窮輓輸。四水會汴梁，雄麗甲中都。一艘今不達，并枯賈魯渠。滄桑隔唐宋，何況秦漢初。旅客有奇夢，夢遊古華胥。手持水利書，副以井田圖。拜獻神禹前，莫免斯民魚。

滑臺阻運河，距衛百里圻。今歲大兵後，大祲又告饑。黄沙萬殍骨，白月千戰纍。至今禾麥地，極目森蒿藜。借問釀寇由，色哽不敢唏。野店象緯傴，三垣拱太微。孰稱中執法，孰峙勾陳墀？孰扈羽林蹕，孰專喉舌司？分野錯三輔，煌煌燕豫齊。鼎峙岳牧伯，胡耀欃槍旗？彗貫紫微垣，水潰銀潢隄。孰分真宰憂，號令豐隆馳。我欲叫閶闔，閶闔蒼莽垂。匏瓜不可摘，高舌挂南箕。

中野種蕎麥，春風吹麥新。二月麥花秀，三月花如銀。麥秋不及待，人飢已奈何！明知麥花毒，急那擇其他。食鳩止渴飢，僵者如亂麻。冀此頃刻延，償以百年嗟。投之北邙坑，聚土遂成墳。明年土依然，春風吹麥新。勿食蕎麥花，復作坑中人。

夙抱山水情，每結煙霞約。一來河南道，千里惟廣莫。奈何殷盤庚，五遷不歸亳。緬維中條內，代有仙靈託。雲飛少室嵬，月送緱山鶴。盤企太行谷，泉憶蘇門嶨。均非車馬歷，徒使中情躍。癉哉鄒魯聖，轍環梁宋郭。泗外不知津，岱外未升嶽。衹爲悲閔懷，負此仁智樂。八載門不入，禹豈耽丘壑。至今欙橇地，明德照河洛。

大雪渡黄河

眯目塵沙白日暮，行人冒雪相争渡。黄河天上落如絲，一點關山雲外路。

禮闈號舍題壁

龍門翦拂俊英來，矮屋亭亭覆古槐。試院有槐樹覆中央。東塔鈴聞煎茗院，西山樹映候星臺。無文難副歐梅賞，有命方言賈馬才。一寸心光騰萬丈，不知天上與塵埃。

遊翠微山

去京城四十里，與西山相接。

披蘿上翠微，俯視渾河小。塵沙飛若霧，城郭蒼未了。絶壁風蕭騷，鐘聲飛昏曉。攝衣雲中行，舄下過飛鳥。何處發箏絲，禽音出林杪。有鳥聲如箏絲。徘徊睇四野，京師全勢瞭。井陘雄西向，榆關東望杳。鉅鹿亘其南，燕臺屹天表。元明多第宅，轉瞬换紅蓼。抗懷古之人，富貴逝波渺。山河聞嗥豹，此山多豹。山僧中心悄。向晚棲禪林，巖際明月皎。

嘉應温伊初孝廉訓以遊羅浮觀音巖圖索題步元韻

天風吹海濤，日涌羅浮脚。凝登浴日亭，載啓鴻濛鑰。伊初賦銀臺，惠常吟金爝。名山雖未到，夙昔已心諾。詩中鐵網張，海底珊瑚索。法雨散青蒼，慈雲滿寥廓。觀音巖疊翠，湧出芙蓉崿。游思亘八荒，我欲驂鸞鶴。鞭石五羊城，折花素馨萼。此情不可極，秋風動簾幕。俯仰宇宙間，金石苦銷鑠。何不策高足，圖畫麒麟閣？山川勢蜿蜒，天地氣磅礴。鴻鵠時一舉，上與青霄託。胡爲徒自苦，秋氣感寂寞。俯臨萬丈潭，恐有龍濤作。矍鑠哉老翁，琳瑯滿詩橐。長虹谿下飲，飛鳥天外落。如鯉躍黄河，一柱龍門鑿。迴身立萬仞，翠壁屹如削。石角鬬崯岈，乳竇滴繡錯。厜㕒覆青瑶，玉府塗丹雘。斗巘鸞鳳盤，危石虎豹躩。明珠金玉纕，冰繭神人著。池湧玉蓮臺，峰列香爐壑。蚌毓明月珠，雲繞盤霄鶚。羃䍥鈎梯緣，蘿薜洞門縛。涉海采琅玕，用踐蟠桃約。雲來七萬里，或喜亦或愕。披圖願卜居，豈爲烟霞泊。

伊初又用元韻索和因再疊前韻

佛殿壓蛟脊，禪軒飛豹脚。閟箔窣蝦鬚，珍笈開魚鑰。天地一虛舟，日月兩丸爝。

游山實可人，所喜無宿諾。長齋繡蘇晉，峻嶺度關索。騎麟躡雲海，跨鳳排煙廓。宵濟普陀山，曉陟觀音崿。倒垂拾果猿，側頂聽棋鶴。寫韻逢彩鸞，游仙緬綠萼。瀑布挂水簾，冰蠶織雲幕。江滸秋雯開，古洞溽暑鑠。暫憩小有天，燒香大慈閣。遠觀蜃樓幻，俯瞰海門礴。龍眠白幀書，鶴氅黃冠託。信步涉虛空，搴蘿入茐寞。倚月和新詩，臨風懷舊作。銛如錐處囊，鋭若筆出槖。帆影晚潮開，花片半空落。縋幽二西藏，陟險五丁鑿。五嶺鬭角雄，萬峰壁面削。鳥瀾勢瀠洄，鱗甲文參錯。伊初鏘玉聲，樸齋雕峻臒。圖爲曾樸齋所繪。層巔鷲鳥蹲，大麓猛獸躩。忘歸箭當發，不借屐可著。蝙蝠飛遥岑，鯨魚縱大壑。龍甲動春霆，羽翼静秋鶚。我愛三山游，不受四禪縛。珠厓約子瞻，瓊府懷沈約。壓笛潛虬聽，剗窟黿鼉愕。撰賦觀音巖，彼岸慈航泊。

伊初來札作謝有詩佛詩仙之譽因三疊前韻歸之

君身有仙骨，賤子抱佛脚。巖垂南海珠，地掌北門鑰。柳緜忽糝衣，榴火不息爝。一束山公招，千金季布諾。作頌歌穆清，彈琴慰離索。五經衆説郛，四海九州廓。緣梯陟蔦蘿，盤磴上蓮崿。佛座在青雲，蓮池控白鶴。巖下漾苔藻，閣上罥花蕚。山閼蟠龍螭，波宫峙鳳幕。璞因剖玉劙，鍋以削金鑠。采蘭浴佛日，梯石飛仙閣。藜杖賦逍遥，蘿衣解盤礡。羚峽寂無蹤，蓬壺欣有託。鍾乳滴玲瓏，銅鼓振杳寞。地肺亂石通，天音洞簫作。三章疊彩籌，一卷秘錦槖。鯷室潑煙扃，虹泉灑空落。蒼梧帝舜游，伊闕神禹鑿。黑雲如墨堆，丹厓伏筆削。東溟鵬翼垂，南越犬牙錯。素馨田綴碧，赤標霞起矆。牛渚七星連，山城五羊躍。浪摇鷗影飛，柯爛棋聲著。雲霧披陽臺，猿鳥嘯陰壑。秋風動地來，飛起霜天鶚。將爲鷲嶺攀，勿被蠅頭縛。載勒燕然銘，重踐羅浮約。是歲擬同遊羅浮。把酒瀛洲歡，披圖仙靈愕。帆挂木蘭舟，遠到蓬萊泊。

題伊初會試落卷後

流水高山玉軫停，鼓琴頗怪俗夫聽。佳人絶代逢盲客，當世誰如張五星。癸辛雜志：「張五星瞽而慧，善辨寶玉，能别婦女妍媸，奇妙。」

湘山雨霽松花會圖一百韻爲伊初賦

圖中人物千數，經歲繪成。

東海尋花客，南遊選佛場。佛從天竺至，花散法壇香。雲板鳴秋月，霜鐘響晚涼。偶傳青鳥信，來訪白雲鄉。玉闕騰金碧，琳宫敞喬皇。錦披紛物采，藻繢麗詩章。憶昔三湘遠，論年萬壽長。拂雲排古寺，拔地起雕梁。縹緲瓊樓矗，玲瓏寶扇張。畫欄横瀏亮，金額點輝煌。法鼓聞中夜，僧鐃落上方。竹深皈佛殿，松老定禪房。寶塔香花界，蓮臺舍利光。石龕藏日月，曇鉢浄陰陽。珠獻牟尼串，盤傾般若湯。漫勞憂苦海，欲渡問慈航。鐵馬鳴蕭寺，銅龍掩畫廊。空山煙染翠，古洞石生蒼。露洗嵐園遠，雲環玉牖忙。時參空覺性，儼上翠微岡。月色騰夭皎，心燈接渺茫。鳴騶駐冰苑，聽鐸拜蘭堂。杯茗饒清潔，爐煙篆吉祥。虎谿消水讖，龍女咒金剛。劇喜梨新翦，應憐蔗倒嘗。碧餐菱藕嫩，細嚼柿榴芳。曲港逢娃女，長隄遇窈娘。冶遊公子騎，素豔美人妝。款款泥金箑，溶溶白玉漿。附羶屯蟻密，逐隊嘯蜂狂。花結芙蓉沼，藤垂薜荔牆。野雲來漭溢，山雨忽淋浪。橋卧長虹貫，洲迷白鷺藏。雹鞭驚烱灼，雷鼓半低昂。蛟怒飛層漢，龍喧撼八荒。丹楓過舴艋，紅蓼隱磃磄。片霎晴雯斂，斜暉古刹旁。煙花超地肺，簫鼓振天閶。綵幟争鮮綺，珠旂動頡頏。牌分齋戒字，禮肅釋迦坊。鷲嶺嶄巖碧，麟峰嵂崒黃。玉竿仙羽立，金蓋皁旛飈。星炳韋馱甲，雲拖彌勒囊。豢龍施雨露，伏虎挾風霜。雕聳雙盤翅，羊迴九曲腸。鑒觀明有赫，福汝壽而康。爛漫銀樓壯，氤氳寶氣煬。彩螭蜷甲乙，丹鳳奏宮商。曲演雙珠記，歌傳百寶箱。自從騎白鹿，不解唱黃麞。淅淅瓶花動，悠悠錦旆揚。觀音滄海月，王母紫霞觴。直訝屏開雀，兼疑曲引凰。須彌藏芥子，至道鑄粃糠。琪草朝初發，瑶臺夜未央。香温新篤褥，簾捲舊瀟湘。吸露袈裟濕，排空殿閣望。仰瞻檀象現，俯聽珮聲鏘。玉甑炊紅粟，金瓶灑緑楊。慈悲真浩浩，歡喜互穰穰。法駕驂鸞鶴，明星露角亢。靈山緣可證，慧海業難量。巒岫輕煙豁，郊原蔓草瀼。春風開芍藥，夏木鬱沙棠。秋露鷗波渺，冬冰豹谷戕。詞源應峻茂，畫境樂徜徉。句似雕龍得，才難繡虎償。東瞻雄太華，西望盡瞿塘。北顧吞吴嶽，南旋定楚疆。扶摇鵬翼闊，排蕩雁聲揚。始向清湘入，頻登白石礓。亂泉飛玠瓘，幽谷數篔簹。屼屼披蓮崿，嵾嵾削劍鋩。水聲眠象伏，山勢鬬雞强。抹弄藤蘿短，牽攀梓漆良。鼯鼷逢客拜，蝙蝠見人翔。桂影寒凝緑，松聲珮雜璜。爰攜青竹杖，重步碧橋莊。野燒連天艴，漁燈隔溆芒。澗花難辨色，山鳥乍啼吭。瑪瑙摇低瀨，琉璃照去檣。巨靈開壁壘，雷斧擢榑桑。誰謂蠶叢險，疇書錦字彰。筆能摇五嶽，樹已蔭千章。瑞氣籠金地，祥煙匝寶箱。珠喉真婉婉，玉磬亦琅琅。共摘穿籬菜，争傳辟穀方。鬅鬆垂石髮，瀟灑坐禪牀。幾世梅花福，頻年粉署郎。圖爲何允菴繪。夢初迴翡翠，煙欲罩鴛鴦。傾倒詞三峽，菑畬學五倉。珊瑚紅采采，緗帙碧洋洋。雪案臨青玉，霜驄勒紫韁。尋僧來海島，過時渡沅漳。纚纚祇園樹，煌煌寶相裝。佳人調管樂，仙子奏笙簧。風日徘徊好，遊觀紀載詳。河沙千億劫，書法十三行。繡佛曾齋月，披圖獨倚篁。高人清不寐，松露冷衣裳。

顔河間公允紹遺印鈐本孔繡山憲彝舍人屬賦

允紹字賡明，曲阜人，復聖六十代孫也。崇禎四年進士，歷知鳳陽、江都、邯鄲，遷真定同知，守城勦寇有功。十五年擢河間知府，比歲大饑，死亡載道，寇盜充斥，拊循甚至。閏十一月大清兵至，與參議趙珽、同知姚汝明、知縣陳三樹等堅守，援兵雲集，卒逗留。允紹知城必破，預集一家人於書樓上，積薪繞之，而身往城上策戰守。城破，趨歸官舍，舉火焚室，衣冠北向再拜，躍火中死。贈光禄卿，時壬午閏月也。康熙己未臘日，公次孫修來吏部光敏客維揚，觀吴涵公家藏六順堂印本，獲覩河間公遺印篆，向涵公力丐歸。嗟夫，河間公圖籍經焚棄之餘，悉爲人捆載，獨此印至今藏焉，豈非鬼神所護哉！爰賦五言古題後當跋語。

精魄滿宇宙，孤忠信不滅。丹心炯蒼穹，肝腸成金鐵。煌煌史策文，凛凛河間節。印篆落人間，寶貴過碑碣。神鬼哭且號，蓁蓁走妖孽。百靈長呵護，乾坤一碧血。白鳩憐江州，朱鳥魂凝結。家世數忠誠，可配常山舌。手澤出劫火，遺册光前烈。慟矣孝孫賢，惓懷宗德切。

邵陽魏默深源舍人有函谷之行詩以送之

孤城圍集夜光闌，翹首長虹下急湍。六國山河屏外拱，二陵風雨鏡中寒。黄塵坐擁排青塞，畫角傳空響石壇。虎栅憶君回卧處，亂雲深鎖到長安。

瓢城送别圖題曲阜孔俊峰大令遺照

大令爲繡山舍人嚴尊。

醇吏死亦生，俗吏生亦死。吾觀瓢城民，竊爲使君喜。喜君民去思，喜君民脱屣。馬首萬蒼生，哭别淚如雨。

花裏寫詩圖爲繡山夫人朱小茝賦

以小楷寫朱竹垞鴛湖櫂歌百首。

山左才人拜女師，一亭花影寫新詩。深閨愛誦長蘆句，吟到雙飛蛺蝶時。「雙飛蛺蝶遇風開」，朱竹垞櫂歌句也。金風亭長本雄才，金風亭長，竹垞先生號也。寒潤花妍妙筆裁。「寒潤花妍」，張松谿跋鴛鴦湖櫂歌冊語也。風景故鄉愁入感，小茝孺人本海鹽人，家與鴛鴦湖密邇。蘆簾紙閣繡詩來。蘆簾紙閣，爲孺人題詩處。

景州拜董江都祠同伊初作

景州臺上露華新，董相祠堂倚水濱。三策天人青簡重，千秋俎豆玉梧陳。論窮狐鼠聞爲博，夢飲蛟龍學更真。我讀江都不遇賦，汍瀾淒絶一沾巾。董仲舒有士不遇賦，時余下第南歸。

羊流店

僕僕逐車塵，兩過羊公里。羊公守襄陽，以德薰人起。刈穀還吴人，奇謀飲甘旨。裘帶仰雍容，藹然鈴閣裏。羊祜不酖人，陸抗獨知己。名昭江漢間，父母歌孔邇。所以峴山碑，觀者淚不止。惜與張華言，惟憂孫皓死。長江未可窺，殊失仁者理。不救江左民，燔溺誠可恥。春秋責賢者，焉能逃青史？

高郵舟次

長短橋頭飛柳花，村莊深處酒旗斜。白鷗一片水中起，帶得江煙到釣家。

伊初於舟次爲余題射鷹圖爰賦長句以贈之

海上文章仗主持，龍雲意氣論交期。語教王李岑高屈，筆挾乾坤神鬼奇。邛駏並依真有幸，夔蚿共世總相知。他時南北懷人夕，莫忘同舟風雨時。

附録　伊初射鷹圖詩

射隼高墉絶技聞，汝鷹何事劇翻翂？黄間白羽垂空發，雨血風毛墜地紛。爪嘴莫矜同勁鐵，乾坤從此浄妖氛。層樓海上雕弧影，已懾愁胡抉暮雲。

飲積翠寺次張亨甫題壁元韻

斫劍高歌且自豪，側身天地首頻搔。關心海上潛蛟舞，時粤東不靖。極目雲邊去鳥高。入畫江山將進酒，飛才主客對揮毫。五湖躡屐歸來暮，時余北行初歸。旅鬢蕭蕭愴二毛。

附録　亨甫積翠寺題壁

如此江山醉更豪，青天可問首重搔。即看風色横空滿，始信詩人得地高。萬葉烟帆向滄海，千家夕照小秋毫。異時南北應相憶，莫使潘郎感鬢毛。

衣讔山房詩集　卷五

古今體詩

箋經南隩煙雲樓

煙郭雲臺遠近窗，閒來把釣上漁艭。桃花臨水魚盈尺，楊柳當簾燕一雙。瀉屋露華供石硯，入樓山影覆銀缸。斜陽晚步瓜棚外，偶看農人種豆茳。

次張亨甫贈四兒慶荃韻

煙月銷沈二百載，張侯風雅羡多師。足行燕楚齊秦遍，才比王楊盧駱奇。鄴下英豪推繡虎，蜀中雷雨夢吞驪。憑君眼裏金光逐，能爲徐凝諱惡詩。近有某以亨甫折服余詩，乃自成南宋中興四將歌及春江曲三首，持質亨甫曰：「此林君之詩也。」亨甫評曰：「此乃時下好手耳，非吾薌谿之詩也。」某氏驚服。

附録張亨甫贈荃兒原韻

筆下神來驅萬卷，阿翁儒雅是吾師。坐中已與州人異，膝上應憐末婢奇。懷玉前身方悟鶴，秣陵他日好探驪。子皮家事如吾聽，一與傳經一授詩。長嗣君炳通經學。

冬　夜

樓下積殘雪，樓頭生暮寒。貪聽殘笛盡，不覺晚衣單。歷歷雁行去，遥遥雲漢端。梅花與明月，并作影團圞。

百齡冥壽詩爲蜀中李曉林大令封翁賦　集漢魏六朝句。

松柏有本性，肅肅虬枝長。眷彼人子心，百年難相忘。羲輪若逝水，愛日方未央。躋堂進金罍，形聲如相望。今夕良宴會，介壽稱無疆。

憶昔覽揆辰，于月曰孟陬。哲人既挺生，英物越時流。弱冠諷詩書，識解爲獨優。精心究和緩，肘後嘗窮搜。築山擬蓬壺，不思物外求。翁精岐黄術。

克家有令子，一邑聞鳴琴。上媲甘棠治，嘗嫻醇吏箴。達人視明德，釁獻神所歆。

思親何所懷，懷與江湖深。明發遺安寐，願言思所欽。

海上散人獨立圖爲陳蘭臣題

頂如嶽，眼如箕，懸河之口，棱棱劍眉。塊索居而獨立，浩乎若有終古之思。狀蔚積如泥龍，氣軼翠如青兕。既尚論古之人兮，又復遍友天下士。孰鎩其羽，載縶其足，而使之縉形戢影于西甌之側、東越之陰？天門峨峨，吠狗狺狺，塵海衮衮，豪傑陸沈。更五百年後，披圖遐矚，大有喟息于斯人。

春日懷祉亭却寄

門巷鶯聲共苦吟，十年懷袖接胸襟。自憐同甫多憂患，惟有荼山共古今。横海波濤方得夢，十四夜，夢與共舟大海中聯吟。窮廬風雨總知心。名山他日留鴻爪，著述何當少二林！

登雙江臺憩僧寺觀東坡參禪畫像

虎門雄視西甌壯，極目長江落照邊。人代百年高下鳥，榮枯萬事去來煙，烽傳海上聞悲角，時臺灣聞警。秋盡江東有暮蟬。我似蘇公誰記取，妙高未夢已參禪。

送王見竺秋試下第歸

天涯蕭瑟水初波，九辨九章今若何。蒹葭蒼蒼霜變露，伊人渺渺恨還歌。月從鴻雁聲中白，秋向江湖深處多。自是賈生疎計策，敢將高論託漁蓑。

解衣呼酒慰槎枒，咫尺身如天一涯。回憶隔江來雨氣，尚驚飛電閃燈花。此身未洗蟠泥舊，對境翻欣入夢譁。變化誰知天地意，深山大澤鬱龍蛇。

秋風日感懷示荃兒

萬里寒聲蕩海濱，壯懷斫劍動星辰。蓬窗瑟瑟啼蟬蟀，玉宇高高鬬鶖鷺。到處關河驚落葉，無邊笳角起秋塵。清商愁絶杜陵屋，蕭槭燈前擁卷頻。

秋日即事呈大人作　慶荃

涼秋肅肅滿庭院，清商爽氣生髮膚。黄花倚籬晚風瘦，明月照天長笛孤。得句常恐古人有，讀書當爲天下無。聞到雞聲欲起舞，枕戈待旦看前途。

陔蘭圖爲馮升軒廣文賦

毛公世禮樂，尚缺陔華詞。何況齊魯韓，孔壁亡金絲。蓼莪與邶風，小弁及黍離。彼皆哀怨什，未足奏庭闈。緬維漢周磐，興起孔邇詩。解帶趨汝墳，奉檄申烏私。三公一日養，春暉寸草葵。遂將弦歌化，娱我黄髮期。園檀下有籜，水木湛華滋。藝黍非鴇羽，瞻雲興屺思。讀君蘭陔詩，回思色養時。邗甬扁心契，雅騷萬古遺。海風驚鯨鱷，高閣束麟犧。何時重秉燭，金石搜罷龜。

比屋聯吟圖爲張茂才聲遠題

世學毗南華，惟有蘭陵張。翰林紹孔業，館陶貽召棠。各振君子澤，鬱爲王國祥。鯫生聞道晚，不及師元方。季方講都肆，摳衣我升堂。偶觀肆申伏，見許追惠莊。約贈他日序，欲翼鷹雛翔。書成公已古，梁木丘山傍。晚交鄭小同，得契楚庚桑。堂壁聞金石，臧獲能文章。鸞穴無缺音，蘭畹無艾芳。情深文自蔚，澤積流斯光。何時卜比鄰？得親金玉相。

砭醫

神神農黄黄帝與盧醫扁鵲，三氏曰三世。誤爲父子孫，庸醫殺人夥。記曰：「醫不三世，不服其藥。」三世指神農、黄帝、盧醫，非謂父子孫三世也。爲醫不精究内經、難經，雖十世亦是繆種，況三世乎！

冬青非女貞，獨活即羌活。藥名辨不精，孔子曰未達。

男子

男子一墜地，門前挂弧矢。秋冬教禮樂，春夏干戈以。今人讀何書？不諳韜略旨。文武既分途，書生無他技。我誦小戎詩，君子温如彼。六轡騁騏馵，五楘梁輈美。潢池近盜弄，東南突鹿豕。願隨羽林軍，獻馘頖宫裹。

游雁蕩山

天下多名山，雁蕩獨奇秀。綿亘數百里，諸峰在其宥。遠瞻不見山，中有干霄岫。萬丈大龍湫，絶壁奔飛溜。大龍湫一萬丈，小龍湫五千丈。初月谷常明，一水簾垂晝。下視高插天，上視在地右。東西各晴雨，其理難研究。宇宙大巨觀，繪圖落吾袖。

山陰道上

巖壑深時盡落花，煙雲多處皆啼鳥。煙雲巖壑不能辨，目中但覺紅塵杳。

會稽秦石刻拓本爲會稽施又泉賦

用昌黎石鼓歌韻。

秦始皇帝并海宇，傳令博士爲弦歌。車轍馬迹遍天下，雖有劉項如台何？泰山之罘頌功德，書法篆籒兼殳戈。群臣嘉觀請立石，蒼珉翠琰煩礱磨。垂著儀榘示休烈，刮抉沙礫紛爬羅。三十七年祠大禹，宣省習俗踰嵬峩。丞相去疾獨居守，臣斯陪從游卷阿。浙江波惡不可犯，豐隆屏翳驚嗤訶。西二十里狹中渡，神羊叱石留寢訛。上會稽山刻文字，變化鳥迒參蟲蝌。棱角波磔森銛利，陸剸犀兕水劚鼉。堯典舜典任點竄，大義櫛比枝交柯。寄豭逃嫁化誠絜，男躬秉耒女織梭。和安敦勉遵度軌，至今越俗殊委佗。苗山窆石共千古，是時黄絹無曹娥。後嗣久遠永無極，譬河有事先滹沱。馬遷東游探禹穴，手拓樂石同雲和。作秦本紀紀本末，史法九旨詞三科。殘碑剩字並收入，珍惜不少感喟多。我登秦望哀秦過，當年詛楚詛亞駝。金城瓦解石亦爛，舊時黔首誰經過？鸞飄鳳泊就剥蝕，氈裹椎搨𠢸磨磋。何如兼刻具卓識，高豎崟險深投波。蘭臺漆書苦違俗，私改泰大更陂頗。安得古碣互讎勘，以馬喻馬它平它。少温不作伯喈往，胸次檮昧心㜲婀。縱使苔蘚可剔剜，有手不復能摩挲。岣嶁赤石摹贋鼎，豐碑十丈供長哦。山陰禊帖本俗體，偏傍博議談籠鵞。如此至寶坐湮没，字無人識石則那。迺知神物有顯晦，識者未遇徒轗軻。爾來二千幾年所，徧閲塵劫沙恒河。石乎精氣不磨滅，發露光怪毋蹉跎。

金陵懷古

錦繡舊山河，纖兒竟撞破。荆棘埋銅駝，芝蘭空滿座。涕淚灑新亭，落日揮戈左。杯酒勸長星，往事王何霸。傳呼璽綬郎，汝陰兵房罷。官家宿酒醒，兵渡長江夜。羽檄堆歌臺，讖語黃塵詫。薄腸偏佞佛，花雨紛紛下。蓮華猪院生，秋草雉場射。奈何帝頻呼，山鳥聲聲訝。鬼門篋裹刀，狎客燈迷詐。燕子忽飛來，忠節蟲沙化。橋山弓劍藏，一弔漢皇灞。

題魏默深源蕉窗聽雨圖

小園入伏花冥冥，矄目酴醾困不醒。蝴蝶如黏蝙蝠舞，何來簷瀑鳴宵櫺？丁丁東東蕉上聽，颯颯拉拉荷上聆。佳人扶病闌干立，芳魂翠影怯無力。一聲一滴清一心，萬籟沈沈瀉寒碧。君心有若蕉上雨，千珠萬珠留不住。妾心有若荷珠圓，隨風蕩漾在君前。蕉扇那能圓似蓋，扶疏緑出青天外。請傾蕉雨入荷盤，留作千秋萬歲歡。明朝雨霽露盤重，空留掌珠酹幽夢。

牧羊圖爲默深賦

百年前牧羊，人與寢訛於牧場。十年前牧羊，不見群羝見稻粱。朝貢牧豆百斛，夕貢牧芻百束。芻豆皆盡，羝毛亦希。牧與羝，皆苦饑，野曠風冷，日黃天低。訴主人，主人哈：汝但司汝芻牧爲，羊肥瘠，何必知？羊不行，汝但笞。山雨來，日將夕，且呼羸羝，下山求食。雨爲蓑，雲爲笠，夜聞鄰牧笛聲急。

揚州别魏默深源别駕

時默深將游洞庭東山。

人神孰波濤？天地誰鐘鼓？天閶一鳥鳴，同謫閩楚浦。既爲世所譁，又爲飢所俯。昨宵地奮雷，村莊過江雨。海風吹夢醒，白月滌塵語。夜話瀾翻籬，起踏花影舞。半生湖海氣，百年困羈旅。握此屠龍技，甘作亡羊補。息心證妙香，回光照今古。送君登莫鼇，不共搴芳杜。嗚榔一回首，雲木冒平楚。明朝夢君舟，湖心浪如堵。

海州雲臺山老松歌

九日登雲臺山作。

蒼蒼莽莽龍王鬚，怪怪奇奇天下無。得無盤古以前之草書，横斜亂劈蒼崖枯。近壓百島蛟鼉氣，遠吸隔海扶桑翠，自成海外一天地。松颸琅琅，松潮湯湯。松蓋戰雲雲茫茫，松根裂石萬丈强。大哉百谷王中有此百樹王！回我浩氣干穹蒼。夜深霆震百靈死，四山怒茁龍孫子。

岱嶽吟

嗚乎，泰宗之脈何從哉？或言遼東渡海來。不然中原莽蕩數千里，何以拔起平地巉崔嵬？庚子之秋登日觀，茫茫大雪空三歎。丁未之春尋石峪，摹搨摩崖游太促。今歲仲夏共游侶，未造峰顛愁溽暑。兩登岱嶽未悉嶽真形，搔首造化慙山靈。陽魯陰齊今踏偏，始信禹檷非漫經。熊耳外方桐柏至陪尾，中幹横行屢伏起。爲嶧爲蜀徐沛間，初峽吕梁穿泗水。再峽陰平起東蒙，三峽陪尾徂徠峰。最後萊蕪原嶺峽，始瞻東嶽插天雄。不正幹西盡東阿麓，回顧嵩少如旋轂。環抱鄒魯汶泗間，乾轉坤回靈秀毓。不有曠平，不顯岌墮。不有紆迴，不顯變化。東南横行逆西北，直與崑崙遥揖讶。宜乎封禪朝百靈，掉尾神龍殿區夏。鉅野大澤滙汶源，東西交互瀦其間。運河黄河一再截，遂疑地脈亡其元。但聞中原渡海爲島嶼，幾曾島嶼又復登中原。倚東嶽，俯黄河。水蕩蕩，山峨峨。滄桑陵谷何其多！撫山河，望齊魯，濟河故瀆存今古。千乘入海奠千年，右岱左河功庇柱。大防大壑天地經，何事横流截中土？何事高堤歲防堵？稽首黄河決北勿決南，川陸洪荒還大禹。

爲仁和王莒邨題其尊人茹亭先生憶園圖

虎林有名園，畢集群賢迹。勝景甲杭州，萬卷雲煙積。讀書膺古處，與道竟大適。開園延十景，掃徑招三益。樹色入簾青，蘿帶上階碧。神交越中駒，名士荊州鯽。杭堇浦齊息園善説經，常敚侍中席。矍鑠歸愚翁，嶽嶽今詩伯。山舟褚薛儔，墨寶人間惜。袁茗縱高談，庭花落盈尺。盍戠盛詩酒，明月照巾幘。髣髴南皮會，同躡名山屐。雲礽振箕裘，風景思疇昔。作圖有解人，繼志貽白璧。析薪勉負荷，勿使楹書擲。

京師得家書雜感五首寄兒子

塞雁鑾方至，家鄉有報郵。關山三地月，風雪五湖舟。汝力貧中學，吾寬客裏愁。寒衣曾續否？年少慎交遊。

憶昔來京口，胸横吴楚濆。萬帆千里會，三國一江分。風色荆門樹，濤聲夢澤雲。如聞江夏地，尚起水犀軍。

江頭花笑我，歲歲似相迎。未是尋芳去，多慚照眼明。雨過山抱恨，風定水摇晴。世事蒼茫裏，洲鳩故故鳴。

雙闕中流闢，吾游萬古悲。尚餘雲水氣，不共谷陵移。洞瀑凝唐佛，崖雷失禹碑。終然神化永，不用愴瀍伊。

倦游天地後，攬轡獨思歸。蒼鬢懷兒子，黄河濯布衣。風霜深歷練，身世任從違。屢動離鄉感，因之吟式微。

清明日得家書因憶王漁洋句續成一律題家書後

燕臺久旅悵孤征，戍鼓關山忽地驚。玉局思鄉七端午，漁洋作客五清明。乾坤野馬沈沈夢，風月流鶯婉婉情。尺素摩挲臨水讀，去留難決淚縱横。

送孔繡山之陝右

崔嵬一線引天門，嶂鎖寒雲萬壑屯。閣道横空迴去馬，荒城臨戍聽啼猿。秦風險勒星河動，漢月高懸草木喧。極目關山千古話，且看長劍倚朝昏。

游嵩山十首 時由京師之河内，訪汪孟慈太守，同遊太室、少室。

嵩嶽爲天柱，五鎮居中起。上有太古仙，散髮白雲裏。草堂薜荔青，苔壁蘼蕪紫。飲玉讀金書，我羨巢居子。

仙臺聳雲漢，月明山更空。紫氣淩倒景，峰在天門東。太空雲可吸，披襟還馭風。誰在南麓間，散步追仙蹤？

樾館構茅茨，清談娱道客。此徑可樵蘇，蘚色萬古碧。落落紫崮隈，閒雲抱幽石。鶴立佇清風，名著長生籍。

我愛枕煙亭，奇峰秀如筆。超絶塵世蹤，孤高傲雲日。肉芝養丹田，静入靈仙室。仙人相往來，㟂㟂醴泉出。

瑩然雲錦淙，瀉出石叢表。獨立倚鳴湍，湍水連珠繞。朝朝漱靈液，策杖看飛鳥。一鏡寒潭深，峰影數多少。

雲接期仙磴，鳳舞青霞岑。期仙仙未來，青霞鳴遠禽。安知塵躅外，別有仙人心？鑄月淩紫煙，一弄雲濤琴。

泠泠滌煩磯，磯邊有明月。盤石坐飛流，可以沐吾髮。落花颺泉水，點點真珠雪。峩峩彈此曲，人寰已超越。

載登羃翠庭，林蘿沓層翠。迴身月磵曲，綿羃發幽致。幽人神可容，得遂煙霞志。入山山色深，遠望少林寺。

談玄洞玄室，天地皆自然。昨注參同契，因知吾道仙。自有天地來，得此玄妙編。跪讀再三拜，明月松蘿筵。謂惺惺子。

金碧潭水清，雲光豔寒徹。巖葩林蔦間，用以藏吾拙。霜天洞煙景，萬古長不滅。所以仙之人，惟有嵩山悦。

井陘行

青天青於石，上有落落星。化爲磊磊石，聽歌井陘行。天險尚可升，地險尚可沈，險莫險於人心。一從重耳張耳鬭機穽，至今山川關塞千崎嶔。九烏未落來逢蒙，射羿還彎射日弓。龍蛇起陸殺機伏，青天白日生蒿蓬。人間蹐促，不可以游。不如乘雲，敖翱九州。九州茫茫雲不開，坐覺乾坤塊磊如山來。君不見太行終古何礙鴻蒙哉！君不見鴻蒙何曾知有太行哉！

潼關行

曉陟潼關城，始識潼關面。近距華陽尚二程，天險誰言一當萬。雨霽岳岫秋容清，風來關塞河聲健。坐覺蒼茫萬古哀，猶共風雲四時變。客言十二連環堞，古建禁溝之西北。連山灌木壽篠中，重門鎖斷飛鳥翼。秦軍既備東兵入，汴師又杜西騎出。自古守潼關者，皆拒東兵攻長安；獨金宣宗時，蒙古已得關中，金遷都汴京，固守潼關，以拒元兵之出，古今一變格也。間道尚防商縣攻，變局紛紛罕沿襲。守秦不守關，守關不守溝，守溝不建堡十二，皆爲予敵以其矛。不守武關疏間道，肘腋腹背差千秋。我謂客言意深苦，更爲客胸擴今古。車戰變騎騎變步，山川地利皆殊阻。成皋函谷古金湯，步攻近世誰嵎虎？宇文灞上走高軍，得人那在泥丸拒。書生史事空撐拄，莫若濁醪戰樽俎。華山未至驪山來，明朝更賦湯泉哀。

毒水撈魚歎

毒龍夜吸西江水，吞盡江中萬魚子。江神夜怒扼龍喉，吐出澄潭半生死。清晨漁父奔鶖鶬，臨潭一網盈一舟。我來但見風飀飂，鮫人徙宅愁陽侯。君不見東海長鯨崔嵬如山誰敢仇！

汴　梁

佳麗冠中原，梁都會（四）〔泗〕川。幾經河奪汴，惟見海成田。蛟蜃城頭雨，帆檣樹杪船。洛陽南下賈，不復到朱仙。

鳥　散

鎮日長篙向水抄，湖風吹岸響芻茭。一猴攜子懸巖坐，看我撐舟上鳥散。

遊洞庭湖　時謁道州何子貞師於長沙。

閩猖泊舟風勢烈，更上岳陽望湖月。樓頭有客請我吟，軒樂湘靈休剿説。客言天地缺東南，匯爲澤國恣汪涵。年來洚洞恣荆楚，江北江南澤匯酣。漢潦攻隄若攻堞，江潦破隄如沃雪。湖潦浸圩如浸月，六郡萬家供一決。樹杪撑舟欲上天，江漢湖澧爲一川。南北六朝無此潦，無乃蕩割還堯年。不知五行主何占，蛟龍得意横九淵。我今爲客擴胸腑，未暇論今且陳古。自昔楚藪兮雲夢，幾見洞庭登禹貢？至今楚險兮洞庭，遺蹟何處尋夢雲？水鍾三湘失七澤，陵谷滄桑變今昔。遂以九江誣洞庭，那識長江舊横闢。

冒雪行

夜風裂天天忽冥，虛空粉碎天無聲。敝裘蹇驢冒險征，寒光射驢驢不行。山平壑塞深槎枒，萬溪蜿蜿如小蛇。豈是穹廬蓋大漠，恨無鐵騎追冰車。深壑虎豹慄不行，西崖定僧鐘不鳴。重簷壓夢千村死，百里無復吹烟横。凍雲那覓沽酒村，猿鶴化去誰招魂。盛姬淚滴瑶池冰，穆滿千秋啼王痕。前林梅花一夜開，客子疑是梅神來，得毋袁安林逋魂夜回？氊窖冰天何足唉，瓊瑶不壓駑駘才。

富陽董文恪山水屏風歌

文恪爲其門人李柯亭編修作也，柯亭之孫索題。

十二生綃一筆掃，水墨精神初脱稿。昇平盛事數乾隆，醰醰手澤重元老。常熟之蔣富陽董，文肅文恪世同寶。天子幾餘賞翰墨，侍臣退直供文藻。上林無事曉鶯啼，薇院有花春悄悄。筆下風光接禁雲，墨池春漲連蓬島。重重嵐翠濕湖山，曲曲蘋蕖間叢篠。剛見千尋石壁奇，忽聞萬壑松風杳。細雨疑從南苑來，斜陽正映西山好。瀟洒生機尺幅間，淋漓元氣屏風表。瞥眼雲烟數十年，猶見當年墨酣飽。醖釀沖和有本根，師弟淵源共深造。直從福澤徵性情，豈徒筆力回枯槁。魚鳥雲飛川泳中，恍同民物游熙皡。摩詰輞川難獨步，郭熙清明何足道。六七十年畫筆枯，長安争市海防圖。

代龔仰白茂才景李上羅天鵬軍門思舉凱旋詩集杜

弱水流沙外，鈎陳出帝畿。君隨丞相後，虜其名王歸。茅土加名數，來朝大將稀。霜天到宫闕，擁别有光輝。

志在麒麟閣，兵張虎豹符。聰明過管輅，戰策兩穰苴。好武寧論命，書生道固殊。五雲高太甲，管葛本時須。

收取舊山河，開邊一何多！羽人掃碧海，元帥待琱戈。自益毛髪古，還聞賓客過。封侯志疏闊，筋力定如何。

歸到又春華，銀壺酒易賒。風塵三尺劍，兵法五千家。不願論簪笏，坐看靖流沙。

每聞戰場説，細細酌流霞。天馬老能行，休看白髮生。恩榮同拜手，僕射如父兄。感激張天步，終身荷聖情。别來頻甲子，旅食歲崢嶸。昔在嚴公幕，杜陵有布衣。看君話王室，妙略擁兵機。唱和將雛曲，元戎決勝威。稍酬知己分，欲報凱歌歸。景李在羅公幕三載。

過梁山

江樓鐘急破寒煙，一葉扁舟落楚天。長劍切雲飛雁外，短篷卧雨亂山前。飄零杜曲懷朋輩，貧賤王章感歲年。建業神京天下麗，西風白下幾歸船。

廣陵感事

淮南財賦鄉，三司重鹽鐵。蜀岡罷歌舞，使府追呼迫。逋逃泉官藉，竈户披圖懾。度支謀國地，徵輸裕禹筴。我哀廣陵民，恐有刀兵劫。

無錫舟中雜詩十五首

津樹湖雲上下青，回頭遠翠見支硎。通吴橋外秋光晚，一席南風過御亭。

身在帆光塔影間，江城正對九峰環。秋篷詩思愁風雨，自起支窗看慧山。

夢賜茶香浴殿前，醒來猶記侍鈞天。篋中團月封題在，却對人間第二泉。

苦吟日日索枯腸，七碗名茶代酒嘗。卻記青旗三月雨，梨花春甕惠泉香。順德陳山人鐫「茶侯」印相贈。

五湖蹤跡盡傳疑，仙女墩頭日暮時。旖旎江花臨水笑，扁舟猶似見西施。

琳宇珠宫天半開，地臨李相讀書臺。草堂誰記湛長史？惟見經幢繡古苔。

正想僧窗桂粟香，齋餘粥鼓繞迴廊。何時去訪陽冰篆，松子風來坐石牀。

靈光僧散草縱橫，冷落桐溪忠定塋。莫問膠山盧墓地，悲風瑟瑟萬松聲。

平泉樹石午橋莊，轉眼人間感慨長。惟有錫山尤簡定，子孫永保遂初堂。

花燭當時繡嶺亭，名園久已换禪扃。竹爐茶話涼風裏，夢到秋聲小閣聽。

涪翁詩石久消沈，淮海遺阡蔓草侵。惆悵江鄉寒食後，青山斜日古藤陰。

二泉高顧締同心，先後龜山道統尋。黨籍紛紜時事去，我來凴弔感東林。

冠代丹青顧虎頭，後來嬾瓚亦無儔。九龍寶界風流盡，誰寫湖山一片秋？

歷山漢志舊垂名，見説春中有故城。向晚欲尋龍尾道，秋林人影鳥邊明。

樓閣清華水木間，朱欄紺宇小金山。妙峰忽記曾游地，一棹江南引夢還。

古樂府詩和邵武吴厚園淳茂才十（八）〔九〕首

將士且勿喧，聽我奏鐃歌。鐃歌自有始，請從朱鷺起。朱鷺珊瑚冠，身纏紅錦綬。朝飛銀塘露，暮宿同心藕。同心藕漸長，蓮子結蓮房。飲啄哺爾雛，有網艾如張。朱鷺舉，摩天飛，渴飲沆瀣餐靈芝。翅拂日月雲爲衣，縱有矰繳安所施？遊滄海，高河漢。我與爾，長相見。羽短毛長奚足辨。朱鷺。

青青者艾，椓之鳥羅。維比虞人，機心孔多。鳥已高飛，其奈之何？艾如張。

戰城南，多算勝。猛士如雲，莫不思奮。俘彼酋鹵，脅從迺降。好生有德，不忍殺傷。蠢爾匪民，死不違恤。野死不葬，爲鳥之食。戰城南。

父兮母兮生我身，叔兮伯兮送我行。紫塞黄沙萬里道，遠嫁烏孫令人老。春風婉轉入曲房，緑樹有花非一香。金爲衣兮菊爲裳，旃爲牆兮酪爲漿。歲時一再與之會，置酒高歌心内傷。妾本江都女，容華絶世芳。珊瑚桂鏡流蘇帳，中有鬱金蘇合香。歌扇當窗似秋月，恨不早嫁東家郎。今日長途望無已，風吹草低見牛羊。願爲天上鸞與鳳，時來比翼雲中翔。烏孫宫主歌。

妾本小家女，昨嫁淮南王。願爲天上月，枕席依末光。不知天馬來，廄下空騰驤。主人愛真龍，賤妾出曲房。賤妾何足道，淚下沾衣裳。回首語諸姑，伯姊爲聽將。人生既作女，不若委路傍。驊騮爾勿喜，鳥盡弓亦藏。誰言白璧姿，不及青驪香。願取玉匣釧，飾作金羈裝。愛妾换馬。

良夜不能寐，明月照羅綺。故人千里心，如此明月爾。贈我瑶華簪，遺之錦繡被。是物君子賜，誰能棄遐此！宛轉行。

鄉人卧南磵，饑食猛虎傍。自云有老母，不得飽壺漿。我斸茯苓歸，潔旨奉高堂。食餘即至此，不敢思遠颺。猛虎舍之去，歸見白髮蒼。暮投南磵來，何以眈眈亡？持此告鄰里，其孝感一鄉。猛虎行。

巫山有鴛鴦，文采燦相屬。一飲復一啄，雙宿寒波緑。迴翔自容與，見機一何速！天空四海闊，何爲自局促？終日風塵中，峩冠博帶束。美人千黄金，顔色白如玉。朝披巫山雲，暮宿巫山曲。蘭房歌一聲，催换纏頭出。贈以金條脱，報之紅躑躅。文采雙鴛鴦，日日巢金屋。巫山高。

六月酷暑逼，征夫即長路。路側青蠅飛，蟬鳴在高樹。樹頭風力雄，飛鳥不敢度。獨在車中愁，馬汗滴如露。是時望雨心，天上雲偏妒。草木葉垂萎，禾黍莽迴互。四野曠炎蒸，僕夫嘆焦痼。爲想虛堂人，珠簾隔花霧。行路難。

陌上桑，女持筐。家家户户春蠶忙，羅敷不是邯鄲倡。陌上桑。

鶴兮鶴兮，有霜其羽。娶妻五年，妻不生子。夫不背恩，妻不背情。鶴兮鶴兮，悠悠我心。別鶴操。

白龍遊戲生雲煙，江濱化作青絲弦。淺沙亂流不可渡，蘆葦青翠交相連。豪家縱轡夜飲馬，蘆枝遠拂珊瑚鞭。誰知弦索安不得，化作白龍飛上天。神弦曲。

乍可爲巫山之雲，不可爲巫山之雨。雲無跡兮雨有聲，楚王夜夢巫山女。可憐宋玉多微辭，朝朝暮暮人何許。巫山高。

仇兮讎兮，不共戴天，我手刃之，瀝血墳前。逝將去女而隱於山谷之巔。天馬長鳴引我去，人間揮手謝風烟。走馬引。

將進酒，爲君壽。百年三萬六千日，少則童兮老則叟。人生惟有中年好，不如意事長八九。悲主父兮右鼓簧，願君黃金高北斗。將進酒。

寄遠人，一書札，萬里關山憶重疊。妾念君兮君念妾，兩心天上如明月。寄遠曲。

啄粟啄粟粟正熟，野田黄雀飛相逐。三五成群百十族，仰食民田啄民屋。八月九月秋風生，田家有女曬春穀。野田黄雀行。

美人遲暮庸何傷，飄然夢入波瀟湘。翡翠爲樓桂爲房，鏡臺灼灼青銅方。衣裳楚楚容顔光，蛾眉婉婉烏雲香，靈心悄悄幽蘭芳。十三未嫁愁人腸，十四河洲鴛與鴦，十五簫臺鸞與凰，十六琴聲宫與商。感君此意同翱翔，何以贈之明月璫。豔歌行。

雉朝飛，飛來飛去野田中，雄鳴上風雌下風，一夫一婦勿我同。行年七十，成老翁而無妻，牧犢子，而何窮。不知烏之雌雄！雉朝飛。

秋江曲

兒家生少江之南，門前楊柳青毿毿。長條短條上下舞，不綰離人任往還。楊花飄泊渾無主，命薄如花落何處？空留一寸珍重心，獨掩銀缸向誰語？東隣紈扇蠲秋風，西隣明鏡嬌春容。春秋一例等閒度，今歲明歲都怱怱。歲歲含愁人易老，日日懷人愁不掃。江頭不見夫容花，門前但種相思草。郎君白下美少年，皎如玉樹人中仙。腰纏十萬不買笑，偏向兒家買可憐。知君用心同日月，爲儂欲白黄門髮。桃根桃葉生相連，藥店龍飛空咄咄。吁嗟乎，從今繡佛思長齋，寶珠獻上蓮花臺。蓮花會見開並蒂，儼如我佛來西來。

錢舜舉伏生口授尚書圖 陳恭甫師藏。

漢孝文帝敦典章，罔羅卷軸六經昌。撢册淹中搜墜簡，尚書絶學伏生强。嗣音孔壁金絲起，秦坑灰燼今重光。二十九篇出口授，衛包後議徒更張。七觀六體書義備，帝升王降誠昭彰。子賤耄年傳秘讀，女子肄誠青閨芳。特重其書名曰尚，他篇逸者難參詳。宏其授受教齊魯，爰題虞夏暨周商。禹鐵柳穀别音義，明都熒播陳遐方。厥亂勸德解君奭，優賢揚歷稱盤庚。力駮田申與周甲，深辨憂腹同陽腸。吕甫費柒通義據，梓杍冏檕精胥匡。戡黎㦸耆竹史誤，無逸毋劮石經荒。大誓前師鼓付鼓譟，長篇佚絶如散萇。羨文惟曰若圭璧，酒誥遺義尤鏗鏗。不取小序取大誓，後人瞽説徒荒唐。仲舒對策建元代，其詞確證如金湯。安國起家爲之注，今文示世尤煌煌。淺人致疑到五事，百篇未合數昭彰。武成説命皆僞撰，東晉以後子雍王。帝告九共煩注記，先師之慕真難忘。歐張高弟書真本，青豫連畛土音搪。衛宏小儒倡游説，顔籀理趣尤迂傖。此説留疑唐宋後，肆詆遷固嗤矜狂。濟南遺老讀書種，潁上欽式經師鄉。錢侯作圖得妙趣，取神離貌傳錚錚。今文尚書近代顯，朱竹垞閻百詩論辨如長鯨。惠定宇宋半塘段茂堂陳恭甫師探天窟，二十八宿森鋒鋩。二十八篇應二十八宿，合小序百篇，正二十九。王西莊江艮庭孫淵如程青溪寡學識，大誓誤羼空珍藏。撥開雲霧青天見，撰異我拜金壇堂。段若膺古文尚書撰異最精確。

脩仙謡

兩頭文，中間武，周天消息微微數。兩頭武，中間文，玉漏寒聲滴滴聞。

衣讔山房詩集　卷六

古今體詩

杞憂

海涸山枯事可悲，憂來常抱杞人思。嗜痂到處營蠅蚋，下酒何人啖鰌鮧！鰌鮧魚，蜜醃之可以下酒。但使蒼天生有眼，終教白鬼死無皮。彎弓我慕西門豹，射汝河氛救萬蚩。

家少穆先生招遊小西湖夜泛

烟波浩蕩動龍鱗，江上愁心把酒頻。萬點星明無月夜，數聲烏唤不眠人。東南民困思侯霸，西北年荒憶寇恂。莫負蒼生霖雨望，蠻江戍鼓起烽塵。時粵西寇氛不靖。

少穆先生屬題其尊人暘谷封翁飼鶴圖

仙人騏驥羽族宗，翩翩遐舉超樊籠。昂然獨立壽千歲，胎禽弗與凡禽同。君不見盤野饑鷹側目視，金爪怒張攫兔雉。深林衆鳥不敢喧，一枝可借聊安止。焉得强弓射封狼，兼射厲鷹加一矢！昌彝嘗繪射鷹圖行看子。孤山仙鶴卓不群，鳴在陰兮和有子。飴以潭皋粟，飲以溶谿水。啖以太湖萍，啖以楚江芷。毛羽豐滿時，飛翀萬餘里。一舉兮知山川之扼要，再舉兮窮天地之終始。上薄雲表離塵埃，燕膺鳳翼非凡材。逋仙駕鶴騰上漢，斯圖三覆心徘徊。秋空一碧月如水，横江健翮飛南來。

送少穆先生總師粤西

大旱虹霓士氣伸，揮戈萬騎走甡甡。兵威都督迎陶侃，民望將軍識馬璘。早卜欃槍銷嶺嶠，旋看兵甲洗江濱。朝廷宵旰資屏翰，粤國山川草木新。

送劉炯甫孝廉親家從戎西粤

將軍左鉞護靈祇，嶺外軍聲將萬雌。時少穆先生督師粤西。記室久參班傅席，從戎能草阮陳詞。深懷瘴雨消丹巘，行看蠻雲散緑湄。競請長纓真壯志，論功及早盼歸期。

少穆先生薨於普寧詩以哭之

將星一夕隕天墀，父老環轅動地悲。妙算夙嫻擒虜策，英魂長繞出師旗。蠻方共喜驅雕鶚，瘴海何期失虎貔！劉祖云亡韓范渺，中原誰爲振瘡痍？

烏夜啼寄紹興施又泉

又泉娶婦半月，客十年不歸。

寒潮月上風淒淒，欲眠未眠烏夜啼。推枕欲起寒無衣，吏人有婦見夫稀。婦夜啼兮烏夜啼，啼到天明烏始飛，烏夜啼兮人未歸。

青田弔劉誠意伯

南征北伐出鈐韜，淮泗真人百戰勞。手定河山收王氣，王，去聲。坐令冠蓋壓仙曹。軍謀奇詭如孫武，主術梟雄等漢高。回首青田餘故宅，空山夜月擁旌旄。或以爲文成仙去，非爲胡惟庸所毒。

永嘉水上亭題壁

遠天湖水明，道心相與清。人烟棲鳥影，樵語答泉聲。樹密青無際，峰來碧有情。此間堪小隱，何事慕浮名？

匡巖　在温處二府交界。

匡巖接層霄，天梯度飛鳥。蕩蕩三千級，衣帶烟雲渺。空中聞天雞，榑桑日初曉。箭筈通一門，天風吹未了。胡公何代人？遺廟倚天表。巖上有胡本祠。東瞻海似梧，人影出樹杪。朝陽在巾幘，照見髮皆皦。排雲招神仙，一謝塵寰擾。

江南吟　辛亥寓默生刺史官廨，信宿成此，時默生任高郵州。

種花田，種花田，虎丘十里山塘沿。春風玫瑰復杜鵑，夏來茉莉早秋蓮。紅雨一林香一川，一株百花花百錢。朝摘夜開，夜摘朝開。看花人朝至，賣花船夜回。有田何不種稻穲？秋成不償兩忙税。洋錢價高漕斛大，輸佃輸官無秸稭。稻田價賤無人買，改作花田利翻倍。低田下濕不宜花，逃廢空餘菱芡蕾。吁嗟乎！城中奢淫過鄭衛，城外艱苦逾唐魏。游人但説吴民嬌，花農獨爲田農淚。

急賣田，急賣田，不賣水至田成川。誰人肯買下河地，萬頃膏腴不值錢。上游泄漲保張堰，下游范堤潮逆卷。千畝素封難救餓，水退有牛誰敢播？湖廣傳來早稻秧，一歲再收夏至秔。收得一半勝全荒，婦女踏車老幼忙。油油麥，芃芃穡，怕數樹梢舊漲痕，夢魂常被蛟龍食。但保夏汛不穿堤，願買豚蹄賽先嗇。夜半西風五壩開，已報傾湖之水從天來。

鬧城門，鬧城門，水西門截秦淮源。江潮逆入淮倒入，一丈二丈城全吞。玄武湖高不得出，一鬨誰回萬馬奔。千街萬户波濤裏，魚鼈游竈雞升垣。半城窪室遷高原，水氣蒸爲雲氣昏。一歲潦尚可，歲歲淹殺我。六朝三國都江左，幾見金陵之城水中坐。噫嘻吁怪哉！江洲日大，江面日寡，江底日高，江口不瀉。試登鍾阜絶頂望長江，肯信長江天塹弓蛇若！何處黄天蕩，何處新林涯？千里荻葭，百里桑麻，當年盡是波臣家。桑田陵谷，是耶非耶？治河尚可水攻沙，何策能使江流窪！

改鹽包，改鹽包，出場每包斤五百，到儀改捆何其么！七斤豫章八斤楚，不改恐致官私淆。改捆愈多私愈衆，即控官包作私用。有人建議更舊章，動挾捆工千萬衆。峩峩大舸抵楚岸，更加官費百十萬。本重價高鹽不銷，減價敵私商失算。曩時銀賤尚支持，銀價日高銷折半。君不見淮北改道不改捆，票鹽歲銷數倍引。官吏損夫誰染鼎，淮南聞之怒生癭。又不見寧波郡守師票鹽，民散暢銷官府嫌。彈章早上秋霜嚴，利民利國徒鷄廉，奈何盡奪中飽權。

防桃汛，防伏汛，防秋汛，霜降安瀾而河慶，大官增秩小官潤。歲修搶修數百萬，與水争地如争命。塼工石工僅補苴，已被全河謡諑詠。縱令歲歲不穿堤，國帑尚難供漏卮。縱令百年無塞決，水衡猶恐竭膏血。借問潘靳治河手，何以用力惟海口？借問乾隆以前亦治河，何以歲費不聞百萬過？沙昏昏，波浩浩。河伯娶婦，河宗獻寶。瓊弁玉纓夢中懊，桃花浪至鯉魚好，酒地花天不知老。版築許許，鼛鼓逢逢。修隄於天，束水於墉。庚辰童律休言功，合向羽淵師黃熊。

漕艘來，漕艘來，如山如阜何崔嵬，千梢百槳生風雷。船旁水筏横兩腮，尾大不掉何雄哉！湖廣江西及兩浙，前幫後幫魚貫接。入閘閘爲阻，千夫萬夫挽邪許；入運運爲膠，微湖蜀湖堤日高。蓄水不多艘不濟，那顧民田澤雁嗷。一艘横，萬艘滯，商賈愁嘆行旅廢。烏乎漕艘丈八有成規，受六百石無差歧。水力船力勝米力，何事礧砢巍峩爲？私貨愈多費愈重，徒供閘吏倉胥用。船輕運速費亦輕，河漕兩利一帆送。江淮河汴各異船，劉晏遺規至今頌。烏乎！戰艦苦瘦，糧艘苦胖；戰艦苦窳，糧艘苦濫。盍移戰艦作糧艘，更改糧艘修戰艦？

阿芙蓉，阿芙蓉，産海西，行海東。不知何國腥風過，醉我士女如醇醲。燈熒熒，烟濛濛，語喁喁，或言容成授軒老，帳中語秘事莫踪。夜不見月與星兮，晝不見白日，自成長夜逍遥國。長夜國，莫愁湖，銷金窩裏乾坤殊。昔聞酒可亡人國，此物夏禹儀狄無。橫六合，迷九有，上朱邸，下黔首。彼昏日醉何足言，藩決膏殫付誰守？語君勿咎阿芙蓉，有形無形朋則同。邊臣之朋曰養癰，樞臣之朋曰中庸。儒臣鸚鵡巧學舌，庫臣陽虎能竊弓。中朝但斷大官朋，阿芙蓉烟可立盡。俗曰煙癮，字書無之。說文：「朋，病瘢也。」

泰山經石峪歌 三登泰山作。

石裂天開般若經，氣敵岱嶽雄崚嶒。縱橫磊落數玲玎，上承萬丈瀑濺潲。瀑所衝字漫無形，餘字讓出玉瓏玲。椎拓尚帶六朝冰，筆鋒破石捫有棱。想見願力擎雲亭，那數封禪秦皇銘。至今午夜朝百靈，誦經梵唄如殷霆。高山流水和璁琤，有若伯牙鼓泠泠。只恐大地殊谷陵，此石泐壞終難憑。我欲仰空書大乘，以岱爲筆天爲繒。劫火不侵雨不淋，空中說與諸天聽。捫厓剔蘚股與肱，驚喜疑信紛相仍。貴人遊山太瞢騰，周頌大學譌千齡。安得雷雨祛厓腥，斜陽入林影鬅鬙。隔溪山鬼風谷膺，嗟哉歸去行勿兢。明人萬恭摩厓勒記，稱此經之上有後人書大學聖經壓之者，徧尋之，實無其事。惟上勒周頌般一章，距此經丈許，並不相妨。蓋貴人遊山，憚於登歷，以耳爲目，聞上刊聖經，即訛疑大學，雖尋丈之地，亦不尋求也。

良鄉遇姚梅伯燮同年

十載無家別，征塵困異才。水流梁趙去，人自楚吴來。斜照明仙塔，饑烏下將臺。殷勤與君別，懷抱幾時開。

解嘲絶句答家穎叔壽圖水部

卅年仰屋對燈檠，繞膝雲烟擁百城。自向名山論事業，願將卿相换經生。

家范亭廷禧農部詩稿題後

觿辰二字見南史。神驥早飛名，一片冰壺骨格清。讀罷君家辛亥草，君詩始於壬辰，終於辛亥。前身可是顧瓊英。顧瓊英著有辛亥詩稿，弱冠能詩，與楊維楨爲友，見楊公所撰玉山草堂記。河汾遺範憶師門，集中哭陳恭甫先生詩云「河汾遺範衍文中」。回首鼇峰總斷魂。入室當年重都講，名山萬派溯崑崙。伯仲齊名賦棣華，故人轉瞬隔天涯。君兄悚亭省元，與余甲午同年。聽君詩若山陽笛，黯黯斜陽有弔鵶。不作牢騷不鬬奇，晉安風雅足多師。李蘭卿先生題君集有「晉安風雅追前輩」之句。長林弓冶吾家秀，愛誦農郎七古詩。集中七古詩爲諸體之冠。

聞警

近聞元帥下崆峒，鑾觸窩中小醜攻。多少深閨感刀尺，關河戍火萬山紅。

題家穎叔壽圖水部詩草

在昔詩人多水部，何遜張籍孟賓于。君詩筆之所到處，遜籍賓于皆已無。

感時

草木風聲驀地狂，驚沙萬里入雲黃。紛紛群醜魚遊釜，哀哀諸君鵜在梁。憂國杜陵垂亂髮，感時賈誼痛深創。馬蹄竟日長安道，怕聽郵鈴羽檄忙。

聞武昌漢陽失守

轔轔車馬湧波濤，木落荒郊旅雁號。畫角悲聲吹日動，大旗照影接天高。真愁戰士閑荆隴，憑弔騷人哭漢皋。武昌漢陽失守，有舊相知者全家被難。敗將僨軍留後效，徒煩廟算費焦勞。

聞南京鎮江揚州相繼失守爲之愴然

風高鐎斗撼秋深，羈旅聞聲淚滿襟。南京、鎮江、揚州三城尚未收復，南昌尚未解圍，而瑞州又陷。至汴梁解圍，乃關公顯靈助戰。近山西垣曲一帶，賊勢殊爲蔓延。議守未能遑議戰，攻城不足况攻心。司農籌餉勞宵旰，大帥屯兵老羽林。揚州與賊接仗者鄉勇也，而琦大帥善則按兵不動。我似杞人憂正切，撫時散髮獨呻吟。

閲邸鈔

中原一夕起狼烽，十丈欃槍照地濃。吴楚風淒城戍柝，金焦聲斷寺樓鐘。談兵幾輩皆房琯，散賊伊誰效賈琮？回首江南望江北，哀鴻滿目愴嗈嗈。

群盜

風雲百萬護儲胥，車騎南征走羽書。鼙鼓驚棲彭蠡雁，江河愁食武昌魚。楚人如歲思陶侃，晉國何臣似魏舒？悵望角聲餘涕淚，儒生懷槧欲何如？

感秋

西風落葉馬蹄前，戎火山河感歲年。俯仰乾坤人似鳥，浮沈身世我如烟。柝聲擊月聞徐豫，秋色來青滿趙燕。未掃萑苻心未死，神傷父老大江邊。

旅愁寄范亭農部

戎馬關山道路遲，眼中誰爲振瘡痍。冥冥歸鳥吾真羨，黯黯鳴笳爾亦悲。西北風沙來薊代，東南烽火照旌旗。傷秋獨抱樊川感，斫劍狂歌有鬢絲。

咏物二首

有狗名槃瓠，能殺犬戎首。三月勇奏功，猛相殲群醜。東南苦用兵，勞師三載久。

狂寇紛充斥，官吏倉皇走。大帥疎韜略，不戰焉能守？桓桓擁重旅，不若高辛狗。

醜螸雖纖蟲，醜螸，蜂也，見爾雅。物類亦識職。能明君臣義，臨險無避匿。當關扼蜂虎，蜂虎能食蜂，形如蝶而黑者。萬衆皆振翼。憶昔元嘉時，建安飛殺賊。蜜蜂螫建安郡山賊數百人，見宣驗記。覩兹小介蟲，鋒芒羡雄特。枕戈諸將士，視彼真無色。

記問二絶句

黄塵苦霧滿閻閭，回首焦山過眼墟。馬上孝廉傳片語，關心經閣問藏書。鎮江焦山被夷人所據，浙江張仲虛孝廉於京師衕衕車上與余相遇，匆匆問阮相國藏書樓在否。

石頭城裏萬人骸，中澤哀鴻感壯懷。更笑癡情謝蘭士，叩門夜半問秦淮。南京失守，同年謝鏡雨孝廉於四更時忽扣其同寓門，問秦淮妓女如何下落。

自題四臣表後

敗將庸臣蚋狗紛，上方請劍學朱雲。四臣一表昭金鑑，此是千秋有數文。

自題穿楊圖

烏號之柘荆麋筋，河魚之膠騂牛角，配來天上弧矢星，射汝江南妖氛濁。陰陽摩軋相攻取，晦明理亂勿驚逴。盛衰消長信有時，百萬長驅俄傾剥。請看復地田安平，七十餘城一鼓鐲。唯幾能成天下務，勝敗死生一掌握。胸無兵甲賊膽壯，縻餉勞師空飛鼩。攻心不足議攻城，紛紛下策未爲確。君不見擒王射馬伊何人，運籌終古歸帷幄。

寄　内

桑乾水急朔風寒，滿地干戈行路難。一片愁心長在月，家人好向月中看。

聞鎮江柳賓叔興恩孝廉避寇淮安詩以訊之

賓叔精穀梁之學。

聞君築室入深山，白石清泉相對閒。我寄愁心千斛去，白雲長鎖莫教還。

哥哥子吟

北方有蟲名哥哥，色緑，形如蟋蟀，而聲清越。慈谿鄭寒村太守梁有「秋涼籠響哥哥子」之句。余兩載羈寓京師，聞其聲，爲之愴然，作哥哥子吟。

秋涼籠響哥哥子，庭前一夕金飈起。悲鳴擾我還家夢，王孫不歸黯然矣。淒淒切切聲可憐，渾如急管與繁絃。草間蟋蟀吟相答，似訴羈客愁頻年。頻年我唱悲秋曲，登山臨水愁宋玉。上書敝盡黑貂裘，苦吟伴我寒燈緑。如怨如慕聲斷續，我亦籠中同局促。不平與我同悲哀，我愛哥哥真不俗。桑乾風急沙茫茫，一聲去雁東南翔。

楊椒山琴歌

琴藏魏如海家。

伶倫既死餘嶰筒，欲挽元氣回鴻蒙。神徂聖伏嗟道窮，夜深重華投以鏞。排閶叫舜殛四凶，大聲莫覺天若聾。竟操拘幽羑里中，天王聖明臣罪惷。忽有變徵無商宮，追呼比干陪關逢。奴隸叔夜兼蔡邕，呵叱仇鸞與嚴嵩。萬古方輿一寰穹，哲人既往我安宗？誰知以耳以神通。夜深羽駕來相從，黝頎其躬蒿其瞳。泠泠爲我彈天風，履霜别鵠如相逢。月華如水空堂空，霜華夜厚無吟蛩。俄頃四座愀無容，惟餘一人一枯桐。運丁叔季誰牙鍾？不如希聲返視聽。刺舟而去成連翁，或者相逢東海東。

聞懷慶解圍志喜

傳箭無聲畫鼓乾，西風河北鐵衣寒。八屯虎旅從天降，一夜狼星墜地殘。泗上龐勳終棄甲，越天韓説勇登壇。連營歌舞征旗捲，捷報甘泉萬户歡。

癸丑七夕

高臺永夜望雲旗，天上人間感女兒。不事春懷只秋思，並無死别但生離。關山黯黯聞砧暮，河漢蒼蒼去鵲遲。我亦有家歸尚早，十年八度望南箕。中秋，箕星夕見於南方。

喜及門沈幼丹葆楨太史分校秋闈

都講登堂張一軍，河汾大叩振斯文。風簷有淚應如我，冰鑒無花總望君。名下當年思陸贄，經生幾輩尚劉蕡。成藍獨對青還愧，鵰鶚凌秋信不群。

答粵東吴蘭皋世驥儀部見懷之作

上書闕下忝微名，欲博頭銜慰此生。前歲，今上登極，行臨雍典禮，昌彝以所纂三禮通釋二百八十卷進呈，蒙上諭「留心載籍，不爲浮靡之學」，又蒙上諭「留心經訓，徵引詳明」，賜官書由儀部進。不解吹竽嗤抱瑟，有懷籌筆學談兵。秋深代北孤蟬咽，夢逐天南萬馬鳴。回首鄉關愁畫角，尚妨烽火滯歸程。儀部精兵法。

妖氛

妖氛江北遍江東，蟻戰蜂屯痛煽訌。真憶寇恟驅虎豹，難逢臧厥奮羆熊。軍中動擔誰摧壘，城上穿楊孰挽弓。自笑書生思荷戟，同仇有淚灑秋風。楊賊最猖獗，嘗以人血飲所掠兒童，使打仗，必兇悍。

雙星

二年作客悵孤蹤，羨爾雙星兩度逢。他日雙星應羨我，魚中鰈鰈獸邛邛。

思歸

金臺秋色入斜暉，蕭瑟鄉心逐日飛。聽到鼻亭公勸止，鷓鴣名鼻亭公，見黄山谷詩註。思歸不得不如歸。

芳樹篇寄贈家穎叔水部

庭中有嘉樹，緑陰及時芳。上有慈孝烏，巢近桂蘭堂。禽鳥有至性，返哺意何長。勿以微物輕，慈孝家之祥。君子娱清蔭，春華發紅香。餘陰庇四隣，嘉名爲君揚。穎叔事寡母有孝行。

用兵謡

百人敢死敵人折，千人敢死敵人滅。

將歸福州留別及門沈幼丹太史

蒼茫天地易斜暉，萬里征塵上客衣。秋色西來山北向，江聲東去雁南飛。干戈經歲民方困，關塞驚寒我欲歸。策馬躊躇與君別，獨憐臣朔正呼饑。

附録　幼丹太史送別詩　受業沈葆楨

世變關心意不平，絳帷終夜侍談兵。九重宵旰憂群盜，三窟經綸羨鉅卿。廟算即今容敗將，天心終古愛蒼生。不須惆悵江南路，百萬黃巾識姓名。

望鄉

平楚蒼蒼夜月停，燕臺愁見兩秋螢。家山回首長天遠，怕看南船飛鳥星。

一騎

烽火南來鼓角虛，虎狼十萬遍郊墟。路傍一騎流星過，可是江南報捷書？

通州旅舍題壁

黃沙白草路蒼茫，老去風塵兩鬢霜。回首中原須管樂，關山立馬看斜陽。

通州旅次遇門士張積山部曹

天涯同作客，杯茗話通州。關塞君如雁，乾坤我似鷗。驛花臨水發，戍鼓入秋愁。後會茫茫事，臨歧共涕流。

天津道中

一别桑乾道，濛濛海氣通。天低惟見草，地曠易驅風。落日晴山北，横鞭塞馬東。歸心問流水，明日向征蓬。

楊柳青避寇

楊柳青，人家兩岸羅雲屏。司閽小吏如蝗螟，洋烟吐納聞臊腥。滄州城門血爲醽，流離萬室愁伶仃。一婦抱子逃駉駉，我救其子哀三齡。令殉難，其妻攜子逸。其母投水同蜻蜓，舉足一躍歸河靈。鯉魚風起揚飛舲，頃刻舟返天王廷。得大風，二時舟折回天津衛，復詣京師。蒼蒼佑我少微星，幸免去飲探丸硎。遲一時便爲賊所擄。

金臺秋感 十六首　時避寇，折回京師作。

瓠子秋風又屢驚，從來水旱繼刀爭。厝薪誰暇楗薪計，金穴寧防蟻穴傾。亢角氣纏河鼓壯，欃槍光伴大梁明。未袪鄃邑妨封殖，遑説銀潢洗甲兵。

谷改陵頹逆若潮，懷襄以後未今朝。五行水氣乘金氣，四列南條變北條。改道遑師王景策，遷都先畏洛陽遥。尾閭不暢休喉舌，杞國徒憂曲突焦。時有移開封省會於洛陽之議，卒亦不果。

大漏巵兼小漏巵，宣防市舶兩傾脂。每逢籌運籌邊日，正是攘琛攘賮時。海若蛟宫奔貝族，河宗寶藏積馮夷。莫言象數精華匱，卦氣爻辰屬朵頤。

但有公厨總聚羶，斷無百載不更絃。書陳蠹要三熏沐，衣舊蟣須九澣湔。甲乙海王微管策，下中田賦貢揚篇。鼎新改故神明事，鹽漕何人破舊筌！

小草難希横草侯，買山争作出山謀。春風牧豎輸羊税，秋雨文園典鷫裘。弓玉不懲陽虎竊，車金空等茂陵求。當年文景捐租日，府海官山尚不收。

海外天驕闖塞扃，居然内盜起門庭。那寛節鉞輿尸罰，翻重花封墨綬刑。烽火秋山乘一障，風塵馬邑責孤亭。試占蓄葉春秋法，陽月如何有赫霆？

海外休談更九州，江南財賦尚千秋。漢家表餌和戎策，越國繒紈沼敵謀。互市那須汗血馬，開邊自有糞金牛。却欣酒價年來賤，半笏朱提百石舟。

粟死金生孰後先？由來一物互操權。荒年穀貿豐年玉，下賦田徵上賦錢。寒食幾曾烟果斷，尾閭愁説海堪填。蝸廬外漏兼中蠹，宵擁長沙家令篇。

日旰傳餐五夜壺，如何秋氣賦凋蕪。浪言武備承平弛，試問文才振鑠無？山澤雲雷

徵蝪蠖，關河霜雪辨駑駒。雲雷霜雪朝朝事，誰待中流始覓艫？定哀筆削
中山一醉三千日，太華一眠五百期。秋水馬蹄天放客，春冰虎尾夢回時。

惟關口，官禮經綸笑得皮。輸與成都簾下卜，百錢周易慰朝飢。

元氣須防戰伐衰，但將持重擁軍麾。養癰或得中醫藥，不下翻矜國手棋。降虎降龍
衣鉢在，功人功狗是非疑。宋家議論何時定？又報河冰凍合時。

戰電遶臺甘損目，搏蛟赤手肯捐纓？兵刑長短千秋論，號令倉皇五夜盟。陷帥羊斟
逃更謗，歸元先軫視猶生。近聞廷律誅囊瓦，稍慰鴟夷萬馬聲。

翁洲絶地海天涯，不與前朝版籍偕。那用敵人歸鄆邑，更分兵力守珠厓。金湯分踞
三方壘，斧鉞森嚴十二牌。但識守江賢守海，何虞騷浙更騷淮！

三面因山一面墉，築城竟與海塘同。地遥守有鞭長慮，敵越山成腹背攻。倒馬關前
常色變，釣魚磯上見形雄。當時聚米量沙客，重向寒濤弔朔風。

屢聞粵島獲餘皇，大使娥眉妬雁行。三級首功收魏尚，九邊矯詔罪陳湯。若從露布
衡虛實，試較要盟孰短長。寇拜海中恭順奏，砲安阜頂脅和章。

忽奏風雷驅寇賊，又張寇賊劇風雷。即今媚虜排湯客，曾附攘戎劾石來。陳湯、石顯。蓬直麻林能幾日？羊蒙虎鞹敢逢豺。後先不值單于笑，此是唐家節鉞才。

燕臺曉望

白草滿燕薊，西風塞上來。三湘方弔友，閲邸報，知湘潭鄒叔績孝廉於瀘州殉難。十策爲求才。所撰平賊十六策，每篇後歸重求才，王子槐少司徒奏進。上採納之。天向笳邊老，雲從鳥外迴。可憐湖海上，散卒遍蒿萊。

陳陶軒鑄將之秦詩以送之

萬里關山夕照斜，雲開華岳柳飛花。離愁同抱憂時感，三楚城頭起暮笳。時楚地賊氛尚熾。

蘆溝水急響菰蘆，征旆蕭蕭已載途。馬首塵沙送君別，袖中定有北風圖。君精繪事，爲余繪三禮圖進呈。

保定道中

時長星見於西北方。

嗚笳吹角動塵埃，荷戟横戈孰將才？黯黯關山牛馬走，嗷嗷粱稻雁鴻哀。愁余短鬢霜盈把，勸汝長星酒一杯。獨枕羈棲應不寐，黄沙萬里逐車來。

清風店

山色太行不斷青，馬蹄迢遞去無停。清風店外風如虎，襆被行人戴曉星。

明月店見歌妓彈琴題壁

苦憶鄉關隔，輪蹄怨路迢。亂離名士賤，羈旅僕人驕。野曠鵰鷹下，沙飛薊代摇。匆匆乘傳去，未暇看雙髻。

正定道中

滚滚征塵怨道途，戍樓又聽角聲孤。時正定、保定一帶戒嚴。平沙枯樹看來短，夕照荒郵望欲無。但使芸生銷劍戟，何妨我輩老菰蘆。山行不必妨豺虎，曾背仙人五岳圖。余於滄州遇粵匪寇城，無恙；北河遇寇，又無恙。

宿博陵四首 地爲漢蠡吾王舊封。

欃槍三邊地，寒鴉向日哀。禾生燕相壘，榛滿項王臺。滚滚英雄去，滔滔旅客來。

滹沱方落日，暮色冷相催。

太行森向北，上黨策車忙。塞接盧龍紫，沙飛鉅鹿黄。野燐能礙月，哀角欲欺霜。豚彘肩脾俗，行人爲慨慷。

風動白溝河，如聞擊筑歌。鬬鶉當日戲，鳴狗至今多。富貴真如夢，元遼已逝波。蒼涼人代感，去鳥百年過。

雨暗煙冥外，埃驚日慘區。地形襟晉鄙，山勢扼殷墟。塞草寒呼雁，天星夜拜狐。何人鳴觱篥？灑淚望平蕪。

代州道中

鹿鹿驅車去，車頭戴月眠。狼烽連豫晉，蟻陣迫幽燕。僧斫焚餘樹，人耕戰後田。南歸心正切，歲暮聽啼鵑。

渡滹沱河

太行山色照鳴駝，北雁南飛路遠何。三尺河冰驚始合，如呼王霸渡滹沱。

邯鄲道中聞鷓鴣聲有感

萬里家山有夢歸，黄沙莽莽上寒衣。鷓鴣本是懷南鳥，何事年年向北飛？鷓鴣飛必南翥，一名懷南。

渡三夾河

三年羈客滯天涯，傷别傷春苦憶家。一葉扁舟江上去，不聞漁笛聽哀笳。匯淮南、江北、海西之水爲三夾河。

公無渡河

公無渡河，渡河兵多。擄掠婦女當奈何！江南一帶兵丁，多擄掠婦女，比賊尤甚。

邗溝懷古絶句

垂楊斜日哭西風，玉樹瓊花一瞬中。三十六封書太急，雞臺有夢總成空。

丹陽絶句

匹馬南來出險身，余九月出京，由天津買舟至滄州，適滄州城陷，慬而後免，折回京師。十月再由京師道出保定，行至揚州玄靈廟，適廣陵營勇潰，賊蠭湧而出，又幾陷賊中。蘭陵戍鼓起煙塵。蝟鋒螗斧何時息，不見麦亭擊虎人。元和郡縣志：「麦亭壘在丹陽縣東四十里。」吴志孫權傳：「射虎麦亭，馬爲虎所傷，張世擊以戈獲虎。」

舟發姑蘇至杭州

萬嶺接明月，孤光如許秋。江河容獨枕，吴越載扁舟。詩思和烟澹，愁心逐水流。東南猶戍鼓，懶上酒家樓。

睦杭舟次遇姚梅伯燮成長歌送歸四明

昔在長安霖且霸，子輿恒苦子桑飢。裹飯挈榼來衝泥，入門金石聲殷楣。太音驚破巴人雌，變雅能回騷屈衰。問君高吟何所裨？上不清廟和瑟希，下不比閭拯殿屎。刁騷唱和天風噫，怨蟲哀鶴嗟何爲？年來東海揚鯨鰭，萬家蕩析無安逵。君尤繭足面目黧，室燬册燹田蒿藜，老親弟妹同跰蹝。時非天寶非拾遺，七歌同谷嗟何爲？颸潮倒立天四垂，盲風怪雨飄傾欹，感時弔古傷肝脾。無計擣穴兼守陴，見幾幸決如鳧鷖。上書索米兩無幾，夢回故園聞戾廖。與我磨蝎同斗箕，修慧無福今生遲。聞君慕道希元芝，內景參同師息龜。天台四萬八千梯，中有丹爐森莫窺。君能訪之逢聖師，回光養珠浴咸池。一朝丹成着翅飛，淮南拔宅雲中雞。回頭大笑人世非，揮手相招行勿疑。

舟中書趙清獻傳後

憂民饑溺視如傷，澤遍閭閻濟世良。行省威凌周茂叔，告天曾否亦焚香？

富春舟次

無處江聲不斷魂，扁舟一葉蕩橋門。大魚小魚半上釣，杏花梨花共一邨。盼到斜陽添客思，嘗來鄉味憶家園。時於舟中食海丁香。去年此日石渠閣，手擘華峰探月根。去年此月在京師注參同契。

讀書松桂林圖爲張鑄广明府賦

先生自愛讀書樂，況有山林供飽看。廿四年存高隱迹，十萬言結古人歡。由來仙界多才子，何用浮名作宰官！寄語故園舊松桂，好留蒼翠待盤桓。明府好道家言。

和和靖先生山園小梅元韻爲同舟王子爲賦

紅橋一水隔紅闌，吟到梅花得句難。明月欲來春鳥散，天風吹下海雲寒。青溪不厭籬邊種，白鶴當於石上看。補就孤山三萬樹，好從花裏據吟鞍。

感懷絶句

海風吹月動明河，月色愁人照薜蘿。萬里煙波空過眼，此身原是百東坡。

過桃花嶺

生平雅愛佳山水，昔過富春今永嘉。妙絶畫圖渲染處，斜陽孤燕萬桃花。

衣讔山房詩集　卷七

古今體詩

惺　惺

惺惺自笑不惺惺，蘭芷清幽孰薦馨。用里出山梅福隱，陶潛長醉屈原醒。困龍對面群魚躍，饑鳳前頭百鳥靈。欲向松間撫流水，隔林還怕有人聽。

題顧横波小影

當年嫋席擾摩登，幾使楞嚴注不成。絶妙枕邊黄石老，禪心難破日東明。

夜

胡爲夜沈沈，忽若波漾漾。迢迢往如復，肅肅清彌悄。河漢不在天，潮汐不在島。戰馬不在塞，哀蟲不在草。撫絃寫不成，開門月方皛。萬古夷則律，一夕百物槁。金匱鍊還丹，欲使顔色好。如何藐姑仙，乃是杜康造？

亭檻詞三章

昔司空圖題休休亭檻曰：「咄咄咄，休休休，莫莫莫，伎倆雖多性靈惡，賴是長教閒處着。」余默觀時事，俯仰身世，本此語作亭檻詞三章以寄志，俾閲者視爲天下傷心人可也。

咄咄咄，看我衝冠森怒髮。潢池盜弄本區區，七載勞師空戰伐。萬家聽哭楚江魂，二分又死揚州月。雲愁霧慘鬼悲哀，豫徐殺運連吴粤。不聞三箭定天山，誰效單騎見回紇。咄咄咄，平戎日望天王鉞。

休休休，官方如此是吾憂。高爵厚禄居不忝，腰懸金印稱公侯。創深父老江頭喘，官不問民但問牛。嗷鴻百萬集中野，長官攜笛上高樓。此有實事。心傷赤子流離日，眼見貴人歌舞秋。休休休，伊誰請劍斬而頭！

莫莫莫，硡砨山人慘不樂。嗚狐篝火在城頭，拔劍悲歌雙淚落。洋烟流毒遍海内，蚩蚩萬姓填溝壑。攘狄不見管夷吾，和戎肯效秦長脚。海山百萬斂金錢，遠夷歡喜生民愕。莫莫莫，六州聚鐵真成錯。

讀道州何子貞師詩集題後

紛綸萬軸賈長頭，詩卷煙霞記十洲。讀到飛雲仙洞句，太行東走海西流。
鄂州鬼哭陽冰篆，潁水龍求永叔文。奇集獨防六丁取，袖中時有大雷聞。

莒口 建陽莒口，非建寧莒口。

桑柘人家接翠微，蕭蕭鳥徑客來稀。一聲漁唱山皆緑，三十六鷗傍水飛。舊有三十六鷗亭。

侍大人宿莒口 慶荃

山影斜陽外，樵夫荷擔歸。橋低荒徑仄，峽斷怒泉飛。孤鳥立牛背，亂雲生客衣。我來日云暮，行店掩柴扉。

登邵武城西熙春山

策杖城西外，熙春俯郭高。山隔城僅里許。鱗鱗看瓦屋，一一辨秋毫。誰謂城如鐵，時防寇似毛。我無民社責，議論亦徒勞。

侍大人登熙春山　慶荃

金鰲洗馬峰名。各鈎連，桑柘人家入暝煙。山影斜横秋雁外，菊花開到晚風前。半谿波緑飛雙棹，八月風高有亂蟬。偶爾題詩閑掃石，歸來小憩暮雲邊。

月夜登秋聲樓

秋月秋風夜，秋聲已滿樓。秋星千去鳥，秋水一歸舟。天地雄才夢，砧笳棄婦愁。名山高隱後，樵嶺盡清秋。隱士有秋砧、秋笳二詩。

侍大人登秋聲樓　慶荃

萬嶂連雲黯不開，忙忙高鳥自飛迴。山川如此宜秋士，壇坫當時幾俊才。東去谿聲空歲月，南來旅客上樓臺。登臨憑弔懷高隱，不盡秋聲入耳來。

讀朱子武彝九曲詩題後

九曲詩當曲曲看，此中一曲一金丹。度人經與參同契，隱語通玄索解難。

感事留别詩 二首

雲煙摇筆入詩囊，鼙鼓聲中憶故鄉。時東城百里外有土匪數千人，聚嘯山場，爲鄉兵擊退。傍水祠堂思將相，李忠定公祠在五曲水傍。倚城壇坫弔滄浪。嚴滄浪詩話樓倚城上。直教北冀真無馬，門生數十人，多方重能文之士。余所選樵川制藝，皆出入理法，見者以爲數十年來所未有也。不意中山竟有狼。滿鬢風霜愁倦翮，勸歸語鳥話斜陽。

意氣平生隘九州，雲山萬里快孤遊。徐、豫、秦、晉、齊、魯、燕、趙、楚、吴皆已歷覽。乾坤莽莽雙來雁，身世茫茫一去舟。載酒生徒今悵别，歸裝琴劍又横秋。他時倘結臨風想，莫爲懷人向我愁。門士百餘人挽留，並餞余於熙春、丹臺二山，數十人送百里外。

論詩 一百又五首

偶閲近代詩家詩戲作。其人存者不與，未見者不與，見而無容軒輊者不與。自順治至咸豐，成一百又五首，以視遺山、阮亭又加贅焉。

胸羅列宿貫三壬，一首詩歌一字金。當代風騷誰領袖，開山獨讓顧亭林。崑山顧亭林炎武。

萍梗飄零亂世身，悲歌散髮又靈均。心香欲下翁山拜，端合黄金鑄此人。番禺屈翁山大均。

風雅能追正始還，詩壇拔戟獨當關。長歌短句皆沈摯，律中黄鍾無射間。番禺陳元孝恭尹。

閣老清樽寫妙詞，「清樽宛轉歌三疊」，文定公句也。名章雋句誦無遺。文定公在位，篤於人物，薦士不少單門寒畯，有名章雋句，輒歌詠不置。朱明宰相嗤楊溥，不許人看李杜詩。永城李湘北天馥，合肥籍。明宰相楊溥拙於詩，嘗禁人讀李、杜詩，謂李、杜二家詩不知古韻。

月旦評詩拂水狂，兩朝裙屐話滄桑。頹齡才似春花謝，一褚淵生實可傷。常熟錢牧齋謙益。

杜老香山又義山，森嚴壁壘闢雄關。三家江左非同調，近代刊江左三家詩以錢牧齋、龔芝麓配梅村。只在衙官屈宋間。太倉吴梅村偉業。

白下才華重合肥，散花天女著銖衣。横波捧硯鈔詩豔，一卷琅璈五字稀。合肥龔芝龐鼎孳。 集中以五言律詩爲最，餘不逮，樂府亦少遜。

中唐妙境冠詩軍，蓴客清詞迥不群。賈島孟郊今未死，横吹鐵笛叫秋雲。 漳浦趙雙白潛。

一集秋笳變徵聲，紅顔白髮可憐生。蒼涼驛壁題詩去，腸斷黄沙萬里行。 吴江吴漢槎兆騫。 漢槎西曹雜詩自序云：「望慈幃於天際，白髮雙悲；憶少婦於樓頭，紅顔獨倚。」徐虹亭云：「漢槎驚才絶豔，數奇淪落，萬里投荒，驅車北上。時嘗託名金陵女子王倩孃，題詩驛壁，以自寫哀怨。」

大雅扶輪萬卷儲，風流弘奬老尚書。君看入蜀詩中境，詎獨羚羊挂角餘。 山東新城王阮亭士禛。 阮亭詩雖有含脂傅粉之弊，而入蜀後，詩骨愈蒼，詩境愈熟，直同香象渡河，豈獨羚羊挂角。

劇奏長生出涕潸，宫商樂府重金鐶。 大樗集工樂府，宫商不差脣吻，其七古金鐶曲最佳。四嬋娟與天涯淚，播遍旗亭唱小鬟。 武康洪昉思昇。

風雹冰霜入筆尖，陶潛王粲阮籍杜甫一人兼。紅爐點雪論詩品，我愛鍾嶸法律嚴。 泰州吴野人嘉紀。

短句長言盡入情，獨吟花發妙天成。「獨吟花發」，澹汝句。梅花春色詩中境，别有幽香入夢清。 晋江丁雁水煒。 家香海謂：「澹汝詩有一種幽香之氣，襲人夢寐。」

施宋朱王壁壘開，中原旗鼓孰相摧？考功長鑱堪横海，筆底鯨魚跋浪來。曲阜顏修來光敏。

敦厚温柔正雅師，江東五字重南施。蛟綃買得紅千尺，獨繡萊陽七古詩。宣城施愚山閏章。萊陽宋荔裳琬。

足跡燕齊更楚吴，名山嘯傲又江湖。詩篇伉爽商聲近，易水歌來起夜烏。南海梁藥亭佩蘭。藥亭易水歌爲集中之冠。

青銅石骨矍髯姿，阮亭謂：「鐵堂爲天下奇人，其雙松歌詩長篇贈許天玉有『矍髯石骨青銅姿』之句。」家學韓嬰善説詩。七字强弓誰敵手，後來知己虎頭癡。侯官許鐵堂珌。顧南雅從書肆中得鐵堂詩，手録而序之，七律有「强弓勁弩」之稱。

嶽色河聲伴著書，「嶽色河聲」，天章所得小印也。天章詩筆畫難如。愛才獨有漁洋叟，佳句爭傳萬口餘。蒲州吴天章雯。天章至京師，未知名。阮亭誦其句於葉訒菴，葉下直，即命駕訪之。天章集中名句如「千點桃花半尺魚」及「空林黄葉已無多」，爲時傳誦，全集不逮也。

大海迴流入筆端，長蘆婞雅冠詞壇。羅胸十萬縹緗卷，竹垞藏書十萬卷，皆能記誦。落落歸田七品官。秀水朱竹垞彝尊。

屋傍撈蝦下釣絲，王漁洋懷崔不雕句有：「屋傍撈蝦渚，潮荒種蛤田。」漁烟水氣雜新詩。

不雕句有：「水氣雜漁烟，微茫入晴暉。」一崔名句傳人口，池北偶談：「吴梅村目爲直塘一崔。」黄葉聲多酒不辭。太倉崔不雕華。不雕以「丹楓江冷人初去，黄葉聲多酒不辭」得名者。

悲歌湖澥獨堪哀，餐菊題詩託酒杯。飛瀑青溪青溪寺。成往夢，殘縑零落付蒼苔。侯官許甌香友。甌香能詩，精書畫，有三絶之稱。其黄庭飛瀑青溪寺畫卷最爲人間所寶，詩亦娟秀。

蒼僕疲驢使節香，青山紅葉壓行裝。門生餽歲傳佳話，殷子敲門十五章。德州田山薑雯。山左詩鈔謂：「公學使江南，從兩驢、蒼頭奴兩人，戒有司勿給供張，自市蔬菜十把、脱粟三斗。殷彦來於除夕餽詩田山薑，先生報以詩云：『何如殷子新詩美，餽歲敲門十五章。』」

怕拾楊劉但抒情，初白句：「怕拾楊劉號作家。」略抛健氣出真清。後來袁趙沿詩派，可是前賢誤後生。海寧查初白慎行。

録著談龍頗自誇，詩章風味小名家。矜才到底傷輕薄，科第如開頃刻花。益都趙秋谷執信。秋谷著談龍録，多譏刺阮亭。秋谷以國服未除，觀演長生殿劇落職。

天馬行空翰墨馳，神龍變幻入新詩。黄山雲海同胸次，三十六峰挺立奇。吴江潘次耕耒。松陵詩徵謂：「次耕七古諸作，如黄山三十六峰挺立雲海中，雲雖變幻，山終不動也。」

抵掌談兵鬢有絲，鄴中訪古弔殘碑。千秋金鑑懸冰案，甫草論詩：「學詩必從古體入，若先學近體，骨必單薄，氣必寒弱，材必儉陋，調必卑微，必不能成家。」袁質中謂爲論詩金鑑。不讀盧仝馬異詩。吴江計甫草東。甫草雅不喜閲盧仝、馬異詩。

私淑元和力未深，談經負氣少平心。河汾自有王通説，誰撰中經誤古今？蕭山毛西河奇齡。西河好撰僞典，譬之中經、中説作僞者，非真文中子之書也。

浪捲前朝落筆新，王考功謂：「迦陵詩『浪捲前朝去』，英雄語也。」江湖風月誓爲隣。迦陵生平以徜徉湖山爲志。臨終驚座留佳句，山鳥山花是故人。宜興陳迦陵維崧。迦陵疾革有：「山鳥山花是故人。」相傳迦陵爲善卷山中誦經猿再世云。

氣骨才華兩擅長，秦淮懷古最蒼涼。樊榭五言以氣韻勝，七言以才情勝，秦淮懷古四首不愧名作。群書淹洽三江冠，更有詩篇接宋唐。錢塘厲太鴻鶚。太鴻最精宋、元、金、遼遺事，著有南宋紀事詩及遼史拾遺。

馬槊弓刀遍八荒，子遜長於弓刀馬槊。論文談史劇疎狂。水雲千頃成詩料，子遜官閩，歸居陳墓河，水雲千頃，花藥數椽，猶作詩自遣。薊北江南弔夕陽。長洲許子遜廷鑅。「薊北江南共不眠」，子遜寄内句也。

狂才跋扈復飛揚，樹幟西甌鄭荔鄉。詩趣通禪原陋説，力攻嚴叟闢滄浪。建安鄭荔鄉方坤。荔鄉辨滄浪詩話詩趣通禪之説爲非是者，論甚確，而其爲詩多不入格。

詩史森嚴見海珊，崧瞻有明史雜詩。又傳奇句寫危灘。崧瞻上灘詩有「跳珠濕滿身，手與霹靂鬪」之句。

湘娥獨抱江間瑟，不爲遊魚出聽彈。烏程嚴崧瞻遂成。

鬢影簪花弔美人，彈絲擫竹妙通神。流傳不在多詩句，長慶歌行有後身。會稽商寶意盤。寶意有「明知愛惜終須改，但得流傳不在多」之句。

萱草詩篇温李躋，裁紅翦翠露靈犀。秋江婉約春花豔，一瓣心香許月谿。永福黃莘田任。十硯翁詩私淑侯官許不棄，名遇。秋江詩集中七言絶句全學不棄。遇號不棄，詩學北宋人。

嶺南一集久推袁，上接黃全鼎足尊。黃梨洲有南雷集，全謝山有鮚埼集，與大宗爲鼎足。詩律更增深厚力，居然文采照中原。仁和杭堇浦世駿。大宗嶺南集爲生平傑作，然尚少蕭疏之氣，深厚之力，非其至也。

落筆縱横風雨驚，文名重處掩詩名。淡烟涼月皆吟思，短句錚錚接步兵。桐城劉海峰大櫆。海峰古文喜學莊子，尤力追昌黎，五言詩益多可味。

文種銘同靈濟碑，摩空健筆染淋漓。龍堂碧海高文重，不獨詩歌絶代奇。山陰胡稚威天游。稚威雄於駢偶文，比之李文饒、權載之無多讓焉。

由來骨格貴崚嶒，未詣蕭臺第一層。風雅別裁傳鉢在，宛如禪定一孤僧。長洲沈歸愚德潛。

詩藪金陵築小倉，少年綺麗晚頽唐。如何愁殺瓊枝句，竟許門生到後堂。錢塘袁簡齋枚。簡齋贈其門人劉霞裳有「似汝瓊枝來立雪，一時愁殺後庭花」之句，有傷風化，無取也。

解佩悲歌接漢臯，冰壺濯魄滌雄豪。傷心楚客多憂患，詩境江天萬鷺高。湘潭張陶園九鉞。

七言激楚復悲涼，五字蕭寥又老蒼。朔氣關雲奇句在，敲殘鐵板唱斜陽。蒙古夢午塘麟。

蘭幽茶苦語通神，南園詩：「茶苦有餘味，蘭幽無騄香。」清婉吟篇迥出塵。得句都工趨世拙，果然詩富補家貧。江寧何南園士容。南園與上元陳古漁毅爲金陵兩詩人，「詩富補家貧」，南園句也。

又見詩人賈浪仙，江東歌席抗時賢。揮毫盡化雲烟去，一一鶴聲飛上天。歙方子雲正澍。子雲工於體物，一聯一語，唐人得之皆可名世，不止「一一鶴聲飛上天」之句。

觽辰夢早醒黃粱，「故人誰少年？」二亭句也。杜宇啼殘鬢有霜。「啼殘杜宇客無歸」，片石句也。朱二亭同江片石，愁吟花月豔維揚。江都朱二亭賓。如臯江片石干。二人皆揚州詩人之極貧者。

荃蘭哀怨譜孤絃，牛耳齊盟孰比肩？莫聽淒涼江醴曲，千秋魂斷柳屯田。臨桂朱小岑依真。小岑工塡詞，有人間世傳奇、分緑窗劇，其弔柳一劇，最爲悽愴。

奇筆天風捲海潮，生平字畫亦孤標。嶺南我定三家集，挑去藥亭配二樵。順德黎二樵簡。王蒲衣定嶺南三大家詩，屈翁山、陳元孝、梁藥亭，余輯射鷹樓詩話擬挑去藥亭，配以二樵。

淺處言情感物深，纏緜愷惻盡哀音。精神上溯天應泣，萬轉千回只此心。閩縣龔海峰景瀚。楊蓉裳題海峰雙驂亭集云：「先生至性重倫彝，篇章感人皆涕洟。」

眩目何爲繡色絲？西江宗派竟多師。覃谿北人，詩效西江。詞章經術難兼擅，徒博徐凝笑惡詩。大興翁覃谿方綱。覃谿詩患填實，蓋長於考據者非不能詩，特不可以填實爲詩耳。以填實爲詩，考據之詩也。故詩有別才，必兼學、識三者方爲大家。顧亭林、朱竹垞皆長於考據，而詩之雄厚淵雅，非餘子所能追步。覃溪經學非其所長，至考訂金石，頗有可取。

干戈戎馬老詩才，玉筍聯班入座來。愛士萬間開廣厦，黄金市駿到燕臺。青浦王蘭泉昶。蘭泉壯歲身歷戎行，歸掌教書院席，所造多樸學之士。

説孝談忠筆有神，每於精處見天真。雌黄莫信隨園口，誰定三家第二人？鉛山蔣苕生士銓。三家蔣、袁、趙也。簡齋論詩以第一人自居，以苕生爲第二人，殊非確論。

全無含蓄但矜張，不按宫商枉上場。又見談詩趙仁奬，王戎墓下唱黄麞。陽湖趙甌北翼。趙仁奬，唐人也。

仲則群推一謫仙，争傳豪竹入詩篇。揚州煙月留風雅，仲則未弱冠所爲詩，即有「煙月揚州」之譽。試聽湘靈絃外絃。武進黄仲則景仁。仲則詩有味外之味，音中之音，然仲則以五言古爲佳，餘少幽、燕老將之氣，其友洪稚存爲之作傳，嘗論之。

絶豔驚才接玉谿，王楊盧駱亦家雞。千言紀事追工部，蓉裳伏羌紀事詩一百韻力追浣花。鐵馬金戈字字悽。金匱楊蓉裳芳燦。蓉裳令伏羌，值回民搆亂，烽火連天，蓉裳嚴守孤城，授子傳餐，獨當豕突，詩有「誓死孤城在」之句。

説鬼談詩妙境開，兩峰工畫鬼，詩非其至。生有異禀，目見鬼物，成鬼趣圖。其説鬼詩尚有別趣。窮形畫理寫纖埃。五王樓炭經奇幻，併入羅生筆底來。歙羅兩峰聘。釋家有五王樓炭經，言地獄變相，最爲奇幻。

漢魏齊梁儼一家，佳人臨鏡笑拈花。千秋如定詩中譜，不是琴音是琵琶。錢塘吴穀人錫麒。「琵」讀入聲，白樂天詩「四絃不似琵琶聲」，朱竹垞詩「龍香小柄琵琶彎」，皆不讀平聲。

鑿山詩筆挾飛霜，三省軍書草檄忙。天下奇才誰比似，傅修期與馬賓王。大興舒立人位。立人從威勤侯勒保征南籠种苗，又攻白蓮賊，治三省軍書，百函并發，勤侯以傅修期、馬賓王目之。所至皆有詩，超越變化，無意不奇。

石棧天梯萬象空，總持河朔壓群公。詩家妙旨無人悟，盡在朱霞白鶴中。高密單芥舟可惠。

手擘華峰五岳摇，魚山壁壘獨崢嶢。琳宫貝闕開詩境，仙樂雲中奏九韶。欽州馮魚山敏昌。

湖山敝屣視雲鱗，吴郡詩名趙味辛。「但有詩名尚千古」，味辛句也。舉世幾曾春夢醒？「舉世人誰醒春夢」，味辛句也。一壺一碟十詩人。武進趙味辛懷玉。味辛與都下士人十人，各攜一壺一碟醵飲，諧其聲曰「（壺）（蝴）蝶會」，見亦有生齋集。

吟懷澄淡似蘇州，三昧都從五字求。時帆用漁洋三昧之説言詩。氣義雲霞詩性命，梅花樽酒話清愁。蒙古法時帆式善。群雅集：「學士以詩文爲雲霞，以氣義爲性命。」時帆詩「但有梅花看，何妨長閉門」及「貧餘酒在樽」，又名句「淡花開不濃」，爲王鐵夫所賞。又「黄葉打門響，青山生暮寒」，見香石詩話。

護短由來慮見攻，宋唐詩派本難同。夏蟲莫向春冰語，升降高卑辨至公。陽湖楊西禾倫。西禾論詩云：「高卑辨詩派，升降繫世風。唐宋界不分，此論殊未公。得毋所習偏，護短慮見攻。」「護短」一語，古今才人學人多不免此病。「夏蟲難語冰」，亦西禾句也。

戍鼓關山燧火涼，愁雲慘月入詩囊。仙才不愧青蓮步，樂府堂堂壓魏梁。臨桂朱蘊山鳳森。

狂及生前寄語深，季逑詩：「千杯酬我上北邙，不及容我生前狂。」奇語也。文章經術冠儒林。瑯嬛洞室論詩趣，嘉耦簫鸞共賞音。陽湖孫季逑星衍。夫人王采薇工詩畫。

獨闢洞天忽一鳴，山雲流水半詩情。錢樹堂酥醪觀詩有：「山雲積復化，大抵爲流水。無懷葛天民，宛在流水底。」奇筆也。鼕鼕八面傳腰鼓，盡破蒼蟲蟋蟀聲。嘉應李秋田光昭。温伊初謂：「秋田詩如腰鼓八面，能破蒼蟲蟋蟀之聲。」

福慧雙修阮相公，朱文正贈阮文達有「福慧雙修誰不羨」之句。文章當代望衡嵩。論詩不俟張旗鼓，風格微雲細雨中。儀徵阮芸臺元。相國詩力除客氣，其論詩有取於「微雲細雨」之品。

雄詞馳驟接東京，瘦硬詩篇末座驚。老向楞伽閒築室，琴歌載酒集群英。長洲王鐵夫芑孫。

泣鬼驚神發浩歌，布帆無恙歷滄波。茗孫有布帆無恙小草。南河歌與揚州曲，國體天心隱繫多。臨川湯茗孫儲璠。茗孫與客談南河事詩及揚州曲有關國體，余已録入射鷹樓詩話。

筆底雲烟寫渺溟，無形直可役群形。康侯論詩云：「超超萬象旁，無形役群形。」詩家帳祕何人識？被髮騎麟下紫清。陽春譚康侯敬昭。「被髮騎麒麟，赤手縛長鯨。所以古真人，飄然凌紫清。」康侯句也。

科斗金壺落筆驚，高歌六代走江聲。白華樓集風雨渡揚子江及舟中望金陵懷古多寄慨。燕山家世傳詩派，謂薩照磨。墨浪飛騰萬丈鯨。閩縣薩檀河玉衡。

芷灣倜儻不凡才，摇筆千花陣隊開。袖裏詩篇湖上棹，月明又照大蘇來。嘉應宋芷灣湘。「月照大蘇來」，芷灣句也。

洗盡鉛華妙論深，前身白傅寄清吟。中郎老去焦桐泣，緑綺孤停石上琴。侯官許畫山作屏。

書畫溪山載一舟，升沈得失付東流。瀟湘蘭氣洞庭月，都向留春卷裏收。寧化伊墨卿秉綬。「月華洞庭水，蘭氣瀟湘烟」，留春詩草句也。

甸男才筆挾崑崙，斫劍悲歌盡淚痕。孤憤生前連死後，空山誰拜杜鵑魂。侯官謝甸男震。甸男遭家不造，憂愁怫鬱，發於詩歌。櫻桃軒集字字血淚。

魚山才大二樵奇，嶺南群雅：「葯房工書畫，魚山以絕大之筆，二樵以絕奇之才，聯鑣并驅。」聽松廬詩話：「葯房詩味餘於言。」風味逃虛獨耐思。集名逃虛閣。湘水詩篇傳畫意，帆檣秋色畫中詩。順德張葯房錦芳。葯房湘水詩「天地餘秋色，帆檣入暮陰」，名句也。

下筆蒼然生面開，冰天萬里壯詩才。文章氣節堅金石，身世丘山首重回。武進洪稚存亮吉。稚存以史官越職言事，戍回疆，未幾賜環。

身宮磨蝎困孤寒，屯戹歌來乞食難。百感煎成幽峭句，音高秋竹色春蘭。瑞金羅臺山有高。

學海經神接石渠，絳跗博綜似長蘆。閒來餘事攤詩卷，煙月臨樽弔鷓鴣。閩縣陳葦仁師壽祺。

汩汩詞源汝漢來，五言真足冠吟臺。船山以五言古、五言律爲最。歌行窺見三唐末？壇坫難稱大將才。遂寧張船山問陶。

江湖淚滿窮途後，雨雪魂銷欲別時。覺生句。聞説凌顔留健筆，秋墳聽唱鮑家詩。歙鮑覺生桂星。鍾記室評明遠云：「驅邁疾於顔延。」陳葦仁先生贈覺生詩有「參軍健筆獨凌顔」之句。然其詩師法吴淡泉，拘於格而筆少縱肆。

青袍落魄走幽燕，人海浮沈過眼烟。「浮沈人海，且住爲佳」，芙初自題月從集語。少作風華老排奡，一山一水寄吟篇。陽湖劉芙初嗣綰。詩分四十三集，集各自小序、自叙。

琴劍蕭蕭萬里游，布衣威望儼公侯。詩情淨似澄江練，愧倒釘鉸與打油。會稽潘少白諮。少白自謂生平作詩不學胡釘鉸、張打油之淺率。

學貫天人鏡九淵，叶煙。抱琴常傍綠陰眠。朅來詩共秋俱瘦？心上秋多月亦憐。德清許周生宗彦。「心上秋多月亦憐」，周生句也。周生博通墳典，精三禮之學，自經史詩詞而外，如小學、算術、天文、醫方、梵夾，靡不涉獵，尤深於詩古文。

一録蘭鯨刻萬牛，巢松少作蘭鯨録，才藻可觀。碧雞金馬麗無儔。中年詩境傳空谷，翠袖天寒倚竹愁。吴縣吴巢松慈鶴。巢松中年以後，詩境沈鬱幽練，所詣益精。

厭談風格分唐宋，亦薄空疎語性靈。甘亭論詩句。恰似鸝聲千鼓吹，任憑花外有人聽。鎮洋彭甘亭兆蓀。甘亭論詩嘗有：「我似流鶯隨意囀，花前不管有人聽。」

鬼亦求文詫異才，孟塗游浙，有人候門，述夢其父求劉先生作傳。遊山碑碣愴劉開。孟塗遊山，見一古墓碑，曰「宋處士劉開之墓」，爲之愴然。襟懷曠似江湖曠，載母龍眠杯渡來。桐城劉孟塗開。龍眠山有杯渡，可供遊覽。

手披雲漢抉天章，灝瀚詞源歎望洋。自識詩中甘苦味，不能黯淡但飛揚。歙程春海恩澤。春海自謂其詩：「險而未夷，能飛揚而不能黯淡。思力所及者，腕每苦其不隨。」

百千囀鳥聽來頻，「鳥聽百千囀」，集中五字無心得句也。五字無心早入神。妙手鍊詩如鍊石，前身可是補天人。福山鹿木公林松。木公集以五言爲最，其五字無心得及五字有心得爲詩家妙悟，見余射鷹樓詩話。

珠光劍氣各專家，蘭雪謂洪稚存詩「劍氣七分，珠光三分」，己詩「珠光五分，劍氣三分」。一集香蘇豔綺霞。我愛君詩清到骨，滿身風雪拜梅花。東鄉吳蘭雪嵩梁。「滿身風雪拜梅花」，蘭雪句也。

曲奏陽春獨鼓琴，澹中風格靜中心。霜鴻過盡長天碧，肯把絃徽覓賞音。山陽潘四農德輿。四農養一齋詩話論詩頗有見地。「霜鴻過盡海天青」，四農題唐人萬首絶句詩也。

范陸歐梅伯仲看，老來詩筆又旌韓。詩情華曜歸盤薄，誰辨珊瑚與木難？鎮洋盛子履大士。

詞場跋跳孰争驅，閱盡名山白盡鬚。命世才華困箕口，數升涕淚哭唐衢。婁縣姚春木椿。

生來明月是前身，詩思梅花不染塵。妙趣停琴應不鼓，蕭蕭萬籟古無人。蘄水陳秋舫沆。秋舫簡學齋集五古、五律，泓崢蕭瑟，爲五字勝境。

入閩五古最堅蒼，振筆飛騰紙上昂。近體偏多塗抹句，凝粧何事學鵶黄？寶山毛生甫嶽生。

酒酣脱帽起高歌，體物緣情寄慨多。不聽落霞天上曲，誰知詩裏有春波！侯官李蘭屏彦彬。

文章真脈接紅休，伊初古文詞入秦、漢人之室，源出吕覽，尤與紅休侯爲近。往事論詩共一舟。伊初庚戌試禮部，報罷歸，與余同舟，有異聞録，記余與論經史詩文者。拈出和韓瘦峭語，苦吟東野亦低頭。（廣東）長樂温伊初訓。

璞礫兼收入網羅，萬言倚馬患才多。君家自有横汾曲，也學邯鄲倚瑟歌。益陽湯海秋鵬。

上迫風騷瞰李何，陳左海師評松寥詩「上迫風騷，下瞰何李」。筆翻鸜鵒瀉黄河。不知誰樹中原幟，亨甫謂余詩當樹幟中原。烟月銷沈可奈何！邵武建寧張亨甫際亮。

横空硬語壯嶢關，海上歸來髮已斑。詠荃從臺灣歸，詩筆愈蒼，然已老態龍鍾矣。風誼生平師友重，微之遺稾付香山。侯官家詠荃彦芬。詠荃卒之前數月，以詩稿屬予商訂，並屬付手民。

五寸湘絃發郢騷，鵑啼猿嘯助揮毫。白華樓外聽商徵，夜雨愔愔白二毛。鎮平黃香鐵釗。

足踏星辰手策鼇，倒山奇語入吟毫。天吴不識相思筆，獨向滄溟洗眼高。南海倪秋槎濟遠。「天吴」云云，秋槎詩句也。

河山感喟寫幽憂，利病蒼生問九州。掃盡人間脂粉氣，亂頭麤服也風流。邵陽魏默深源。

撫今懷古筆雄奇，才似船山骨勝之。杯酒青天搔首問，長歌當哭不勝悲。吴縣張研孫儀祖。

論詩誤墜野狐禪，爲勸移商盡解絃。鍊就丹砂乘鹿去，盧敖蹤跡渺如烟。閩縣家子萊仰東。子萊初學詩，未有家數，余勸其浸淫大家，詩成竟歸道山。遺集七言古詩，追步盛唐。

薔薇盥露誦清芬，嶺表騷壇張一軍。老去詩篇風化係，莫將真髓换巫雲。番禺張子樹維屏。子樹詩頗關風化，「巫雲」句可當夢婆唤醒。

擊筑狂歌碎唾壺，奇才廉悍辟千夫。震旦論石甫詩有「險巇争一字，廉悍辟千夫」之句。

離愁獨向靈修拜，山鬼秋蘭寫畫圖。閩縣家石甫夢蛟。石甫好讀離騷，嘗繪山鬼佩蘭圖以自解。

書荃兒詩卷

學詩如學畫，意惟求其真。學詩如學書，風骨須磷磷，萬卷讀破如有神。世人欲斧杜文手，祇恐杜家長鑱復驚人。東坡有子萬事足，斜川一集超群倫。爾父治經四十載，窮愁仰屋搜皇墳。餘事頗歷大雅群，執櫜曾禦千人軍。學詩須得詩中旨，且把金針度與爾。不願爾學徐凝號惡詩，亦不願爾恃才空鬪靡。詩到無人愛處工，有如花未開時方爲美。詩家妙詣幾人知，願爾學爲吟詩兒。〔咸豐壬戌之秋七月既望，父昌彝書于羊城寓館。〕

廬山謡寄懷江右楊卧雲

廬山青青夜深淺，欲眠未眠廬山遠。上有摩天之翠巘，下有千年之碧蘚。花不飄於春風，葉不墜於秋天。雲來捲入廬山去，萬巖孤峭皆松烟。邈廬山之崔嵬兮，天籟徘徊。挂星斗於巖嶶兮，眇惆悵而雲開。仙之人兮胡不歸來。時卧雲避寇吾閩。

市價行

咸豐六年，閩中省垣士農工賈通行鐵錢，市價不平，百物昂貴，每鐵錢二十文抵銅錢一文，閭閻疾苦，作市價行。

貧民如瘦羊，商賈如餓虎。長官如馮婦，攘臂面如土。老弱轉溝壑，士儒罹網罟。會城無兵革，其禍若爲伍。蠢蠢彼市儈，勢若狎官府。蒼生方待斃，玉石焚俱苦。我夢遊天閶，民困向天數。天狗向我狂，天魔向我舞，我跪告天公，百萬賒河鼓。力拔涸轍魚，哀矜出肺腑。隻手挽銀河，天公笑我腐。許種仙人璧，濟汝饑寒户。市價倘不平，試以摩天斧。

書晉書賈充傳後

百寮祖餞酒杯停，日照征旗拂柳青。納女賈充萌患孽，那知禍起夕陽亭。

懷合肥徐易甫子陵孝廉

二爻夢飲注羲經，載鬼張弧駭百靈。老去徐陵悲作客，新詩和遍竹西亭。易甫精宋易，爲胡邨曉之亞，詩筆雄浩，有韓、蘇勝境。

題監利王子壽柏心比部詩卷

詩才北地骨開張，敏捷雄篇出錦囊。吟罷螺洲歸奉母，家山烽火感茫茫。子壽乙巳從京師賦螺洲吟，歸奉母，近以監利失守，不知消息。

種瓜圖爲邵循伯廷燮明府賦

君家仕與隱，盡在出處際。出則聞種棠，處作種瓜計。種瓜靜待時，種棠欣濟世。君今獨種瓜，挂冠門長閉。不是貪高隱，明哲藴智慧，時平出種棠，人望君所憩。「召」「邵」通。

冰雪操題節母方太夫人節孝録後

方太夫人，歙王子槐侍郎名茂蔭祖母也。侍郎幼承大母太夫人教養，成名，寓書昌彝咏歌其事，作冰雪操。

穆穆黄山高，沄沄漸水碧。皎皎古冰雪，離離女貞實。我儀節母賢，堅心貫金石。凶秏忽飛來，肝腸裂不惜。水漿不入口，百死心莫易。哀哀殁所天，心血痛濺膝。月黑山鳥啼，天寒孤子泣。雙眼枯九泉，千鈞繫一髮。環跪來娣姒，相勸有叔伯。姑老子更幼，毋爲太激烈。念此膝下兒，呱呱僅數尺。所賴母胥匡，哺養勤朝夕。節母念老姑，再拜轉嗚咽。教子就外傅，課孫無虛隙。自述長恨歌，讀者皆股慄。族黨稱母賢，母聞懼且惕。苦節戒勵行，成性勉荒植。伏臘勤歲時，節儉存愛惜。大吏旌之朝，節孝典所恤。天不負母心，課孫成白璧。彝鼎貢大廷，家聲垂竹帛。煌煌經世才，繄母教之切。讀書識義理，無忝先人澤。盡職毋躁進，貴以虛心繹。勿爲釣名譽，貴以實政輯。勿望爾金多，取與慎出入。萬古泉臺下，可以慰魂魄。母心共冰寒，母節同雪白。嗟哉冰雪操，亮可載典籍。

亡室周孺人遺鏡詞

孺人名蕊芬，周薈士師長女也。年十九歸余，捐館時年四十九，生平辛苦營家，多方教子。卒之前數日，以鏡示兒子曰：「此鏡三十年不離左右，其謹藏之。」作遺鏡詞。

蕭蕭遺掛黯妝臺，卅載雙棲一夢哀。天上人間傷永訣，更無形影鏡中來。

西風落葉錦衾單，從此無人共歲寒。寂寞夜臺逢子婦，可能羞饍又承歡。去歲喪一長媳。

薪米焦勞困不勝，可憐病骨太崚嶒。生平心血彌留見，一點丹忱化一燈。孺人躬修婦道，近以薪米昂貴，家計焦勞，心血竭矣。臨終時，見臍中一燈熒熒，遂去世。

十年南北苦奔馳，余八上公車，十年奔走南北。家計糟糠累汝持。典盡裙釵操井臼，濟人猶記縫衣時。余立廣生榭，以寒衣濟人，孺人每補破衣增之。

淹淹病瘧幸麤安，余庚子從京師歸，沾瘧疾，孺人供藥餌百日，衣帶不解，病愈經月，又束裝就道。萬里征塵復整鞍。未了科名空負爾，茹艱願伴讀書官。

旦晝焚香又日斜，病中徐淑憶秦嘉。孺人體羸弱多病，余辛亥計偕留京師三載，適粵氛不靖，孺人屬兒子晨夕禱天，以祈無恙。天涯風信傳來誤，目斷燕韓愴暮笳。余癸丑出京，至滄州，幾陷賊中。孺人聞道途梗塞，未得確耗，幾不欲生。

明星戒旦兩知心，勤儉營家補女箴。教子能嚴方愛子，兒曹應解受恩深。

願修清俸守寒氈，三黨交推汝獨賢。慧語解頤猶在耳，未知俸滿待何年？余引粵東人語謂孺人曰：「貧者乃享上帝所頒之清俸。」孺人答曰：「特未知俸滿何年耳？」語竟與前人合。

鴛鴦回首記高歌，月慘雲愁奈爾何！今日鴛鴦驚折翼，披圖淒絕淚痕多。道光丁亥，孺人來歸，友人賦七言律鴛鴦曲三十章，並繪圖以贈。

鰥魚不寐夜增長，對鏡何堪兩鬢霜。腸斷牀前臨別語，呼兒勸我莫悲傷。臨終之日，呼諸兒至牀前曰：「吾病亟矣，勸汝父勿過悲傷，吾瞑目矣。」余撰楹帖挽之云：「營家訓子有内心，圖勤勵儉有深心，飲甘茹苦有貞心，挈領提綱，伴我較五萬卷書詩，方期仕隱一官，與偕白首；伯叔妯娌無譖言，荆釵裙布無怨言，炎涼冷暖無妒言，抱癡守默，痛爾操三十年井臼，竟至焦勞百脈，終斷青絃。」

爲長兒慶炳娶繼室

未見而姑面，聞賢汝亦思。願修佳婦職，稍慰老翁悲。魚菽厨前事，蘋蘩牖下儀。沖和徵福命，明歲抱孫宜。

糟糠婦謡

友人勸余納妾，作糟糠婦謡以答之。

衆星光在天，不若月當户。諸妾雖云美，不若糟糠婦。

一觴一詠圖爲家石生爾沉題

飲酒未遇酒盤古，談詩不逢詩葛天。飲酒談詩皆降格，詠觴聊學永和年。

對月憶亡室周孺人

銀漢無聲月出庚，錦衾回首淚縱横。莫聽花上盈盈曲，幾見人間死復生？花上盈盈曲，見徐堅初學記引（吴）〔異〕苑聶包事。

雪夜懷妻弟少紱麟章孝廉京師

罡風來黄（曾）〔昏〕，吹萬聲凛烈。禽鳥盡飛翻，蹄噭恣奔蹶。開窗白滿衣，瑟瑟硯冰冽。昌黎陸渾詩，誦之心中熱。北地愈嚴寒，盼汝無衣别。我愧邢子才，有懷李季節。李季節爲邢邵妻弟，才士也。見北史。

古從軍詩寄炯甫親家

漢魏苦邊患，始作從軍行。從軍有苦樂，往往重閨情。窮邊風雨昏，伏兵暗相失。欲寄征人衣，寒沙何處覓。漠漠飛黄雲，纍纍成白骨。所以孫吴書，王者不忍讀。

悼孫女基官

性智慧，七齡中暑毒暴殤。

憶汝呼祖聲，縱横眼淚盈。死生雖有命，鬼蜮太無情。時方酷暑，閩山居宅涼棚爲同室許某所徹，暑熱迫人，中暑毒暴殤。寸寸腸應斷，攸攸心不平。夜臺逢汝母，好向此冤鳴。前歲失母。

釣竿篇贈大麥谿漁者

漁翁家住雙溪曲，三間東倒西傾屋。夫妻何者是生涯，釣竿砍盡溪濱竹。釣綸垂出野蠶絲，百金之魚翁張之。停船水岸楊花簇，磯邊淨掃苺苔緑。百金張魚，見公羊傳。

建寧梨山謁唐刺史祠

梨山在建寧府東北十五里，唐刺史李頻雅好此山，著有梨嶽詩集。卒後郡人立廟其下。宋郡守盧幹爲立碑。與浦城之梨嶺相去遠甚，且建寧有梨山無梨嶺。若梨嶺，在浦城北八十里，有塘，上祀五顯，故又名五顯嶺。吾鄉謝甸男、陳恭甫兩先生梨嶺謁李建州詩，皆誤以梨山爲梨嶺；而李蘭卿觀察梨嶺五顯廟楹帖云「民知太守本詩人」，皆以梨嶺爲梨山矣。王阮亭池北偶談有記李頻事蹟，而於梨山、梨嶺，則未及之。越麓詩話以三眼之五顯爲李頻，尤爲荒謬。余攝建郡學篆，得讀盧幹碑文，因爲辨正，並系以詩。

刺史荒祠建水陰，詩篇哀怨有騷音。有梨嶽詩集。梨山今識非梨嶺，盧幹殘碑抵萬金。

郡齋課荃兒口占

爲貧方筮仕，仕復帶貧來。松不經霜折，梅還冒雪開。家僮先我睡，門吏倩人催。把卷教兒讀，松根倚幾回？

郡齋謹步大人元韻　慶荃

寂寂幽齋裏，何人載酒來。啓窗招月入，倚樹索梅開。墨凍呵冰釋，書訛被客催。鐘聲天半落，詩夢偶然回。

偶閲畢秋帆尚書詩卷

讀書匯遠流，愛才開廣厦。君本牽牛星，游戲人間者。見翼駉秘編。萬里覆長裘，求之古亦寡，襟懷千頃波，不獨持風雅。

夢蛇謡

己未四月十三夜，恍夢群蛇盤學舍。兩蛇人面作人言，四蛇人面松根下。我揮長劍欲斬之，忽然夢醒生疑訝。翌日有客來叩門，夢中貌似相驚怕。翌日來謁，貌與夢中蛇似，異之。睽睽陰險慘覷人，夢耶非耶真耶假？含沙鬼蜮暗射影，妖由人興販禍嫁。汝蛇蝮蝮毒且愚，汝蛇轉瞬遭天誅。

拜練氏夫人墓下

夫人爲閩王太傅章某妻，墓在建寧府署。

車騎南唐動地譁，飛還旗箭静鯨牙。閩中大有掀天業，保障全閩十萬家。

曉夢羅浮圖爲會稽程秋霞題

梅花萬樹清欲語，高人夢入羅浮去。一寸詩量五百峰，詩情都在雲深處。高人骨格如冰玉，走遍風塵仍不俗。傳家清白有箕裘，歲寒花是荒年粟。子官江蘇知府。

孫女基官化去經年感作

曇花一現忽摧殘，憶汝形聲擺脱難。七載人間遊戲去，傷心老淚未曾乾。

憎鼠

轂轂争跳梁，拖書復偷粟。安得唐公房，誅汝畫地獄。

重陽日有感 時荃兒病劇初愈。

蛺蝶階前歲月長，静觀物候變陰陽。糕題秀白時無負，九月爲秀白節，見易緯乾鑿度。酒送神丹喜欲狂。時門士以神丹酒送荃兒。攝屐當年淹鳥跡，染衣幾度憶天香。辛丑重九登大妙山，甲辰重九登泰山，乙巳登五台山，丁未鼓山，乙卯熙春山，丁巳釣龍臺。關心沆瀣樵川士，令我神棲李相鄉。謂邵武李忠定公。

重陽日感作恭和大人原韻　時病初愈。　慶荃

侍坐傳杯笑語長，好將酩酊話重陽。病能勿藥愁何有，倦不登高興亦狂。倚檻愛看松翠滴，隔牆静領桂花香。後園桂樹盛開。全家都向雲山裏，插徧茱萸總異鄉。

喜邵郡門士張金繡葛臺山朱鼎臣至

蕉鹿方癡夢，門生忽叩門。令吾悲喜集，幸汝亂離存。邵郡兩經西賊擾害。縷話他鄉苦，深談大海冤。金繡父名劍輝，爲鄉兵所殺。梅花官舍發，寒夜命清樽。

寓言四首　作於建郡學舍

蜉蝣爾何物，撼樹亦無奈。不識天地寬，但覺夜郎大。

群犬來乞憐，我便投之骨。喫骨反噬人，猙獰笑汝猲。

尋我苜蓿香，營蠅來何處？尋香爾自來，尋臭爾自去。

射影蜮含沙，掛冠避鼠輩。安得縛鷄人，杖汝土豪背？縛鷄事見高啓鳧藻集。

建州門士滕茂才湘父子餞予於光孝寺口占

窟宅煙霞地，都無車馬勞。鴉從雲脚起，鷗向酒邊高。世態黄金熱，吾儕白眼豪。明朝各分手，努力勉青袍。

附録 荃兒呈作　慶荃

出郭四五里，扁舟渡水潯。老僧迎客話，古樹抱雲森。寺有松樹，大三十圍，爲吾閩松樹第二。香静參禪悦，鐘圓養道心。故人載豚酒，款款見情深。

將歸福州作雎雉引

雎雉飛去山梁間，别有天地清且閒。黄鵠之飛以千里，海天日暮何時還？不如雎雉守岑寂，山青水緑非人寰。時哉時哉不可失，色斯舉矣波迴環。古有避世人，抗志煙霞灣。散髮鳴琴非所盼，流泉三復居空山。

下灘謡

萬石岈岈舟一點，千灘巉巉風波閃。腹中劍戟袖裏刀，世間莫若人心險。

旋里朱櫻船參軍三次相訪出其詩稿屬箋酬以長句

朱侯眼底生明珠，直覷天窟窮方壺。揭來手挽金僕姑，能射詩妖穿野狐。謂我詩入浣花途，僞體妍媚非吾徒。朱侯風雅大雅扶，腕下飛出三壬符。胸吞夢澤吸具區，手搥黄鶴群鳧趨。森嚴壁壘誰爭驅，入林把臂朱與吴。倚天長劍拂斗樞，鍾譚爲隸袁趙奴。熊熊江北來神駒，汪汪氣度千頃湖。世人歌詠同吹竽，朱侯一見三長吁。朱侯詩筆大冶鑪，萬花飛舞千璠璵。山川能説手能圖，畫本直與三王俱。高誼竟逼雲天孤，胸次廣博侔大蘇。邇來海内憂萑苻，與我擊筑歌嗚嗚。欲效終軍共棄繻，投筆從戎感壯夫。憐我毛羽尚在彀，惜我身世仍菰蘆，俗子興謗竟我誣。朱侯朱侯當代無，對爾如飲仙醍醐。

彭賓南縣尉招飲即席賦酬 用見贈元韻。

君才鋪錦織龍梭，手握壺觴口放歌。元禮真能容北海，趙逵可否並東坡？趙逵慕東坡，自號小東坡，見宋史。猪肝贈我知音寡，蝨臂觀人閱世多。自笑蓬頭垂亂髮，貪吟佳句法如何。

答友問

四面張弧奈彼何，「禍與李子，四面張弧。」語見建郡城隍降陳宅乩。含沙鬼蜮伏江河。上階粉蝶頑童撲，余攝郡學篆僅一年。入座青蠅弔客多。怪事無勞呵壁問，坦懷不作碎壺歌。梅花風骨吾家物，獨向寒泉薦菊過。

題敝帚詩草 六合徐太守著。

鴛鴦繡出自分明，執紙千花洗筆成。開府去吴方避亂，冬郎宦越本知名。平川煙月攜囊弔，瘴海波濤挾卷鳴。經術趙張餘事在，巴田耘鼓亦詩情。

自題倚欄圖

滿天妖霧障層巒，鼓角聲中倚畫欄。恨煞陸楊真誤國，江山如此等閒看。

梘溪夢隱圖爲西江黄南樵廣文題

往日所歷境，今日思之慟。今日所歷境，異日思之痛。擾擾人間世，居然夢中夢。舟車苦勞生，乾坤此一甕。黄子不世才，梘溪隱飢鳳。避寇走齊楚，南北青山送。馳馬海上來，孫權之快舫曰「馳馬」。破浪鞭飛鞚。家山假寐歸，瞑眩接澒洞。

題嚴山人詩卷

詩派何來拂水輕，虞山論詩極詆譏吾閩詩派。閩人原不善爲名。葉文忠謂閩人不善爲名，以閩士好互相攻擊也。眼中能建雄旗鼓，奚患輸攻七里城。

風雅西甌鄭與孫，鄭善夫、孫學稼皆閩中詩人之雄者，鄭詩傳而孫詩佚，可惜也。許鐵堂藍公漪丁雁水趙雙白有淵源。邇來詩伯多於鯽，不讓梅邨況宛邨。虞山亦號宛邨。

海内風騷雜僞真，閩川壇坫豈無人！江山平遠看詩卷，肯步錢塘以後塵。近詩人多服膺簡齋，山人詩無袁簡齋習氣。

痛哭唐衢尚草萊，世人幾輩解憐才？干戈滿地詩書賤，吟到君詩斫劍哀。集中感懷歌極爲憤懣，再修字句，不嫌其露也。

紀恩詩一百十四韻爲長沙徐笏亭先生賦

徐壽蘅少司馬督學閩中，其大父笏亭先生於咸豐十年蒙萬壽恩賞「重闈錫羨」匾額，及玉如意一、文綺四襲，少司馬請賦詩以道盛事。

中天復旦哥軒鼙，黄人奉日徠榑桑。璸暉璣運曆杜房，如山聖壽追虞唐。啟啟輷輷心齋莊，萬八千歲垂衣裳。含元玉斗五雲祥，黄輿紫海呼陵岡。風簫命巽吹八荒，帝暮錫耄鼇孔彰。枳維茀禄瞻純常，臚歡春瑞偁無疆。鼓停九宇群生臧，衣被六幕耆壽康。四皓八公同蹡蹌，五叟三老游上庠。皇仁單厚成鳩長，傴僂齊獻萬祀橿。天開壽鏡照湖湘，老人星燿南衡旁。生中維嶽大麓張，五福之極咨維皇。期頤霞衵湛露穰，天章雲漢紛交相。指揮如意倖琮璜，彤纁璣組煇東廂。綰綽麋壽日月煌，橘洲角鯉來洋洋。東飲泰岱丈人觴，西釣瞿唐益壽鰉。北枕嵩岳長命牀，南穜湘山千祼樟。兒齒扶杖髮毀毀，門户忠孝承紀綱。嶺南治績隮淮陽，澤流百世弓裘良。繩繩順孫名德揚，翩翩雅子風矩芳。陵雲高節森修篁，威卿閭里九穀薌。有道人倫瑞雪雱，五畝之宫環篔簹。焄蒿霜露絜烝嘗，罬罬匑匑慨而慷。大丘車杖訢回翔，馬援垂戒傳家箱。季才故舊親劻勷，器服儉素如鄒襄。九州利病詢之詳，三角八綫窮周商。陳詩栗里相頡頏，鍼𩞄落紙皆軒卬。

珠鈐在握摧螳蜋，戎旃不慮萑苻猖，句陣壁壘堅城隍。戡暴三略豹韜藏，從竈上騷除一方。蕭奮九十書禮堂，韓嬰曰耋㦰鮍鱠。鄒駰九九勘長楊，德公百年釋蒼筤。千羊圖獻什邡湯，百蝠綾繪菰蘆王。駱統訓子先明敭，王忳課孫成圭璋。一躍十步生驌驦，希世之寶輝奇礓。桓榮績學彣楝梁，曹充持禮簒金閶。孫謀丹穴蜚鳳皇，演孕伊顔福泱泱。球琳再拜贛廟廊，承明簉羽紆蔥珩，鼓鬐碧澥金鱗鏘。綜擘六藝搜縹緗，精擘滂喜與凡將。把臂洨長登逵航，尉律并課通三倉。平持玉尺人才量，齊魯植木淩昊蒼，文成鳳蠟驚琳琅。聚沙而雨多士蔆，群倫甄藻呂公囊。漢宋之學名賢倡，屏其槃帨挹酒瀼。翟酺鑄士拓千黌，張興箸菉萬人彊。庾乘寒士羅門牆，賈淑窮經徠互鄉。冀北一顧收駿韁，桃花紫燕皆騰驤。程其槻釽揚粃糠，旁滋神瀵勺天漿，德輿門下鸛瑪蹡。七閩持鑒士林望，洗金以鹽渾生鉎。五經鼓吹聆笙簧，黼黻岸海披星章。說詩解頤日下匡，囊括帛妙斠毛萇。匈吞雲夢千頃汪，手擘華嶽鞭礧硠。耐紹家學培澗潢，高蹄步景神駒勷。梨黎叡耆興大宋，明德所積天祚償。澡練元氣緜餘慶，邦家柱石如山薑。徽招角招至音喤，赤帝炳炳簴趪趪。巴里之曲粵人筐，群言斧藻徒慹惶。晉祝金印五世昌，宵簷玉闕明角亢。

避暑道山題壁

西甌城郭此亭亭，入畫雲山列翠屏。江樹遥連鴉背緑，蠻煙直接虎門青。撫時叔寶愁難遣，舊事玄暉夢有靈。戊午之冬在建州學舍，夢築室於道山。天上人間涼熱異，高寒北望紫微星。聖蹕時在熱河。

道山題壁呈和大人作　慶荃

十年回首不勝悲，掃石磨苔憶昔時。鐘梵半空詩思渺，江城五月荔支肥。虎門天遠雲垂闊，烏石山高日落遲。買櫂明朝還就道，高堂歲月苦分離。時爲人作嫁，初歸里門，旋即束裝就道。

賓南縣尉以閨房僧鞵菊襌房美人蕉索賦

買來秋色醉千觚，遲汝清高伴少夫。周少夫女史也。以餌菊得仙，見類纂。沙枕夢回謦隻履，畫簾人澹捻雙趺。闌干拂影如梯月，元人咏露詩：「踏梯看月僧鞋濕。」閣闥圍香恐化鳧。陶後南邨知己少，瘦生偶藉美人扶。閨房僧鞋菊。

卸却蓉裳結碧繒，禪房深處亦何憎。休施螺黛頻參佛，獨抱丹心可伴僧。扇緑無言閒面壁，含朱獨立此傳燈。翠旗偶墜維摩室，雨打風翻總不能。禪房美人蕉。

秋懷寄靖塵子

哀蟬落葉不堪聞，塵劫催人到夜分。秋色西來千點雁，斜陽南望萬山雲。應劉鄴下爭驅久，崔孟隆中結契殷。漱石枕流高隱去，解嘲誰撰北山文？

倚石哦松圖爲順德陳朗川熙昌山人賦

山深斷人跡，雲白封樵徑。高吟雜飛泉，松風静相應。幽人松下來，寂寂倚石磴。恐是焦曠仙，詩境禪心證。夕光嵐霧霏，日色松杉暝。豈惟萬慮空，兼以七絃定。濤聲在筆端，披圖試一聽。把臂掛瓢翁，悠然發幽興。

莫

學文莫學桐城派，交友莫交□□人。皮徒存者骨不俠，防其險者留吾真。

衣讔山房詩集　卷八

古今體詩 游粤近作。

渡海 壬戌正月元旦到粤。

樓檻排山鬼島開，白頭今詣粤王臺。射鷹詩話平夷志，載汝輪船渡海來。

倪容癯鴻少尹渡江來訪並出小清閟閣詩商訂 余時寓河南。

亦是詩豪亦酒豪，詩情高並酒星高。蒼梧曲奏長天碧，集中蒼梧詩極佳。環佩無聲花滿皋。

雲山入畫掃蒼苔，清閟家風本俊才。笑向橐中問青兕，彘肩載酒渡江來。

正月十七日倪少尹招祝其遠祖雲林先生生日

雲礽曠代思謦欬，乾坤清節歸清閟。無量壽爲詩境地，白石清泉高士致。十萬畫圖見精意，如萬山蜀道、萬里長風、萬家煙火之類十卷十幅。一瓣心香爇夢寐。五千里外擔酒至，梅花介壽君勿棄。

聽雞曲 時披先母吴太安人一燈課讀圖，索友人題，有感。

雞鳴喔喔復喈喈，此聲不似人間來，使我殘夢碎斷如落梅。五夜雞聲入吾耳，猶記阿母書窗催早起。一聲唱破天鴻濛，頓令白髮成兒童。後天春影先天同，落花聲在雞聲中。春光如海，春聲如雷，春氣煦物皆嬰孩。安得年年丱角聽此喔喔喈喈哉！此聲不似人間來。

鄧蔭泉大林中翰招飲杏林莊題壁間 五首

杏邨緑一天，坐榻涼如許。白日捲秋心，人間不知暑。忽來細雨聲，瀟瀟萬葉語。醉灑墨數升，脱帽邀詩侶。蕉亭。

流水又一邨，林泉枕山足。脩竹浮深翠，瞥見兩三屋。玉潤上闌干，映我衣皆緑。琴亭白樂天，茶鐺蘇玉局。竹亭。

有色春何來，無色春何處？小閣曰藏春，愛汝春長駐。三月春思歸，莫放春歸去。

桃花紅倚門，未許窺簾妬。藏春閣。

藥欄飛杏花，丹竈鍊鉛汞。空山採藥來，又見神仙董。肘後出良方，瑤草呼龍種。玉杵搗玄霜，似有真妃捧。丹竈。

緑陰翠上亭，繪出雲林境。停琴在石牀，静領池邊景。荷喧疑雨來，一鏡紅蘸影。水聲到耳徐，花氣入簾永。水榭。

香山馮寶齋都閫招遊花埭

鏡裏詩天喚酒闌，萬花如海擁雕欄。一雙燕子梁間語，似話春深正病寒。廣州是春嚴寒。

南海桂皓庭文燦孝廉招飲紅棉寺

嶺南名士鯽魚多，動酌高臺一放歌。異地聞笳心益壯，時高州告警。暮年看劍手空摩。隆中不解無諸葛，海上真愁少伏波。對酒談兵空席帽，仙城鬼島滿煙蘿。

陳蘭浦澧**譚玉生**瑩**二廣文招飲學海堂**

粵中蔚人文，經師盛五管。故友雅招邀，脱帽吹玉琯。時蘭浦以所製律管遞吹，均合宮羽。諸君森琅玕，馨香肅圭瓚。並祝阮文達公生辰。主若春山明，客如秋水滿。譚生出異書，捧誦再手盥。玉生廣文出異書見借。問我何處來，海上群鷗伴。頭戴不簪冠，囊貯清涼散。小住河之南，明日方舍館。余初到粵，暫寓河南。

移居城西寓館杜鵑花盛開寵以長句

奇葩如火照熒熒，二月殷紅艷一亭。纏錦麗於紅線妾，催花愁舞紫雲伶。遠天幾訝流星落，遥夜無勞秉燭經。讀到少陵秦嶺句，前身血淚不堪聆。

鄭小谷獻甫**比部招飲三元宮並惠詩文集及鷄酒猪鴨口占三首奉謝**

時比部掌教廣州粵華書院。

詩婢牛牆話舊聞，十年心折鄭康君。康成亦稱康君，見高密志不其山碑文。異方把臂真何幸，飫讀郎鄉駮許文。鄭上駮許叔重五經異義書，僅見於山堂肆考。

不事濃粧不鬭奇，不彈俗調足多師。藐姑結束非凡豔，欲侍仙班學畫眉。已嘗公瑾鷄兼酒，又嚮東坡鴨與猪。却笑老饕深醉倒，馨香時挂齒牙餘。

識字耕夫圖爲象州鄭小谷比部題

禹貢九州一千七百一川水，九百九十九川流入識字耕夫之毫端。毫端萬錦雲霞捲，昆侖擲筆星辰寒。六丁奔走神鬼哭，仙妃捧硯來騷壇。侍問主簿亦問字，經渠滄海迴狂瀾。耕夫能讀八會靈書之隱語，耕夫本是校書紫府之仙官。偶披蓑衣叩牛角，關心辛苦盤中餐。四千里外來把臂，愛我不翅青琅玕。贈我白麟朱鷹曲，千花飛舞香秋蘭。蛾眉淡掃見本色，藐姑高戴詩人冠。既醉蘇公猪與鴨，再吟韓筆鳳和鸞。既惠德厨，又贈佳什。文章李杜詩班馬，倒語相贈成奇觀。我謂耕夫衹識六箇字，能讀能耕秉心忠孝辨義利。

題蕭尺木雪雁呼兒圖 圖爲徐氏所藏。

朔氣横空冷羽衣，雪花如掌舞霏霏。天涯我亦無家客，萬里關山挾子飛。荃兒從余到粵。

珠江夜游圖爲容癯少尹賦

二分明月新飛采，不在揚州在珠海。珠海今宵月休愁，才人攜月金波游。星河耿耿不知夜，素影迢迢如許秋。冰輪不費一錢買，照遍妖姬畫裏舟。舟頭度曲停歌喉，舟中落筆傳詩籌，詩籌散作珊瑚鈎，江間驚醒千鷺鷗。東船西舫白如晝，蕩漾仙家十二樓。我欲夜游思秉燭，祇愁眼裏無紅玉。

徐子遠灝茂才招飲箋經花室

檣酒招邀話素心，枳籬花樹晝陰陰。長箋洨長功臣在，又見江南徐楚金。茂才深訓詁之學，近注說文。

獵歸縱飲圖爲遂溪陳一山桂林孝廉賦

我昔嘗繪射鷹驅狼圖，腰間横挂金僕姑。書生好事胡爲乎？歸來割鮮命釂醉倒紅氍毹。世人笑我荒田獵，至今鷹狼遍地，鷹無人射，狼亦無人驅。道傍下馬攬君袪，見君揚眉懸瑚弧。把臂爲君立斯須，鞲來隼眼捋虎鬚，英英群從如梟趨。嚼黑鴟肉倒金壺，飲黄齏血傾銀觚。十人大醉十人呼，此樂當爲天下無。對酒不用歌烏烏，籲天快事真吾徒，深喜吾道今不孤。明日相約持銅符，收復海上千萑苻。

書嶺南倪秋槎濟遠遺集後

陳元孝屈翁山梁藥亭黎二樵後，詩家大冶鑪。遇窮天地窄，才大友朋孤。奇句鐫金版，清心比玉壺。良宵烹茗讀，箇裏有真吾。

愚衷三首

粤匪不靖十有二載，未克消滅，可勝浩嘆。獻愚衷。

鴻鈞轉上帝，六合爲一身。良由日月偏，不獨風雷嗔。計陳無貴賤，道合無疎親。芻靈尊阤陛，風雲哭渭辛。辛莘通借。

欲拔長鯨牙，須是摩天手。虎山藿不采，龍淵威蓄久。軒軍服四溟，周戎詰九有。安有涉長河，舟敗篙楫朽。

重典辟止辟，古人不我欺。豈其叔葉世，反勝虞周時。懲盩須斷腕，理亂先斬絲。但明大理星，何畏蚩尤旗。

題曲江許九霞炳章大令畫册

許侯挂冠後，精究詩畫源。畫理倪雲林，詩情虞道園。以秋爲畫本，秋與畫争奇。萬巖萬仞石，量之一寸詩。水外滿秋煙，静看江如練。山色拜向人，蒼蒼秋一片。

讀何子貞師東洲草堂詩

文如鸑鷟詩如虎，染翰直驅萬雷斧。長句上迫浣花翁，論事不數陳同甫。騎麟散髮下大荒，瀟湘雲夢一口吞。鄉邦遠跨懷麓老，此筆真足探天根。胸次廣博天所開，萬花飛舞毫端來。蒲牢夜吼渾鍠起，大吕應鍾入箇裹。羌城笛與漁陽撾，劉琨禰衡今未死。洞庭岳陽吾師里，高招黄鶴聽宫徵。

張南山太守珠海老漁唱霞圖遺照爲其門人陳奎垣起榮山人題

響遏行雲綽板停，前身原是少微星。而今老向煙霞去，猶聽歌聲滿楚庭。六國時，廣州屬楚，廣州記：「五羊衔穀，萃於楚庭。」

珠光繞腕寫紅綾，張碩人間喚不譍。檢點名山遺集在，江湖傳火有陳昇。南山遺集均存奎垣家。

廣州採風雜感 八首

銀浪掀天走光怪，渡海東來舟如芥。南交地耀南極星，閩粵山河分兩戒。海中我覔碧珊瑚，不求七寶造化鑪。爲採詩來粵。陸賈黄金入囊橐，五管視爲黄金壑。僞劉海上置媚川，採珠得寶求財樂。嗷嗷雁户無稻粱，何不散作千家糧。

包藏禍心英吉利，七萬里外輪船至。互市高樓鬼島連，挾山奇貨通天智。洋煙流毒劇堪哀，茶茶葉。藥大黄。曷換洋米來？·茶葉、大黄專換洋米，不換奇貨，爲上上策。

木魚歌唱纏綿玉，珠海波驚念奴曲。念奴一曲錦如雲，畫舫闘紅江闘緑。孔雀船是埋金窠，昔珠江船有輯孔雀毛作舫者。勸君慎莫三婆娑。

學海堂開文瀾峙，經生詞客蒸蒸起。樸學許鄭詩曹劉，士習日趨尚書履。謂阮芸臺先生。民風毋乃尚澆漓，重倚吏治相維持。

高高固陳陳臨董董正羅羅威與楊楊孚王王範，黄黄恭張張買八士名聲揚。東周以後屈指數，陳隋之世人才良。風節匪躬誰蹇蹇，千秋我儀兩文獻。張崔兩文獻。宋歐楨伯黎瑤石、美周梁蘭汀、藥亭鄺湛若皆詩伯，屈翁山陳元孝黎二樵倪秋槎尤巨擘。芷灣馮魚山二張逃虛、南山亦稱豪，亡友太真今正則溫伊初。經台雙塔魯靈光，曾曾釗林林伯桐兩兩爭馨香。二君皆有遺稿。羊城無地容流客，五仙遍訪難蹤迹。啾啾鬼據趙佗城，營營蠅滿虞翻宅。僞臣竊帝皆非真，英雄吾拜洗夫人。

夕陽

橘柚人煙驛路長，桑榆日暮望家鄉。瀟瀟腸斷吳孃曲，黯黯魂銷趙女裝。墟里幾家鳴杵碓？岩阿到處下牛羊。水流花落成今古，客邸愁心逐雁忙。

盈允縣廨感作柬朱小封鉅成明府並酬歐陽子芳積潤茂才

黃鵠游八紘，臨風惜毛羽。吾生道義交，文章銘肺腑。擔簦來嶺南，採詩詣鄒魯。新會爲陳白沙故里，亦號海濱鄒魯，如吾閩者。使君雅招邀，意氣雲龍舞。聶君招校試卷。海底搜木難，良工獨心苦。新會童卷多至四千，每場搜落卷，夜不假寐。論文鍼芥投，深情照千古。

自謂無他腸，肝膈顯如覩。飛到座間蠅，遽化李義甫。適從何處來，營營汝可數。使君雅招邀，授我摩天斧。懸鏡走魑魅，落筆翻鸚鵡。文陣若兵機，禮義儼干櫓。孫嵩識趙岐，杜陵依嚴武。匆匆黯然別，似割仲山股。天涯若咫尺，知音在鄰户。晨風常南飛，書札勞旁午。

附録　歐陽子芳和贈

東閣開瓊筵，翦燭觴飛羽。末座聆塵談，清言洗臟腑。愧我學術疎，不識魚與魯。先生天上來，滿堂皆鼓舞。既荷邑宰明，又得良工苦。幕中杜温夫，居今不稽古。夏蟲語春冰，坐井天難睹。公本嶽降神，堂堂羡申甫。著作達宸聰，餘子安比數。我師深愛才，持柄親授斧。恐露文陣機，前頭有鸚鵡。珍重採珊瑚，相望如樓櫓。論文即論兵，奇秘邁孫武。座中有營蠅，貪饕幾折股。賴公相主持，歡聲溢蓬户。樽酒難爲酬，快談月當午。

秋城夜角圖爲汪芙生璟山人題

粤匪圍韶州，君在圍城中十閲月，解圍後繪此圖。

狼星夜墮曲江水，明月無光鼓鼙死。曲江城頭角聲起，圍城危似劫棋耳。愁雲嚇倒談兵婢，千邨狼狽愁雲裏。滾滾黃霾哭萬鬼，茫茫四野突萬豕。蠟丸蟻附渡木柹，鐵砲轟天旗旎旎。城中乃有墨翟子，北門鎖鑰浮丘比。顧榮羽扇城頭指，鐎斗蕭蕭暮雲紫。甲兵百萬胸中壘，裹糧無須煑弩鎧。千騎驚回一隻矢，萬軍散去一張紙。檀道濟籌妙若彼，劉越石笳神若此。書生忽出公超市，保城又見汪天咫。凱聲入角聞萬里，掃盡鯢鯨大地喜。桴鼓之闉排詩几，大醉營前看倒履。請詢退敵有何理？韜鈐在握而已矣。

題歐陽文忠畫像 二首

鬚眉畫裏見精神，一代宗師重鳳麟。不遇辨寃來趙槩，一生大節付灰塵。

瀧岡壟母一還鄉，老去田園樂潁昌。忘却松楸弄山水，終身未兩到瀧岡。都穆聽雨紀談言之甚悉。

書晉荀勗傳

賈充納女以壬辰，劉曜竊帝以丙子。相去四十五年間，姦臣孽婦紛紛起。

家午峰岳光封翁春暮招飲海幢寺席間賦江瑶柱有憶家鄉風味

食譜羅鮮美，閩鄉蜃蛤饒。異名搜海月，珍具數江珧。斫玉膚偏脆，生珠腹不枵。刀曾資飾珌，弓更稱藏弨。價想珊瑚鬻，紋添璹瑁雕。張棋星歷歷，掛席水迢迢。此品專宜柱，於文合辨瑶。楊妃花粲舌，漵女雪吹潮。鈍白宜同洗，鰕青待共調。肉牙圓細擘，角帶輭徐挑。被體初呈紺，搔頭儼映翹。漿兼離蚌剖，湯倩巽鷄澆。風味儲盈寸，冰銜領一條。靈淵封大國，流碧秩清僚。茘子方垂實，蘆芽未破苗。老饕思馬頰，斗酒喜相招。

番禺金芑堂錫齡孝廉來訪與談周易參同契及内經素問有合成四十字

郢和竟有侶，鍾絃不費尋。領妙毋須衆，洌泉虛自斟。微風動孤籟，淡月生遥岑。咫尺無能共，休勞猿鳥音。

寒瘦辱

溷跡屠沽，不若寒瘦。作寒瘦辱。

澆胸無古人，其人屠沽俗。促膝無今人，其人寒瘦辱。屠沽享高名，寒瘦多飢死。與其古人親，毋寧今人比。我愛今人甚古人，今人棄我如灰塵。貧窮有命長如此，摇尾乞憐空復爾。吁嗟乎！與其屠沽俗，毋寧寒瘦辱。

獨立蒼茫自詠詩圖爲藴筱泉璘刺史題

非非想入赫胥前，搔首得句來問天，俛仰一笑三千年。其行踽踽，其肩肩，目中但見渺莽之雲煙。一囊以外衹六合，口裏喃喃風颯颯，天籟空中互相答。

王雨菴澍觀察疊次過訪悃愊殷勤近與王静山增謙都轉商刻拙著三禮通釋感成四律

深巷蓬門掩薜蘿，金環壓轡見頻過。襟懷朗若三秋月，氣度汪然萬頃波。閩海黍棠思憩稅，粤天桑柘聽謳歌。他時霖雨東南遍，知有蒼生載澤多。

十年相識尚嫌遲，樽酒論文憶昔時。觀察與劉炯甫刺史爲摯交，彝識觀察於刺史座間。回首故人成久别，謂炯甫。關心舊雨每相思。觀察詢及炯甫近况，惓惓不忘。交逢簦笠情何摯，集勘江湖遇亦奇。觀察近與王静山都轉商刻彝所著三禮通釋一書。難得雲天高誼重，此生心血有相知。觀察謂三禮爲彝半生心血所萃，不可湮没，議雖中寢，意可感也。

飄零身世嘆無成，自笑儒冠誤此生。四海何人似賓石？暮年多難話臺卿。雲泥何幸聯膠漆，風月居然見性情。一畝硯田三寸管，群公傾蓋愧虚名。

萬里征塵兩鬢秋，茫茫天地一浮鷗。遭逢幾輩能青眼，故舊於今盡白頭。歲晚難禁霜露重，饑軀總爲稻粱謀。仙城牢落餘知己，異地重披白傅裘。

竹深荷浄圖爲藴筱泉刺史題

竹色上帽簷，荷風吹衣帶。蒼蒼望縈紆，亭亭絶塵壒。魚戲田田葉，鳥和瀟瀟籟。知心有二三，幽賞在人外。偶然雅招邀，把酒話鱸鱠。

鄭小谷比部再招飲粤秀山即席感懷

海國煙深落日遲，干戈滿地角聲悲。茫茫歲月淹書尺，歷歷山川入鬢絲。怕聽黄鷄催白日，獨憐丹鷟失金枝。非潛非現吾何補？不及遲清鄭繼之。鄭繼之隱遲清亭。

風災行

同治元年壬戌七月朔日，有風自東南而至西北，釀成颱颶，城内外大木盡拔，牆屋多傾折，壓死甚衆。江上大小船隻傾覆者十之七，番禺、順德、香山、東莞尤甚，淹斃約十八萬人有奇。天災流行，殊可駭異，詩以紀之。和作四十餘人，均别録。

壬戌之秋七月朔，海立山摇起羊角。白日無光雷雹死，吹折地維風力惡。沙翻石走神鬼愁，大木盡拔江倒流。萬瓦崩頹若雨雹，飄檣飛舞羊城頭。舳艫銜尾紛紛裂，千艘萬艘瞬息滅，舟中之人成魚鼈。人聲嘈嘈，水聲號號，風聲飉飉，鬼聲咷咷，浩劫請問蒼天高。白鬼黑鬼難遁逃，死汝毒物如鴻毛。侵晨珠舫傳醇醪，妖姬狎客烹羊羔。禍福倚伏天所操，頃刻身葬海鰌魛。吁嗟乎！天災流行至於此，人心之變猶未已，斫地悲歌拔劍起。

故紀之。

汝曹

當棟崩棟折之時，有曹姓者吐納洋煙，好整以暇，方以魏武帝自命，而以蛇舌刺人，

山摇海立地欲圮，猶嗜鬼煙食鬼菌。音矢，糞也，見說文。汝曹幸免吸江水，水中不死火中死。

安福李岱陽志堯廣文重逢花燭詞

裁雲織錦來天孫，天錢重助開芳罇。四百己酉輪乾坤，紫簫吹月鸞皇蹲。漢書再壓夫君門，雙函復闢寫韻軒。劉綱佳偶堅靈根，雍伯内助傳賢墩。賢墩在西江廬山下。老人星耀玉女盆，百牢争饋來莊村。羊侃夫婦森椿萱，擔酒介壽羅鷄豚。君家固言雙笑温，李固言亦重逢花燭。執燭前馬圖新婚。三商夕禮釁在昏，相見不用含羞言。老松中帶桃花魂，梨眉合巹徵温存。雙飛雙集雙湛恩，再祝再拜看朝暾。八音繁會律吹喧，願君再遊雙修園。

再咏重逢花燭詞 二首　廣文夫婦年均七十三。

郎君白髮唱睢鳩，禮訂三商範衍疇。也有曾孫呼大母，畫眉深淺莫含羞。
七十三翁賦好逑，詩吟葱嶺笑陳修。何如重却紅閨扇，老鳳雙雙下畫樓。

寄居草堂圖爲同里楊肄三謙山人賦　從閩中寄題。

結廬星宿海，足踏鼋鼍浮。築室昆侖墟，手挈日月游。大千世界只一粟，茫茫造化皆蜉蝣。老蛟曾宿藕絲孔，蟭螟常集宵飛眸。寄居兩大寄所寄，天地有壞吾何尤。仙書：「天地有壞，惟玄牝不壞。」神龍倏忽變老子，蝴蝶頃刻成莊周。宇宙吾廬太虛室，細旃廣厦皆浮漚。君家昆季有道氣，仙書金簡方冥搜。令兄梅丞。謂我頗諳周易義，陰陽姤復窮探幽。我謂性命雙脩旨，天根月窟心中求。海天迢遞來雁札，如游三島觀十洲。我有一言君勿吐，精氣神外皆糞土，一竅玄關居其所。

嘲新婚

郎就外傅歸，三旬喜相見。傍郎低聲語，昨夜初姅變。婦人月事謂之姅變，見說文。

送鄭小谷比部歸粤西

淹留且莫竟淹留，門繫驪駒唱小榴。別是當歸君舍去，贈之芍藥我偏愁。一聲風笛羊城暮，萬里霜鐘象嶺秋。通德聲名高海内，黄巾羅拜到星郵。

尊前拔劍起高歌，把袂魂銷黯奈何。短簿詞華今獨少，長沙才調古無多。手槌鸚鵡摇山岳，鍼度鴛鴦繡綺羅。松桂增榮農隱去，耕夫蹤跡隔烟蘿。（比部自號識字耕夫。）

願借長風吹倒山，無山望見故人顔。龍從雲去垂千畝，雁逐星飛到百蠻。不唱黄花隨艫艇，休勞白日照刀鐶。乾坤傳舍藏知己，莫遣相思兩鬢斑。

腸斷河梁五字詩，千秋高誼見襟期。吴鈎笑裏乘風響，戍鼓秋邊去櫂遲。從此辛劉長入夢，當年管鮑苦相知。入山泉水清如許，時放晨風海上馳。

附録　小谷比部留别詩

騏驎開路幾時休？麋鹿逃林且自由。漱石枕流重習隱，登山臨水正悲秋。亟行已後來賓雁，難别真如戀主猴。多謝故人持贈意，河梁五字遠供愁。

風聲瑟瑟水淙淙，客感經秋恰滿腔。試問眼中人有幾？空言名下士無雙。濫竽未敢同南郭，採菊惟堪卧北窗。自笑毛錐三寸管，龍文健筆任人扛。辭越華講席。羈栖聊託一枝巢，贈答頻將五字敲。二十年前心早契，四千里外手初交。居停有主思辭樹，去住無官肯繫匏。笑疊吟箋慚下筆，煩君爲解子雲嘲。他鄉送客故鄉迎，朋輩相期豈世情。五管雲山無竊帝，八公草木有疑兵。謝公已少中年樂，張翰何求後世名。但得家園容小住，波鱗雲翼往來輕。

書箑上代歌者寄遠

鐵騎鳴寒料峭風，火爐圍坐一燈紅。遥知雪夜吴山驛，瘦馬馱裝過浙東。幔亭峰外雨如煙，嶺樹迷離叫杜鵑。明歲落花時節到，有人腸斷李龜年。

金華王蘭汀家齊鹺尹招飲柳堂展重陽

夏蟲不知冰，寒蟲不知溽。人惟畏一炎，我獨畏一俗。聞君求友聲，嚶嚶方出谷。欣然叩門來，攜書柳堂讀。君寓館柳堂爲李廣文别墅。舉世爭題糕，我喜賡伐木。愛君醰懿心，與我天機觸。動與陽九興，静與陽九伏。空山有落花，餘事尋陳牘。坐中對澹人，請看階前菊。

近日詩寄王蘭汀鹺尹

不明詁訓經難讀，張稚讓廣雅。許許愼說文。談經詁訓明。近日談經薄詁訓，麻姑狡獪問方平。

我　昔

我昔適鵲華，道傍墜飛翼。近視乃一鳥，幾被晨風執。征凶折其肱，小鳥在旁泣。我憫鳥卒瘏，惻惻救之急。敷之以藥物，食之以瓊粒。須臾鳥能鳴，頃刻鳥能立。轉瞬鳥能行，跕跕鳥能戢。小鳥竟颺去，追之不能及。天高任鳥飛，我懷無固執。

俯　仰

髮爲騷勞指，風聲盡甲兵。兒曹三地隔，長兒慶炳游幕建寧，次兒慶濂游幕江右，四兒慶荃隨余客粵。鼙鼓八荒鳴。獨鳥停樵徑，殘霞壓水城。乾坤無樂土，俯仰故鄉情。

畫蘭贈王蘭汀鹺尹

解佩要之見淡妝，仙妃姑射獨馨芳。不宜空谷宜瓊圃，君本人間王者香。

過五羊觀感懷

五羊仙已隔煙蘿，故國何須溯趙佗。醫術求如秦越少，鄉咻時雜楚齊多。廣地醫無師傳，士民多不通正音。探丸盜賊環城邑，築館蠻夷伏劍戈。我本無家銜穀至，茫茫歲月暫婆娑。

嫁鼠戲作　俗以臘月二十五日爲嫁鼠日。

絳幘欣乘馬，婚宵嫁亦華。也如人有禮，誰謂汝無家。鈴索房中樂，琴絃穴裏葭。珠銜爲婿質，姑贈牡丹花。

懷山左汉河義士董藻華

憶昔同年元楷臣，名長模，光澤人，乙巳從京師歸，病卒。汉河飯店主人董君爲之醫藥，及死後爲之殯殮，寓書招其子送柩歸。死生幸遇董超塵。藻華字超塵。北方儘有屠沽客，可是侯生一輩人。

懷桂皓庭孝廉京師

牙有鍾絃在，莊未郢質亡。尚餘讀書種，未覺老天盲。蓬轉一年别，裘勝數尺長。貫蝨輪非的，亡羊穀異臧。雲雷資蠖屈，華實固冬藏。北邸風塵别，南轅雨雪雱。望君慎金玉，爲國留馨芳。孝廉著經義博訪録，採擇極精。

題珠江話别圖送高寄泉繼珩鹺尹歸北平四首

論交並世半英姿，海上相逢又子期。高子期，國士也，慕鍾子期，故取其名。如此襟懷天下少，未曾晤見爲刊詩。爲刊詩三卷。

吾道於今信不孤，王郎意氣古今無。謂王蘭汀。借來安樂窩中筆，恣寫關山行旅圖。

風誼文章最有神，親朋三晉又三秦。孔繡山觀察三晉，劉炯甫官秦隴，均與君舊好。干戈滿地無消息，一例相思話故人。

飽讀端門丹雀文，筆搖嵩嶽走風雲。情根深處談根淺，黯黯驪歌不忍聞。

海天琴思圖

道州何子貞師相遇於羊城，繪此。

寓神於意，一俟知音。淵淵龍鴻，妙契與深。

非馬之仰，匪鶴之舞。海風吹絃，停而不鼓。

後序

曩讀先生解經書，精深廣大，爲得未曾有，恨不能一識面。歲己巳，晤先生於仙城之海天琴舫，喜慰願見，乃先生不鄙杰檮昧，朝夕過從。出太安人一鐙課讀圖命題，且以所著衣讔山房詩集屬爲跋語，引杰爲識曲之真而入聽者。竊謂作詩之道，必自成爲一己之詩，而絶其摹仿依附之習，乃可以追蹤古人，傳示後世。然非盡讀古人詩，不能成此；非盡忘古人詩，亦不能成此；且非胸羅萬軸，足歷萬里，識越萬古，仍不能成此也。嘗持是以求當代之言詩者，乃今於先生得之。先生少承母訓，以説禮見知於其鄉先生陳恭甫太史，遂遊其門，得徧讀小瑯嬛館所藏秘籍八萬餘卷，由是著書等身。迨舉於鄉，計偕赴京師，歷遊名山，足跡幾遍天下，論古今成敗，人物臧否，雖燭照數計不能如其明且析也。讀所著四臣表，已可覘其概矣。所謂胸羅萬軸，足歷萬里，識越萬古者，舍先生其誰與歸？今讀先生詩，囊括百家，吐棄一切。其雍容也，如春雲之出岫；其高曠也，如秋月之中天；其典核也，如三代法物，燦然畢陳，令人肅然起敬；其排比也，如東岱西華之並峙，如長江大河之爭流；至其遇事傷懷，憂時寄慨，則如飛電掣影，疾霆排空，激洪濤於層霄，隕巨石於千仞，振發聾聵，開拓心胸。他如樂府則六律八音，純繹偕奏；論詩則五雀六燕，輕重適均；即其短篇，韻促情長，如謠如諺，如箴如規，洵乎有美必臻，無體不善。蓋其根柢原於萬軸，波瀾壯於萬里，議識超於萬古，而又能盡合古人之詩以爲詩，且復能盡離古人之詩以成爲先生之詩，視彼摹仿依附者誠天淵矣，觀止矣。然先生好學不倦，老而彌篤，且善頤養，則其年不可量，即其學愈不可量，過此以往，杰莫之能測之。

同治八年屠維之歲五月，番禺愚弟丁杰。

詩外集

序

試帖至近代而極盛，吴、紀二家各樹一幟，吴以才華雄麗勝，紀以法律謹嚴勝，嗣是有九家之選、庚辰集之選、七家之選、瀛海探驪之選。吾鄉陳恭甫先生東觀藏稿以唐律入試帖，氣魄雄邁，壁壘一新。吾宗薌谿孝廉爲恭甫先生高足，直接師傳，雄處極似恭甫先生，而其高超瀏脱處似又過之，能於諸家外獨建旗鼓。前讀孝廉古今體詩，欽佩無量，今復讀外集試帖，不禁俯首至地，庚戌七月既望，竢村退叟宗弟則徐誌於雲左山房。

序

薌谿先生見示試律一卷，首首皆精，句句皆妙，爲之贊歎不已。文章最大者經學，最小者試律，薌谿經師也，而又工試律，此真鉅細無遺者矣。愚弟番禺陳澧拜讀。

試帖詩

赤壁簫聲　得簫字

折戟沉沙地，髯蘇税此宵。屯軍千仞壁，哀古一枝簫。碧漢南飛鵲，黄州日暮潮。江山傳竹肉，天地幾漁樵。明月潛蛟醒，東風鐵板驕。横吹雲水立，互答鼓鐘遥。蕭瑟餘孤壘，烟花弔二喬。主賓良夜飲，酧酒勸今朝。

庾亮登樓　得樓字

一嘯乾坤小，清商落上頭。烽烟方極目，明月又登樓。魚鑰傳更肅，霓旌拂地愁。星辰天上動，旗鼓望中浮。蕭瑟樊城暮，蒼涼鄂渚秋。豪情欣卧酒，遠抱此清謳。短劍兵符碎，層闌戍火收。明河初捲幔，黯黯帝王州。

杜舍人注兵書　得功字

慷慨勤憂國，樊川志孰同。兵謀資妙算，注義仗奇功。烽火東都警，癰疽列鎮訌。兩淮積群盜，一卷抱孤忠。帷幄籌鈐夜，山河畫笏中。揚州銷短夢，衛府感秋蓬。才稱龍韜握，時猶虎瞰雄。傷春傷别意，壯志寄詩工。

紅拂隨李衛公之太原　得公字

不道楊家妓，能知衛國公。向來淪落共，此日唱隨同。驛舍連牀坐，郵橋並轡通。後車殊款款，前路莫匆匆。天子屏開雀，將軍案仿鴻。謀方咨首相，識又得髯翁。眼换頻年白，顔嗤幾輩紅。太原鞍馬上，斂衽謝司空。

國士無雙　得韓字

不偶方歸漢，無雙孰識韓？解衣新國士，執戟舊郎官。泗上身餘幾？淮陰影久單。頻年勞把釣，此日獨登壇。胯下猶奇辱，軍中合衆讙。一夔今已足，諸吕復空殘。噲豈孤忠伍，何真隻眼看。爲劉功莫數，絳灌滿長安。

曲江觀濤　得濤字

胥母柴桑地，長空眺望豪。三江横巨浪，八月走雄濤。雪壑群雞唱，雲屏萬鷺高。滄波瀉牛斗，赤岸抃蛟鼇。煙指黄金埧，鐘飛白馬艘。洪聲呼日動，神砥接天牢。破浪寒瓢倒，掀潮海若逃。廣陵京口望，枚乘重濡毫。曲江在揚州，不在浙江，辨之最精。

三箭定天山 得功字

聞道天山定，長歌入漢中。六師收指畫，三箭奏膚功。弢躍初生月，絃鳴不斷風。黄肩方伏隘，白羽總摩空。脱比連珠弩，彎宜兩石弓。沙雲沈甲楯，塞雪釋弸箭。天子勳銘楛，將軍志逐蓬。會看鶉尾賜，青史紀元戎。

枕戈待旦 得戈字

未効平羌志，將軍夜枕戈。問年方壯盛，待旦敢蹉跎。藉地先聽鼓，看天獨倚柯。夢狂收月竁，血熱噴星河。風黑燈無燄，霜紅刃有波。漏猶盈耳度，鋒屢曲肱摩。妙策留清吹，雄心視太阿。會朝聞奏凱，載戢此重磨。

孟浩然夜歸鹿門 得歸字

夜月蒼茫際，空江露未晞。孤燈漁舍指，雙棹鹿門歸。落雁寒山暝，栖鴉暮樹非。巖灘迴客舫，襄水問柴扉。九里鐘聲墜，三湘岸火微。故廬村豹吠，舊夢渚鷗飛。冠蓋蘿緑徑，章華雪滿衣。梅花琴榻裏，繞屋畫屏圍。

關山月 得鄉字

雁塞寒烟迫，關山感夜長。胡笳吹月冷，暗馬蹴沙忙。愁夢河邊骨，清砧塞上霜。一輪争戰地，萬里别離腸。雪窖刀鐶寂，金閨燭燄涼。魄猶秦漢白，旗捲水雲蒼。大漠初傳箭，征夫盡望鄉。何年聽奏凱，銘績紀旂常。

虎豹之鞟 得之字

曰鞟須同耳，何緣虎豹奇？謂文無用此，有耀孰知之？憶入司裘掌，云曾寸管窺。炳符君子變，蔚比大人儀。忽改從風度，全銷隱霧姿。是誰能相質，漫詡尚留皮？毛嘆焉爲附，疵求不待吹。子成徒臆説，駟馬却難追。

江南草長 得都字

忽憶江南别，離離長遠蕪。六朝青草地，三月緑陰圖。疊翠痕深淺，鋪茵色有無。梅花前度寄，蝶夢此時蘇。暮雨征衫濕，春風匹馬孤。家山述北固，煙水閟東都。白下愁鴻雁，天涯老鶼鴂。寓書懷夙好，莫遣更思鱸。

秋水蒹葭　得秋字

港浦茫無際，蒹葭帶露流。冷雲迷淺渚，遠水送孤舟。渺渺花前櫂，飛飛柳外鷗。菰烟千尺渡，蘆雪一天秋。築館臨江涘，搴芳問蹇修。離憂公子怨，疎影美人愁。別緒牽芳茝，歌聲出畫樓。數行汾雁下，夢斷白蘋洲。

浮家泛宅　得舟字

細雨斜風外，忘懷一葉舟。移家花作壁，買宅柁爲樓。流水東西槳，晴波遠近洲。雲鄉看結屋，烟市快孤遊。鼓枻潮音落，尋廬鏡影秋。垂楊牽畫鷁，平檻起沙鷗。築室魚蝦侶，聞聲欸乃愁。往來苕霅畔，結伴此淹留。

送君南浦　得波字

南浦風帆外，懷人溯綠波。送君愁緒綰，思妾落花多。烟雨河梁夢，江山畫舫歌。揚舲春樹暮，放棹夕陽過。楊柳牽驂未，鴛鴦解事麽？金樽孤祖席，瑶草鎖情魔。桃葉誰堪此，蓮心喚奈何。千秋流水恨，別賦莫輕哦。別時座間有歌妓，見文選後補。

群鳥養羞 得羞字

望望興禾稼，群禽蓄稻謀。户修妨朔氣，羞養税秋疇。翠樾尋巢候，蘆花冒雨秋。珍藏商故廩，縹渺構飛樓。甘旨林間哺，餘糧隴外收。紅腴風露飽，玉粒雪霜愁。里社誰分肉，村莊共負餱。辛勤寒歲計，春至轉歌喉。

五香水浴佛 得華字

二月迦蘭會，蓬山路不遐。聞香尋鷲嶺，浴佛盛龍華。寶相垂金臂，芳檀護彩霞。醍醐淹雨露，世界洗河沙。燒樾衣初浣，聽經鼓幾撾。盤盂千粟影，纓絡五雲家。去垢心無樹，投酥鉢有花。紺廊楨殿裹，萬億拜袈裟。

東坡似樂天 得天字

記取東坡老，居然似樂天。文章欽後輩，丰采慕前賢。同志懷聯袂，神交笑拍肩。詩篇吴郡本，春色洛陽錢。只少蠻和素，齊參佛與仙。琵琶長慶代，笠屐建中年。道氣胸頭月，塵根眼底烟。風流蘇共白，千古兩華顛。蘇詩：「我似樂天君記取，華顛相賞洛陽春。」

不聞人聲聞碓聲 得聲字

誰坐茆簷下？愁深雨乍晴，客閒聞碓響，僮去杳人聲。沙際争舟静，霜前著杵輕。極目謝墩無屐到，梁廡有舂鳴。天遠衣難寄，林喧耳倍明。溪雲疑路斷，野水向山清。愁誰語，關心夢不成。異鄉岑寂甚，糴米尚流行。

山意衝寒欲放梅 得寒字

便遣梅争放，山靈恐未安。關心將待歲，作意故衝寒。樹密花開易，巖深日到難。冰霜連夜積，煙雨尅期看。冷入螺鬟碧，春生鶴頂丹。無香風不識，有信雪先拚。坐裏眉峰澀，吟邊眼界寬。覆杯堪結凍，索笑此爲歡。

荻陰連水氣 得陰字

爽氣連江合，剛憐荻有陰。載將秋瑟瑟，籠取水深深。斷岸參差立，危橋瀲灩侵。路迷紅葉外，天入碧波心。倒影毫全矗，呵光鏡一臨。濕雲濃欲滴，明月杳難尋。渚誤鴻飛葦，樓猜蜃駕岑。西風連望眼，吟思落空潯。

月映清淮流 得流字

淮水清如許，湯湯湧月流。九重天互映，四百里全收。雲散歸蒙羽，瀾迴折斗牛。飛光横半壁，倒影落三洲。怪霧沈金鎖，神風躍寶毬。江明東走路，山向北來秋。心鏡澄千頃，胎簪指一丘。二分餘素魄，終古説揚州。

高浪駕蓬萊 得高字

如此騁雄豪，蓬萊浪駕鼇。并開三島現，盪出五雲高。空闕懸千仞，風雷走一遭。潮青驚舞鶴，瀾紫認奔騊。崑閬諸峰合，滄溟半壁翱。萬重披繡闥，十二躍銀濤。仙躅瓊壺近，神工砥柱牢。願將磅礴氣，倒海入揮毫。

緑頭相並鴨眠沙 得沙字

新緑陂塘路，欄圍養鴨家。並頭剛戲水，相對又眠沙。洲白全堆雪，天青未逐霞。藻緌金碧畫，莎毯淺深花。不辨翎交翠，俱矜首冠葩。暖和鷗夢貼，圓共鷺拳拏。拍掌駢雙个，迴身互一叉。爐薰看睡起，池上夕陽斜。

龍井白泉甘勝乳　得甘字

送客餘姚去，情知吏隱堪。龍腰通井白，牛乳得泉甘。潤逐雲鱗上，香逾石髓含。舜江襟遠脈，嚴塢鑠重潭。玉綆長飛雪，銀牀絶染藍。塞酥慙異好，崖蜜謝幽探。渚近收新荈，堂空話舊柟。憑君清俗慮，馴性此中參。

舍南舍北皆春水　得鷗字

緑水分南北，剛宜草舍幽。一春紅漲雨，兩度碧通溝。别浦行前路，横塘住後頭。花天寒有雪，茅屋小於舟。喬木摇清影，滮池接淺流。悠悠連黍膏，詩「悠悠南行」。活活趁葭抽。詩「北流活活」，又蘇詩「春流活活走黄沙」。山氣横江合，書聲夾巷留。杜陵詩思好，日日見群鷗。

茶戊　得茶字

雅有匙名戊，偷閑學錬茶。丁坑初點雪，甲宅伴分芽。麥不妨新顆，薇宜泛白花。

神來風雨夜，候應火千家。爲我隨觴政，憑君療斛痂。卯時煎更好，乙夜供寧賖。未許辛橋比，真嗤癸卣誇。倘銘閹茂字，歲歲餉金沙。

晚晴風過竹 得晴字

忽似喧疎雨，掀簾晚却晴。但聞叢竹語，如覺陣風生。薄靄春無縫，斜陽碧有情。袖寒愁日暮，窗夕聚秋聲。爽籟穿林出，殘霞隔葉明。光生金瑣碎，韻入玉鏘鳴。補網蛛初定，歸巢鳥不驚。花梢回首望，一片月華清。

淡雲微雨養花天 得培字

養到春如許，名花作𡒄堆。畫圖開錦繡，雲雨小栽培。罨罨和烟墜，濛濛拂樹來。窨成香世界，釀出綺樓臺。柳外誰家綵，亭前昨夜杯。鶯聲曾歇未，棠夢莫驚回。籠得新陰住，愁聽急點催。尋芳逢勝日，絳雪壓蒼苔。

煙雨冥冥開橘花 得煙字

兩岸橘花天，冥冥曉放船。是沙還是水，宜雨又宜煙。練束林腰斷，珠跳葉底圓。

素榮紛皎潔，楚辭：「緑葉素榮，紛其可喜兮。」春思病沉緜。遣嫁愁青鬟，談棋笑白顛。玉塵寒數斛，香雪膩成氈。夢逐梨雲嬾，陰合篠霧妍。冬晴尋巷陌，芳實飽三千。

朗吟飛過洞庭湖 得飛字

拂袖飄然去，翛翛一劍飛。纔經滄海過，旋向洞庭歸。朗咏商聲叶，清吟羽扇揮。雲山看縹緲，環珮想依稀。細唱霓裳曲，長披鶴氅衣。仙風摇綷縩，詩句落珠璣。地異蒼梧舊，聲聞碧落希。岳陽三醉後，風景望中非。

秋澄萬景清 得清字

景逐西風退，秋隨好月生。九霄剛薦爽，萬景總澄清。指掌螺紋數，當頭兔魄盈。山河同霽色，猿鶴有高聲。目極觀空淨，身如渡海輕。千花森桂窟，一氣罩蓬瀛。天趣宜人賞，詩懷觸處呈。霓裳傾耳近，和曲譜承平。

山外青山樓外樓 得樓字

不見青山外，依山拓小樓。煙光千仞合，風景兩間收。深淺微雲暈，高低夕照留。

峰巒都背面，宫闕幾回頭。秦苑重檐接，齊州九點浮。歧中歧轉曲，屋下屋真幽。人放雙眸地，天連二水洲。一層應更上，白日影悠悠。

天晴雁路長 得晴字

秋水澄鮮日，長空一色晴。魚牀侵岸闊，雁路極天明。銀漢無纖翳，衡陽有遠聲。紅翻斜照動，青插大江横。度影千山迴，流暉萬景清。西風新氣象，南國舊郵程。關塞雲中出，河源島外傾。好隨涼月底，嘹唳向神京。

月中清露點朝衣 得朝字

月底天門啓，千官伺早朝。輭風催漏箭，清露點衣綃。綴冕添華飾，鳴鑾肅夜軺。木蘭芳暗墜，金粟影輕描。臣籍依丹桂，君恩渥蓼蕭。袖分香霧濕，杯想吉雲澆。秋已來雙闕，人疑度九霄。春明遲退直，日色又蟬貂。

心清聞妙香 得聞字

夜寄山僧宿，心清少俗氛。佛燈餘影在，禪室妙香聞。頓覺靈臺徹，剛從鼻觀分。

滿懷涼似水，一夢杳於雲。入座參蓮相，巡簷引蔔芬。申鐘寒乍渡，甲煎静猶焚。伴月盟惟我，隨風送與君。贊公如解意，願此挹爐薰。

山雨欲來風滿樓　得樓字

大塊噓還噫，噫，仄聲，見莊子釋文。風聲已滿樓。溪雲方極目，山雨攔前頭。電影遥峰閃，嵐光隔水收。釀成千畝潤，挹注一庭秋。寒色添珠箔，疎聲碎玉鈎。有無斜照暝，遠近暮烟浮。作勢連番捲，餘音四面留。登臨憑眺後，衫袖亦颼飀。

努力加餐飯　得餐字

底事殷勤勸？離鄉護惜難。關情妨減膳，努力在加餐。俎或羅殽胾，庖仍列腊乾。養陰惟玉液，適口即金丹。食譜盈朝讀，詩腸每頓寛。道腴嘗淡薄，世味笑辛酸。白粲翻如雪，青精馥若蘭。孜孜良友誼，幽夢到邯鄲。

經霜愈茂　得冬字

獨立殊凡質，經霜有柏松。名材看晚節，茂植屆嚴冬。黛色參天翠，餘音市地濃。

婆娑枝宿鳳，磊落幹猶龍。綠蔭千盤嶺，蒼森百丈峰。風雲培老甲，冰雪鍊修容。比菊寒能傲，同梅冷慣衝。或承終古盛，長對影葱蘢。

扶桑影裏看金輪 得州字

旭影扶桑拂，懷鄉吉水秋。浪剛成赤湧，輪看鑄金流。野馬馳何驟，天鷄唱未休。鹽花悲作客，黨雨感登樓。郡國盱衡慨，河山俯仰愁。鮫宮迷隱現，蜃氣倏沈浮。霞彩蒸蒸散，星榆歷歷收。文山蒙難日，拈句滯温州。

綠藤陰下鋪歌席 得陰字

忽唱離人曲，歌聲發綠陰。垂藤開祖帳，鋪席傍空潯。柳外傳歸引，花間賭醉吟。圓珠隨毯唾，暖玉遏雲沈。望望迷青草，飄飄繞翠林。氍毹千碧亂，烟月六橋深。數闋樽前落，孤峰漢上尋。餘音斜照裏，樓閣海仙臨。

山碓水能春 得山字

野景煩清賞，沿途看遠山。截流當水曲，設碓傍谿灣。粟豈舂人掌，椎如博浪環。

波痕縈四面，石齒帶中間。勢激千輪轉，功殊八鑿艱。杵飛翻雪片，漲急捲烟鬟。香粒成紅稻，嶙峰碾碧潺。天工知巧奪，早已合機關。

守口如瓶 得瓶字

良規懷僕射，圭玷凛如瓶。口似防川守，唇齊闔户扃。括囊胥藴厚，盈缶戒丁寧。丸謝甌臾止，漿含齒頰馨。直教飛語息，長喚吉人醒。膽自盟心赤，脯添入世青。環中全石介，箇裏泐金銘。卅策安邊計，名言重大廷。

似曾相識燕歸來 得來字

燕燕于飛候，渾如識我來。闌干曾獨倚，睇睞似初回。話舊情何密，尋巢壘又開。前期更歲月，故主認樓臺。巷記烏衣是，門猶白板猜。關山秋社憶，風景夕陽催。金院餘珠箔，朱扉半緑苔。梨花簾幙地，相對幾低徊。

長笛一聲人倚樓 得樓字

一片商聲起，何人正倚樓。遏雲頻送響，裂笛忽驚秋。疎雨簷星澹，霜鐘鶴夢幽。

遠音過荻浦，么韻散蘋洲。帽影欄前俯，梅花水上流。數家明夜火，幾許譜閒愁。聽曲剛盈耳，臨風未轉喉。知名留片句，趙嘏孰能儔？

一日看遍長安花　得看字

得意長安疾，名花走馬看。光陰非短晷，竟日遍長安。錦片前程遠，金團舊譜刊。兆先楊柳報，夢未海棠闌。杜曲春無限，芳園閱若干。緑森千个玉，紅曳一鞭珊。路隔鶯能到，蹄香蝶作團。帝城仙榜放，桃李冠春官。

天心水面　得知字　大内養正書屋額匾。

一艘天與水，邵子悟前詩。照面清如此，觀心妙可知。梅花香處問，桃影鏡中窺。快意風來候，凝神月到時。源頭看活潑，雲脚掃參差。羲畫深堪印，濠梁説尚支。盪胸同浩浩，濯足轉遲遲。養己澄宸慮，微臣敢進規。

深樹雲來鳥不知　得深字

有客攜柑到，雲横緑樹陰。松杉盤壑蔭，鳥語入林深。縹碧摩空矗，輈輈過響麐。

圓吭聽幾帀，暮靄鎖千尋。望氣徘徊影，忘機下上音。相關皆樂意，出岫任無心。嵐外烟燃竹，濤頭澗答琴。前溪看過鹿，茂樾鬱蕭森。

七月七日長生殿　得清字

樂事人間世，高空七夕清。璇宮當候静，金殿正粧成。歲歲年年會，喁喁脈脈情。瓜期逢此夜，絮語卜他生。誓海雙星指，填河萬鵲明。鴛鴦酬宿願，鈿盒證前盟。意蕊千絲密，心香一瓣縈。霓裳方度曲，鼙鼓莫相驚。

禹穴　得宫字　五言十二韻

福地陽明洞，名山大禹宫。封疆於越舊，巖壑會稽雄。稽古敷文命，惟王允執中。儷牲刑白馬，振蟲幹黄熊。祇德成嘉績，巡方計懋功。崑崙徊竪亥，溟涬逐共工。牧鼎圖三足，郊柴薦百蟲。畝耕因覆釜，井繘鑿新銅。桑土懷橋毳，梅梁鎖雨風。謳歌猶慕夏，聲教自漸東。耘草春環緑，還霞日映紅。誰披金簡字，探穴闢鴻濛。方子箴云：「老杜壁壘。」

賦鈔

序

侯官林薌谿孝廉同年，學有本原，博通經籍。余識孝廉於京師，歲次辛亥，余典試閩中，撤棘後訪孝廉於射鷹樓，孝廉出賦稿見示，鉅章短幅，各擅其妙。然孝廉豈僅以此見長，即此數篇，已足雄視一切，學者誠以若干篇精心體玩，習其風骨，飫其才華，於此道思過半矣。辛亥季秋，順德年愚弟羅惇衍志於七閩行館。

賦

擬禰正平鸚鵡賦 并序

處士衡遊於江夏，時黄祖負愛士名，四方賓客多就之者，而衡亦在座。適有獻鸚鵡者，太子顧而樂之，使衡爲之賦，而衡立成，其詞曰：

伊主人之愛客兮，萃四方之群賢。引鸕鷀之華杓兮，奏鵾鷄之鳴弦。彼海濱之大鳥兮，咸養翮以三年。誠能言之靈羽兮，敢靳獻於當前。

夫其秉姿辯慧，賦性調馴，飛必知止，翔還可親。惟羽衣之解舞，匪長舌之善瞋。曾錫名於隴客，奚動慕於弋人。是宜繫以錦絛，承之綵袖。朝余棲於金籠兮，夕餌之以紅豆。狎靈表於天生，養仙姿兮日茂。信崑閬之孕靈，冠雲霓而特秀。爾其舉止都雅，笑言静嘉，紺趾拳玉，翠衿著花。傍珠簾而喚客，向粉署以呼衙。問前頭之消息，傳内院之筝琶。兹佳禽之薄植，爰獻巧於章華。苟雕篸之不具，亦矰繳之奚加。然且回首關雲，驚心隴雪。望蜀棧兮神馳，念秦郵兮心折。去復去兮長相思，悲莫悲兮遠離别。逐鴞羽兮分飛，感鵑聲兮啼血。羌淡泊而寡營，胡栖遲而未決？眷此地兮流連，使我心兮藴結。況復翦其翅羽，充以粃糠。陋鶢鶋之餘食，哀燕鴻之異鄉。合火德以誰識，斂金精而葆光。丏餘生於鼎俎，嗟既往之星霜。旅人聞而躑躅，棄婦見而徬徨。感繁音於鎩翼，觸遺緒於圓吭。

彼衆雛之飲啄，若相調之律吕。咸聰明以識幾，極高峻以呼侣。鸞凰友其和鳴，鷗鷺爲之遠舉。物各宜於叢岑，予何慕乎稷黍。樂吾生以倘徉，翳修翎以延佇。庶與子乎歸來，豈山中不可以久處。何頹風之駭翮，乃矢口而告瘁。匪違忤以傷時，竟哀鳴而感類。思故人兮不見，奉君子兮如醉。幸奮迅之有期，念恩勤之不匱。比受福於鴛鴦，效同心於翡翠。長恃恩而不渝，縱守死其奚對。泰山高其翺翔，鄧林杳其幽邃。豈微禽之紉思，將鳳鳥兮儀瑞。

正平原賦詞太過激，作者嫻養，其詞不卑不激，而賦品之高妙，卓然名作無疑。姻愚弟劉存仁識。

碧海掣鯨魚賦 以「海波不揚，百靈效順」爲韻。

題句本論文，鄭夢白中丞觀風閩中，借以喻海氛，戲筆爲之。

之江學士問於梽海文人曰：「緊昔郅治，水府怪錯，厥性咸在。禎鼇吐璣，文蜃獻彩。司舟魰者，以海物入徵；掌川衡者，以澤獻爲賄。既駕鼉以爲梁，且屠蛟而作醢。皆各伏乎滄溟，誰奔騰於碧海？維彼鯨魚，游於大壑，生於巨波。無虞網罟，豈慮絲羅？毒流瀚海，勢決江河。氣吞魚蟹，狀異蠵鼊。時噴沫而爲雨，或鼓浪而揚波。疑風雲之徙鰍鱺，恍陣隊之列鸛鵝。橫行海上，將若之何？」

文人唯然而對曰：「聞是魚也，如鯤如鰌，忽潛忽沕。其鉅大也，莫能象其形；其通變也，不可以方物。時同雌鯢而偕游，匪若尺蠖之能屈。控靈海之浩浩，豈居此而鬱鬱。鱗莫辨乎之而，官非掌於服不。然是魚力同贔屭，虐類螽蝗。據洪濤之巢穴，儼詭譎於汪洋。跳梁鮫室，跋扈漁鄉。乘波出没，水族潛藏。恐其惡之已甚，而害之彌長。宜從而掣之，使莫逞其飛揚。

「迺命波臣，傳河伯，整金鎧，束絳幘，陳干戈，列矛戟，彎烏號之强弓，抽羊頭之勁翮。雄風震於大淪，英氣騰於巨澤。鯨乃昂首斜窺，驚心動魄。恍挽射鱔之六鈞，無異捕蛇之三百。於是海口浪静，海眼波渟，海雲晴黑，海山晝青，海童停舞，海若潛形，海峰屏削，海市門扃。符海晏之頌禱，洗海氛之羶腥。掃海隅之亭毒，拯海宇之生靈。

「當夫鯨之既掣也，化似馴鷗，威同服豹。魚牛則莫幻其形，虎蛟則莫變其貌。河豚息其潛吹，江豨循乎德教。叔鮪罔肆其冥頑，王鱣敢矜其騰趠？泯萬怪之惶惑，起百靈於泥淖。譬龍女之會法華，來獻珠兮樂效。方今聖天子文教敷施，武功丕振。越裳則航海而來，海客亦貢琛以進。會赤芾於中朝，懿遐陬之納賮。既驅猛獸於八荒，復掣長鯨之千仞。」學士曰：「善，惟有德以柔之，更有威以震之，安得不六合同風，百靈效順也哉！」

以驅走山海之筆，寫魚龍出没之形，尺幅中有萬里之勢，其雄在骨，其秀在肉也。鄭夢白中丞原評。

海上看羊十九年賦

以「平沙歷亂轉蓬根」爲韻。

蘇子卿羈身異域，困蹟邊城。羊裘非隱，海市遥驚。明駞孤去，朔雁淒聲。三百群麾來幾度？十九年如此浮生。豈真海可乘桴，聊同魯叟；不是羊堪叱石，幻學初平。

方其奉使於單于也，單車適虜，一騎辭家。風鳴瀚海，雪作邊花。衹期駢牡駪征，暫聽胡笳塞笛；豈料烏頭馬角，長留白草黄沙。竄海自甘，牧羊徒激。數聲夕下，殘照一鞭；幾陣晨驅，淒陰四壁。孤煙大漠，驚長夜之漫漫；衰草輪臺，感客心之戚戚。但覺冰天雪窖，矢志無他；不知玉兔金烏，年華幾歷。

麾肱則鞭不借秦，嚙雪而節惟操漢。海中歲月，大半迷離；海外星霜，幾經更换。重圓則鏡影腸迴，吉語則刀鐶夢斷。合重耳出亡之歲，依然芻牧生涯；符魯昭即位之年，衹覺萍蹤歷亂。夫其畫角音悲，穹廬帳捲，竄鼠驚啼，饑鷹疾展。海潮上下，一任浮沉；羊角縱横，憑依舒卷。亥步難窮之地，鄉信誰通；丁年作客之嗟，羈愁莫遣。浮雲奄忽，故人則三載綢繆；蹊路徘徊，天上則雙丸跳轉。

俄而上林射雁，絶塞飛鴻，魚書巧寄，羝乳誠通。胡婦燕支，淚漬天山之雪；於靬服匿，寒飄廣漠之風。争迓龍鍾之叟，共迎鶴髮之翁。蹈海則此心猶昔，飲羊而於彼何功。溯天漢之春辰，回首則河梁發詠；當始元之甲子，還家而霜鬢飛蓬。

斯殆善持臣節，故能生入玉門。紀功而賜錢恩重，策勳而屬國班尊。遠道艱難，羊腸路險；異鄉風景，海水瀾翻。不須麟閣圖形，可識忠臣之遺像；安用燕然泐石，始昭利器之盤根？

語語貼切，字字鏗鏘。宗弟仰東識。

漱石枕流賦

緬孫楚之風流兮，爲晉人之翹秀。身將依於隱淪兮，志早見於童幼。挽滄浪以濯纓兮，攜東海以歸袖。咀六藝之英華兮，被五經之文繡。紙帳寒而月高兮，花茵暖而春透。赤脚俯踏夫層冰兮，文胸仰吞夫列宿。水洋洋而瘵饑兮，石粼粼而宜瘦。倘有會於登臨兮，當無忘於枕漱。

朝余至於椒阿兮，夕將觀乎蘭澤。竦輕軀而鳥銜兮，翳修袂而狼籍。露非秋而凝脂兮，沙不寒而見脊。掬巖乳之千鍾兮，指波紋之一席。泉眼烔其生光兮，雲牙蔚其流液。梅濺齒以分香兮，荇承衣而蕩碧。唾苔蘚之霏霏兮，攬芙蓉之脈脈。夢長託夫湖山兮，情信芳於泉石。左挹五嶺之浮嵐兮，右襟三江之巨浸。頮面桃花之厓兮，眠琴梧葉之蔭。羌品竹而寤歌兮，誰酌匏而相飲。笑捫舌之尚存兮，覺洗耳之非任。齦齶固而不搖兮，心脾清而可沁。境索之而愈幽兮，物取之而無禁。庶託意於冥鴻兮，詎營情於宴鴆。世方緘口而戒言兮，吾舍曲肱而安枕？

仙之人兮十洲，乘白雲兮來游。含玉魚以潤肺兮，贈金雀以搔頭。服異人之靈藥兮，據幽壑之潛虬。媧皇餌余以鉛汞兮，龍女授我以衮裯。吞雲夢之八九兮，卧滄江之春秋。烟霞紛其吐納兮，蟲鳥絶其咿嚘。悟醉眠於水底兮，學饑煮於巖陬，則相與咏淯盤之濯髮兮，賦彭澤之臨流。

亂曰：磨而不磷，堅吾素兮。揚之則清，挹彼注兮。芻豢説口，吾何慕兮。箏笛慆耳，又焉顧兮？山高兮水深，吾其識琴中之趣兮。歸來兮子荆，吾將反招隱之賦兮。

騷心選理，迫肖題神，似唐人學靈均手筆，妙在風骨之挺。弟陳慶鏞識。

五言長城賦

以「偏師攻之，老當益壯」爲韻。

當夫擁衾夢冷，刻燭光偏，寸鐵寸管，一金一篇，則有南巴謫尉，東海散仙，馳驅筆陣，睥睨詩天。五言以律，十錦爲箋，城方制勝，師竟攻堅。

繄其爲詩，稍變盛時，斂聲歸實，攢奇覃思。有如江柳嶺猿之句，野橋澗水之辭，莫不光騰文囿，響振墨池。才峰聳起，學浪紛披，十聯在御，一字堪師。於是縱横無敵，顧盼自雄，儼如陣馬，亘若天虹。瓴甓皆具，樓臺忽通，山圍王碧，江濯錦紅。霞彩標赤，劍光躍豐。氣奪秦易，勢驕楚攻。想夫墨侯胙土，楮國開基，庫須經建，府待文爲。是用印泥妙腕，煉石精思，書倉盡撤，史觀全窺。詞壇堂奧，藝圃藩籬，力追白也，巧壓微之。則見疊閣重檐，迴廊複道。五星經天，五雲覆島，五嶽披圖，五都獻寶，五聲琳琅，五色華藻，萬象紛環，三軍盡掃。誰築斯城，定推此老。

蓋其調新格古，節短音長，四十之賢人脱腕，五千之文字撑腸。乃復搜羅宋豔，函蓋班香，潘江襟帶，陸海金湯。微雲河漢，春草池塘。嗣音誰是，媲美斯當。於時洛社門開，旗亭壁畫。弢伏錦囊，巾披紗幘。意馬星馳，心旌風迫。才本疊雙，氣可當百。借一猶堪，避三何益。偶爾探珠，居然對席。若夫隻字單辭，雙聲疊唱，蘭陵調高，柏梁語壯，要皆出入經郛，剪裁詞匠。詩陣策勳，藝林垂望。李杜名齊，王裴響抗。君後千秋，誰當一將？

一掃駢四儷六之迹，純以四言格句行之，鍊字成鐵，有摧堅撼陣之勇。陳恭甫師。

澤畔行吟賦 以「故國平居有所思」爲賦。

七澤雲飛，三湘日暮，復路行迷，回車國故。放懷遠遊之篇，絶筆懷沙之賦。沅芷吹香，澧蘭拂露。秋士春心，白雲紅樹。有臨水登山之想，捐玦幽吟；續國風、小雅之詩，搴芳獨步。

原夫屈平在荆，左徒効職，朝受張儀之欺，君蒙鄭袖之惑。蕭艾何榮，荃茅易植，謡諑工讒，周容善飾。朝登北渚兮徘徊，夕濟西澨兮止息。蒼茫雲夢之區，黯淡洞庭之色。聽哀猿之激嘯，被放三年；凛蟋蟀之宵征，傷心六國。於是結遥軫，棄塵纓，汀月暗，渚烟横，成獨往，事長征。紛繁音會，錯雜愁并。莊舄越曲，鍾儀楚聲，調非宫而非徵，人何濁而何清。時亹亹而過中，徒勞悵望；女申申其余詈，莫慰生平。

風蕭蕭兮吹女，波渺渺兮愁予。伊獨唱而寡和，匪彈鋏而曳裾。美人香草之懷，此情難訴；木葉秋風之下，所卜何居？徒爲是悼來傷往，惜舊尋初。國殤慘切，山鬼欷歔，吴歈不奏，楚些相於。依稀去國之吟，孰攜柯斧；髣髴思歸之引，詎戀樵漁。徒悴爾形，卒瘏予口。抗節以告哀，牢落而非偶，雁自北來，魚思南有。轉湘帆於九面，衹益迴腸；揭秀草於三閭，不堪回首。鳳在笯而不鳴，驥服鹽而却走。黄鍾蟬翼，焉知孤憤之心；翠蓋蜺旌，或在神靈之右。皃渚長沿，鴆媒終阻。歸兮何時？行無定所。今遺憾於浮湘，昔悼心於誑楚。江蘺采采，此間之風景何堪；湘竹斑斑，兩地之心情如許。招魂來弟子之悲，解珮答星妃之語。愁浩蕩之靈修，聊逍遥兮容與。

今即蘅蕪銷歇，薜荔離披，楚歌不作，楚舞空期。試與步采椒之徑，尋結桂之旗。一水盈盈，如逢蕙侣；中央宛宛，悵倚闌楣。江上峰青，莫謂尋君不見；煙中吟罷，須知今我來思。

騷雅之遺，風骨遒上。世愚弟何慶涵識。

玉版禪師賦　以「不怕石頭滑，來參玉版師」爲韻。

伊北宋之名儒，有東坡之學佛。因招飲而同人，輒參禪而借物。悟聲聞之饒舌，芋火曾煨；笑香味之生心，筍泥新掘。非我當前解脱，如智慧何；問君箇裏虚空，可思量不？

夫其蛇祖真傳，龍孫幻化。慣係雲眠，不因霜怕。通身冰雪，託根元是青蓮；立脚烟霞，受姓須分甘蔗。記否斑衣居士，傳舊夢於廬山；是名玉版禪師，現全身於僧舍。爾乃祇樹三生，禪林一脈。翠竹即是法身，白璧方兹光澤。抽芽凍裏，似聞護法之雷；折節風餘，如拜曬經之石。須識千竿環立，班因聽講而開；只將一味分嘗，厨亦衆香所積。則見冰壺比潔，玉尺同修，滌靈苗於香國，産真味於神洲。仙露明珠，入渭川而益潤；孤雲片石，照湘水而常留。踏花而轉金輪，尚存麈尾；説偈而開寶笈，須點貓頭。

當夫根護琅函，籜封瑶札，節短心通，紋圓理滑。新苞坼目，見瓔珞於沙門；薄粉霑衣，認袈裟於梵刹。最是林間烟裊，分來檀篆香清；早應葉上風生，悟透珮環聲戛。況復慈雲夜覆，晝雨朝培，草承趺而意遠，花映笑而顏開。紫竹常春，應訪白衣大士；藍田可種，定推多寶如來。將合掌以皈依，願乞臺前金粟；直捨身以供養，何須籃裏青梅。

於是探從雪竇，斸向烟潭。惠水灌心，塵真不染。金篦刮膜，味乃彌甘。搗向春厨，一棒之當頭可擬；燒從暖釜，九還之煉骨堪參。想我相之胥忘，唯憑割截；笑吾生之多嗜，未免癡貪。遂乃醉眼全醒，蜜脾頓沃，匪嚼蠟之横陳，等嗅檀之饜足。淡中有味，須名甘露之漿，浄極無瑕，合是暖烟之玉。前度薰風醉裏，倘參我佛真如；幾生寶月修成，僅見此君不俗。

蓋以現相花天，出身竹棧。衆生呼澀勒之名，二字記思摩之産。談禪籬下，有緣伸一指頭；證果雲端，無礙作千手眼。莫訝影成金佛，虛傳迦邏之林；試看形似木魚，早入瞿曇之版。是知菩提非樹，花雨無私。蘭若世尊，曾瞻珠火；蓮臺光佛，亦號琉璃。一葉包羅，到處筏皆可喻；六根清静，此中管正堪窺。即今總角穉孫，想見雪山前世；從此虛心君子，更爲香火吾師。

精嫻内典，雙管齊下，非具廣長之舌，而手腕化爲四萬八千母陀羅臂者，不易爲也，此才奚翅八斗。弟王家齊識。

佛手柑賦

以「如來重金色臂」爲韻。

有芳柑之始茁，似佛手之輕舒。品入園林之種，名登貝葉之書。一握拳開，合傍菩提之樹；五枝指長，應栽蘭若之居。根分西域無雙，結清香之顆顆；果是南州第一，參妙法以如如。

當其柔荑露淺，嫩指舒纔，慈雲常護，法雨頻催。欲披鈎弋之拳，香肌微褪；未試麻姑之爪，芳節遲開。慧業生天，不倩雁王銜去；祥光布地，應隨鹿女攜來。及其幽香滿樹，佳實盈枝，現真容於駢指，悟法象於低眉。分明金粟前身，認去來之忽爾；可是曇花小劫，從空色以參之。如拈佛座之香，屈伸俱妙；不學天魔之舞，大小咸垂。則見含苞繫蒂，結實垂陰。既纍纍之如貫，復節節以成林。樹密籠烟，恰是爐烟縹渺；枝高映日，居然佛日深沉。味參象外之禪，凝膚切玉；色配中央之土，匝地鋪金。

若其種向旃園，開從佛國，與重陸以同栽，恰兜羅之並植。設指非指以參觀，現身外身而作則。不是根蟠仙李，歌北有以臚歡；還同花咒青蓮，誦南無而倍力。一瓶一鉢，座開合十之場；無樹無臺，光照大千之色。

是知果稱嘉名，樹含妙義，宜豎指以明心，正聞香而觸鼻。散花有女，早參生滅虛無；證果何人，不立語言文字。觀七十二相，誰堪揮麈以談空；合千萬億身，願共入林而把臂。

運用内典，兩兩雙關，慧業文人，生天才筆，視顧耕石作，有積薪之嘆。陳恭甫師。

遊河巡洛賦　以「仲春刻玉，甲子披圖」爲韻。

粵自巢燧開疆，羲軒御衆，四極承鼇，九苞祕鳳。茫茫歲月，未識皇初；浩浩波濤，獨驚澒洞。迄乎治水成功，來庭列貢，南北既命以重黎，羲和遂申以叔仲。衣裳稱治，金闐騰瑞鳥之輝；河洛呈祥，玉甸整游龍之鞚。

爰稽堯舜，景祚方新，姚墟舊蹟，嬀汭來嬪。起唐侯而膺籙，徵服澤以調辰。七十載時警懷襄，尚勞登涉；十二州重開土宇，試啓時巡。鳳紀龍飛，歲遠乎循蜚疏仡；金樞玉軸，圖包乎鈎命援神。惟洛惟河，環流似帶；一游一豫，沛澤如春。其游河也，景運初開，狂瀾乍息，日麗中天，雲開四塞。帝乃徘徊於衢室之墟，容與於首山之側。霞燦九光，煙浮五色。清晏贊揚，翺翔頃刻。訝昴降以凝眸，異嵩呼而憑軾。其巡洛也，爰紀竹書，用詳瑤録。別元日於放勳，表重華之受籙。百川渟汦而不波，四海同風而從欲。萬國瞻雲，一時輯玉。春秋華岱，已清翠蓋之塵；瀍澗東西，復啓蒼姬之局。

是蓋帝德重光，皇情允洽，先後相輝，規模罔狹。河來天上，因如天之聖以安瀾；洛出地中，呈益地之圖而茂業。此日星旄雲罕，扶來蜚鹿之輪；他年篆玉銘金，捧出蛟龍之匣。不是康衢游歷，静聽謳歌；依然干羽飛揚，悉韜戈甲。

爾乃启琅函，集珠履，敞瓊筵，憑寶几，誌符瑞於軨轅，編鑾巡之甲子。榮光煜煜，五老觀兮；紫氣葱葱，三川戾止。查月記九千之路，佳景重開；卿雲賡八百之歌，餘音未已。彼夫登卷阿之詠，陳晏鎬之詩，騁羽陵之轍，馳雲夢之思。白雁呈祥，西集河汾之上；赤蛟紀瑞，南巡漢水之湄。孰若盛時揖讓，道德雍熙，游豈云亭之頌，巡超時邁之規。羲圖之龍馬傳來，金苞更焕；禹範之龜書演出，玉檢先披。

我皇上撫兹方夏，拓以鴻圖。水明連璧，川耀懷珠。籲望鑾音，振郊圻之旌旆；披尋緗帙，闡文字之苞符。河洛禹功，永綿延於奕祀；休祥日就，願歌詠于唐虞。

靈書八會，玉券十華，直是張蘇手筆。弟仰東志。

小石渠閣文集

序

有明道之文，有經世之文，有傳經之文，學焉各得其性之所近，要必忠信立其基，經史擷其腴，然後隨感觸發，情至文生，其光油然，其色黝然，其氣浩然，其鋒凜然，其機沛然，而莫之禦，故曰修辭立其誠，不誠則無物。余姻林薌谿先生，篤於性，精於經，而雄於文者也。幼負異禀，讀書累夜目不交，自言質極鈍，非讀數百遍不成誦。弱冠困童試，同儕方射帖括；先生汲汲治三禮，爲舉世所不爲，若不知非笑之爲非笑者。每經義觝滯，必鉤稽原委。旁觀或盻眙思睡，先生目炯炯如電，精采百倍，非天禀厚而性於學者能之乎？久之，博極群書，蘊蓄閎富，一覽輒能記憶。自天文、地理、律曆、兵法、農田、水利以及壬遁、醫藥、山經、海志、釋老之書，靡不究覽；而精力薈萃於三禮居多，旁及古文詞、詩歌、駢體，精而且工。四十始舉於鄉，八上公車，歸即鍵户著書，不問匱乏。與人無款曲，不諳周旋世故，客至，清談竟日，經史、詩文外無凡語，人人各饜其意以去。性剛烈，與游者不爲忤，知其胸無城府也。或疑其癡且戇者，烏乎，此其所以真嗜學者乎？居京師久，遍交海内魁壘奇傑，士大夫莫不斂衽推讓曰：「學博而才雄，合經學詞章爲一家，今之顧亭林、朱竹垞也。」咸豐建元，公卿交薦，以所著三禮通釋進呈奉，旨賞官教授。

當海氛多事，又著軍務備採一書，王子槐少司馬進呈御覽。且以不獨學問優長，並留心時務，深諳韜略之薦，奉旨着王大臣察看，以備採擇。稽古之榮，學者重焉。秉鐸建寧、邵武兩郡，旋不樂仕進。壬戌游粤，當軸争先延致。劉融齋學使聘校試卷，毛寄雲制軍、郭筠仙中丞均遣子受學，毛制軍又出資刻三禮通釋，連年主講海門書院。乙亥冬，年七十四，倦遊歸里。時余歸田主講，聞先生至，病榻相見，契闊二十餘年，蒜髮如銀，彼此老矣。因謂之曰：「凡人仰屋著書，難保必傳，即梓行亦身後事。今所著三禮，幸經進呈，又得毛制軍出重金代刊，及身親見，可謂奇遇，不負苦心，探驪得珠，其餘皆鱗爪耳。願自今曠真養德，爲後學矜式。古經生如申轅多壽，理固然歟。」先生韙之。丙子春，往還三四面。二月，束裝赴道南，走告别。先生出説文二徐校本，謂此書精核苦功，費須千金，無力付梓；惟古文爲友人借，佚過半，先付手民，子其爲我序之。亦促余梓古文稿，約以秋旋深談。到院方二十日，而訃至，余哭而嘆曰：「自少至老，無一日不讀書，僅見先生；老成彫謝，經師實難，此調竟成廣陵散矣。」今讀遺文，多考證經史，發前人所未發；其序記贈答，亦自攄性情，不爲依傍，可謂得立誠之旨矣。膚學衰朽，不能窺先生奥窾；顧念總角相知，先生長子慶炳，又余壻也。哲嗣等奉遺言問序，不敢負亡友宿諾，謹書以歸之，且質海内之知先生者。光緒丁丑七月，姻愚弟劉存仁識於道南講院。

小石渠閣文集　卷一

禮意

天下不可以意治也，故有其事、有其文，意著於事而敬行，事筦以文而儀立，敬與儀合而禮成。六經之籍，唯禮獨繁，固聖學之樞，百王之軌也。世降民迷，論者以爲有其事而無其意，不若事不足而意有餘也。而疏佗驪連之紀，摶人鍊石之年，民氣醇矣，君子謂之榛狉。惡夫蔽皮而露後，飲血而茹毛，逸居而無教也。

夫先王之制，至詳且盡也，學古者猶不能無疑。飲食冠常，禮所生也，而古之王者，一食也必百二十品，一醯也必百二十甕，一冕也必二百八十王。廟廷之内，主賓百拜，猶且几不倚而爵不飲；朝會之行，君師卿旅，必使賓授館而人致餼：文矣，而遠於人情。誠若是，則禮經何爲而作？

今試相率而遊於叢祠之宇，土階苫蓋，桃梗葛帷，鳥啾鼠穴，曰：此赤熛、玄冥之化。則漠然過之，且逌然而笑。及夫雲甍峻峙，複廟宏深，冕旒者髯張而怒視，則爲之屏息。故負薪者捷足而趨，懷寶者曳踵而徐。生人之情簡則易，易則慢心生，反是則嚴，嚴則畏心生，固其常也。而謂委曲繁重之數，皆桎梏戕賊之具，將率天下群趨於苟且便利，如是者國必不治。蓋禮制之行，以文治亦以已亂，以誘賢亦以範不肖，故曰出於禮者入於刑。刑與禮之數各三千，有陰陽之道焉，相爲倚伏者也。納諸軌物，則二氣均，上下平，禮明而刑措，自然之符也。

昔者秦陋於禮而國日强，魯昭習儀而不終位；漢高厭禮法而濟大業，公孫述鑾旗陛戟而見譏於偭形。縣度之西，嶺海之南，兜離而膜拜，或傳國數十世不見兵革，豈禮有時而不效哉？彼其所謂禮者，非禮；而非禮之中，禮意存焉也。當宋藝祖之興，南唐李氏遣使致書緩師，具言天朝覆幬之宏，我小國之事大，猶子之事父，罔詧於禮。藝祖曰：「安有父子而異國者乎？」其詞遂塞，可謂一言而得禮意之大者矣。周之盛也，或疆以戎索，其故何哉？天澤之分明，而從宜之制異也。故苟得其本，晏然言笑，而禮意昭然；不然者，稠文縟節，雖動則古昔，日述先王，無當也。漢之爲治，不在叔孫之禮儀，而在高帝三章之約；周公制禮未成，未之盡行也，其要在丹書而已。故曰：爲治之道，不在多言。說禮之家，有如聚訟。然亦有其時焉，世質則濟以文，世文則返諸質；累治之世其禮備，積亂之後其禮簡，此天地自然之數，存乎權而已。夫禮之用無有窮也，修身者所以治人也，修意者所以修身也。天下未嘗不可以意治，意與事相周，事與文相足，敬與儀一者昌，意與治反者亡，信斯言也，雖百世不變禮，可也。

神似龍門，總括禮經，宏識卓見，筆力渾雄。邵陽魏源默深。

漢宋學術論

或問林子曰：今世爲學之斷斷者，其漢學、宋學門户之争乎？漢學𤅢盛，宋學幾於爝火矣，吾子通漢、宋之學，其有定論乎？

林子曰：子所謂學者，爲典章制度、名物象數乎？將以治其身心性命，以推之家國天下乎？如以爲治其身心性命，而不僅以典章制度、名物象數，則於漢、宋之學，思過半矣。

天降生民，樸質空侗，聖人者起，思有以牖之，於是開天明道，文字興焉。自羲農以還，至於殷周，其制大備，六經是也。孔子删定之，七十子之徒闡明之。至於暴秦，卒厄於火。漢興，出灰燼之餘，諸儒抱殘守闕，俾聖人之典籍不至於泯滅者，厥功甚鉅，安可忘哉！且其時去古未遠，三代之遺物多有存者，考之傳聞，多足據者，故諸儒得以箋釋其名物，考訂其禮數，雖不無闕略，而其存固已多矣。唐人議從祀，所謂代用其書，傳於國胄者，其説固當。然而天人性命之旨，躬行實踐之功，貫道藝，兼本末，至宋周、程、張、朱出而益明，使學者識學之本源，毅然以聖人爲可學而至。是兩漢名教，得儒經之功，宋、明講學，得師道之益，皆於周、孔之道，如日之中天，未可偏譏而互誚也。學者得其分合之道，則漢學、宋學，一以貫之，而何門户之别哉！

近世爲學者，略繙注疏，稍涉廣雅、説文，便囂囂然曰：吾漢學也，實事求是也。詆諆宋儒，不遺餘力。其實畏其律身之嚴，不便於己之私，而爲是訾嗷也。若江藩之漢學師承記，恣睢謬戾，殆又甚焉，此心術之病，不可不審察也。且漢、宋儒同祖六經，同宗孔、孟，宋儒何病於漢儒，而乃爲同室之鬭乎？世謂漢儒得其制數，失其義理；宋儒得其義理，失其制數，皆非通論也。爲學者致知格物，存心養性，皆日用倫常之事。而各據門户之見者，同室操戈，以廢衆説。言漢學者，比許、鄭而同之，附宋學者，比程、朱而同之，皆君子之所深惡也。惟三復孔子「和而不同」之語，毋蹈於争，亦毋以憤激之論，斷斷而效報復之偏見，斯可矣。

無黨同伐異之見，漢、宋學術源流，得其旨歸，聖人復起，不易其言矣。長樂温訓伊初。

魏晉風俗論

天下之大勢在人心，而天下之人心在風俗，風被於上，俗漸於下，其權在於朝廷之好尚。魏承漢季標榜之習，無其氣節而徵逐於詞章。典午之運，清談起而遁於玄虛。高貴之座甫設，青衣之酒旋行。數十年間，長安弈棋，河洛丘墟，蓋有由來也。黄初以後，主非甚失德，苟賢人君子輔翼其間，黜虛聲而求實理，廣教化以作人心，攜貳消而要結之私不行，司馬氏父子將奚爲哉！司馬氏得售其姦，則其禮義廉恥之不明久矣。

晉襲魏業，一統車書，泰康之中，畝棲餘糧，有「天下無窮人」之諺。不於此時勤求德禮之化，轉以富庶之極溢爲慆淫，朝寡純德之士，鄉乏不貳之老，揮塵談空，苟且爲治，禮教崩弛，民志渙散。離石塵飛，關河莫阻，僅留江左以偏安，而累世不復者，其咎安在？夫河朔水土剛强，素多忠義，宋季金人之擾，邦昌竊僞，衆心囂然，汾潞諸州，久淪沙漠，民心猶日思宋兵之北渡。而鄴都易姓，洛陽播遷，從無引新舊之嫌而倡義者，何其氣之柔耶？豈非浮華習尚之有以移其素哉！厥後淫靡之習，流極於五代而莫能挽，迨貞觀諸公出，始廓而清之。故三代下之風俗，僅數漢唐，而魏晉不與焉。

鄧訓平羌論

凡制敵之法，莫若散其黨而降之，乘其敝而擊之，可以一舉而定。而兵刃未接之先，他種之戎，必有中立其間者，爲彼用則彼利，爲我用則我利，欲其一心於我而不爲彼所煽誘，非大開恩信以懷之不可。若鄧訓之用小月氏以助攻羌，而卒收其效，其得此道歟？

夫羌之性，可以恩撫，難以威激也。張紆誘誅迷吾，致其子報怨，欲脅小月氏以爲援；使訓輕聽以夷伐夷，不宜禁護之議，而任其交戰，小月氏二三千騎之兵，不足以當羌戎萬騎明矣。小月氏叛則合羌，故爲我敵，且素居塞内，熟知中國地形險易，以爲之先導，又能以少制多，是一寇未除，旋益一寇也。惟坦然不疑，開門納胡，使羌無所行其虜掠，而後招其諸種，掩擊追奔，卒賴義胡之援，使西域諸附落款塞歸誠，而漢得以罷兵屯田，宣威偃武，厥功偉哉！非其恩信素著於平日，亦曷克以臻此？觀其奏罷河漕，活數千人之命，撫黎陽，護烏桓，而鮮卑不敢南下，此其威德之尤著者。身卒之日，羌胡涕泣哀臨，至於悲憤自裁，則向者征討綏服之勳，豈淺鮮哉！

夫高密侯爲中興第一良臣，訓之德望，可謂克承厥家，抑亦舊德所貽，奮其餘烈，猶足以靖邊庭、鎮絶域也。尤有難焉者，竇憲出屯武威，訓與俱行，而卒不罹其禍，其功名赫奕如彼，其明哲保身又如此，視世之恃功攀援、汙其身以取罪者，詎可同日而語哉！

卓識在胸，筆力遒上，合子厚、昌黎爲一手。桐城江開龍門。

西京文體論

三代下言文，必以西漢爲稱首。蓋其氣運近古，儒術昌明，士之藴實學、抱瓌才者，咸樂以文自見，而天亦洩其精華以厚其氣，後之操觚者，莫能望焉。高祖起自戎衣，庶事草創，而讀其詔令，想見豁達大道，有開創之風。孝文天資醇厚，絲綸所渙，至誠懇惻，粹然王者之談。當時宣布德音，至使山東父老，皆扶杖而思見德化之成，豈所謂「言之無文，行之不遠」者耶？孝武號令文章，焕然可述。昭、宣與民更始，制詔有文、景之遺。元帝雖柔闇，策書亦温雅彪炳，而敦樸之意少衰。統觀漢家詔令，文景以前簡而質，文景以後婉而詳。王仲淹以續典謨訓誥，雖過於尊崇，而規模則固宏遠矣。

賢良對策，以董江都爲最，正誼明道，惟深於經術，故言之也醇，其視鼂錯、公孫弘，相去遠甚。第鼂家令前後所陳事宜，實爲通達治體，不可以七國之變而忽之。求其經濟文章，一時無兩，可與董子相頡頏者，惟一賈長沙耳。觀其陳政事諸疏，深切著明，何減天人三策。元、成而後，則有劉子政之封事，原本經義，特立不阿；鮑司隸之上書，披露忠誠，極言無隱。匡衡、孔光、谷永、杜鄴之儔，咸以經學詳明，時有匡諫；然阿附苟合，專爲王氏彌縫，淹雅有餘，而剛直不足。其他卓卓可傳者，如趙充國之議屯田，賈讓之策治河，皆運籌之長計也；賈山之上至言，路温舒之諫尚德緩刑，徐樂、嚴安之陳世務，王吉、貢禹之論禮樂，教忠砭俗之良規也。若第以文章爾雅、訓辭深厚賞之，則赤雁、白麟之詠，碧雞、金馬之詞，詎遜於長卿諫獵書，桓寬鹽鐵論哉！

著述之家，如新語、新序、説苑、列女傳，皆經進御，用代箴規。鼂、賈新書、春秋繁露、淮南鴻烈，亦奥衍宏深，成一家言。法言、太玄，雖以艱深文淺陋，而文體奇肆，實子雲殫精研思之作。要未若司馬子長以良史之才，綜貫數千年之事，不特叙次高簡有法，而疎宕有奇氣，在西京爲别具體裁，班、范以下莫及也。訓詁專家如伏生之於書，毛、韓之於詩，皆古質淵博，異於後世之釋經者。

辭賦之作，在孝武時爲尤盛，相如瑰奇偉麗，洵推極軌；而鄒、枚、東方、吾丘壽王，亦皆以侈肆俳諧，寓其規諷，不失風人比興之旨；楊子雲以著作之才，發爲濃藻，鋪張揚厲，乃其專長。至若言帝製，則秋風汾水倡其聲；言詩學，則柏梁、蘇、李開其範，班孟堅謂雍容揄揚，著於後嗣，抑亦雅頌之亞，良不誣也。

昔柳子厚序西漢文類，謂「殷、周以前之文質而野，魏晉以降蕩而靡，得其中者漢氏，漢氏之東則既衰矣」。斯言信哉！譬諸水，殷、周其源也；西京源之衍，而波濤涌也；東漢以後，則泛濫淫溢，無所不之矣。又譬諸玉，殷、周其璞也；西京，璞之剖而華采耀也；東漢以後，則追之琢之，盡態窮妍矣。其氣渾而古，其辭雅而則，其體閎而肆，若是者文之極盛乎，舍西京其孰能當之。

精熟西京文體，而氣息醇茂，置之紅休侯集中，竟不能辨。此才求之西京，亦所罕覯。嘉應温訓伊初。

趙充國論

班孟堅述漢興以來山西十三將，營平爲之最。世之論者多美其能持重，又盛誇其屯田，此皆不足以盡充國。夫用兵之術，動静萬變，不專以屯守爲能。當其取之有不便，乃制之以静，故廉頗禦秦，亞夫備吴，仲達持蜀，皆能守便宜以俟敵瑕，不爲利誘，不爲威怵，固事勢使之然，何獨奇於充國。且充國自結髪與匈奴戰，決圍陷陣，肌膚如畫，蓋亦摧鋒敢死之儔，老而多智，因時制變，論人豈可以一端竟哉！

屯田古有其法，西域屯田，起於太初之世，宣帝神爵以後，始徙莎車，非充國倡之也。

其十二策皆一時至計。而降者日益衆，留田者日益寡，其所田即楊玉、狼何諸部所耕故地，既奪其膏腴，而復用之保塞，班師之後，處降善後之策無聞，亦其一短也。

雖然，所貴乎充國者，其忠不可及，而守義有足稱也。當充國至金城，請騎兵萬人耳，而宣帝爲發卒六萬，其勢足以滅先零有餘，馬騰士飽，不以此時雷掃霆擊，翦敵犂庭，取敵人之頭懸之藁街，上報天子，何與久相守於皸瘃風寒之地，俟徼極迺取之哉？充國之意，以爲邊郡虛則無以制匈奴之患，多用兵則難以給轉輸之費，繇役興於內，而芻粟竭於外，則關東有竊發之憂，而他夷有不虞之變，故其計常在損兵省運與之持久，以待其衰。又以爲銳進則多殺士卒，不勝兵不得解，勝則兵不可復留，將大徙民以實其地；羌之反復，卒無已時。故其計常在厚罕幵以招先零，先立於不可敗，而不戰以屈之使自服。夫事在一隅，而所憂乃在天下；功可立就，而所慮乃在既勝。至於賜書切責，持議愈堅，何其斷也。彼豈不知天子之意，務使之深入殺敵，以震揚威武，而辛武賢之徒，方議其駑怯而急思代之也哉！當其徘徊絕域，闕庭萬里，高年被病，師老歲晏，撫之者未定，招之者未來，首事未誅，侵掠未止，遇敵則堅壁，趨利則徐行，方且捐闇昧，縱反虜，伐材木，繕亭樆，罷騎士，議屯卒，此人情所必不然，而故人子弟所爲流涕而切諫者也。

蓋嘗權羌事而論之：方其釁始萌芽，急之則蟻聚，緩之則瓦解，故利用間；其既也，我强則彼弱，我弱則彼强，故利用威。惟其種雜而自相仇，則間之也易；而我以孤軍深入，其勢不能以久强，故必收其桀黠名豪，使彼得倚屯兵以爲重，而我亦藉以收其用，則勢相維而威不日損。夫廣樹恩不足以敵怨，勤興利不足以遠害，充國念此至悉也。伐人之國而奪其所必争之地，一旦欲招而徠之，使爲國家不侵不叛之臣，此亦天下事之至難者也。故不務殺以斂怨，不亟戰以興害，使恩及敵人，而利及天下，經營反覆，遲之又久，而其勢乃成。破羌、彊弩，適足以亂人至計耳，烏足道哉！自古武臣選將弄兵，以禍人國者多矣，衛、霍、貳師之徒，用師皆數十萬，大宛之役，至以百人易一馬，是安知所謂民命與國計者乎！其視破軍滅國若兒戲，徒取快一時，以邀目前之賞，此固充國所不屑爲。若夫諸葛屯田渭上，與魏人並耕而不亂；其征蠻也，不留一卒，而終其身帖然不復反，此殆非充國所能爲也。吾故曰充國之賢，在彼不在此。

謝安圍棋賭墅論

淝水之捷，謝安方圍棋别墅，報者迭至，安談笑自若，與客圍棋如故，及入户，不覺屐齒之折。先儒論之，以爲安處大敵而不驚，得大勝而不喜，庶幾古大臣之風，而猶不免折屐，則矯情鎮物，不能持久之故也，論亦苛矣。

當是時，苻堅舉百萬之衆，空國而來，自謂投鞭可以斷流，晉勢亦岌岌乎危哉！而安之遣謝玄也，衆不過十萬，吾不知所以破之者，豈誠天幸耶？抑亦有成算耶？即安之所以談笑自若者，豈明知其無可如何而輕於一擲耶？抑預知其必勝而處之如故耶？

蓋安之成算定矣，夫苻堅違王猛權翼之言，傾國伐晉，識者料其必敗；而安之調度諸軍之法，今雖不可得見，而其操必勝之勢，與周瑜之破曹公，亦正相似。蓋長江天塹，南朝恃以爲固，苟有賢哲爲之輔佐，其勢未可動也。曹公以八十萬、苻堅以百萬敗。吴、陳之亡也，國無人焉，不然，庸可冀乎？君子之謀人國，豈可以兒戲處之，使安而無成算，其蚤夜之不遑矣。兵法曰「知彼知己，百戰百勝」，安與周瑜之謂矣。故瑜以顧曲擅名，安以絲竹圍棋自娱，皆豪杰之士，不可拘以繩尺；若以失常爲言，則孟子之聞樂正子爲政，亦喜而不寐矣，可謂失常乎？

擬仲長統樂志論　有序

范蔚宗後漢書以王充（子）〔仲〕任、王符節信、仲長統公理同傳，厥後昌黎韓子爲三賢作贊，其於公理云：「州郡會召，稱疾不就。著論見稱，初舉尚書郎，後參丞相軍事，卒不至於榮。發憤著書，昌言是名。」而惜其未及中壽。余讀昌言，愛其規切時弊，誠爲有用之書，故至今流傳弗替，蓋漢末高士而有志於世道人心者也。昌黎所謂「著論見稱」，即樂志論也。若夫孔子之蔬水曲肱，樂在其中；顔子之簞瓢陋巷，不改其樂，此聖賢之樂志，非所望於後世之士。論中所謂良田廣宅，及舟車使令、酒肴羔豚之奉，尚借外物以爲樂，去聖賢尚懸，然以視夫熱中躁進不知足者，倜乎遠矣。余味其言，與淵明歸去來辭爲近，爰爲擬之，其詞曰：

余以生逢叔季，希風高尚。嬰世網而不樂，被簪紱而興愁。知仕宦爲生人之蘧廬，山林乃藏身之安宅。在昔箕潁之上，有巢許之高蹤；澗阿之間，傳碩人之逸致。厥風邈矣，其人宛在。若乃陶朱泛舟於湖澤，留侯追跡於喬松，知足知止，蟬脱塵埃，遠性逸情，況余志事。遂乃築室倚山，開軒面水，竹樹環前，埸圃繞後，良田無桔槔之勞，柔桑有侯旬之蔭。梁鴻之妻，椎髻自適；王霸之子，蓬頭無礙。採山釣水，終日而不足；畜雞種黍，累歲而無疲。面百城，望三益，相與擷蔬果，傾壺觴，高論羲農，寄情懷葛。逍遥乎宇宙之寥廓，倘佯乎煙雲之縹緲，味莊生曳尾之言，誦賓孟爲犧之歎，可以泥塗軒冕，永保性命之真者矣。

駁蘇老泉史論下篇

嘗讀蘇老泉史論下篇，竊疑其立言之未善也。其論司馬遷史記，以爲遷辭恒裂取六經、傳記雜於其間：五帝三代紀，文多本尚書；齊、魯、晉、楚、宋、衛、陳、鄭、吴、越世家，文多本左傳、國語；孔子世家、仲尼弟子傳，文多本論語。夫以龍門之才，雄視百代，其作帝紀、世家、列傳，固不難自成一家言，特以事遠難稽，舊文猶足徵信，故可採則採之，亦竊比仲尼述而不作之意耳。若於舊文之外别取新奇，恐失之誣者尤多，此不得不然之勢也。繡繪錦縠之喻，祇可論作文之法，以是責遷之作史，恐未可也。

至所謂太史公者，漢官名，非遷父稱也。觀其自叙家世曰「談爲太史公」，此明其父之爲太史公官也。及其叙作史記也，自稱「太史公曰，先人有言」；與壺遂論作春秋也，亦自稱「太史公」；叙遭李陵之禍也，亦自稱「太史公」，則太史公之爲漢官名，非其父稱可知。况遷叙趙邯鄲之圍，有傳舍吏子李談者，以其與父同名，改爲「李同」，同名且易之，遷安肯以己之稱同於父耶？

其論班固漢書，謂固贊漢自創業至麟止之間，襲蹈遷論以足其書者半，遇褒賢貶不肖，又剽他人之言以足之，此論亦苛也。使前人之言果是，吾何必變易其説？矧固作漢書即(昉)〔仿〕遷史記之體，其事已經遷論定者，是非誠不謬矣，正不必復爲異説，此猶遷采古人之文之意，亦毋庸過訕也。且固所著古今人表、地理、五行、藝文諸志，亦豈盡出遷手乎？至謂傳遷、揚雄祇取其自叙爲非，此亦不然。考固作司馬遷論贊多所抑揚，作揚雄傳亦詳爲叙述，惟贊則因其自序耳。昔人言司馬長卿傳本長卿所自作，太史公愛之，取以入傳，其亦可以譏遷之失乎？

若夫論范蔚宗之史，臚陳其失詳矣。其論董宣以忠毅，概之酷吏，豈知楊球亦列於酷吏，不獨董宣也。

論陳壽志三國之失，在於紀魏而傳吴、蜀。壽，晉人也，晉承魏統，故以帝予魏，此亦不得不然之勢。至朱紫陽作綱目，始分正統，而以昭烈繼漢，壽在當日，何能知也。

夫以後人規古人之失，其論斷貴有以服古人之心，即使古人可作，亦且無辭以自解焉乃善耳。今蘇氏論司馬遷、班固、范蔚宗、陳壽作史之失，持論未允，豈足以服四子之心哉！然而讀古人書，又不可不如是之搜抉，以窺古人之用意，庶作者之苦心不致泯没，此古人之善讀書，後人所以不可及也。

議論正大，筆力堅剛，老蘇有知，定當俯首至地。樂平石景芬芸齋。

班史汲長孺與張馮鄭合傳議

汲長孺在漢世爲社稷之臣，班氏作史，與張、馮、鄭同傳，不觀其大而徒求其跡，非篤論也。今就張、馮、鄭分論之：張之執法持平，足愧張湯之輩；馮之籌邊論將，足愧李廣利之徒；鄭之惜才好士，足愧絳、灌諸人之妬賢嫉能：三子亦人傑矣。不若汲長孺，用之於朝廷，則朝廷尊，用之於方面，則方面重，世無董江都，則長孺爲當世第一流之人物。乃司馬氏既與當時並列，而班史更合張、馮爲傳，固好糾史遷之失，斯未免失之遠矣！

考長孺面斥主過，不無過直；倨坐少禮，不無過亢。而觀其持大節，略苛細，粤人相攻，不足辱天子使，則得大臣之體；河内發粟，不待天子之命，則得大臣之斷；水旱貧民之奏，則得大臣責君之難；多慾仁義之對，則得大臣格君之非。總厥生平，求之於唐，其魏鄭公之流亞歟？向使武帝當日以用公孫弘者用江都，而以任張湯者任長孺，則淮陽一老，得安處朝廷之上，彼張、馮、鄭諸人以爲贊襄之佐則可耳。輕仁義而否正直，崇勢利而羞貧賤，以成敗論人，孟堅亦有所不免。

然則謂張、鄭、馮皆無足與汲比數乎？非也。當時以任俠自喜，而黯亦好任俠，其對武帝曰：「陛下用人如積薪。」唐亦曰：「陛下雖有頗、牧不能用。」釋之知政事大體，與黯略同，班氏豈見不及此。蓋張、馮、鄭，賢豪者也，而未足稱大臣；黯則賢豪而大臣者，故張、馮、鄭可合傳，不可與汲合傳也。何者？三子不能無可議也。張固執法，乃其犯蹕之議，既曰「法者，天子與天下共」，又曰「陛下使誅之則已」，是天子可廢法殺人也。唐之論將固善，而己之將略則未聞，且其時帝方信任周亞夫，豈盡頗、牧不能用？當時之推士，猶未免結納氣習，衡以汲公，其度量之相越遠也。班氏第觀其跡而知其所以合，未嘗觀其大而求其所以當分也。夫尚論古人才，而至徒以跡求，則大臣之真，其顛倒於史官之失實者何限，獨汲長孺乎哉！

純乎其純。徐子陵志。

請毁福州淫祠議

古昔聖人先勤民而後致力於神，凡有功德於民者，皆在祀典，若非所祭而祭之，則爲淫祀而已矣。

淫祀宜請毁之。昔爰居之祀，展季譏之；灘社之用，子魚歎之。淫祀之興，其在春秋之季乎？楚俗尚鬼，見於屈子離騒。三閭九歌，如司命、國殤，猶衷典禮；如湘君、湘夫人之類，已屬荒誕。漢史之紀葉公，六朝之尚蔣侯，士大夫莫之或非也。昌黎書柳州羅池廟，曰民思其德可耳，乃歷舉其神怪之蹟。彼觝排異端，如佛骨之疏，謝自然、木居士之咏，其識見之超卓流俗者如此，何怪乎鼻亭、小姑、十姨之類，諓陋傳訛，惑之不解矣。朱子於淫祠香火盛處，必問其山水險惡之狀，抑亦地氣使然耶？

福州山水奥區，凡名山勝地，皆有神祠禪室，猶曰與民遠也。若一境之内，必有一祠，竟坿於鄉表啜之義。凡僭踰之廟宇，無稽之神像，更難僕數。最可嗤者，五穀神、瘟疫五鬼廟、齊天大聖府，姑勿論子虚亡是，學士難言，而畫棟雕甍，曲跪尸祝，舉國若狂，人情好怪，一至於此！且夫鬼神者，理與氣而已。天地陰陽之氣，人得其正，而氣之充塞曼衍，非人所得盡也。故變之幽爲鬼神，祀典所載是已。若淫祀則又氣之沴而戾者。夫和氣致祥，戾氣亦足以召孽，掃而除之，亦足造一方之福。愚夫愚婦，不知義命，怵於利害，相煽於邪説，是以有淫祠。若夫所學者聖賢，所守者法度，所安者義命，處則敬其身以及其先，仕則敬其君以及其民，安用是淫祀而敬之？且果聰明正直之神與，將福善禍淫矣。夫惠迪吉、從逆凶者，天之道也；賞善而罰惡者，有司奉上之法也。民不畏天，不畏法，以爲出於神也而媚之，聰明正直者，必不欲也。且民誠畏天、畏法矣，又使之受命於神，是滋之惑也。如曰「人事不必修，威福由神作」，是左道惑衆矣。左道之人可殺，左道之神顧可恕乎？

方今聖治昌明，百靈效職，咸秩之禮，有司以時奉行。一二方面大僚，雅意型方者，又時揚其鄉之先正名賢，以光祀典，所以端矜式而樹風聲者至矣。竊謂邪不闢則教不明，淫不去則正不興，淫祠之作，歷有年所，土木費又鉅，毁之未便。宜飭所在，去其淫像，以次改爲比閭之塾，讀法之所。且夫十室之邑，必有忠信，其有束脩砥礪重於鄉黨，而不克表見於世，死而湮没，格於例不可以上聞者，聽其以鄉黨之論，設主祀之，使朝夕遊者，有所觀感。又時飭其屬，使各行之所治之邑，其有因而不改，廢而又舉者，責成各屬，糾之以法，則庶乎風俗同，而人心正矣。狄梁公毁項羽廟，古今快事；江南五通之害，至湯文正公而始熄。反經而無徇俗，守道而無留邪，是在君子！

調停議

自古君子小人之進退，蓋關乎氣運之盛衰、王道之消長者也。聖人之成易衍卦也，君子内，小人外，則爲泰；君子外，小人内，則爲否。聖人之意，豈不欲舉小人而盡去之。然而不能者，則以人之有君子小人，猶天地之有陰有陽之義也。然聖人雖不能使人之有君子而無小人，而於小人必遠之者，誠以小人之人能敗國蠹政，戕民生而喪社稷也。由此觀之，有天下者，豈可以君子小人並用也！夫君子小人並用，其弊必至於小人接踵，君子斂迹，此國家之所以亡也。

昔宋元祐時宣仁太后臨朝，用司馬光、吕公著爲相，當時群賢畢聚，天下咸望治平，以爲庶幾嘉祐之風矣。光死，范純仁繼之，是時熙豐之徒，多揑飛語，以動摇在位大臣爲自全計，遂開倖門，延入李、鄧，謂之調停。其後群邪並進，諸賢竄逐凌遲，至於靖康之末，而天下亡矣。嗚呼！諸君子何其慮事之淺也。易曰：「開國承家，小人勿用。」孔子曰：「小人勿用，必亂邦也。」夫君子小人之不相合，猶水火之不相下，冰炭之不相入也。用君子則必去小人，用小人必至害君子，此前代之明鑒也。夫諸賢之所以爲此者，欲平舊怨以全身也；夫欲平舊怨以全身，而至引用小人以敗國蠹政，釀成禍階，其罪已不可逭矣！且奸邪並進之後，諸君子能保其不害己乎？未幾章惇相而諸賢竄矣。然則向之所以自全者，乃其所以自禍與！宋之天下亡於夷狄，而其禍則由於奸臣。宋之奸臣，盛於熙豐而極於靖康，然而調停之説不行，則奸臣不至於昌熾，而徽、欽亦不至於北狩之辱矣。夫治亂之端，存亡之機，其要皆在於是，而諸賢乃不之悟，以至於亡，惜哉！天下之禍患成於小人，而亦由於君子，宋室之禍，元祐諸君子不得不任其責矣！

嗚呼！氣運之盛衰，王道之消長，其機皆在於君子小人之進退而已。有天下者，可不慎與！

洞達治亂源流，惟能了然於胸，故能了然於手。上元梅曾亮栢梘。

闢邪教議

邪教蔓延，勾結煽惑，誘及婦孺，受洗吞丸，習爲不善。考耶穌生於西漢哀帝元壽二年，去聖人之世如此其遠，即較之二氏九流，亦最爲晚出矣。跡其生平，最誇者醫病救人，然動割人肉，邪法也。又曾以七餅折爲徒衆三千人食，亦不過如道家搬運之術，其他别無功德，乃敢稱爲造天之主，謬謂天地民物皆爲所造成者。試思漢帝以前，三皇、五帝、堯、舜、禹、湯、文、武、周公、孔子，代天宣化，已歷萬千年。即海外各國，皆早有君、有民，有政教、刑法，豈待漢哀帝時耶穌始出而造之乎？

考海國圖志辟邪論，耶穌之母瑪利亞，有夫名若瑟，而耶穌弗念厥考，以爲其母童身所生，冒稱造天之令子，欲以求勝於各教，并思脅制其國君。故入其教者，不許祀祖父君王及一切神祇聖像。無天無法，無父無君，不忠不孝，不道不義，是以上干天怒，假手於猶太國王，拿獲耶穌，明正其罪，治以國法，縛釘十字架上，血流被體，殫七日而死，始令掩埋。而其無藉之徒衆，乃故稱爲埋後三日復活，越四十餘日飛昇，以圖傳染其教。此亦如孫恩兵敗赴海身死，而其徒傳爲水仙是也。不然，豈有身爲天主，乃不能自主其身，而爲凡夫所縛、所釘，以至於死乎？其徒復飾爲之説曰：「天主自捨其身，代生人受罪。」亦屬可哂。夫身爲天地之主宰，獨不能免人於罪，而必代爲受罪，以彰其釘死之跡乎？彼教以勸善懲惡爲詞，亦竊儒者所嘗言。至云「信天主則致福，死後魂升天堂；不信天主則致禍，死後魂入地獄。」此即武三思所云「與我善者爲善人，與我惡者爲惡人」之意也。今之傳教者，又演其書曰：「不信天主，雖積德善人，皆降之以禍，死後魂入地獄；信天主者，雖强盗惡人，皆降之以福，死後魂升天界，且有數千年餘祥。」噫！是罰善賞惡矣，其與勸善懲惡之旨，不大相刺謬乎？況天堂地獄，不過竊佛氏下乘之唾餘，乃轉謗佛氏爲永墮地獄，誰其見之？耶穌生釘十字架，儼然地獄之劍樹刀山，則確鑿可據耳。

再考海外諸國，信天主教者，莫如耶馬尼，而其國離析分崩，割據者不一其姓，天主何爲不降之以福耶？再考猶太國王於漢光武初年誅滅耶穌，國祚悠久，至宋理宗時尚存；嗣因天主之徒衆煽動西夷，竊據大柄，數百年來，簒奪頻聞，明奉之者受禍甚烈也。彼所以惑人者，以一盂咒水，兩顆迷丸，誘令無知男婦，甘受淫毒，生棄祖宗，不得享馨香俎豆之祭祀；死爲瞎鬼，遭抛骨焚灰之慘傷，而何樂而受其蠱惑哉？且所奉十字架，即景教碑所謂刺十字以定四方也，彼教中不知何時傳爲釘死十字架之説。即有其事，而尊耶穌者，徒尊其受刑之具，以爲即是耶穌，不敢踐越，殊不可解。譬如人家祖父，被鳥鎗打死，抑或被刀劍殺死，而子若孫，即尊奉鳥鎗刀劍如其祖父，有是理乎？

從來二氏之教，本非聖人之徒，即九流亦各安其技藝，不敢與儒教相衡；詎意晚出之耶穌，逞其造天滅倫之臆説，致身遭刑誅而不悔，煽傳彼國而不足，乃復欲越二氏九流，假勸善而作奸，以圖紊亂我境内之儒教。噫！亦徒見其自絶於天，自滅其性而已。凡屬人類，具有天倫，安可不知所警省耶！

痛哭流涕言之，冀世之一悟，俗之一改也。若剥其膚，毁其書，驅而出之海外，氣運迴流，易於反掌耳。道州何子貞師。

周公作指南車説

昔成王時，天下太平，海不揚波，越裳氏慕德而獻白雉；於其反也，迷其歸路，周公作指南車以送之。嘗考越裳氏，今交趾之界也，去鎬、洛不過萬里；既慕中國而來朝，其反也，縱迷失道，亦不過衡陽以南三四千里之地耳，此三四千里之地，豈無能知其道而可以問，奚必待車哉？既而沈思，乃喟然興嘆曰：嗟乎，此見三代之治之所以不可及者也。三代之治天下，以封建井田。其疆域之大，東不過渤海，西不過流沙，南不盡衡山，北不盡恒岳。已既分爲公侯伯子男之國，而又計口以授田，當此之時，諸侯各守其封疆，世其土，子其民，民生不見外事，安其居，美其俗，仕宦商旅不出千里之外，士之往他國者，必以假道之禮；封疆之吏，謹其出入，其有不達者，以符節送之，自本國而外，可以徑達者，蓋往往而難也。吴、楚二國，謂之蠻夷；洞庭、彭蠡以南，人跡殆絶。閩、越之名，雖見周官，自蠻戎居，不與中國通，間一朝貢，蓋亦肅慎西旅之屬。秦并嶺南，夷人數叛，漢武時遷閩、越之民於江、淮而空其地。其崇山峻嶺，懸崖絶壁，昧谷幽谿，深箐密木，激湍瀧瀨，惡嶂毒霧，陰森不日月，猿猱魚龍之宅，魑魅魍魎之區，三代以前，蓋未嘗通也。

嗚呼！先王之世，其民之土著而未嘗去其國，蓋自開闢以來至於周末而不變也。及秦廢封建，壞井田，民無恒産，如鳥獸散。漢興，徙山東豪傑以實關中，徙中國之民以實邊塞，而民始不土著矣。其自奔走於衣食，而散於四方蠻夷者，又不可勝數，天下囂然無樂生之心，商賈多而民益寡，習見外國奇技淫巧之物以生其心。自秦并百粤，而南海之珍奇始輂於中國矣；自張騫使西域，通大夏，見筇竹蒟醬，而西南夷之異物，始入於華夏矣。自是而後，窮兵黷武之主，益務拓疆闢土，凡沙度之國，舟車所不到，人力所不通，縋險鑿幽而致之；羈縻其主，而令之朝貢，立互市，以來其物。自中國至於四夷，商旅不絶，雖有流沙、弱水、雪嶺、懸度之險，尾閭、氣海、浮天、没日之浪，如山之鬐鬣而無所畏。五尺童子，挾數百之金，可以周四方，入蠻夷，而無所不達。嗚呼！後世之民散於四夷者如此其多，而四夷之來朝貢者，極諸天地之際，數十萬里之遥，二三載之程，宋神宗時注輦國來朝，自言至中國四十萬里，三年始達。見通考。可以不問而得達。蓋比諸三代之前，殆不可以數計，而又何怪其然也。

周公之作指南車也，以教越裳氏耳，而後世之民賴其利者甚多，今渡海者以指南鍼爲性命。閩、粤人多往來海島諸國，其地有暑無寒，臘月大暑，六月少涼，而多産金玉（球）〔珠〕寶諸珍奇物，不可殫述。其貿易朝貢，皆來閩、粤，蓋極南際天之國，去越裳氏且不知其幾萬里也。

叙事歷落有致，氣息純是龍門。溧陽强汝諶惕齋。

王氏篡漢説

昔西漢之季，王氏擅權，覬覦神器，至王莽遂移漢祚。此非王莽之能移漢祚，漢之自移於莽也。何也？自古奸雄之愚，未有如莽之甚者也，彼非有后羿之技，寒浞之力，又非有曹操之智也；其所能者，不過曰謙恭下士而已。此特一庸人之爲耳，烏能移漢鼎哉？且其篡漢而有天下，曾不廿年；光武以一匹夫，起於南陽，復漢舊物，易於反手。由此觀之，則莽之不能篡漢亦明矣。

夫禍亂之興，必有所由始。易曰：「初六履霜，陰始凝也；馴致其道，至堅冰也。」老子曰：「魚不可脱於淵，國之利器不可以假人。」昔齊景公時，田氏專政，厚施於國，以禮已亂之言，晏子陳之，而景公不能用，日與二三嬖倖梁丘據、裔款輩，登牛山，宴遄臺，躭於逸樂，不恤國政，而其後卒移於田氏。秦昭王廢穰侯，逐華陽、高陵、涇陽，驅令就國，秦國復安。夫穰侯權重於昭王，家富於秦室，内倚太后之威，外割膏腴之壤，當是時，秦之不危者，蓋亦幸矣。昭王一用范睢之言，而秦國安如泰山。由此觀之，安危之效，彰彰明矣。漢之諸帝，不鑒田氏篡齊之禍，不用昭王安秦之策，委其政柄，移於外戚，此猶以刃授賊而戒其勿刺也，雖至愚者，亦知其弗能矣。且宗室大臣，如劉向、王章，未嘗無言之者也。痛哭流涕以道之，而彼且不省也。如元、哀猶不足道，彼成帝者，非無知之人也，使當是時盡舉王氏捽而去之，易易耳；不知出此而屑屑焉從事於威儀文辭之末，嗚呼！其亦不知務矣！

夫外戚柄政，自昔爲患，於漢爲烈。前者諸吕謀逆，社稷震蕩，賴宗室大臣絳侯、朱虚侯等誅討亂逆，劉氏復全；上官桀之亂也，昭帝幾危，賴上蒼眷佑，奸臣滅息，漢得以安。殷鑒不遠，即漢之先也。且非常之變，亦大可懼矣。當五侯之初封也，黄霧四塞，而王氏祖墓之在濟南者，其梓柱生枝葉，扶疎上出屋，根垂地上。皇天之譴告如此，而漢又不悟，以至於亡。悲夫！

竊嘗讀史至此，未嘗不廢書而嘆曰：孱主之亡國，甚於暴君。剛愎之君，窮奢極欲，無所不至，然而一悟，猶可以拯救也。孱弱之主，苟目前之樂，而忘異日之禍，雖政柄下移，不能收也。如漢末諸帝是已。向使元、成有中主之資，振其英威以收乾綱，雖有后羿、寒浞、曹操之奸，尚不得逞，而況於王莽乎？吾故曰非王莽之能移漢，而漢之自移於莽也。

識高於頂，眼光於炬，昌黎可作，定當把臂入林。象州鄭獻甫小谷。

駁柳子厚天説

客有問硋砡子曰：「吾聞天之爲言垣，垣平也，言萬物得其平也；天之爲言顯，顯赫也，言赫然在上也。柳子厚曰『功者自功，禍者自禍』，然乎？否乎？」硋砡子曰：「子不知天矣，又安敢以論子厚。」

客怫然曰：「夫天之所以爲天者，以其能賞功罰禍也。今使功者自功，則人雖窮兇極惡，而其過不必計，是堯、舜不必以平成見也。禍者自禍，則人雖至聖至神，而其殃不少滅，是桀、紂之敗亡，亦不因暴虐之故也。然則人孰不爲桀、紂而爲堯、舜哉？」硋砡子曰：「子請少安勿躁。夫天之有人，猶人身之有蚤蝨也，猶室之有蟲鼠也；今蚤蝨相争，人其能聞之乎？蟲鼠相格鬬，人其能平之乎？人之驅蚤蝨蟲鼠，又曾較量其功罪而賞罰之乎？何以有或被驅之異哉？」

客詞屈。硃砨子曰：「雖然，猶有説。夫蚤蝨相争，人不聞之，手足相搏，人亦不聞乎？蟲鼠相格鬬，人不能平之；子女操刃，人亦不能平之乎？子試思天之於人，其猶身之於手足乎？抑猶蚤蝨乎？其猶子女乎？抑猶蟲鼠乎？夫使天之視人，果同蚤蝨蟲鼠也，則『功者自功，禍者自禍』之言得矣。吾故曰：柳子之説，謂天之所以待物則可，謂天之所以待人則不可。吾子概以賞功罰禍歸之天，則亦未爲得也。」客啞然遷延而退。

精鑿自成一子。金華王家齊蘭汀。

醫　喻

天下猶一身也，自畿甸以及疆圉，自君以及民，頭目心腹手足具焉，故曰君心國脈。韓子曰：「善醫者，不視其人之肥瘠，視其脈之病否而已；善計天下者，不視其國之虚實，視其紀綱之存亡而已。」元氣已固，精神已完，營衛已和，則身不病；君臣已明，紀綱已肅，閭閻已實，則天下不病。

人之身不能無病也，病之大者曰風、勞、蠱、膈，有一則身亡；天下之勢不能無病也，病之大者曰女寵、奄寺、外戚、權奸、朋黨、藩國、大盜、外患，有一則天下亡。三代以前無論已，自漢氏以迄有明，所以亡天下，未有不出於此數者。稽往事，鑑覆轍，未嘗不太息於醫之不善也。西漢之亡以外戚，始於呂、霍、上官，終於王氏，而女寵、藩國之病亦兼有之；東漢之亡以權奸，所以致權奸者，奄寺也，而外戚、朋黨之病亦時發焉。魏之亡以權奸；西晉之亡以外患；東晉以逮梁、陳，權奸、藩國、外患迭出，而運祚短促，可歎也。唐之病，於八者有其七焉，而其亡也以藩鎮。宋之病有其三，而其亡也以外患。明之病有其五，而其亡也以大盜。隋之病同於秦，恃其富強，二世而亡，自促其生也。自古亡天下者，未有不因病以致之；人之身無病而終者，有之矣，天下則不然。嗚乎，醫可不慎哉！

君相者，醫也。當其盛也，君明臣良，相與視天下之病而醫之；及其衰也，君相先病而不求醫，即求之，惟庸醫之是信，雖有盧扁，無所措其術。自漢迄明，亡國十餘，未嘗無良醫，而置之不用，何其惑也？清興之有天下也，合中外爲一家，與唐虞而比隆，享太平者，二百餘年於今矣。列聖相承，宵旰圖治，敬天法祖勤民，雖殷三宗、周文武無以過之。自漢唐以來女寵、奄寺、外戚、權奸、朋黨、藩國、外患、大盜，無一有焉。自二千年以來，未有盛於此時者也。

末學小子，生於⿱枝山海，自高曾而後，食德飲和，鼓腹而歌隆平者四五世；雖然，猶有杞人之慮焉。承平日久，物衆地大，病之蘖芽於其中者，不可不察也；生齒日繁，踵事增華，蓋藏日以虛，風俗日以薄，壅蔽湫底，漸以生疾，此其可慮也。

以外夷之朽穢，易中國之脂膏，則鴉片是，此下消之病也。每歲易白金三千萬，是中國日虛，外夷日實，不急治之，病將日支。治之伊何？則有昔人弭害之方在。然用其方，雖近霸者，實爲近王，此曰智、曰仁、曰勇，三達德缺一不可。

至水旱饑饉，盛世不能無，所患者，民心漸壞，譸張爲幻，則有天主之教是，此與回回之教，蠱脹之病也。須絶其原，否則積而又發矣，以病元氣。治之則有昔人絶邪教之原之方在。

吾閩之械鬬，粤之搶劫，河南之捻子，此癰疽潰爛之病也。不一剷殺之，患將日甚。治之伊何？械鬬則有謝退谷之治法論在；搶劫則有龔海峰之平賊議在；捻子則有今人之草(蘆)〔廬〕兵法在；回回則有龔海峰循化廳志之法在。

河、鹽、漕三者，亦病之所叢也。擇善醫而治之，攻滯散邪，使不至於大患則可矣。固本之道，則又有方焉，興畿輔之水田，尋雍正中遺蹟而經營之，此大補元氣之劑也。諸病已除，國本日實。究而言之，有治人無治法，荀卿之言，萬世之公言也。有心人不忍坐視庸醫之速死人而不救，而深有望於良醫者矣。

善惡祥殃録序

嘗讀王充論衡義命篇，論人性所禀之氣，得衆星之精。衆星在天，天有其象，得富貴象則富貴，得貧賤象則貧賤。故子夏曰：「富貴在天。」夫人禀氣而生，含氣而長，或貴或賤，或富或貧，貴或秩有高下，富或貲有多少，皆星位尊卑、小大之所授，此一定之理也。然大定者勝人，人定者亦勝天。陰騭、感應之旨，見於易，見於詩書，且見於二十四史者，固歷歷可據。昔裴晉公以還帶之功，位躋將相；周必大以救人之難，爵至中樞：二公非生而富貴，乃以德動天者也。其尤顯者，唐練氏夫人，章太傅之妻也，以保福州城，全活數百萬衆，練氏子孫十餘世顯貴不絶，吾閩人士悉知之。此往事也，若以近事徵之，揚州阮芸臺相國爲諸生時，有爲推一千鉅册之「蠢子數」者，謂公位至封疆，壽不滿七十。按一千册之「蠢子數」，係手鈔本，其書今藏山西藩司庫，外無副本，非近日遊方星士所用之「蠢子數」。今星士所用者，名「鐵板數」，非「蠢子數」，乃前事驗而後事不驗，其書不過十卷而已，與「蠢子數」大别。公撫浙督粤，澤被東南，功德鉅矣。嘉慶十九年間，江北災旱，流民横梗道路。適公爲漕帥，由淮城（㩴）〔権〕漕至黄浦，中途有饑民二萬餘，攔輿乞食。時漕艘銜尾而北，公立發令箭諭各押運文武官弁，令每船派添二十人幫縴，恰有一千餘艘，俄頃間二萬餘饑民皆安插得食，歡聲雷動。此所謂猝然臨之而不驚，而處置裕如，隱成莫大陰德，今以閣老致仕，九旬健在。昌彝乙巳公車南旋，以小門生謁公，尚能談經，亹亹不倦，此非人定勝天之驗乎？由是觀之，則善惡之理，昭昭然實在人耳目矣。

或曰：「子不高談性理，而斷斷於善惡祥殃，得毋惑於吉凶禍福之説乎？」余曰：「否。今天下上知者少，而中材者多，驟然告以心性之學，將有半途而廢然返矣。惟孜孜勸之爲善，爲善則樂天，樂天則知命，知命則知所以事天。故善談性理者，以樂天知命爲本，而以知命事天爲學。易曰：『善不積，不足以成名；惡不積，不足以滅身。』董子曰：『積善在身，猶長日加益，而人不知也；積惡在身，猶火之銷膏，而人不見也。』昔人謂積錢與子孫，恐子孫不能守；積書與子孫，恐子孫不能讀；不如積善於冥冥之中，而默受其報。然則善惡之録，非勸人積善以樂天而事天乎？即不以善惡論，而明善改過，利物濟人，亦吾儒分内之事。若必錙銖較量於修德獲報之説，抑末矣！」

善惡祥殃録若干卷，所列勝朝及近代善惡祥殃事迹，信而有徵，可爲世戒。丙午春，猶子簡，兒子炳，咸催促此書付梓。余喜子姓之樂於從善，乃襄諸同志，匄金以畀手民，因叙其大略，以告世之立身行己之賢者。

小石渠閣文集　卷二

書李衛公傳後

李衛公之佐唐，其功烈幾等姚、宋，而汲汲於邪正之辨，致被逐者再，卒死崖州，此姦邪之熾，滋蔓難除也。易坤之初六曰：「履霜堅冰至。」夫初陰始生於下，而凛然以堅冰爲戒，以此見小人之勢，其端甚微，而其究必盛也。解之六爻，二三四五，皆所以解小人：狐以言其蠱惑；隼以言其鷙害；拇以言其附麗；負乘以言其僭竊。至五，明以小人斥之，所以著其罪而去之也。然六五曰「維有解」，上六曰「公用射」，蓋必上有明斷之君，而後大臣得以操秉邪衛正之權；否則君尚有孚小人，上六又居高位，而公顧欲射之於高墉之上，不惟不獲，抑且不利矣。且夫夬以五陽決一陰，猶必「孚號有厲」，誠以奸險莫測，惟危乃光耳。若以剥之五陰在下方生，而不致謹於碩果之孤懸，其能免「剥牀以膚」之災耶？

噫！衛公之時，若牛僧孺、李訓、鄭注、白敏中、令狐綯、崔鉉輩，是即陰之凝乎？即墉之隼乎？而公正當剥極之時，欲以微陽決衆陰，比周勢成，職是故也。不然，公歷事穆宗、敬宗、武宗，其相業卓卓，實難得之三代以下矣。

書蘇子瞻刑賞忠厚之至論後

刑賞者，治天下之大權也。其事未嘗一日不行於天下，而世卒無常治者，非無刑賞也，非無用之之術也。法涼而恩薄，其真意不存焉也。

昔漢高尸彭越，令有敢收視者趣湯鑊，而欒布奏事頭下，親祠之。其招田横也，曰：「横來，大者王，小者侯。」島中數百人，無一西向者。王莽斮肌醢骨，盛夏流血，禁民挾銅炭，而盜鑄者日益多。購有得劉伯升頭者，位上公，邑五萬户，反者不止。此無他，刑其所不畏，而賞其所不欲也。夫千金之子，至破家鬻貲産，不入寺門，愛身之甚也。士有求使絶域，冒白刃而不顧，斷臂折脅以就功名，眩於其餌也。民無智愚，莫不喜安而惡危；士無賢不肖，莫不望恩而願禄。卒之刑有時而不威，賞有時而不勸。刑不威，故法常相遁也；賞不勸，故治常相蒙也。無胞與天下之意，而以楚、越視天下，徒恃刑賞以鞭笞羈縻之，此商鞅所以亡秦，鼂錯所以亂漢，其禍皆不旋踵者。刻覈之至，則必有不肖之心應之，至舉朝野上下，相帥從事於刻薄寡恩之習，而晏然自侈其神明，國家之敝，恒必由之。

古先哲王知其然也，漸之以仁，摩之以義，道之以儀型，章之以度物，訓之以文辭，養之以學校，同之以好惡，而終之以勸懲。當其始，無所謂爰書也，過失則宥之而已；無所爲動格也，任使各當焉而已。不與人以可畏，而要之使勿犯；不誘人以可欲，而鼓之使自奮。聖人之意，以爲由是將偕斯人而共進於道也，故約之勤而勉之篤。且以神禹之父，而不能援八議之典，以庇其方命之辜者，刑於所不得已，曰：吾與衆棄之也。以側陋之微，而不惜廢世及之常，以副其酬庸之舉者，賞其所不得辭，曰：吾與衆共之也。殺人之父，而刑不以爲淫；與人天下，而賞不以爲僭，何也？喜怒無所係於中，威福無所形於外，而忠厚之意，藹然共信於其微也。故謂火烈，民望而畏之。賢士大夫從吾遊，吾能尊顯之。此雖賢君相之言乎，然其意猶處乎厚薄之間。彼惟以刑賞爲可恃，將事至乎刑賞而止，而無復餘也。蓋諸葛亡而李平、廖立爲之隕涕，魏獻子以邑與戊，君子稱之，亦庶幾古忠厚之遺意。雖然，猶非其至者也。

有虞氏之訓曰：罪疑惟輕，功疑惟重。疑之云者，非謂公府不案贓吏，而關内侯賤於爛羊頭也；亦非謂使皋陶爲理，季路司勳，析功罪於毫芒，較刑賞於杪忽，遂足爲忠厚之至也。古有報仇之獄，刑一人而傷天下之心；肺腑之動，賞一人而疑天下之意，先王念此至悉也。故使之疑以盡其變，以爲吾無負於刑賞易，使人人無負於刑賞之意則難；求無負於刑賞之意猶易，使人人無負於無刑賞之意則尤難。所貴乎無刑賞者，何也？萬姓者，一人之肢體；黜陟者，一身之榮辱也。刑賞者，身外之事，而惻隱是非辭讓者，斯人之本性也。誠使忠厚之意，周浹於上下，則刑賞之名存，而其事可有時而不用。故太上以意治，其次以法治。意之所在，上下通而好惡同。明刑之朝無獄訟，善賞之世無奇功。嗚呼，至矣！

刊劉忠介公人譜序

山陰劉忠介公蕺山先生人譜一卷，其教人思誠之學，心存主敬，擇善固執，自復其性，以盡人合天，實有統緒可尋，坦途可遵者也。

首著人極圖說，始於繼善成性，心統性情，較周子遠溯太極，更爲切近。次列六事工課，自慎獨、知幾至遷善、改過，直取孔門傳授顔、曾、思、孟心法，散見六經而宗匯於四書者，提揭最要，昭示後學。又慮後學之憚改過，私欲不净，則理有未全也，因世俗頗愛功過格，今專取其内省自訟，便於檢身，不涉因果，故不記功而但記過，俾知即克治，纖惡必除。一曰微過，獨知主之；二曰隱過，七情主之；三曰顯過，九容主之；四曰大過，五倫主之；五曰叢過，百行主之；六曰成過，爲衆惡門；而以克念作聖終焉。爲改過説三篇，其自序引子，言道不遠人，而深惡言道者，高之淪於虚無，卑之出於功利，皆遠人以爲道者也。學者知人之所以爲人，不僞託於道而爲德賊，其於道，思過半矣。蓋天地之性，人爲貴，能盡其性，可並天地爲三才；一失本心，人與道相背而馳，爲聖門之罪人，乃至下同禽獸，詎非所謂罔之生也，幸而免耶？夫大道明在倫常日用，能知能行，心所同然，希聖希賢之具，天地固全與之，而有端不致其曲，有官不慎其思，有物不遷其則，有宅有路不居其安而由其正，則皆學非其學之咎也。誠如先生之訓，心無不敬，自足以存誠；事無不誠，自足以盡性；人道也，即天道也，不亦彰明較著乎哉！

先生正直剛方，踐履篤實，所學近曾子，省身自反，幽獨不欺。浩然之氣，配道義以常（仲）〔伸〕；殺身成仁，視猶敝屣。生平立朝居鄉，一言一動，俱足爲後世法。其論學也，所傳尚有會語一卷，學言二卷，易衍反圖一卷，證學解及原旨一卷，古學經序、古小學集序等文數十篇。於宋儒濂、洛、關、閩能探其源而取其精；於明儒薛、胡、陳、王能兼其美而去其弊，其識見之高明確當，豈諸儒講學者所能跂及。人譜一書，即先生之「先行其言，而後從之」，以身立教者也。今世學者務其枝葉而絶其根本，以詩書爲利禄之媒，以功名爲緣飾之具，世俗囂陵，人才敝薄，上士慎過，中待玉成，下藉忠誨，使父兄師友之教不先，則罔所遵循，展轉没溺，即長而能悔，去日已多，騁轡求歸，爲途已遠。

昌彝幼嫻母教，先太安人導以立身行己之方，敦品力學之旨，諄諄教誨，面命耳提；

先太安人棄世五十餘年矣，言猶在耳，謹志之不敢忘。今者昌彝年近知非，謹守四端，不敢失墜，力防物誘，恐落禽門。敬以此書爲座右之銘，傳家之寶，爰鋟諸板，藏之家塾，以詔後人，并以廣之同志。讀是編者，苟能身體而力行之，暴者抑之以仁，懦者激之以强，固者導之以通，辟者規之以正，貪者矯之以廉，蔽者發之以明，隘者充之以廣，而省察克治，視爲實踐之功，庶幾與著書刊書之意，不相背戾也夫！

道德經直解序

解道德經者不一家，大抵以體道修真爲主。凡言家國、天下、民人、車器者，皆約於一身而不事外求，蓋謂身既修而家國、天下皆可舉而措之耳。八十一章中，縱横順逆，隱喻良多，隨人志之所在，皆可爲法。然道之可道，實玄之又玄，是曰衆妙之門。故能解天下皆知章，則能解養身之道矣；能解穀神不死章，則能解成象之道矣；能解致虚極章，則能解歸根之道矣；推之安民、易性、還淳、異俗、虚心、反樸諸章旨，無不皆然。

番禺丁仲文觀察，學貫天人，守玄通微，所著道德經直解，不援儒入道，亦不援道入儒，以經解經，直言無隱，名曰「直解」，無愧色焉。

昔甄鸞著笑道論，凡老、莊以下神仙之學皆笑之，此下士也，不足與辨經云。下士聞道則笑之，不笑不足以爲道，吾願大君子既獲聞難聞之道，勤而行之，共勉爲上士而已，不必顧下士所笑也。

六經傷寒辨證補方序

吾閩泉州有隱君子者曰蔡茗莊，精於醫，爲長樂陳修園學醫者所師事。其論傷寒，分經辨證，爲漢以後談醫者之長沙，使讀者易於融會貫通，凡治病檢方，可以猝辨，然非平日精究脈理，細參靈素，體認傷寒，以脈對證，復以證對脈，安得此剔透瓏瓏。故其辨證也，均一惡寒，一用附子湯，一用白虎湯，口中和與不和之辨也；均一惡風，一用桂枝湯，一用小柴胡湯，有脅滿與無脅滿之辨也。吾閩醫士皆誤以太陰爲三陽，粵中醫士又誤以風温爲傷寒，盧扁有知，啞其笑矣。醫之於病，何好何惡，惟求對證下藥而已。

原書爲修園冢孫徽庵所藏，有方名而無湯液，使臨證者艱於檢討，今彙輯湯液列於末卷，並補箋數十條，以脈辨證，以證檢方。用其法，守其術，雖不能如淳于之理腦，庶不至若徐榖之中肝矣。

許雲嶠六觀樓文集序

濟寧許雲嶠進士鴻槃，少負俊才，博涉群籍，尤深於史。官指揮。時歙淩次仲教授方以經學鳴，見進士所作雪帆雜著，與甘泉江子屏共相歎服。其論海内山川及外裔形勢，瞭若指掌，不在胡朏明、顧景范下。子屏撰漢學師承記，嘗載其語於孔巽軒傳中。既而改官皖南，由縣令擢泗州知州，所至有聲。政事之餘，著書不輟。嘗謂顧氏方輿紀要，耑據涑水通鑑，而於遷、固以下諸史，多未之及；金、元事蹟，尤略而不詳。乃著方輿考證一書，凡顧氏所舛漏，一一辨正。大旨重沿革、形勢、山川、險隘，凡兵機、河防、海防、屯政、水利，皆再三詳考，此書可謂經世之大業矣。

顧祖禹讀史方輿紀要，體大思精，然書以讀史名，乃據通鑑而不據正史，徒取梅磵之注，不免有舛錯漏略之處。如浙江紹興府若耶山下云：「漢元鼎六年，遣戈船將軍嚴助討閩粵，出若耶。」按助未嘗爲戈船將軍，亦無出若耶事。考武帝紀：「建元三年，東甌告急，遣大中大夫嚴助持節發會稽兵浮海救之。」助傳亦云「建元三年，遣助以節發兵」事，並不在元鼎年間也。史記南越列傳同。元鼎五年，南越反，明年，餘善東越王名。發兵拒漢道上，遣越侯爲戈船下瀨將軍，出如耶、即若耶。白沙。史記東越列傳同。是元鼎六年出若耶者越侯，非嚴助，此不檢漢書而誤者也。又江南六安州霍山即天柱山。下云：「建安五年，江盜陳蘭、梅成遁潛天柱山，張遼等擊斬之。」按張遼傳：「陳蘭、梅成叛，遣遼等討之。成僞降，將其衆就蘭，轉入潛山。潛中有天柱山，高峻二十餘里，道險狹，步徑才通。蘭等壁其上。諸將曰：『兵少道險，難用深入。』遼曰：『此所謂一與一，勇者得前耳。』遂進至山下安營」云云。顧氏載他戰事頗詳，此止以二語了之，是不據三國志而略者也。又浙江名山天台下云：「開皇十年，楊素擊江南叛者，別將史萬歲破沈孝徹於温州，步道向大台，指臨海。」按史萬歲傳：「高智慧等作亂，從楊素擊之。萬歲率衆二千，自東陽別道而進，攻陷谿洞，不可勝述。」無向天台事。楊素傳：「破永嘉賊帥沈孝徹，於是步道向天台，指臨海，逐捕遺逸。」無萬歲名。顧氏合而一之，此不據隋書及北史而混焉者也。再考南齊書：「賊唐寓之據東陽，遣孫泓取山陰。時會稽太守王敬則朝正，故寓之謂乘虛可襲。泓至浦陽江，郡丞張思祖遣浹口戍主楊休武拒戰，大破之。」紀要浙江大川浦陽江下不載此條，是未檢南齊書而漏焉者也。又隋書龐晃傳：「河間王弘之擊突厥，晃以行軍總管從至馬邑。迂路出賀蘭山擊賊，破之。」又李景傳：「高智慧作亂。從楊素擊之。平蒼嶺。即括蒼山嶺也。」紀要陝西名山賀蘭、浙江名山括蒼不載此二條，是未檢隋書而漏者也。又金史烏林大胡土傳：「胡土戍潼關，被召入援，至偃師，聞白坡徑渡之耗，直趨少室山，時登封縣官民已遷太平頂御砦。胡土紿縣官下山，使之前導，一軍隨之而上，山既險固，糧亦充足，遂有久住之意。」又忠義傳：「姬汝作正大末，避兵崧山，保鄉鄰數百家，衆以長官事之。」又元史李守賢傳：「時方會師攻汴，留守賢屯嵩汝。金兵十餘萬保少室山太平砦，守賢以三千人介其中，度其帥完顔延壽無守禦才，潛遣輕捷者緣崖蟻附以登，殺其守卒，縱兵入破之。連天、交牙、蘭若、香爐諸砦俱下。」紀要河南名山嵩山下均未引此，是未檢金、元史而漏者也。他如甘肅之固原州，本漢安定郡治高平，故北朝皆曰高平郡，唐於此置原州，後陷吐蕃，開元三年，權置原州於臨涇，即今之鎮原縣也。宋仍之，而於故原州置鎮戎軍。新唐書、宋史地理志記載甚爲明白，惟明一統志誤以鎮原縣爲原州。紀要因仍其謬，是又於沿革之際，不考正史之一證也。顧氏書以讀史名，而猶若此；以顧氏之才之學，而猶若此，則著述豈易言哉！

雲嶠學博而擇精，心細如髮，於地理之學，可與顧祖禹並存宇宙中。

葉蘭墅學醫辨惑序

良醫之治病也，一如良相之治國。良相之治國也，非以己意治之也，本之以先王之成憲，守之以當代之法度，補偏救弊，以求其當也。良醫之治病也，亦非以己意治之也，本之以前人之論斷，守之以法家之良方，酌盈劑虛，以求其合也。然而懸的以求，而妄發者且失於侯正矣；執矩以度，而緬錯者直遠於繩削矣。是豈古法之不足師，師古之不可訓歟？國家當痍瘡之秋，不能深究其受病之原，祛其外邪，而默扶其元氣，徒苟且補苴，當事以奉行文法爲優。逮所患日深，幾於不治之證，猶復剜肉補瘡，粉飾太平，甚且泥古人之書，以行其剛愎自是之見，其弊至於毒流數世，決裂潰敗而不可復振。蓋嘗觀古今治亂之故，未嘗不廢書三嘆，喟然於庸臣誤國、庸醫殺人之如出一轍也。

今有治病者於此，不審虛實，不辨表裏，輒就其外見之證，摹擬於形似之間，執一古方以療之，不效，則曰：「此古方之誤。」嗚呼！古方奚誤，特用古方者之誤耳！孫思邈有言曰：「膽欲大，心欲小；智欲圓，行欲方。」此其中有至詣焉。沾沾執一隅之見，冀收效於生死呼吸之間，欲求什一千百，其可得哉？然則何如而後謂之良醫也？曰：「是有學在。」學之至，則能悟古人製方之意，相其寒熱，以適其宜；酌乎損益，以妙其用。而大要必辨於疑似之界。古今來疑似之界不明，小者誤及一身，大者誤人家國，豈非不學無術之故歟！

余友葉蘭墅孝廉，好學深思，每讀書，多於無字句處求之。旁精岐黃術，所著學醫辨惑一卷，明體達用，於前代醫家諸書，神明而變通之，剖析疑義，動中竅會，足以破世俗迂拘之見。蓋小術也而學問寓焉，異日之醫天下，不當如是耶？方今聖明在上，四方疾苦，時廑痌瘝，蘭墅懷奇負異，以治病者出而治國，吾知其必有合矣。

四持軒詩鈔序

昔黄石齋先生持其父清源公詩問陳卧子曰：「此詩何如韋蘇州？」卧子曰：「是蓋蘊抱宏深，憂樂與共，潛心内轉，味淡而旨彌甘，非韋蘇州，乃元次山也。」石齋悦服。今讀調臣先生詩，和平中正，隨物賦形，中含諷勸，則似白太傅；而蘊抱宏深，憂樂與共，則又似元次山。實則異曲同工，成其爲先生之詩而已，何必似？集中如落葉詩，詩外有詩，求之古人，亦不可多得，果誰似耶？先生敦履璞沈，不飾僞行，孝友著於一家，教澤敷於庠序。其學則疏證典憲，旁腴德義；其文則激揚雅訓，彰宣事實。讀其春夜懷蓮舫兄，則孔懷兄弟之遺意也；讀其效古樂府升講堂三詩，則泮水育賢之遺意也。

夫詩者，所以宣揚風雅，感發志意，故有學人之詩，有才人之詩，有詩人之詩，有志士之詩。先生詩蘊抱宏深，有三百篇詩人之志節，乃成爲先生之詩也。雖然，春華劉莅，無百尋之茂蔭，則其垂條也不繁；秋實馨烈，匪千歲之靈根，則其吐穎也易萎。惟其成爲百尋之茂蔭，成爲千歲之靈根，雖白戰澹描，獨抒心得；性真流露，老嫗都解。以其能爲感物起興之詩也，以其能爲温柔敦厚之詩也，謂之元次山也可，謂之白太傅也可，謂之三百篇也可。吾是以因其嗣君子嚴觀察之請，爰以序先生之詩也。

林菊潭囂囂亭筆記序

余居貧，得布衣交者三人，一則陳思賡，一則何道甫，一則吾家菊潭。思賡邃於音學，道甫邃於古文詞，菊潭則邃於史學。然菊潭之志在用世，每與予論及古今事變，莫不縱横上下，扼腕而悲。其所抱者，皆當世憂患，故生平讀史，嘗慕楊忠愍之爲人。予年十七，即耳菊潭名，然未嘗一識面，今春始識菊潭，而計耳菊潭名之時，已十年於兹，古人所謂相見恨晚也。如是者或數日一見，或旬日一見，或入月一見，而於學問行誼之事，互相切劘，則予於菊潭之見，可爲不虚。庚寅夏，不見菊潭者二閲月，予疑菊潭病，往訪之，則菊潭之筆記成二日矣。謂予曰：「吾將袖與君序。」余笑曰：「君豈以僕爲范式耶？」

菊潭多讀書，吾鄉何郊海先生奇其人，以女弟妻之。何氏家多藏書，菊潭每借讀，幾遍萬卷。郊海先生嘗語人曰：「吾妹倩林菊潭，他日可成通儒。」郊海先生物故，菊潭成百韻詩以誌感。所著囂囂亭筆記四卷，皆其生平讀書有得之語，能發人所未發，而不爲古人所欺者。以視夫洪邁之容齋隨筆、龔頤正之芥隱筆記、劉昌詩之蘆浦筆記，抑何多讓。

辛卯，余館於林氏之望雲亭，檢菊潭筆記讀之，方援筆以誌菊潭始末，適菊潭至，余即以所誌之語示菊潭。菊潭曰：「君得毋虛譽乎？」予曰：「否，誌實也。予何敢序？但譬之食梨與棗而已。夫梨與棗之味自在也，而人之食梨與棗者，若並其核而誇美之，豈梨與棗之知己哉？余之所誇美乎梨與棗者，則其味也，曷譽乎爾。」菊潭乃囅然而去。

林子萊浣紗石傳奇序

辛卯孟陬，予假館於雲水山莊，課徒之暇，取林子萊所爲浣紗石填詞讀之，覺囅然喜，懌然思，倏而悄然悲，瞿然興，繼而不忍卒讀，復藏之篋中，如是者忽忽旬日。花朝前四日，天微雨，適某孝廉過予館，論詩賦詞章，而獨痛詆填詞。予聞其言，乃向之所謂囅然喜者，復愕然駭。徐詰之，某曰：「詞專言情，去道學遠矣。」余曰：「然則有道之士，必不以詞聞乎？」某曰：「然。」余曰：「范文正公何人也？」曰：「有道之士也。」余曰：「『碧雲天、黃葉地』一闋，何人之詞也？」曰：「不知也。」余曰：「此則范文正公之詞也。」某無以應，徐退去。

余復取子萊所爲詞，往復讀之，知子萊之深於詞，正其深於情而深於道也。嗟乎！

人之諱言情者，皆趨而言道；余謂僞託於道者，恐並不可與言情。未聞有道之士而不近於情者。子萊長於情，其所爲詞，能曲達乎情之藴者也。倘徒執其詞曰：「此傳情也，去道已遠。」余恐無以服子萊之心，即難免爲有道者所竊笑。余謂今之世，無真紫陽，亦無真陽明；若謂有道之士不爲詞，是則不然。余聞范文正公爲秀才時，即以天下爲己任，而「碧雲天、黄葉地」之句，即作於爲秀才之時，豈得執文正之詞而謂非有道之士之所爲乎？子萊素慕文正之爲人，鏘鏘乎美於詞，而復駸駸乎合於道。其所著浣紗石填詞，力辨西施必死，無從范蠡游五湖事，援據確鑿，十有二證。皇皇乎忠孝之旨，款款然出於情，是子萊之詞，傳忠孝之詞，乃傳情之詞也。夫人口不言財者，其利藪必深；口不言色者，其嗜欲必勝。子萊不諱言情，而不肯假託於道，而其忠孝之旨，噴溢於楮墨間，使人展卷讀之，覺情即生於忠孝者，非有道之士，能道人之所不能道乎？

余與子萊交，頗知其事事必出於情，且事事不離乎道。讀其詞者，謂子萊之長於情也可，謂子萊之不足於道也則不可。若如某孝廉所云，不知所謂情，又烏知所謂道。彼舍詞不爲而曰有道，殆昌黎子所云「道其所道，非吾所謂道」也。是爲序。

書王尗蘭辟暑録後

昔向秀注莊子，郭象竊之；郗紹著晉中興書，何法盛竊之；姚察撰漢書訓纂，後之注漢書者，隱没名字，竊爲己説。崑山顧亭林謂有明一代之所著書，無非竊者，語雖過當，亦切中明人之病哉。

同里王尗蘭，性嗜學，家故貧，不能多蓄書，每向朋輩借鈔奇逸，得徧讀古文字。戊子秋，昌彜始識尗蘭於蘭修庵中，一見心相重，尗蘭出所繪夢游圖屬題，余因是知尗蘭之爲人。庚寅後，尗蘭居與余甚密邇，晨夕過從，數數商榷詩文，益相得。尗蘭每得先輩未刊遺集，即片楮隻字，亦寶貴若珠玉，非其人，弗輕示也。一日，以所藏長洲程曉庵説文引經考、會稽陳勾山理筌、黄耦賓古服圖考及詩文集若干種示余，曰：「竊書之弊，賢者不免，我輩有力，不亟刊之以公同好，其與盜竊相去幾何耶？」嗟夫！世風之敝久矣。士大夫一歸故鄉，知日出其宦囊，與小民争市利耳矣，彼則何暇仰屋著書而盜古人之碎金斷璧？是又不若郭象、何法盛輩之竊之猶爲難能可貴也乎！

尗蘭近輯先正遺稿及師友詩鈔，爲飲和、辟暑、挹爽、消寒四録。大率以忠孝節廉、有關風化爲先，而詞品之温柔敦厚次之。比者消寒、辟暑二録先後鋟板，問序於余，余乃感念向者相論竊書之語，而知未蘭今日之用心，蓋戛戛乎爲獨造矣。未蘭異時，方將因假得志，盡讀中秘書，滾滾然罄其胸中所欲言，蓋不必蹈襲前人一字也。然則郭象、何法盛之譏，吾知免夫。

誦清閣文集序

文必師古，非摹古也。異乎古者，則必偭規裂矩，其失也放；循乎古者，則必逐影尋聲，其失也局。去乎放與局之失，則於爲文之道，思過半矣。

夫師古之文，與學問互相爲用者也，不學則文無本，不文則學不宣。不明天文曆算，不能作李淳風、僧一行論；不明地理水道，不能作尸佼、酈道元傳。且序經學書，必明於經；序史學書，必明於史。凡夫天地、陰陽、樂律、醫卜、農桑，不少窺其疆域，而稍知其奧窔，其何以各遂其本末耶？文之有傳贊、墓表、碑志也，必形容一人之面目而彰顯之。爲經學之人立傳，必述其得經之力者何在；爲文藝之人立傳，必述其成家之派者何在。其人功在治平，必有以暴其立政之心；其人學專理道，必有以核其傳業之確。此非博通四部，編摩百家，未易言師古也。

摹古者，惟講求乎關鍵之法，侈口於起伏鈎勒字句之間，以公家泛應之言，自詡以爲循古。而其爲人作爲傳志也，九九未嫺，便稱善算；人僅學究，許以通經；但調平仄，目爲杜、韓；稍工時文，許以班、馬。真贋不辨，是非混淆，如是以爲文，何取乎其爲文耶？更有立異矯同，横生議論，輕薄古昔，變亂先民。凡發明經史、天地、曆算、樂律、陰陽、農桑、醫卜之文，咸目爲考據，一己好惡，横生毀譽；兩漢、六朝，未别原委，坐井觀天，抒其謬論，此又異乎古者之所爲也。今夫山肴野蔌、羹葵飯藜，非不足以娱野人，然進之大官之厨，御豢豹而胹熊蹯，則慚矣；折楊黄荂、吹蘆擊缶，非不足以悦里耳，然置之鈞天之側，覩萬舞而聆九成，則駭矣。惟文亦然。摹柳倣歐，離神取貌，争奇字句，非不自詡爲能，然試觀諸古人著作之林，高文鉅製，千彙萬狀，拔鯨牙，酌天漿，不覺自形其陋也。

樂平石芸齋先生，博通經史，深明乎陰陽、天地、樂律、曆算，旁通金石、碑版文字，其爲文溯源西京，委注唐宋，淵懿茂邃，銜華佩實，恢恢乎登古人之堂而嚌其胾矣。先生嘗續金石萃編，並補正碑石凡四百餘種；考鍾鼎古篆凡百餘種。於樂律則推闡七均，曆算則深明八線，下及虚孤之旨，風角之術，莫不究心窮其底藴。故其發而爲文也，崆嶒恣肆，譬諸劍戟撞摐，鍾吕鏘洋；建章神明，嶕嶢瑰麗。以視世之偭規越矩與夫逐影尋聲者，相去奚翅萬里哉！

甲子春，獲識先生於廣州節署之静契齋，與先生商論學業文章，交相得也。先生出所著《涵清閣文集》，屬爲訂定。昌彝於古文辭，淺嘗而未曾入室，何敢言先生之文哉！然既承虚己下問，不敢以不文辭，因舉先生爲文師古之功，犖犖大者，以告并世學者之讀先生文者。

養知書屋詩集序

詩文同出六籍。文流爲纂組之藝，詩流爲聲律之工，非詩文矣，而不知者猶以工藝自喜也。文須依附名義，而詩無達旨，多託比興，中人以下，得以竄竊形似，故詩人之濫，或甚於文。自六經教衰，諸子爭鳴，劉向條别其流有九。至諸子衰而爲文集，後世史官不能繼劉向條辨文集流别，以故文集濫焉。六藝風衰，而騷賦變體，劉向條别其流有五，則詩賦亦非一家已也。第劉向九流之説，猶存《漢書·藝文志·諸子略》。分爲九流，每流著明分家之説。推其意以校後世之文，如韓出儒家，柳出名家，老蘇出兵家，王出法家，子瞻縱横，子固校讎，猶可推類以定。其餘詩賦五家之説已逸，而五家之分目猶存，分家之説闕焉。而後世遂混合詩賦爲一流，不知其中流别，古人甚於諸子之分家，此則班、劉以後千七百年未有議者也。故文集之於《六經》，僅一失傳；而詩賦之於六義，已再失傳，詩家猥濫，甚於文也。

湘陰郭筠仙中丞，清名重望，在人耳目。而詩句留傳，名流稱誦，則知爲風雅之宗，是政事能兼文學者也。蓋嘗推劉班區别五家之義，以校其中，此中有卓然不可及、迥然其不同於人者，斯可入五家之推矣。

或謂詩家者流，方謂微妙不可思議，又謂詩有别長，妙悟不關學識。吾不謂諸説盡非也，然必有立於是詩之先者，且必無連篇累什，皆無可指之實，而盡爲微妙難言者也。而江湖游客與夫纖詭輕薄之人，方藉别長、妙悟之説，以爲城社之憑，則經詩三百，聖人未嘗有是訓也。

今觀筠仙中丞詩，未嘗無微妙，未嘗無會意難言，至於聲調音律，與夫篇章字句，一切工藝之精，不能禁人不激賞也。譬之華衮所以章身，而華衮非身。今讀撰文宗顯皇帝挽辭詩，而知忠誠惻怛，至性充周，丹忱如見矣；讀漁具詩，言外之音，會心之遠，則寓物量才之心如見矣；讀展江中丞故居感賦詩，則師友淵源，交情氣誼之深如見矣；讀歲暮寄唐淮詩，則寄託遥深，纏綿婉摯之情如見矣；讀感事詩，則奮勵藎衷，弭安反側之才如見矣。至于禱風石頭關武廟詩，則下筆蒼茫，浩浩如也。山行雜詩，則襟懷婞雅，朗朗如也；萍鄉書感詩，則父母師保，勤勤懇懇如也。其他若體撰幽險，刻畫微至，雖千載而下，如目見之。昔王全斌平蜀功成，而未能述作；杜子美入蜀詩高，而未著事功，中丞殆兼之矣。倘推劉班五家之例，必曰此儒者言孝友施於有政者耳。甲子之歲，安硯節署，課其嗣君讀，獲接謦欬，披誠如素。中丞見示詩編，因書所詣，亦不自辨其爲叙詩與叙人也。

亡友王蘭汀松石齋遺集序

金華佳山爲南條朝源，清淑之氣，盛而不過，蜿蜒扶輿，磅礴鬱積。括嶺而北趨，捲東陽，西峙顧祖，鍾爲三洞。石竇雲根，誠神仙窟宅，古今賢輩多出其間。

亡友王蘭汀鹺尹，以醇懿淵雅之才，學淹四部，瑰奇孤騫，能承世業。坐擁百城，繩聯絲貫，冥嗜載籍，融洽古今。文無散駢，學無漢、宋，範圍衆製，不立門户；發而爲詩，温柔敦厚，亦謝亦陶，亦孟亦韋，亦高亦岑，亦何亦李。其論詩也，謂詩教所施，至廣且博，郊廟朝會，祭祀燕饗，使臣諮詢，軍旅勞旋，交遊贈答，室家歡好，昆弟和樂，羈客行役，怨恨愁苦，以及政治得失，民俗臧否，爰抒詠歌，均可見志；觀覽政教，化民成俗，感發意氣，管轄性情，考鑒得失，學術趨正，人材奮興，聖人立教，於斯乎賴。

鹺尹性和氣平，意味澹瀞，心絶群動，讀書見底，養根竢實，返璞歸真。世態險巇，人海渺莽，鹺尹秉質醇厚，抗懷古心，乾坤藴蓄，具此清氣，風誼襟期，罕有其匹，非得扶輿靈淑之氣者能之乎？性癖煙霞，半畝是貸，嘉植四圍，其緑如玉。有亭有臺，有柳有竹，論學談詩，壺觴招客，鉅製鴻篇，隸事宏富，馳筆騁墨，足了十人。滿屋散錢，歸於一串，白水照我，山鐘出户，高歌振木，軒然具舉。酒酣笑言，惟予與汝。披予詩卷，許以千古，爲鐫六詩，爲較三禮，如竹之苞，如驂之靳。

乙丑之春，予應劉融齋學使襄校試卷，鹺尹餞余，擊鮮與肥，别筵悱惻，把袂神馳。今夕一别，明日天涯，黯然銷魂，聚首何時？孰知一别，竟成隔世，彌留遺札，約再生相見，情詞淒婉，見者心悲。今讀遺詩，汍瀾交睫。哲人已萎，能不隕涕！天道何知，後者誰繼？杳杳終古，雷奔電逝，文星告隕，魂魄其長往耶？三復詩篇，不忍卒讀，爰舉其平生得氣之厚，秉心之醇，爲學之博，論詩之正，成詩之工，待友之誠，愛予之深，以告來者。

陶冶功深，若紅爐點雪。英辭潤金石，高義薄雲天。高郵興化劉熙載融齋。

二知軒詩鈔序

詩之作也，有性情焉，有風格焉，性情摯而風格高者有之矣，未有性情不摯而風格能高者也。若不本於性情，雖徒言風格，模範山水，觴詠花月，刻畫蟲鳥，陶寫絲竹，其辭文，而其旨未必深也；其意豪，而其心未必廣也；其性往復，而其情未必厚也。即若其旨遠於鄙倍，而其辭未必盡文也；其心歸於和平，而其意未必盡豪也；其性篤於忠愛，而其情未必盡能往復也。夫古詩人之詠歌也，廓乎廣大，靡所不備；美乎精微，靡所不貫。觀於「誰適爲容」，知閨怨之貞志也；「與子偕作」，知塞曲之雄心也；「於女信宿」，知戀德之衷悃也；「攜手同行」，知招隱之姱節也；「示我周行」，知乞言之虛懷也；「周爰咨謀」，知遠游之博采也，此詩之本也。後世詩人之言性情者，實基於此。性情既見，而後取乎格以辨其體，因而本乎趣以臻其妙。其發於詩也，爲典雅，爲沖澹，爲豪健，爲穠縟，爲幽婉，爲奇險，變化從心，隨所宜而賦焉。凡夫日星之燦陳，喬岳之聳拔，江海之汪洋，山林之幽冥，風雪之摩盪，雲霞之鮮麗，木石之奇詭，異域殊方之變幻，一發之於詩，蓋才大者，精神意氣與造化相流通，固無施而不可，此風格一本於性情者也。

定遠方子箴都轉同年，性於詩。其爲詩，質有其文，蓋性情而兼風格者也。感時撫事，憫念蒸黎，家室孝思，交誼懇摯，洎乎其衷，淵乎其量，得詩人六義之旨矣。時而豔麗，時而悲壯，時而清華，時而雄偉，時而沖澹，時而激越，吐欱沆瀣，濬瀹靈源，嶤嶤焉其淩厲也，飄飄焉其超舉也，洋洋焉其暢遂也，泱乎漭乎而莫涉其津涯也。聽政之餘，偶事吟咏，其辭文而其旨未嘗不深也；其意豪而其心未嘗不廣也；其情往復而其性未嘗不厚也。蓋其和平之音，忠愛之悃，溢於楮墨，非得三百篇温柔敦厚之旨者能之乎？

去歲夏，識都轉於廣州。都轉出其詩藁屬序，累顧寄廬，勤勤懇懇。已採佳篇入海天琴思録矣。今冬，復以詩歌贈答，往復疊和百餘首。都轉下筆千言，三鼓不竭，囊沙拔幟，辟易萬夫。及與之論詩，則洞悉源委，以虚受人。因舉其詣之深、其才之大、其心之細，以叙都轉之詩之工者。

嘯劍山房詩鈔序

柔兆攝提格之歲，余掌教廉州海門書院，時昭萍文樹臣觀察奉檄廉州，五年渴想，相見甚歡。把臂天涯，詩筒遂啓，因出其近作詩數百首商訂，並屬爲之序。

余維近代西江詩家，以鉛山蔣苕生、東鄉吴蘭雪爲最。然苕生詩近蒼莽，七言律少遜；蘭雪詩近秀麗，五言律少遜。觀察詩，諸體皆工，其殆抗衡於苕生、蘭雪之間乎？昔吴縣袁永之與顧東橋論學古人之詩有六難：學難乎淵該；事難乎綜覈；辭難乎雅健；氣難乎沖和；識難乎貫融；志難乎沉澹。兼是六能，而假以歲月，庶矣。觀察詩聲既清會，辭亦藻拔，充其所詣，可以蘄至於六能之旨而不難矣，苕生、蘭雪云乎哉！

蓉初詩集序

詩教所施，至廣且博。自郊廟、朝會、祭祀、燕饗，使臣之諮詢，軍旅之勞旋，以及朋友交游、贈答，近而室家昆弟，歡好和樂，遠之羈旅行役，怨恨愁苦，其大者若政治之得失，民俗之臧否，古人靡不發爲詠歌，以感發志意，而治其性情，考鑒真僞，識所趨向，故聖人立教，於詩尤諄諄焉。

同里謝秋楂刺史早歲能詩，抒發性情，根柢尚厚，法嫺辭贍，懷抱奇瑋。邇者出詩集使爲之序。讀恩平諸作，則繫念燕黎，關心民瘼可想也；讀睠念兄妹諸作，則情深骨肉，家庭友愛可想也；讀作吏難諸作，則霖雨蒼生，父母師保可想也。秋楂詩，其澤於詩教者深哉！

秋楂生於吾閩之長樂。明初詩家十子，均在吾閩，而長樂之陳景明、高彦恢爲著。明季吾閩三大詩家，而曹能始、徐幔亭外，則謝在杭爲著。且在杭先生爲秋楂遠祖，秋楂之深於詩教，其淵源益遠哉。秋楂從政有年，其於政治之得失，民俗之臧否，無不了然於心，故其於詩，能治其性情以感發志意，繼在杭先生而起，爲吾閩談風雅者後來之秀，喜何如也！

劉炯甫屺雲樓文集序①

昔歐陽公少時，得韓文公文於漢東李氏，讀而好之。後官京師，與尹師魯、穆伯長倡爲古文之會。蘇髯翁謂自東漢以來，道喪文敝，獨韓文公起布衣，談笑而麾之，天下靡然從風。夫文與世運爲盛衰，而體亦屢變，然有不可變者，惟理與氣二者而已。讀韓文公答尉遲生、李翊書，得作文之要矣。

余婣劉炯甫先生治古文，其於古文詞，能得韓文之理與氣，而不爲時代所汩没者。昨者兒子慶炳來粤，炯甫以古文詞寄余訂定，使爲之序。余於此道，淺嘗而未入於室，焉能定炯甫之文哉？惟五十年相知之好，又申之以婚姻，不能以不文辭。因竭三晝夜讀之，覺家庭兄弟間，肫肫懇摯，藹然仁人孝子之言，而又擇其言之尤雅，更參之太史以著其潔。文至雅潔，品莫貴焉，然非徒汰除俗調以爲雅、刊落枝葉以爲潔也，藴蓄閎深，詳明确當，天然高邁，削膚見根，辭約義豐，外淡中腴，是（以）能得理與氣之精而具真雅真潔者也。近代能古文詞爲余所心折者，顧亭林、朱竹垞、全謝山、朱笥河、陳左海、温伊初數

① 據光緒四年福州刻本屺雲樓文鈔校補。

君子而已。〔今〕讀炯甫文，又令鯫生心折矣。

〔歲次玄默涒灘六月初吉，同里姻愚弟林昌彝拜序於嶺南之海天琴舫。〕

王仲蒑文集序

昔讀陳同甫龍川集，至中興五論，竊嘆宋南渡永康間奇才崛起若同甫者，不愧爲人中之龍，文中之虎。今讀仲蒑文，口若懸河，縱横萬里，纚纚焉抵掌而談，其才不在同甫下。集中所言西法，蓋重其機器，今諸行省若天津、山東、江蘇、福建、廣東，皆設機器局，是西法已盛行於時。至論俄國之强，具見深識遠慮，非若輩空談經濟者之所能及。他若開種鴉煙之禁，其利誠爲無量，惟格於群議，一時尠能舉行。凡此者皆仲蒑救世之苦心，視同甫如出一轍。文章經濟，均在有數之例，豈時流之得步趨哉？余愛仲蒑之才，爰叙其大略，以應仲蒑之請云。

左傳杜注勘譌自序

春秋一書，左氏爲備；而漢儒注解，則服氏爲精。而杜氏則襲賈、服説，掩其名而以臆亂之者也。梁、陳間，未有習服氏春秋者。李延壽曰：「晉世杜預注左氏，預玄孫坦、坦弟驥於宋朝並爲(清)〔青〕州刺史，傳其家業，故齊地多習之。」是預之子孫多顯貴，故其書行，而服氏莫能與争。惟梁之崔靈恩申服難杜，著左氏條義以明之。時有虞僧誕作申杜難服以答靈恩，而河北學者確守服氏，其不遵者獨魏郡姚文安。而文安作難服氏七十七條，名曰「駮妄」；李崇祖即申明服氏，名曰「釋謬」，兩家之優劣可知矣。王元規傳云：「梁代諸儒，相傳爲左氏學者，皆以賈、服之義難駮杜預，凡百八十條。元規引證通析，無復疑滯，著春秋發題辭及義記十一卷。」而小劉規杜過至三百餘事，則公論不可誣也。今特勘其疎繆者。

彭湘涵南北朝文鈔跋語

婁東彭湘涵先生所選南北朝文鈔，乃取南北史、文苑英華、藝文類聚、一百三十家駢體集、四六法海諸書，擇其文之尤者，斷自永嘉，迄於大業，彙爲此集。俾攻選體者，挽頹波而趨正軌。視武進李申耆所刊駢體文鈔尤善，誠駢文之左海也。李刊全採蕭選，雜以單行，體裁尚多未合。

余前計偕京師，其族孫其明經以此本相贈。壬子粤匪之亂，板片無藏。余游粤隨帶篋中，昨與番禺陳奎垣茂才論及，因出篋中所藏示之，茂才深爲賞識，遂付手民。俾世之作駢文者，有逕路之可尋，不至如瞽者之以杖索埴也。

何子貞師草法跋

師草法超邁入神，巧妙全在執筆，而執筆則在横懸其臂，迴勒其腕，以取周身之勁，乃能操縱自如，運鋒於筆畫之中，平側偃仰，惟意所使，皆成妙趣。顔魯公所云「古釵脚，屋漏痕」，以及「無垂不縮，無往不收」，師無不兼備。即鍾、張、二王，均不過是矣。蓋用中鋒筆者，任其所之而心手俱忘，有不期然而然，當局者亦難自解，趙松雪云：「世人但學蘭亭面，欲换凡骨無金丹。」究竟所以然處，從未言傳。

修仁梁西庚大令民憲，謂世人但學師之蒼勁，而不究心於執筆之直脱凡胎，烏能金丹换骨？即放其執筆外貌，而能懸勒其腕，烏足醫俗？此中精詣，難爲不知者言也。大令自言昔學書十年，得其捷訣。本朝名家雖多，未見獨成一子，其成一子者，殆吾師是耶！其超前軼後，爲當代一子，直可俯視一切。烏乎，嘆觀止矣！蔑以加之矣！

鴻雪聯吟弁語

唱和之詩，始於韓、孟，繼於元、白，演於皮、陸，盛於蘇、黄，雄於近代朱、查，而駿於吾鄉邵武之嚴叟。昔太倉唐實君與其門士陸麟度論疊韻押險之詩，難於不疊韻數倍，非才餘於詩，學足以濟之，不能爲也。世之枵腹枯腸者，每以嚴叟之論爲藉口，抑知嚴叟所自爲詩，特小乘辟支之果耳。竹垞老人論詩云：「詩篇雖小伎，其源本經史。必也萬卷儲，始足供驅使。别材非關學，嚴叟不解事。」斯論足以執嚴叟口矣。

子箴方伯性於詩，尤長於疊韻押險之作；蓋疊韻詩一題到手，由韻生意，由意生詞，援筆輒成，不假雕飾，豈「活剥張昌齡，生吞郭正一」者比？其真才實學，亦足以見。向者方伯與予唱和，意興勃然，得東瀛唱答詩百篇付梓。玆於公餘之暇，再興壇坫，復得詩二百篇，名曰鴻雪聯吟。縱不必上追韓、孟，近接朱、查，興之所至，直無古人。彼膠膠於嚴叟之説者，亦可以廢然返矣。

硯桂緒録弁語

咸豐庚申，由五谿歸里門，避暑道山亭。時方酷熱，俗客不來，門户之福，毋容竹籬隔之。重檢舊書，多叢雜，略爲區分繙閲，凡經史子集之得失，及天地鬼神之屈伸，旁至格言醫方，下及草木蟲魚，有疑義異聞者悉載之，多所論辨；其有關於心身性命可爲世戒者，尤詳記之，名曰硯桂緒録。比之顔之推之家訓，葉子奇之草木子，亦已僭矣。閉户九閲月，約記二十册，金華王蘭汀鹺尹爲分經史子集，釐爲十六卷。

東瀛唱答弁語

息影海濱，覊游嶺表，詠歌之事，鍥而弗舍。同譜箴老，不相擯棄，惠然肯來。開徑揖客，鄭僑、吴札，迭主敦槃。分牋擊鉢，各出秀句，壼觴招攜，雲霞契慕，檐梅笑客，瓦雀呼群，性耽疊唱，幾於忘返，樂數晨夕，不辨賓主。二旬之間，成詩百首，爰記雅會，以諗來者。

詩玉尺弁語

毛詩無序，則西漢人説詩者無可授受矣。小雅篇次一亂，則幽王時詩，變成厲王時詩矣。齊、魯、韓、毛四家詩，師承不辨，將以古文爲今文，以今文爲古文矣。鄭箋毛詩改字，視爲立異好奇，則不識古人之學矣。凡此皆讀詩者之憾也。三隅知反，可與言詩。

海天琴思録弁語

家住西甌，游窮汗漫。盧敖、若士，託興絲桐。九州茫茫，無爾無我。空青一髪，兀坐冥搜。太古之音，宛在吾指。扣之無語，琴聲低昂，天風海濤，神與心會。浮雲身世，逐輪轉蓬，萬里滄波，胸襟共闊。生平著録，已遇解人，舊識新知，晨星落落。抱琴人來，吾將隱焉。

小石渠閣文集　卷三

重録感應篇箋註序言

濰川湯文正公嘗論天下之理，惟感應二者而已。按「感應」二字，本於孝經感應章。邢昺正義謂孝悌之行，通於神明，皆是應感之事。又謂人主若從諫諍之善，必能修身慎行，致應感之福。故以名章。

道家之有感應經，係魏晉間修仙者，述太上道戒；或以爲抱朴子弟子滕升所撰。其言立身行己之要，禍福善惡之機，則昭昭然若揭日月而行，不僅爲下等人説法也。其開篇曰：「禍福無門，惟人自召。」本春秋傳閔馬父語。蓋以人知常而反本者，則爲自召之福；不知常而妄作者，則爲自召之禍，豈非如影之隨形，而如響之應聲乎？是以禍福同出於一門也。至於所論三尸、竈神諸節，無非大易「神道設教」之微旨。即極之「穢柴作食」「夜起裸露」諸語，並足補曲禮、少儀所未備。服習儒教者，詎得以其言怪誕而外之耶？經之有注，不下數十家，真西山跋之於前，朱竹垞序之於後，老師鉅儒，在所敬信。東吴惠松崖徵君爲當代經師，亦遵所聞，爲箋注二卷。該博古雅，詞文理直，足與經疏相表裏，善於誘人。力爲詆諆此經者，關之口而奪之氣；前所有注，皆不能及。嗚呼！其有功於人心世道者，豈淺鮮哉！

吾閩舊無是本，昌彝特爲校正，襄之同志，重鋟諸版，以廣其傳，其猶徵君之志也夫！

書丙吉傳後

政有大體，有常經。大臣不當親細事，陳平對文帝有主者之言，此大體也；人主不可矜私智，陳矯阻明帝案行文書之言，此常經也。然曲逆之言當矣，因問而發，其言大而未必能副，則近於口給；東陽之言當矣，亦因事而陳，其言淺而非爲要圖，則近於拘守。丙吉於宣帝時號曰明良。他事多逸，而獨問牛一語，獨見稱於史册。及詳觀本紀、本傳及司馬氏、胡氏之論斷，紫陽之書法，竊不敢深信焉。據班史，吉以地節三年爲御史大夫，神爵三年爲丞相，其時天下雖稱晏然，如本始元年地震，三年地震，山崩，壞祖宗廟；地節三年地震，而地道屢變矣。又如地節三年大雨雹，四年雨雹至殺人，尤所僅有。神爵元年，有星孛於東方；地節元年，有星孛於西方；黄龍元年，有星孛於王良、閣道，入紫微宫；地節元年日食，五鳳元年日食，五鳳四年日食，而天象屢變矣。又如元康元年，殺京兆尹趙廣漢；神爵二年，殺校尉蓋寬饒；五鳳元年，殺左馮翊韓延壽；五鳳四年，殺平通侯楊惲：四殺無罪，而淫刑濫矣。且其時杜陵好祥瑞，本始元年，鳳凰集於膠東，則赦；四年，鳳凰集於北海；地節二年，鳳凰集於魯，則又赦；神爵二年，鳳凰集於京師，則又赦；四年，鳳凰集於杜陵；甘露三年，鳳凰集於新蔡，則又赦。甚至黄霸欲賀鶡鳥爲神雀，王褒求金馬碧雞之神，而君志荒矣。凡此者孰非人事有缺，以致上干天和，遂使陰陽失序，災異流行，而爲居政府、任股肱者所宜警惕深憂者耶？何以不此之問，而問牛喘耶？夫吉位居三公，而燮理罔聞；爵列五等，而謀猷不建。雖其恬退不争，未足以並韋賢、二疏；謹守無過，未足以並王訢、楊敞；通經明學，未足以並蔡義、夏侯勝。若概論生平，詳稽行事，區區乎監尉之保護，奏記之定策，不過阿保之功，推戴之職而已，曾何足以稱中興賢相，而追蹤蕭、曹也哉！

或者爲之原曰：宣帝之爲政尚嚴，自霍氏專政，以峻法繩群下，而嚴覈之風歷十餘年而未替；至霍氏覆亡，而帝踵其失，故吉之爲相，寬大禮讓，公府無案吏之名，閭閻有豐樂之慶。如張敞之尹京兆，于定國之爲廷尉，蕭望之之守少府，朱邑之爲大司農，而内任爲得人。韋玄成之治河南，尹翁歸之爲右扶風，而外職爲得人。置常平倉，益小吏俸，而實惠及民矣。趙充國之屯田，鄭吉之爲都護，而戎狄賓服矣。惟是吉卒，而所薦陳萬年、杜延年輩，均能居位稱職，則吉知人之目，尚有可取。此問牛一語，歷世尚有議其是者。

帝在房州記

帝者何？中宗也；房州者何？廬陵也。天子以四海爲家，以京師爲室，中宗何以在房州也？武氏廢之也。武氏者，高宗之后，中宗之母也。母愛其子，宜也，武氏何以廢中宗也？移唐祚之漸也。

綱目者，朱子之所作也，其取法也於春秋。春秋者，仲尼之所筆削也。昔者魯季孫嘗逐其君昭公矣，仲尼書曰「公在乾侯」，不予其逐也；帝在房州，亦不予其廢也。然則武氏已立豫王矣，安知帝之非豫王也？曰：非也。何以知其非豫？曰：不予其立也。其不予其立，奈何？中宗者，高宗之太子，受顧命而承祖宗之正統者也，不宜廢，故不予其廢也。豫王者，非所當立者也，而武氏立之，故不予其立也。然則書廢帝爲廬陵王，奈何？不没其實也，著武氏之罪也。帝在房州，不予其廢也；不予其廢，故不予其立，不予其立，故知帝之非豫王也。天無二日，士無二王，大一統也，明正僞也，絶禍亂也。

游武彝巖九曲記

天下多奇山，獨武彝之九曲，寓仙家金丹九轉之旨。自來游眺武彝者，徒模範山水，雕鏤巖窟而已。求其發天地之房而挈兹山之奥者，自朱晦翁武彝九曲之詩始。

九曲溪發源於三保山，出大源山馬月巖，經曹墩，合周杉二溪，過星村，入武彝，盤繞山中二十里，至山前渡合於大溪。晴川一帶爲一曲，其周迴百二十里，峰之大者凡三十六，此仙家陽火之數也，而陰符即在其中。浴香潭以北爲二曲；其三曲在雲磕灘之上下；卧龍潭至古灘爲四曲；平林渡爲五曲；其六曲則老鴉灘也；其七曲則獺控灘也；芙蓉灘東西爲八曲；過淺灘爲九曲。溪勢自西南趨東北，奔流而去，周易所謂「西南得朋，東北喪朋」也。

蘭陽渡口爲崇溪之西岸，攜銓兒上竹篺遶三姑石下達山後。溪南北巖大王峰及亭湖厓在一曲，題名石刻凡二十餘處，皆磨崖掛烟靄中。

玉女峰鵠立二曲溪畔，高數十丈，娉婷夭矯，絶世佳人從天半立，遠而望之，野花簇髻，松釵壓鬟，嬌羞澹冶，不可迫視。憶釋氏書有龍女獻珠於法華會上，爲之釋然。

金井坑在三曲，峻峰環立，叢薄鳴泉，窈然出於塵埃。澗水沸沸落，從會仙昇真兩麓來，亦曰金井澗。地生鬼叉草，杈枒迷路不可行。行不一里，恍聞歌絃金管聲從雲間出，篙工曰：「此幔亭峰也。昔武彝君與皇太姥、王子騫置酒會鄉人於此，峰頂奏樂，唱人間可哀之曲，至今餘音猶在人耳。」銓兒問曰：「此仙樂也。何以朱晦翁指爲金丹？」余笑曰：「此正九轉丹成，過關服食，由中宫下丹田，落黄庭，鏗然有聲者是也。」儵忽間，有奇峰峭拔如層臺複閣，巍然並峙，劈面而立，曰大藏峰，曰小藏峰。峰頂有一脚人緣木去，篙工譁曰：「木客，木客！」此山魈也。大藏峰下有潭，深不可測，沍淪淤瀼，相傳有異物宅焉，亦曰卧龍潭。蓋即道書所謂無底洞，亦名生死關，若名之曰極樂國，則破道矣。

小藏峰在四曲，東壁隙間，縱横插虹橋板，上有二艇，半在隙内，半懸空中，曰架壑船。大風不動，無風有時自動，蒙莊所謂大壑藏舟，亦仙家設喻之語也。洞口虹橋板堆積殆遍，徑仄不可階，惟見水光汎汎，水聲涾涾，視他曲又别開生面。昔建安詩人許克孥於壬寅三月，偕二友渡虹橋板，失足墜崖死，即此地也。道書所謂上鵲橋、下鵲橋，極言其危險，略不小心，便妨墜落。軒轅帝時，玄武君修道於武當山，有五龍從千仞巖下捧其身於千仞巖上。懸巖一線，一失足成陸地仙矣。金雞洞口豎一竹竿，儼若垂綸下釣，篙工曰：「此仙人釣魚臺也。」依山行半里許，爲御茶園，其旁曰題詩巖，仙人許碏題詩處也。巖左壁如覆屋，下有石，平正可卧。與兒子坐數刻，掃石寫劉禹錫詩：「何處人間有仙境，春山攜妓採茶時。」蓋其地有道院製茶，買茶人鬧如市，然茶出僧製者，價倍於道院。余與兒子啜茶數椀而去。

五曲高峰峭拔，夷上直下，方正如屏；玉華、接筍二峰，倚列左右。接筍峰曰小隱屏，玉華峰曰大隱屏，朱晦翁曾建武彝精舍於此。嘗傳聞陳恭甫師死爲五曲山神，感念師資，低徊者久。兒子高誦阮文達公所撰師隱屏山人傳，巖谷間聲響如答。突有道士攜茗葉一箱至，問曰：「君非林姓乎？」余曰：「然。」又問曰：「君非震來子乎？」余愕然曰：「鍊師何以知之？」曰：「昨夢神人告我耳。茗藥惠君，勿却也。」飄然而去。

有峰如掌，曰仙掌峰。篙工曰：「此六曲也。」兒子問曰：「此峰半類掌痕，此掌何義？」余曰：「爾未見仙書『仙人掌上探消息』之句乎？」天遊峰高拔群峰之上，溪山全勢，一覽而收。與兒子登天遊閣，望九曲若游龍矯變，盤繞山中，俯瞰千峰，如在指掌。道書謂「初出元神者，見大地山河在指掌中」，即此旨也。

獺控石在七曲，石有數控，獺祭魚時出入其中。北廊巖下有上下水龜石，曰八曲。龜曰玄武，舉玄武而青龍、白虎、朱雀在其中矣。九曲溪北雲峰，一曰白雲巖，上有白雲庵，遂偕兒子登焉。軒窗臨厓，憑軒遠眺，見溪水自西而來，盤迴如帶，星村之田廬、屋宇、橋梁，歷歷在目，宛然如畫。道書所謂萬里通，蓋以萬里之物，均在目前也。星村者，武彝山房之名也。星渚渡在後溪，爲往星村之路。

時轂犬跳聒，雞聲嘐喈，夕陽西下，坐竹簰詣沖祐宮，謁武彝君。茶烟出石榴樹底，竹雞磔格聲不絕。篙工曰：「返照入江，可以歸矣。」緣溪，與兒子誦白玉蟾仙翁雲窩記及止止庵記、祝穆武彝山記，如聞東幄奏賓雲左仙之曲、西幄奏賓雲右仙之曲云。白玉蟾，姓葛，名長庚，成道於此巖。朱晦翁注參同契，仙翁嘗爲參訂者，並記之。

酈氏水經注有此古雅，無此精妙，是能發丹經之房，而寫山水之骨也。光澤何秋濤願船。

答鄒尗績問周官置府史胥徒與後世公人同異書

竊謂後世之公人，即周官之府史胥徒耳。何以在後世則不勝其病，在周官則有補於治？則以後世置之非其法，而周官所以置之，其法爲盡善也。法之善，一在約其數而務得其人，一在優其祿而不拘其格。考周官所設，大宰府一而史倍，胥一而徒十，而天地春秋四官屬府史胥徒，皆止百五十人；外此諸職，且或史少於府，或有府無史，有史無府，或府史並無，或有徒無胥，或胥徒並無焉。蓋府所以治藏，非有藏則不置府，則府之數無多也。史所以掌書，非有書則不置史，則史之數無多也。胥徒所以掌官敘官令，非有官敘官令之須，則不置胥徒，則胥徒之數無多也。而惟任治藏，始命爲府；任掌書，始命爲史；任掌官敘官令，始命爲胥徒。則府史胥徒，固無一而或失其人也。至所授之禄，司禄雖失其傳，而以孟子、王制推之，大率上之爲府爲史，所食不下九人八人；下之爲胥爲徒，所食亦不歉六人五人，則其禄固無憂不給也。抑孟子有言，「下士與庶人在官者同禄」；鄭君注「太宰置其輔」，亦云：「輔，府史、士人在官者。」夫以庶人在官而重，而名之爲輔；以下士之尊於在官而引而與之同禄，是府史輩於士初不甚懸絶，先王原未嘗概視以下流，則府史輩之克自振拔者，亦即可升之爲士，先王正未嘗竟限以成格也。夫數簡則察易周，人得則識易稱，而又厚之禄以絶其自私之念，寬之格以生其自奮之心，立法之善至此，此先王之世，所由吏不容奸，人懷自厲，弊無弗除，利無弗興，而庶人在官，且與公卿大夫旁參治化之成也。

漢世去古未遠，於周官良法，雖未能適合，要亦頗得其遺意。觀於郡縣秀民，推擇爲吏，博士弟子明經者，補太守卒史，其人之咸宜，而其數亦必不濫可知。觀於佐史有斗食之秩，長安游徼吏有百石之秩，而黄霸、薛宣、朱邑、丙吉、龔勝、尹翁歸、胡廣、袁安、應奉諸人，並以吏發身，其禄之從厚而成格初非所拘又可知。漢治推近古，此蓋其一端。

自漢以降，良法日湮，鄉差變爲顧役，天下事悉付游手，又從而奪其庸；爲吏者率皆舞文弄法，作奸犯科，蠹耗齊民，害貽家國，求如唐高仙芝、封常清、李光弼、來瑱、李抱玉、段秀實輩，卓卓牙校間者，蓋萬無一二焉。是豈盡吏之罪哉！用之不當其可，責守實有難堪；設之不勝其繁，情弊更無由悉。而且所養過薄，上既瘠其身家，而彼安得不以身家自累？爲品過卑，上既待以污賤，而彼安得不以污賤自居？積弊之漸，良由立法之不臧耳。

或問：鄭氏太平經國書謂周官所置府史胥徒，即征之於民，更調迭發，其任事止一年，受代而去，則復業農，其説若何？曰：以農民任府史胥徒，彼其農務將復誰代之？且胥徒之事，或農民所優爲。府主治藏責農民以治藏，可一旦而能治耶？史主贊治，責農民以贊治，可一旦而能贊耶？忽農忽吏，既憂積業之弗習；忽吏忽農，仍苦作輟之無常。先王立法，斷不若是紛紛矣。

答何願船比部問古韻書

讀來札，勤勤以三禮通釋寫定進呈爲念。昨已將字數核算，約三百萬言，繪圖在外，鈔寫工價，約二百白鏹；至校對，弟當獨任其勞。來札細詢古韻，荷大君子贊譽過實，無以克當。

拙著古韻考，以讀三百篇，竊疑古韻與今不同。既而縱觀周秦諸子書，以及兩漢人著作，益信古韻不可以今韻求。隋陸法言謂「古人韻緩，不煩改字」，誠知古韻難通，後世必有穿鑿附會以求合韻者。宋吴才老著韻補，而叶韻之説始盛行。蓋本於六朝人之協句，漢書注之合韻也。自是讀古書者，凡遇與今韻齟齬者，皆以叶韻當之，而不深求其故，而古韻益晦。明陳季立著毛詩古音考、屈宋古音義，其言古無叶韻，詩之韻，即是當時本音，可謂有特識者矣。近代顧亭林著唐韻正，亦多取其説。顧氏書考據明晰，較陳氏尤爲精詳，洵爲古韻之功臣。惟於支、脂等韻字，往往有所改易，如讀皮爲婆，地爲陀，奇爲苛之類，蓋不知古韻無歌、麻一類也。然顧氏於麻韻中花瓜等音，謂其或出於西域，是顧氏知麻部之半非古音，何以不知歌、戈二部與麻部之半皆非古音乎？

竊嘗輯周、秦、兩漢古書，遇其韻有用歌、麻部中字者，輒手録之，久而成帙，名曰辨歌麻古韻，惜行篋中書籍無多，遺漏踳駁，知不能免。説文一書，最爲近古，其諧聲之字，無一非古音，故首引之。後人不識古音，遇有與今音不合者，輒謂之旁紐。徐鼎臣兄弟號稱精於説文者，然皆不識古音，往往亦有此弊，是以繫傳不足取也。前人言古韻者，每疑楚辭及兩漢詩賦，用韻往往有出入，不知古人用韻，體例不一，如三百篇有一句見韻者，有二句見韻者，且有三四句見韻者。但識古音，無不可以得其體例，微特三百篇、楚辭及兩漢詩賦爲然也，凡漢以前之古書、歌謡、箴銘，無一不然。東漢以後，古韻始變，故三國以後之著述，多不足據也。古無韻書，勢不能不借今韻離合以求古音。唐韻二百六部，爲隋陸法言所訂，其中尤有近古者。宋廣韻卷首題隋陸法言撰本。顧氏書悉用唐韻，最爲有見，蓋欲據唐韻以正宋以後之失，據古音以正唐人之失也。其韻目仍唐韻而平上去皆併爲十部，今悉依之，但云某聲第某部以歸簡易。至顧氏所據唐韻，已非原書者，前人已論辨之。言古韻者，宋吴棫作韻補，昔人謂其分合最爲疏舛；鄭庠作古音辨，分陽、支、先、虞、尤、覃六部；明楊慎有注古音；近代毛奇齡有古今通韻，皆互有出入。江永著古韻標準，平上去分爲十三部，入聲分爲八部，精核亦不及顧氏書。顧氏書平上去十部，入聲亦八部，言古韻者，必以顧氏書爲集大成。惜顧氏於説文不甚留意，故於歌、戈、麻三部，未能盡得古音。又侵、蒸、登三部，古與東、鐘、冬、江四部字爲韻，三百篇具在，可考而知。孔子繫易於屯、於比、於恒，皆以禽與窮、終、容、功、凶爲韻，顧氏謂此或出於方音之不同，且曰「雖謂之協音亦可」，此則顧氏之滲漏，亦全書之小疵也。

擬輯續唐韻正一書，凡侵、蒸、登之古音，皆考證明晰，以備採覽，因行篋無書，不能率爾爲之。唐韻正平上去皆分爲十部，今仍其例，第稱某聲第幾部以歸簡易，仍注明第幾部合某某韻爲一部。其平仄通者，以古韻皆在未分四聲以前，以今韻讀之，始有平仄通之説也。故鄗意平仄通之韻，皆統於平聲部中。拙著二册，先呈左右，幸有以教之也。

答魏默深舍人問江沱潛漢書

桂未谷先生晚學集領到。中言泰山脈絡一篇，瞭如指掌，可採入尊著書古微。

承問「江沱」「潛漢」，謂胡渭説不分曉，欲詳爲剖析。案爾雅：「水自漢出爲潛，江出爲沱。」禹貢梁、荆二州，皆曰「沱、潛既道」，則二州均有沱、潛也。江出岷山，東別爲沱。郭氏曰：「沱水自蜀郡都安縣湔山與別而東流。」案：都安縣故城在今成都灌縣東。漢志：「禹貢江沱在蜀郡郫縣西，東入大江。」案：郫縣在今成都府治，即今之郫江。郭氏所謂沱也。水經亦載孟州之沱，或以爲孟州之沱乃湔江，考湔江爲蜀相開明所鑿。宋史，劉裕伐蜀，有内水、外水，此亦江之沱也。或曰：「此秦守李冰所導。」竊謂開明、李冰，亦必因禹故跡而鑿之、導之，則明爲梁州之沱也。大江出瞿唐峽爲魚復浦，即諸葛武侯壘石爲八陣圖處，其地在夔州奉節縣。杜詩所謂「名成八陣圖，江流石不轉」者也。其經流東下巫峽，其枝流南分至夷道縣東北入江者爲夷水，即沱水也。又大江出夷陵峽，自枝江縣百里洲今在荆州。首派別，北爲内江者，亦爲沱水也。其地在今荆州，此皆荆州之沱也。

地理志：「西漢水出西縣嶓冢山，南入廣漢白水，蓋潛漢也。」案：嶓冢山在今秦州西南，西漢水南至保寧昭化縣合白水，又東南出重慶、巴縣東南入江。郭氏曰：「有水從漢沔陽縣南流梓潼、漢壽，入大穴中，通峒山下西南潛出，舊俗云即禹貢之潛也。」括地志：「潛水一名復水，今名龍門水，源出綿谷縣東龍門大石穴下。」綿谷縣爲今之保寧廣元縣。此即郭氏所謂潛也。通典：「秦州上邽縣，嶓冢山西漢水所出，經嘉陵曰嘉陵江；經閬中曰閬江。」今案：西漢水，即梁州之潛也。梁州貢道浮於潛，逾於沔，入於渭，皆由西南而至東北。曰浮、曰逾，西漢、東漢原不相通，則浮於潛者，即西漢水，而逾於沔者，即東漢水也。地志：「漾水出隴西氐道，至武都爲漢；武都東漢水受氐道水，名沔。」是則沔、漾俱爲東漢也，特氐道武都脈絡不通。案：隴西氐道在今秦州徽縣之西，階州成縣之北，成縣西北有武都故城。胡渭禹貢錐旨謂地志蓋以沮水枝津上承氐道水，下爲東漢水，殊不知沮水枝津自東入西，非自西入東也，胡氏誤矣。考通典，漢中金牛縣嶓冢山，禹導漾水，東流爲漢，亦曰沔。後魏地形志：「華陽郡嶓冢縣，漢水出焉，經南鄭縣南，禹貢『嶓冢導漾，東流爲漢』是也。」案：金牛縣在漢中府寧州西北，嶓冢縣在漢中府沔縣西南，又東爲滄浪之水。南都賦：「流滄浪而爲隍，廓方城而爲墉。」漢水至武當縣西北，水中有滄浪洲，又名滄浪水也。案：武當縣在襄陽均州，又過三澨，至於大別。孔傳：「三澨，水名；大別，山名。」今案：彭水、鄖水、堵水、湑水、溠水，皆各有源，而入於漢；非漢所分，不得爲潛。惟夏水自漢而分，先與江通，漢水亦名夏水，故其入江之處名夏汭。則夏水真荆州之潛也。

地志：「南郡華容縣，雲夢澤在南，夏水首受江入沔。」則夏水又可爲荆州之沱矣。荆州貢道浮於江沱、潛漢，殆指夏水而言耶？考荆州之沱、潛，此其最著。水經涔水篇即潛也。酈道元注：「涔水出漢中南鄭縣東南旱山，即黄水也。」此即梁州東漢之潛之證也。楚詞：「望涔陽兮極浦。」説文：「涔陽渚在郢中。」此即荆州之潛之證也。二潛水明白可考如此，又何疑乎！

與温伊初論轉移風俗書①

竊聞之：天下之風俗，代有所敝。夏尚忠，其敝爲野；殷尚敬，其敝爲鬼；周尚文，其敝也文勝而人逐末。三代已然，况後世也。雖然，承其敝而善矯之，此三代兩漢俗之所以日美也；承其敝而不善矯之，此秦人、魏晉、梁陳俗之所以日頽也。而俗美則世治

① 據道光十三年刻本管同因寄軒文初集卷四擬言風俗書校改。

且安，俗頹則世危且亂，以古言之，蓋有歷歷不爽者。

我清之興，承明之後。明之時，大臣專權，今則(各)〔閣〕部、督撫率不過奉行詔命；明之時，言官争競，今則給事御史皆不得大有論列；明之時，士多講學，今則聚徒結社者渺焉無聞；明之時，士持清議，今則一使事科舉，而場屋策士之文及時政者皆不録。大抵明之爲俗，官横而士驕，國家知其弊而一切矯之。是(於)〔以〕百數十年天下紛紛，亦多事矣，顧其難皆起於(四)〔田〕野之(間)〔姧〕、閭巷之俠，而朝(著)〔宁〕學校之間安且静也。然竊以爲明俗敝矣，其初意則主於養士氣，蓄人材。今夫鑒前代者，鑒其末流，而要必觀其初意。是故三代聖王相繼，其於前世皆有革有因，不力舉而盡變之也；力舉而盡變之，則於理不得其平，而更起他禍。何者？患常出於所防，而敝每(坐)〔生〕於所矯。竊觀近年，大臣無權，而率於畏偄；臺諫不争，而習爲緘默；門户之禍，不作於時，而天下遂不言學問；清議之持，無聞於下，而務(料策)〔科第〕、營貨財，節義經綸之事無與於其身。蓋秦人、魏晉諸君，皆坐不知矯前敝。國家之以明鑒其末流，而矯之稍過正矣，是以成爲今之風俗也。上之所行，下所效也；時之所尚，衆所趨也。今民間父子兄弟，有不相顧者矣，合時牟利者是爲能耳，他皆不論也。士大夫且然，彼小民其無足怪。

嗟乎！風俗之所以關乎治亂者，其故何哉？臣民之於君，非骨肉也，其爲情，本易涣也。風俗正然後倫理明，倫理明然後忠義作，平居則皆知親其上，而不相欺負；臨難則皆知死其長，而無敢逃避。相繫相維，是以久而益固，永而彌昌也。今自公卿至庶民，所懷如是，幸而承平，亦既骫法營私，無所顧戀矣；一旦有事，其爲禍安可復言。鼠竊狗盜，何足重輕，揭竿一呼，從者數萬，入京邑，戰宮庭，而内臣至於從賊。非狂寇之智，足以大致吾人也；吾之人，漠然不知有倫理，稍誘脅之，遂相從而惟恐在後焉耳。

竊聞之，天下之安危，繫乎風俗；而正風俗者，必興教化。居今日而言興教化，則人必以爲迂矣。彼以爲教化之興，豈旦暮可致者耶？竊謂不然。教化之事，有實有文，用其文則迂而甚難，用其實則不迂而甚易。夏、商、成周之事，遠不可言，今請以漢論之。

昔者漢承秦敝，其爲俗也，貪利而冒恥，賈誼所云「孳子耆利，同於禽獸」者也。自高祖、孝文，困辱賈人，重禁贓吏，而西漢之治成。其後中更莽禍，其爲俗也，又重死而輕節。光武重敬大臣，禮貌高士，以萬乘而親爲布衣屈，亦遂不久而成爲東漢之治。由是言之，移風易俗，所行不過一二端，而其勢遂可以化天下而不爲難。今之風俗，其弊不可枚舉，而蔽以一言，則曰「好諛」，曰「嗜利」。惟嗜利，故自公卿至庶民，惟利之趨，無所不至；惟好諛，故下於上，階級一分，奔走趨承，有諂媚而無忠愛。教者，以身訓人之謂也；化者，以身率人之謂也。欲人之不嗜利，莫若閉言利之門；欲人之不好諛，莫若開爭諫之路。今天下有河工災務，國用不足，故競言生財。夫生財不外乎節用，若其他，非害政之端，即無益之舉耳。近者皇上憂念庶務，菲食惡衣，以儉聞天下。然竊意以古較今，則猶多可省。漢貢禹有言：「今宮室已定，無可奈何矣，其餘盡可減損。」宜講而行之，而杜口不言利事。有言利者，顯（非）〔罪〕一二人示海内。

皇上新即大位，嘗命臣民率得上書矣，既而言無可采，遂一切罷去。夫言無可采，一曰爵之太輕，故奇偉非常之士不至；一曰禁忌未皆除，故言者皆瞻顧依違，不敢盡其説。今日者，宜損益前令，言官上書，士人對策，及官僚之議政者，上自君身，下及國制，皆直論無所忌諱。愈戇愈直者，加之以榮；阿近逢迎者，必予顯戮。夫如是，則天下皆知上之不好諛。夫上不好諛，則勁直敢爲之氣作；上不嗜利，則潔清自重之風起。天子者，公卿之表率也；公卿者，士民之標式也。以天子而下化公卿，以公卿而下化士庶，有志之士，固奮激而必興；無志之徒，亦隨時而易以爲善。不出數年，而天下之風俗不變者，未之有也。天下之士，囂囂然爭言改法度，夫風俗不變，則人才不出，雖有法度，誰與行也？風俗者，上之所爲也，有其美而不能自持，故自古無不衰之國，周、漢是也；有其敝而力能自變，則國雖傾覆，而可以中興，東漢是也。今者繼世相承，則舉而變之，事易而功倍矣，此當今之首務也！

與劉炯甫孝廉親家書

暮春兩接手書，並大著勸學編、説詩二種，簃簃於處己觀人、力學窮經之旨。近今士品，如江河日下，學問行誼，不講久矣。然程子謂「餓死事小，失節事大」，爲千古至言。宋儒之言之可敬佩者，此其見端。此語雖爲婦人言之，吾儒立品制行之方，莫能外是。

竊謂處己之法，不在多言，惟周公戒伯禽數語盡之矣。觀人之法，亦不在多言，惟李克對魏文侯數語盡之矣。周公戒伯禽曰：「德行廣大，而守以恭者榮；土地博裕，而守以儉者安；祿位尊盛，而守以卑者貴；人衆兵强，而守以畏者勝；聰明睿智，而守以愚者益；博聞多記，而守以淺者廣。」李克對魏文侯之言曰：「夫觀士也，居則視其所親；富則視其所與；達則視其所舉；窮則視其所不爲；貧則視其所不取。此五者足以觀矣。」周公之言，謙德也；李克之言，明哲也。至力學窮經之旨，莫要於精專。精專者，不雜以他學；不雜以他學者，恐爲他學所移也，其中艱苦，難爲末學者言也。

夫無才不煩讀書，讀書莫要於治經，才盡於經，才不虚生。恃才者不能盡其才；多用其才者，反爲才所累。凡裘馬、亭館、財貨、歌舞、花木、禽魚、絲竹、書畫、博弈、射獵、酒食争逐，好此者皆才人也，而其才即銷亡於此，何暇讀書。讀書矣，未聞讀書之法，亦將誤用其才。韓子曰：「口不絶吟於六藝之文，手不停披於百家之編。」蓋謂經須熟讀默記，至於雜家，披覽而已。徐廣年過八十，猶歲誦五經一徧，所謂口不絶吟也。凡人胸中不可無主，有主則客有所歸；岱宗之下，諸峰羅列，而有嶽爲之主，則群山萬壑，皆歸統攝，猶六藝之統攝百家也。今之才人好詞章者，好擊辨者，好淹博者，好編録者，皆無當於治經，胸中無主，誤用其才也。誠能持之以愚，斂之以虚，刊落世好，篤信師説，以彼經證此經，以訓詁定文字，貫穿注疏，甄綜秘要，終老不輟，發爲心光，則其才盡於經而不爲虚生矣！蔣子萬機論曰：「學者如牛毛，成者如麟角。」惜哉！

近代曲阜桂未谷先生能讀書，與弟論極合。弟所著書，冥心孤往，無間寒暑，歷三十餘年。少則遭家不造，先母吴太安人，投井幾死，及今思之，猶心痛焉。前以進呈三禮，得一校官，承乏建寧教授，接篆一年，因事交卸。禍緣兼理崇安縣學篆務，不意同寅李某、謝某，積妬成怨，適前任余子服毒自盡，李、謝乃嗾其家屬藉屍勒詐，不白之寃，竹報已詳述之。命途蹭蹬，一至於此！愛我者當爲一嘆。

邇來以生平所讀心得之書，凡經史子集及先正名言，纂成硯耕緒録，歷九閲月，釐爲十六卷，約二十餘萬言。其於處己、觀人、讀書之法頗有所得。他日刊成，當置郵呈覽。關山迢遞，夢轂徒勞，惟蘄眠食珍重。臨楮神溯。

小石渠閣文集　卷四

陳恭甫先生傳

先生諱壽祺，字恭甫，號左海，福州閩縣人也。祖起龍，父鶴書，世諸生，以質行稱。先生幼而能文，博奥驚其長者。年十七，遺書同縣薩君玉衡，自咎不能高行邃學，擔荷世宙，如宋廣平、范希文；雄節偉略，建樹奇勳，如終孺子、班仲升；焠掌苦學，目不窺門，如董廣川、何邵公。然自守澹静，力絶徵逐，非同志，一人弗妄交，而其胸中時有浩浩落落、慷慨鬱勃、不可告人之意。蓋其年少自狀如此。是歲，師事故考功郎中孟君超然，考功服膺宋儒書，履行淳備，厥後先生爲刊其八録者也。先生從學時，齒尚弱，篤守師訓，已凛然以古君子自期矣。十九，充己酉鄉貢；嘉慶己未，成進士，改庶吉士；辛酉授編修。尋告歸省親。性至孝，既歸，而重親致歡；久之，不忍言仕也。

家故貧，祖、父皆敦厚任恤。先生既通籍，三黨之煢獨者多依之。居二年，無以食，父乃命之入都。甲子，典試廣東主考官；丁卯，河南主考官；己巳會試同考官。京察一等，記名御史，凡在職七年，方直淵雅，重於朝列。聞父喪，奔歸，以不得視含斂，終身爲大戚。服除，遂乞養母，教授生徒，以供朝夕。謂其門人張岳崧曰：「吾惟不屑不潔，不以不廉之財奉甘旨，不以不義之行欺晨昏，差告無罪爾。」母没終喪，年五十有三，遂不復出。

先是主講仙游書院，以學古敦行率其士，士多興起者；及館泉州之清源，亦如之。

大旨重廉恥，尚經學，優其禮貌，嚴其董戒，士初苦之，久乃悦服矣。福州鼇峰書院，康熙間張清恪所創置也。時則蔡文勤爲之師，其後主講者，多宿儒大師，百餘年間，閩人之出鼇峰，砥行立名者甚衆，而近稍衰息矣。巡撫上元葉公至，則請先生主之。先生舉清恪之言，以爲：「士子奔競成俗，宜嚴加别擇，以品行賢否爲去留，則教易施，而得人之效速。」乃請先察學行，而後考文藝。札下，郡縣舉其士之孝弟廉潔者、通經學古秀異有才者，及歲科試高等若舉優行者，守令以禮資送，乃扃試而録取之。又增築屋若干間爲試所，糾其出入，若貢院然。作義利辨、科舉論、知恥説，揭於講堂。又爲規約，教以正心術、廣學問、慎交遊、肅禮儀，願爲砥礪兼隅、窮經致用之士，無爲不隆禮、不由禮無方之民。悉發藏書，使博觀而精擇之，日稽其課，月考其能，經史文筆，因所長而裁成之；不爲一格，所以興實學、求異才也。

兩漢經師，莫先於伏生，莫備於許氏、鄭氏，先生故嘗闡明遺書，皆得其指歸。所撰尚書大傳定本、洪範五行傳輯本、五經異義疏證、左海經辨，四方學者户有之。又撰禮記鄭讀考、說文經詁、歐陽夏侯經說考、齊魯韓詩說考、兩漢拾遺，凡若干卷。又嘗撰春秋左氏禮、公羊禮、穀梁禮，未成。少工詩及駢體文，中年治古文辭，皆有專集行於世。今之治經者，或專小學，而近煩碎；或舉大義，而略雅訓；又或界域漢、宋，以文字義理爲二塗，而訓詁文筆，亦鮮有兼長者。先生閎覽精識，賅貫本末，無是同非異之見，故游先生之門者，有專肄，無偏訾也。嘗搜漳浦黄文端公遺集刊之，校對精審。

先生嘗客浙東，爲儀徵阮公延課士，仁和趙坦、汪家禧，錢塘嚴杰、王述曾，德清徐養源、養灝等，皆從問業。時阮公方纂群經古義爲經郛，先生定例言數十條，明所以原本訓辭，會通典禮，存家法而析異同之意，一時傳誦徧兩浙云。

道光十四年春，卒於家，年六十四。儀徵阮公撰隱屏山人傳，光澤高君樹然、仁和陳君善、富陽周君凱、嘉興錢君儀吉，各有誌傳之作。昌彝治經之學，爲先生所授，感不能忘，因復撰傳一篇，以備史館之採摭焉。

昔儀徵阮文達公撰左海師隱屏山人傳郵寄其嗣君璞園太守，外附一短札云：「尊大人當日若出山領封圻，位卿相，官階顯耀，著述無聞，至今觀之，與草木同腐矣。然則出處之間，果孰得孰失乎？」今撰先生傳，敬附文達公語於此。

昌彝自記。

補宋史楊億傳

福建通志楊億傳惟據宋史列傳録之。按宋史列傳文字繁冗，且擇焉不精，惟留意於道學諸人，其餘則未免仍傷疎略，或事實闕載，或官階見遺，散見他籍，蓋難枚舉。如億傳，則當補以東都事略、江鄰幾嘉祐雜志二書記真宗將立劉后，欲億草制，令丁謂諭旨，億不從。又儒林公議、東軒筆録、石林燕語稱億與寇萊公協定大策，仁宗即位，贈禮部尚書，賜謚曰文。及東都事略載仁宗稱億爲國竭忠，則億之大節彰矣。又東坡志林薦蔣堂於韓魏公、石林燕語薦王沂公於寇萊公二事，則億之好賢如不及亦著矣。又青箱雜記爲執政所忌、希旨言事者攻擊不已諸條，則億之被讒而不安於位亦見矣，此皆宋史所略而不可不補者也。

宋人雜家説部表億之志節者甚多，惟龍川别志誣億以丁謂誅周懷正、黜寇準，召億至中書，億懼，面無人色，則不足信也。億能拒真宗之諭旨，而不怵於利害，豈怵丁謂者乎？至葛勝仲丹陽集稱億與錢惟演、劉筠號「江東三虎」，案筠大名人，不應屬之江東。而宋史億子紘傳，又稱紘御下急，與王鼎、王綽號「江東三虎」，語見仁宗本紀及王鼎傳，其説迥異，恐丹陽集乃傳聞之誤。至玉壺清話載億夢懷玉山人出牒添歲事，皆可補本傳所不及。

陳欽若家傳

君諱霽學，字欽若，原名暘。先世自福清柯嶼遷會城。祖德基，考泉所，皆以君貴，贈如其階。

君幼力學，甫長，即出遊，輿轎踰嶺，觀潮於錢塘，登震澤，泝金、焦，税白下，歷覽大江以南川原之訏麗，益以自喜，而學日昌。歸，受陸耳山先生知，補侯官縣學弟子員，年二十七矣。逾年遊粤，入郭有堂太守幕，佐理軍工廠、錢局七年，事皆厖。庚申舉於鄉，試禮部，報罷。應郭對西大令聘，遊蜀，所歷邑不可縷舉，於大寧獨三至，尤習其民。嘉慶二十二年，大挑公車士，君生五十七年矣，入選，以知縣用。捧檄，適得蜀，喜之官。明年署彭水，又明年署大寧。大寧治東三十里，東西二谿所滙，繞治所，達巫山，入大江。辛巳夏，大雨，流驟漲，湮城過版，君結筏以拯溺者，爲粥以食餓者，悼者、耋者、惸獨者，皆倍廩也；病者予醫藥，死者予之木，蓋獲全者四百餘户。繼權牧會理州，州有錮婢俗，迺爲歌，户諭之，俗寖以變。旋遷真新津，新津在成都南，上接邛、雅、寧遠，旁通彭、眉、嘉定，其西遠直打箭爐，出入前後藏者此其嗌，皆以邑東羊馬古河爲阻河。前令置有義渡，衹四艘，不足以給，舟子或誑遠人以攫錢。君經其費故有贏，增其六，立木左右岸，各署瓦繫之，大書榜其傍曰：「渡有敢難人者，碎此瓦。」仍時出，按瓦不完者痛抶之，於是竟君任，渡之難人者以絶。以其餘爲通津書院諸生廪，又勸建義學五所，創養濟院，纂修縣志，迄其治五年，事無弗舉，而民安之。乙酉分闈，校士必慎，稱得人。

君天姿踔發，而遇事審定。辛大寧時，有關吏得帛書於城闉，若爲變者然，首從數十人，里名皆具，既盟會期，發在旦夕，夜漏既下，趨白君，請急掩捕。君徐閲其書竟，曰：「以吾習此土爲令，迺有民爲變不知者；且中數人素良懦，亦安有此，然事特須質耳。」吏請捕益力，君闔户寢。質明，下尺一，遍召之曰：「不爲變，第聽質，無恐。」如隸有敢索一錢者，立杖斃。」則悉至，鞫之虚，知仇家所爲，遂焚其書。又邑劉屠奪胡某所私外婦，胡之弟仲、季怒，醴有酒，昏夜矣，踏屠門，屠舉家逃。迺踵入，季取砧上刃，誤剚其仲斃。胡父以屠子殺己子告，驗之刀屠刀，屠之子衣又有血，牘具，將以格殺論。君覆按，念格者創不當自後，且衣血又豨也，質之神詷之，季涕泣服誤殺兄罪。君之聽訟，實事求是率類此。

當君講習鼇峰時，即有志當世；比爲宦，意氣故不衰，而年且老，迺所施設如是。君嘗謂人：「吾年七十，必歸。」其歸也，蓋六十有九。婦盧孺人善持家，當君出遊，所遺弟、女弟三人，皆孺人成立婚嫁之。先君卒。君卒以道光十年五月二十四日，春秋七十。居平律身，隱括履屐間皆得用，没前一夕猶井井。無餘貲，以夷白遺子孫。所著有嵩麓草堂詩鈔二卷。子三，長宗海國學生，次宗章、宗鏞，宗海、宗鏞先君卒。孫二，斯煌、守初。

蔣孝子傳

附記鄭宜人及其孫女金釵割股二事。

孝子姓蔣，名春堂，字振器，閩縣人也。性純孝，精醫理。八歲即知温清之節，事父母能得其歡心。年十九，父則康病劇，醫者言胃將敗，乃與兄春林茂才親嘗糞，因得五臟之輸以爲和劑，決脈結筋，湔洗腸胃。洎父歿，孝子籲天大慟，水漿不入口者數日。母諭之曰：「爾家貧，弟妹幼，爾哀毁滅生，弟妹何以活爲？」孝子乃勉杖而起。力營葬事，風雨無間。母鄭孺人疾篤，鑱石撟引，案杬毒熨，弗瘳；力禱於神，又弗瘳。流涕忽忽承睞，容貌更變。孝子乃自割其股，以八減之齊和煮之，疾垂愈。由是人有奇病者，皆延孝子治之，每治輒奇效，且以貲贈無力服藥者。嘗謂蘇文忠公憂其親黨之病，委曲詳盡，曰：「勿使常醫弄疾，吾其忍坐視人之疾苦耶？」同胞三弟患瘋痰病，日外出，失所在，母曰夕思念。孝子風聞其弟航海之臺去，乃束裝涉重洋，波濤險阻，恬然不驚，遂覓三弟歸，母心以慰。孝子家故貧，乃兼習計然術，以供家計。及長兄、三弟俱溘逝，寡婦孤兒，嗷嗷待哺，孝子獨身肩其責，加意周恤之。性喜濟人，凡告貸者，必有以應之，或持服物質錢與之。嘗言：「人有急求我，原欲我有以濟其急耳；如待我有餘而後濟人，則終無濟人之日矣。」士論翕然重之。孝子舊居來魁里，一日汲井得醴泉，里黨喧傳，觀者如堵，咸以爲孝友所感召。兄弟五人，獨孝子最後卒，撫諸姪，鞠育顧復，與己子嶄若（畫）一。道光十六年，當事以孝友義行狀上，旨旌其門。卒，年六十有八。子鎔，嘉慶戊寅科舉人，官安徽鳳廬同知，有善政在民，能紹其先志云。

昔孝子之母鄭宜人性婉静，事夫惟謹，三鄗稱曰賢孝。夫病篤，刲手股和藥進之。其孫女金釵，字郭氏，未嫁，事母至孝，年十六，母病殆，方夜焚香告天，亦割手腕肉以食母，默以布扎手，人不之知；嗣母歿，痛哭，創發潰裂，人始知之。女曰：「吾祖母以是事吾祖父矣，吾父以是事吾祖母矣，吾身即母身也，不能療母病，死何傷。」居二年，撫二弟德華、芝華，辛苦備至。以思母成嘔血疾，卒年十八。家人爲之葬四峰山之陽，因並誌之。

林子曰：世以刲股爲愚孝。蔣氏三世刲股，或以子醫其母，或以妻醫其夫，或以女醫其母，此非愚孝而何耶？而余獨嘖嘖稱之者，正所以稱其愚也。刲股之爲愚，不獨知者知之，愚者亦知之。朱晦翁、歸震川、焦里堂則皆以刲股愚孝不可爲。蔣氏爲詩禮之家，其識當有大過人者，乃一旦臨親之疾，臨夫之疾，勇然行之，自若世之所號爲愚者，固忘之，其忘之若何也？但知有親，知有夫而已；不知其愚，亦不知其爲不愚也。蓋當是時，爲之親者，奄息欲絶，呻吟在牀，求之醫藥弗效，求之鬼神亦弗效，苟有可以活親者，無弗爲也。斯時之可以活親者，誠舍刲股之事，别無所出。而且傳之故老，載於簡篇，皆剌剌稱其效之如響，奈何以其愚不一試之？且以是爲愚，必反是行其智矣，處人倫之中，可以智乎？必依於古，仿於經，以自著其學，則至性之地而已。出之有心，有心行之，雖不愚，即爲孝；無心行之，雖涉於愚，不得謂之非孝。蔣氏三世刲股，活親、活夫，謂之孝而愚可也；謂之愚而非孝不可也。君子曰：「其愚不可及也。」

師友存知詩録小傳①

道州何子貞師，名紹基，字子貞，號東洲，一號猨叟。道光乙未科湖南鄉試省元，丙申會試二甲進士，改庶常，散館，授編修，歷典福建、廣東、貴州主考官，視學四川。平反

① 據咸豐元年刻本射鷹樓詩話卷五、宣統二年刻本續碑傳集卷十八何紹基小傳等校改。

命案枉死者十七人，奏參總督、布政司、按察司、知府等員，置承審官七人於法，閭閻快之，咸以爲天眼開。事詳富順朱舍人鑑成文集。

師内行出於天性，處家庭間，恂恂孝友。其於學無所不窺，博涉群書，於六經子史，皆有著述；尤精小學，旁及金石碑版文字；凡歷朝掌故，無不了然於心。嘗論詩，以厚人倫，理性情，扶風化爲主。其爲詩，天才俊逸，奇趣横生，一歸於温柔敦厚之旨；長篇歌行，鞭笞雷電，震蕩乾坤，蹴崑崙使東走，排滄海使西流，騰驤變化，得詩家舉重若輕之妙。師論詩，喜宋東坡、山谷；其自爲詩，直合蘇、黄爲一手。臨桂朱蓮甫侍御謂師詩隨境觸發，鬱勃横恣，適如其意之所欲出，得吾師作詩之旨矣。書法(其)〔具〕體平原，上溯周、秦、兩漢古篆籀，下至六朝南北帖，搜輯至千餘種，皆心摹手追，卓然自成一子；草書尤爲一代之冠，海内求書者門如市，京師爲之紙貴。師作書，執筆用懸腕，若開强弓勁弩，取李廣猨臂彎弓之義，故晚年自號猨叟。

著有惜道味齋經説八卷、説文段注駁正四卷、詩文集十六卷、試閩草一卷、試黔草一卷、試粤草一卷、瓦屋山游草一卷。善化賀耦耕中丞題其詩草云：「忠孝鬱至性，一卷三(綢)〔綱〕繆；行身式曾閔，餘事兼韓歐。」世以爲确論。

余輯師友存知詩録三十卷，凡一百八人，作傳者約三十餘人，以交誼之淺深别之。東洲師小傳，其一也。名曰「存知」，取王子安詩「海内存知己」之意。師謂此傳入木三分，直入班椽之室，可謂不負所知。蓋師爲昌彝己亥科鄉試座主，師恩深重，感不能忘。此篇由詩録採出，以記大略云。

劉母沈太恭人家傳

沈太恭人，予婣家劉君存仁母也。性慈惠，有古淑媛風。事父母孝；家貧，輒以女紅佐甘旨。父殁，貧益甚，操作愈力，母賴以安。

年二十五，歸芸圃太婣翁。翁繼丁内外艱，喪殯之費，逋負纍纍，恭人處之無怨色。奉侍生、嗣兩姑維謹，自井臼縫紉之事，無不躬親之；嗣姑性和婉，本生姑性方嚴，恭人調停其間，不稍失尺寸，因是得兩姑歡。服闋，太婣翁幕游於外，恒苦不給，嗣以卧病旅邸，寓書恭人，囑勿上聞，致遺老親憂。恭人極力彌縫，至匱乏不以告者，自翦草爲花卉，以供薪水。無何，太婣翁以親老歸養，家少康。恭人整理庶務，悉井井有條緒，與家婦同心協理，數十年如一日，家庭肅穆，内外無間言。有以勃谿告者，恭人留而諭之；居數日，見恭人事兩姑曲盡其敬，無分彼此，不覺感動嘘欷至泣下者。嘉慶丁丑，嗣姑逝，太婣翁哀毁骨立，恭人先後襄喪事，委曲盡禮。太婣翁伯兄事遠遊，太婣翁視姪猶子，延師督課，比冠，爲長姪完娶。女甥孤貧，育之於家，及笄，爲備奩資遣嫁，力不足，恭人罄簪珥以佽。嘉慶己卯，太婣翁疾，恭人晝夜侍湯藥，衣不解帶者數月。病亟，猶以代事老親爲勸。本生姑耄矣，哭子甚慟，恭人上慰老姑，下撫諸穉，忍泣治喪，殯殮無少缺。屢遭大喪以後，家乃中落，恭人心力爲之憊矣。已而太婣翁伯兄及嫂相繼逝，本生姑愈慟絶，恭人曲盡孝思，勉奉滫瀡，俾耄年人得以殺其哀而忘其老焉。王氏姑者，本生姑出也，孀而貧，恭人體本生姑意，饘粥共之，挈其孤，就讀於家。恭人素好施，戚黨有冠昏喪葬事，賙之如太婣翁時，勉力求濟，不自知家之已罄也。

丈夫子四，存仁、醇仁、遇晨、拱垣。存仁最長，出與文字會。恭人喜其與賢豪長者游也，每客至，親自入厨作膳，必極其精潔。不數歲，存仁遊庠，食廩餼，遇晨亦相繼補博士弟子員，論者謂恭人之力居多云。道光己丑，本生姑疾，自春徂秋，扶侍牀席，躬滌（威）〔廁〕牏，晝夜目不交睫。諸孫雖各授室，而子婦中之存者，唯恭人一人，故含殮而哭甚哀。是歲存仁方藉諸生，學雖有成而力仍無以養也，恭人處之怡然，督家政如故。存仁授徒里中，課諸弟力學。迨乙未，遇晨亦藉學爲生。恭人且悲且喜曰：「汝先人之餘慶也，宜勉自愛。」

道光庚子，從子慶祺逝，其弟發仁早卒，兩家孀孤無所依倚，恭人諭存仁曰：「曩汝伯撫汝厚，汝雖貧，義無可諉，汝其撫之。」又命亟營吉地，推兩世友愛之意，改葬本生舅姑，以嗣舅姑祔爲左；其右則太姻翁伯兄與太姻翁合葬，慶祺爲之祔。恭人之用心仁厚，亦深且遠矣。

居恒話時事，聞若子克家，若婦賢明，若兄弟和睦，則爲之喜；若患難，若孤寡，若貧困不自存，則愁然憂。樂人之樂，憂人之憂，其天性然也。族夫姪女有適人者，誕日必來上壽，咸曰：「早無父母，鮮兄弟繼，自今願母勿歧視。」恭人笑而頷之。御下嚴而有恩，所蓄婢已嫁，歲時必來歸；去之日，恒戀戀不能舍。道光壬寅八月廿八日，以家務積勞，故患嗝食疾，卒，春秋六十有六。疾革，顧諸子曰：「讀書立品，謹聽吾言。」環視諸子婦曰：「若等善理家政。」無他囑也。

存仁幼負神童之目，讀書十行俱下，年十二，即屢冠童子軍。存仁與予爲總角交，又申之以婚姻，爲予道恭人始末，屬作傳。予愧不文，無能論列，僅誌其大略，以俟諸史氏云。

贊曰：不遇盤根，焉別利器？坎壈冰霜，綢繆周至。補屋牽蘿，心神俱瘁；人言勝天，寖昌寖熾！

咄咄翁傳

咄咄翁，姓陳氏，名偕燦，字少香，江西宜黃人。高祖某，以儒業世其家；曾祖某，敦行積學，以明經官教諭，治易經，多所發明。

翁幼慧，九齡即諳文義，嫻對偶。父麟士曝書中庭，散見書帙，中有昭明文選，索之，父曰：「唐諺云：『文選熟，秀才足。』爾能屬對，將書去。」即應聲曰：「槐花黃，舉子忙。」父喜，以文選與之。年十二，習舉子業，天才敏捷，嘗一日成七藝。尤好詩，下筆千言，執紙立就。應童子試，拔前茅。年十六，授徒以館穀佐生計。年十九，郡試冠軍，補弟子員，尋食餼。學使汪瑟菴、王省厓、顧筠巖諸先生，詫爲異才，尤器重之，由是名益震。會宜黃建鳳岡書院落成，當道延主講，弟子從遊日衆，講舍至不能容。道光辛巳，舉於鄉，就試禮部，不捷。遊吴、越，東南諸大府爭折簡相招致。相國阮芸臺、宫保陶雲汀、中丞陳笠颿、曾賓谷、陳芝楣、學使汪巽泉、都轉蔡海城諸先生，咸以文章氣誼相契洽。吴蘭雪刺史尤服其詩，決其必傳。顧九上公車，五薦並以額溢見遺，人咸惜之。

道光戊戌，以教習宰閩中。初權長泰篆，泰治苦瘠，躬自儉約，凡有利於民者勉爲之；尤勤課士，捐俸爲膏火欿。長泰政簡，士之問字者踵相接也。大府檄攝惠安篆。惠安地當孔道，供張日繁，民俗尤悍，械鬭成積習；又其地瀕海，盜賊竊發。蒞任後，次第整飭，漸有效。翁和易静穆，平生無疾言遽色，人莫測其淺深，不苟徇衆論。先是邑有兩巨族，積不相能，紛紛糾鬭，聯結五十餘鄉，各爲黨援，舊有大小姓之目，互設守禦，多所殺傷，行路心寒，十餘年如一日。大府屢檄捕治，有某遊府者，謀舉兵會捕。翁以民愚且悍，驟假兵威，恐其騷動，力争之至再，議始寢。隨親臨各鄉，招讀書明理之人，曉以大義，示以威法，指陳利害，不惜舌敝脣焦；且設羊酒於學宫，集鄉之紳耆族長，令具結狀約不復鬭，各與酒相酬酢，惠民雜遝叙舊，多有親戚朋友歲久不相覿面者。翁復懇切誨諭，勉其將來，諸父老咸感泣頓首去。他日誌頌，上匾於堂曰「化同渤海」云。

未幾，奉太孺人諱，怱怱辭職守去，時庚子三月也。翁天性醇厚，孝友聞於鄉鄰；鯁直不阿，嚴取與，視脂韋澒洞事，嫉之若讎，結交半天下士。少時，好六朝沈博絶麗之文，尤喜庾開府，著有駢體文鈔，及門輩爲之付梓行世。三十後，服習兩漢，下逮韓、柳、歐、蘇諸家，每下筆，馳驟縱横，不可一世。所著古文辭多散佚，其存者史論雜著數十首而已。詩初學劍南，次學香山，又學東坡；四十後，詩格出入三唐，尤與大曆十子爲近。書法古秀，髣髴東坡；畫亦極有逸趣。翁愛才出至性，極喜彝詩，謂可入唐賢之室。併出所存稿若干首，請商訂之，録存千餘首付剞劂，曰咄咄翁詩集。嗟夫！翁豈欲以詩人老哉？翁一生所遇輒窮，然不作牢騷憤激語，自號曰「咄咄翁」云。

林子萊詩集小傳

小芙蓉舫詩集四卷，閩縣林子萊孝廉仰東著。子萊幼穎異絶人，年十一，輯唐人詩爲古近體，傳觀遍冶南。余識子萊於劉炯甫席間，隨與之定交。子萊甫冠，負不世才，所至魁其儕偶。詩初學隨園及十硯翁，余力勸其取法乎上，子萊遂焚其稿，肆力於漢魏、三唐、宋元明諸大家。年三十，詩境日益進，上自漢魏，下至唐人高、岑、王、李諸家，莫不登其堂而嚌其胾。壬辰春，余應龔壽齊聘，校其祖海峰先生遺集，時子萊方設帳其家，得聯牀夜話。子萊喜吟詩，同學中倚余爲並命之鳥，不可少離，每爲詩，必授余讀之。余年十七，遭家不造，久傷屯厄，所如輒不偶，而子萊獨相知於風塵之外。當夫更闌燈炧，促膝談心，莫不以古賢豪相勉。道光壬辰，以上舍生舉於鄉，計偕北上，凡所過勝地名區，必吟諷不自置，郫筒所寄，嘆其詩筆愈蒼，世所謂詩得江山助者，余於子萊益信哉。試禮部，屢黜。路出大江南北，當軸震其名，争欲延置幕府，子萊夷然不屑，歸結茅屏山之麓，日嘯歌其中，客至，終日清言，娓娓不倦。

戊戌丁外艱，哀毁備至。未逾月，鄰人被火，幾及其屋。家故無健僕，子萊抱棺號咷，聲震遠近，閱數刻火息，屋得無恙，因是患肺瘻疾，猶力疾課徒不倦。己亥，余領鄉薦，將北上，來别子萊，子萊執手泫然曰：「予疾亟矣，恐與君無相見期也。」余曰：「君以千秋自命，慎自愛。」子萊曰：「生死寄耳，惟文章之一脈而無窮期，百年後知有詩人林子萊，於願足矣。」庚子夏，余從京師歸於南浦，旅次聞子萊訃，驚疑交集，及抵家，知其於五月歸道山，時年三十有八。悲哉！夫人少小相知，當其握手締交，綢繆恩紀，或偶一睽違，歧途邂逅，猶且下車躑躅，傍徨不忍去；況於生平道義之交，生死之際，能不爲之怛焉，悼愴焉悲也夫！

所著讀史纘記二卷、雜録二卷、浣紗石填詞二卷、雜文一卷、詩集四卷，藏於家。

先妣吴太安人行略

先妣吴太安人諱桂，姻晚生劉存仁填諱。父西漁，閩縣學生員。西漁先生及子相繼逝，存一女及一孫三齡，家貧，無以爲生。太安人時年十五，告貸於戚屬之顯宦者，不之應。念吴氏僅存一脈，保抱攜持，作女工，不及餬口，遂自鬻於族富翁祥麟家，以其鬻貲寄祥麟，所得息養兒子，即今閩縣學生員吴嘉珏也。

時先君以懋遷，從大西洋歸，嫡母李太安人、庶母陳太孺人均棄世，先君聞太安人賢，乃聘娶爲側室。入門娩婉慈惠，曲盡婦職，嘗侍先大父疾，奉湯藥，經年無怠容，兩次割股肉以進。先大父棄世，哀慟感慕，歷久弗衰，忌日致祭，必誠必潔，三黨稱曰賢孝。伯兄志澄、仲兄香國駢生，嫡母出也；三兄禧年，爲庶母出，太安人撫如己出。既而志澄兄、禧年兄並遊庠，時時向人道母慈愛不去口。香國兄病創久，肉潰穢，人不肯近，太安人獨躬自敷治，更兩載，竟不起；兄瀕死，叩頭枕上，自懟累阿母也。太安人性勤儉，井臼女紅，親操勞苦。家故中人産，有以急難告，即典質釵釧無少靳惜。平居處宛若間，未嘗疾聲遽色；非意相加，輒以理遣，甚或噤不與較，其温恭和易類如此。

昌彝生二歲，太安人乳生癰毒，乳汁不可飲，適同寓孟唐修先生妻林氏生兒，與昌彝同年月，因寄乳焉。林氏，人皆以孟母呼之，以兩兒分左右乳哺，昌彝每食必讓，單哺則食，同哺則不食；或兩兒同抱在懷，必讓孟氏子飽食，否則讓而不食。林氏以告，太安人問焉，昌彝答曰：「我寄食於彼，豈可奪其食。」太安人之鍾愛昌彝自此始。昌彝生四歲，太安人教以三字經，昌彝請曰：「三字經，何人作乎？」曰：「賢人作也。」又請曰：「何謂賢人？」曰：「好人。」又請曰：「性本善，即是好人乎？」曰：「教之則成爲好人。」又請曰：「性相近，何以習相遠？」曰：「不受教，則習相遠。」又請曰：「性乃遷，即習相遠乎？」曰：「是也。」叔父高枝公見之，曰：「如此讀書解問，他日定成名儒。」一日，昌彝又請曰：「昔孟母，即是同居乳兒之孟母乎？」太安人笑曰：「非也。乃戰國時孟子之母也。」又請曰：「戰國至今幾年矣？」曰：「三千年。」又請曰：「孟子生即性善乎？」曰：「孟子性本善，得孟母教之，不遷於不善耳。」又請曰：「兒秉母之教，可以爲孟子乎？」曰：「可。」昌彝欣然，又請曰：「兒之母，是爲孟子之母矣！」太安人喜。叔父高枝公出語人曰：「異哉此子也！」太安人所生香洲兄及不孝昌彝，香洲兄早世。昌彝少時，性不好弄，讀書不輟，太安人教以規行矩步，不苟言笑，行必正行，坐必正坐，昌彝至今與客坐不交股者，太安人教也。昌彝六歲時，鄰家演劇，欲往觀，母曰：「此能摇蕩人心，不可往。」昌彝凜然，即不敢往。適上丁釋菜，太安人屬叔父攜昌彝往觀，歸問曰：「汝見殿上高坐之聖人乎？見四配十哲之賢人乎？是皆性善人也。」於是昌彝得聞聖賢之學在性善。昌彝讀書質駑鈍，每日讀五百字，必百遍，十目一行，必字字句句解其義，至無疑竇乃已。十一歲，抄六經讀，有不解者，太安人檢字典與閱。年十七，縣府試俱列前茅，尚未院試。

業師黃則仙先生告昌彝曰：「爾尊病困牀蓐，爾慈親服勞爾尊，衣不解帶兩月餘矣。爾知爾族人某，嗾爾同室人利爾尊財，逼爾行賈往大西洋之信乎？」昌彝曰：「不知也。」時先君病亟，忽有數人來束裝，繼而同室人並至，太安人爭之不已，族人某愈逼昌彝行。太安人自投於井，有鄉女入井救之；昌彝亦思從母於井死，至井欄上，太安人已救出。忽有燭臺從窗檻飛出，幾中昌彝頭角，聲震牆壁鏗然，壁土陷，當是時，衆見先兄香國以長扇護昌彝身，得免。嗚呼！昌彝之不死，爲先兄之靈冥冥中救護之，非太安人昔時慈愛先兄有以致之哉！時叔父高枝公從南關回，聞變，持刀立於門曰：「誰敢多言者，試吾刀，吾抵其命耳！」事遂寢。

未幾，先君卒。越二年三月，太安人病篤。昌彝見太安人目光瞥忽，睛不轉，知證危不起，哭曰：「母竟舍兒去耶？」太安人曰：「爾勉爲聖賢之學，勿以科名爲重，吾瞑目矣。」昌彝請曰：「母心中有所苦乎？」曰：「無之。」又請曰：「母心中無所苦乎？」曰：「爾讀書，知哀死滅生，同於不孝乎？」遂棄養。昌彝哭之慟，母忽張目視，乃哭不敢慟，曰：「母目瞑，兒不慟。」太安人目復瞑。昌彝往別室哭又慟，家人告曰：「母又張目矣。」昌彝趨太安人尸側，祝曰：「母恩難割，非敢慟也。」目又瞑。治喪事畢，葬太安人於北關外一鳳山之陽。乃繪一燈課讀圖以謹志母教。當太安人之棄養也，凡喪葬祭文，把筆成一字一句，便神越魄散，哀不成聲；有時睡醒，疑吾母之未死也，偶哭慟，靈几上似有戒尺聲，哭仍不敢慟。母殯練後，昌彝三日水漿不能入口，目中所見物皆倒懸。昔讀蓼莪詩「匪莪伊蒿」不解其義，今方知人子思親，魂魄散亂，誤以蒿爲莪，實非莪也，乃蒿也,詩人之言,深且遠哉!

太安人重德義,聞人之豔説富貴,則心非之;而其所以教昌彝,惟以德義爲重。昔族人逼昌彝之行賈也,議寢後,尚有耳語未平者,有老明經表叔祖陳鳳翔先生,精星卜之學,年七十餘,性剛直,人皆畏之,聞昌彝遭家不造事,造門請筮決之,遇大有,喜且驚,曰:「火天之象無不照,大有之義無不包,是將以德義文章著名者,賈何爲哉?」太安人嘗誡昌彝曰:「無負陳先生言。」嗚呼!言猶在耳,痛何極哉!竊思人之受性於天,所好惡不能與天異,古之君子,修德不求位,正學不干禄,違是道者,天所惡也。自功名盛而德義輕,歆羡互牽,浮僞滋溺,而天人之心,相去甚遠。若太安人之所見,雖學士大夫猶難言之。嗚呼!何其卓也!太安人平日教昌彝以善,謂:「人之至大者莫如善,天下古今只一善,人不爲善,何以爲人?」此語竟與明儒薛河津先生之論合。太安人彌留之際,教昌彝「學爲聖賢之學,勿以科名爲念」,此語又與宋儒張敬夫先生之論合。追思吾母之教,豈僅昭示吾子孫,而爲吾林氏光哉!

太安人生於乾隆辛卯年八月二十四日巳時,卒於道光癸未年三月初一日辰時,享年五十有三。子昌彝,道光甲午科副榜、己亥科舉人,以獻所著三禮通釋,特旨賜教授。孫慶炳、慶濂、慶銓。曾孫同瑶、同樞。不孝昌彝泣血狀。

濬師髫齡讀李令伯陳情表，先公諭之曰：「昔人謂讀此表而不墮淚者，其人必非孝子。」師謹志之不忘。二十三歲時，學爲古文詞，亡友董嘯菴學博屬師讀古文辭類纂，得古文詞正派。繼泛觀各家文集。一日，嘯菴詢曰：「君於古文，有所得乎？」師曰：「我讀歸太僕先妣事略，至『世乃有無母之人乎？』不覺淚爲之墮；又讀家望溪公台拱岡墓碣，淚復墮；又讀海峰章大家行略，至『汝書熟否？先生撲責否？』覺陳情表中無此真摯語，淚墮不止；今又讀薌谿徵君吴太安人行略，至『吾母目瞑，兒不慟』兩言，哽咽不能成聲，曰：孟宗、蔡順，於今再見矣！薌谿之境，較前人愈難；薌谿之孝，較前人似愈篤；而薌谿之文，較前人尤真且摯。讀其文，不知其文之工也，但覺血痕滿紙耳！不知其文之何以血痕滿紙也，但覺孝性出於自然，并非勉强，然而令讀者哽咽不成聲，實不知其何以然也。」嗚呼至矣！蔑以加矣！願以告天下之爲人子者。年愚弟方濬師百拜讀。

小石渠閣文集　卷五

進呈三禮通釋啓

爲撰成三禮通釋一書，敬謹繕録，伏乞代奏，進呈御覽，仰求聖訓事。道光三十年十月，恭閲邸鈔，見廣西學臣孫鏘鳴陳奏内著書進呈一條：「本朝以來，成案甚多，俱蒙優旨。今若有好古撰述、羽翼經傳者，著書進呈，原爲例所不禁」等語。咸豐元年十二月，江南黟縣訓導朱駿聲以所撰説文通訓定聲一書繕進，已蒙聖鑒。舉人閩嶠鯫生，乙科濫廁，平生留心著述，撰輯成書，共五十餘種。兹將所撰三禮通釋一書二百八十卷，繕寫全帙，計四十册，大旨悉具例言。在聖天子生知天亶，囊括古今，儒生末學，何足上塵黼座。惟以六經昭於日月，而三禮源若江河，千卷浩繁，百家聚訟。私庭學禮，妄嘗窮汗竹之勞；昭代尊經，竊欲效野芹之獻。乃考同而辨異，爰撮要以芟蕪。溯鄭玄、盧植之傳，證后蒼、高堂之授。

先王建法，本情性以導民；中古右文，師典常而經國。因革損益，卓爾不膠；貴賤高卑，焕然有辨。典册企西崑之府，圖書開東壁之宫。車書一而風俗同，上下和而神人治。故勖薦上帝，大易通乎禮文；禋祀天宗，尚書詳乎禮制。荀顗之釐舊典，首正六官；劉歆之校遺書，編成七略。董生著録，溢乎千人；楊子法言，郛以衆説。虎觀則群言逞辯，石渠則衆説兼收。奥義鈎沈，戴憑敓五十席；互文考異，陳農揖七萬言。原六籍之指歸，賴諸儒之訓釋。赤虹未滅，爰稽北斗之神；丹雀初來，允辯端門之字。琴筝五典，筐篚六經。神霧探幽，别風訂誤。青絃校録，墜簡出於淹中；緑錯傳經，先師呼於棘下。憑陵弓劍，幸藏孔甲之書；縹緲金絲，重聽恭王之宅。二京疏義，儼一字而千金；六代儒林，重九經於萬石。折五鹿之角，論顯朱雲；辨三豕之訛，説推劉炫。韋編鐵擿，再炳於緇林；赤字青文，新磨於天禄。蓋自戴、慶窮源，鸞、邕竟委，防羽陵之蠹則旁訂玉杯，刊太學之碑則上摛金版。蹡蹡石磬，考訓詁於汝南；啍啍大車，解注箋於高密。簠形異簋，訂阮諶説器之名；屨色從裳，辨陳澔解經之陋。賈孔疏義，果孰是而孰非？陸馬談經，又或詳而或略？至於河南韓勑，禮器終湮；上谷府卿，石龕半泐。重以妄生難義，横裂聖經，高才者蔗肆雌黄，末學者蜿求青紫。珍霾七璧，難通懸甕之書；麗眩千門，易輟靈光之製。然學通視月，非北方戎馬所能摧；義足經天，匪南國浮屠所能改。兩漢六朝諸儒，意存網括，志切蒐羅。下幣詔於公孫，坐安輪於申傅。河間真本，競出民間；東魯佚編，間來闕里。漆經故訓，雖雜採於西州；蝌字佚文，仍不遺於東觀。

景伯則專精古義，丁鴻則兼習今經。共述師承，咸資採析。雖錞于之奏，莫考舊聞；而臨制之章，尚能資溯。介純夏幠，廣徵尸子之大名；槐檀柞楢，旁引鄒書之改火。此誠禮堂之鈐鍵，學耨之菑畬也。

三禮者，具陳乎制度文爲，畢載乎道德性命。射鄉祀饗，辨其等威；朝覲會同，存其品式。證鳥彝沙尊之異，繪牲鉶芼柶之形。綏蕤注玉藻之篇，則音聲自叶；顯糴宗子幹之論，則名字相同。宛披石室弟子之圖，儼睹宗廟車服之器。元文逢乎沛國，異義剏自郎鄉。嶽嶽賈逵，開九萬四千文之義；鏗鏗揚政，發七經六十家之傳。方將蒐舉緜儀，鋪張景鑠，採燕私賓奠之訓，拾其遺珠；兼李尋畦孟之言，演如繁露。彥和記夢，執丹漆以西行；榮緒孾經，拜庚子而北面。

舉人見聞淺陋，學識粗疎，敢希先哲之纂修，願備秩宗之採擇。仿陳祥道禮書之例，依崔靈恩禮説之條，廣如綫之師傳，萃通儒之成説。卅年之力，雖僅免言帚而忘苕；一得之愚，不足以信今而傳後。伏乞代爲轉奏進呈，冀荷聖恩俯賜披覽，訓其是非，可否私自刊行，俾得廣資就正。如蒙俞允，用以備一家之言，則稽古邀榮，益頂戴皇仁於靡既矣。伏乞大人俯准代奏，進呈御覽，實爲德便。上呈。

公請陳恭甫先生入祀鼇峰名師祠 事實附。

具呈某某等，爲教澤難忘，籲請入祀鼇峰事。

竊維上老儀崇，門塾著親師之典；先賢禮重，瞽宗垂與饗之文。自黌宇更修，盛隆嘉之千室；精廬暫建，登范史者四人。在昔文翁倡化，相如爲師；北海好賢，孝存正祀。蓋以玉山照世，冰鑑濯人，樹之典型，式夫圭臬者也。

伏見記名御史原籍翰林院編修陳恭甫先生，儲材丸髻，韞德觿辰。射策數蘭成之年，探花戴李綽之記。蜚英玉署，簉羽金鑾。待詔則賦獻甘泉，倚轂則懷探匹錦。西垣清秩，衆知枚乘之才；東觀鴻文，高踞竇章之座。書府七入，獨諳典章；屏風十聯，猶尚操履。及乎槐花秋賦，桃李春官，修禮爲羅，量才以尺。鸞皇杞梓，舉集德輿之門；干莫豪曹，必經薛燭之鑒。入堂者如窺馬帳，登座者謂陟龍門。羅翡翠於溟川，搜珊瑚於河汭。人觀北海，士祝南豐。白雲迎旌節之花，丹露沃文章之草。雙日隻日，鳴鈴每聽於瑣闈；門下門生，傳盋已盈於詞苑。然北山靡盬，深飲泣於雲泉；南陔潔羞，每竭誠於愛日。洎乎西鄂歸田，右軍誓墓，上李密陳情之表，符謝安高卧之年。尋經素韠以居憂，彌願白衣以請老。

乃主講鼇峰，吴差結廬，公沙成市。至闢治事之齋，用敞安絃之地。自張清恪剏始而後，蔡文勤講道以來，固已擷其菁華，彙茲綱藪。立雪而笙歌瑟瑟，坐春而杖履亭亭。接席談經，程其斧藻；及門著録，鑄以秕穅。進賈淑於互鄉，拔庾乘於門士。觀禾三變，節必砥於廉隅；樹木十年，教先辨乎義利。酌天漿則旁滋神瀵，織雲錦則下濯睢川。胸吞夢澤而鏡九流，手擘華峰而摇五嶽。季和師表，汪如千頃之中；有道人倫，邈若重霄之上者矣。

且夫聞威卿之義行，姓名先溢於安陵；見桑楚之風流，俎豆欲興於畏壘。矧弘獎士類，甄藻人倫。洗金以鹽，聚沙而雨。琴筝五典，開學耨之菑畬；筐篚六經，立藝林之鈐鍵。志在於拾遺補缺，而非徒早澹榮名；心存乎立懦廉頑，而不事高譚性命。山濤履道，世深提耳之思；匡鼎傳經，人受解頤之益。凡夫糾繩高密，臧否汝南，孔鸞同異之評，君魚散失之帙，靡不句疏字櫛，溯流討源。張興以儒雅鑄人，翟酺以經術造士。敦槃無恙，乍爲西湖寓公；帬屐灑然，已作儒林祭酒。九萬言口疏，多陳農所未窺；八千紙手劬，半劉顯所未識。凡諸著録，實可臚陳，在門士無間言，俾後生有矜式。此則溯流谿澗，不廢長川；何期兆讖蛇龍，竟萎梁木！

某等問字之蹤未邈，鑄金之意彌殷。惟鼇峰書院爲先生講學之區，實某等景行之地，所有名師，悉崇禋祀，既得同聲之論定，必求當路之表章。兹恭遇大人一代宗工，萬年柱石，念海濱之鄒魯，整士習於膠庠。望斗瞻山，翹秀仰甄陶之範；求珠采玉，俊髦承培植之心。伏乞主持風義，式慰群情，准即三席之間，俾正兩楹之奠。則習儀匏葉，明誠歌兔首之章；妥祀竹林，銘德入龍琴之録。切呈。

陳恭甫師請崇祀鼇峰名師祠事實

一、先師主講鼇峰書院十有一年，首揭義利辨、知恥説、科舉論於堂，以示諸生。剏立規約，以正心術、慎交遊、肅禮儀爲先，以稽習業、廣學問、覈課程爲要。諸生每進謁，殷殷然勉以敦力學、重名義、務氣節。前主泉州清源書院十年，其教泉士，化之，習端而文風振，一如在鼇峰時。

一、先師敦尚實學，盡發書樓所藏經籍，俾諸生博觀而精擇之。欲其討論古今、通達時務，以爲窮經致用之本，於每月師課時藝試帖外，增加古學一課，兼試經解、史論、雜體文及詩賦。籌增經費，優其獎賞，俾多士鼓舞奮興，一洗空疏之習。

一、先師慎擇人材，先察學行，而後考文藝。嘗請大府札下郡縣，舉其士之孝弟廉潔者，通經學古、秀異有才及歲科試高等若舉行優者，守令以禮資送。又以每歲甄别，外府寥寥，請以鄉試落卷，通省經策，拔其佳者，挑送肄業，以期搜獲儁異，成就通才。

一、先師講學，必詳經説，深於傳註詁訓。時稽諸生所習業，爲之釐正句讀、辨訂譌誤、詳究音韻、分别訓義。諸生執經問難，無不爲之考覈是非，折衷群説，縷析條分，明辨以晰。

一、先師論文，必軌正體。精於文章流别，每與諸生講業，歷舉漢唐以來各家詩文集，明辨體裁，詳溯源委，以示學者。使擇取精醇，用力研究，以收純熟之功，而歸雅正之體。

一、先師表彰前哲，以風化爲己任。嘗請修五子祠、二十三子祠及修立名宦、名師兩祠，分祀三賢、五先生，增祀名宦四人，名師五人，以興教勸學。其在清源書院亦然。嘗正定先賢祀位，奉朱子栗主東堂，從以儒先之傳道而祀鄉賢者，在明則蔡文莊公清、張襄惠公岳、林次崖希元、陳紫峰琛、蘇紫溪濬、王慕蓼畿、林素菴允昌；國朝則李文貞公光地，凡八君子，顔曰「先覺祠」，爲之記，並率諸生虔共祀事。

一、先師待士以禮，接見諸生，進退有度，威儀可象，當暑必表絺綌，燕居亦正衣冠。諸生以次問業請益，終日危坐，未嘗有倦容。院中嚴出入，慎動止，嬉遊有戒，謁假有期，俾束身禮法，循循於規矩之中。又復嚴密課所，以從前課期，諸生散在堂廡，渙而不萃，請建考行察藝之齋十數楹爲會課所；課日，雖居學舍者皆入焉，儀肅矩嚴，深有裨於課業。

一、先師教士以誠，循循善誘，博文詳説，誨人不倦。諸生每呈課簿，環列聽講，面命耳提，不啻家人父子。經史文筆，各因其長而裁成之，不爲一格，汲汲然培植後進如恐不及。其實力切劘、飭躬勵行者，無不爲之獎勸汲引。一時承學之士經指授，受者咸日新月異，有所成就，久之悦服不能忘。癸巳秋，以病辭講席，諸弟子聞之，具衣冠懇留，不期而會者三百人。及聞病歿，弔者多哭失聲；會葬之日，多至千人，填溢里巷。

一、先師初事考功孟瓶庵先生，服膺宋儒書，凛然以古君子自期。及壯，通漢學，以疏通證明經傳爲事，撰左海經辨四卷。儀徵阮相國巡撫浙江，延主敷文書院，兼課詁經精舍生；特開局聘名士編纂群經古義爲經郛數百卷，義例取舍，悉受成先師。先師亦自著五經異義疏證三卷，海内治許、鄭學者，咸取正焉。又以兩漢經師莫先於伏生，爲闡明遺書，撰尚書大傳定本三卷、洪範五行傳輯本三卷，又有歐陽夏侯經詁、兩漢拾遺雜録。方總纂國史，未脱稿，以憂歸，因採輯國朝福建人物行實，補上史館，爲東越儒林文苑後傳二卷。又工古文，多辨論經史經世實用及碑版文字，成左海文集十卷，並絳跗草堂詩集六卷，皆行於世。

一、先師生有至性，家貧，八歲從大父學於外，值家告匱，時方食，吐飯流涕，乞歸視母。九歲，弟以痘殤，有哭亡弟詩，見者感泣。已通籍，以兩世高堂，急請假歸省，時值閩中饑，三黨之惸獨者多依焉。甲子，典試廣東，比至都，聞大父訃，病卧數月，即思乞養，以父年未耆，例不許。越六年，丁父憂歸里，哀毁骨立，杖不能成禮，自悲違親遠仕，不及視含斂。念母在，矢志不仕，家居侍養十有三年，授徒以供朝夕。嘗曰：「吾惟不屑不潔，不以不廉之財奉甘旨，不以不義之行欺晨昏，差告無罪爾。」及母卒，喪葬盡禮，遇忌日泣奠，孺慕終身。叔弟前歿，遺四男一女，俱在襁褓，撫之成立。妹氏林早寡而貧，有二甥一女，割宅居之，並勖之學。曾祖以下，從祖多中絶，歲時親祭墓次。蒙師魏鄉貢瑛、老友陳同知登龍没，皆無子，爲之立嗣，經紀其家。脩脯餘貲，悉以周親，故待舉火者恒十數家。家居動循禮法，率下以正，持身以廉，接人以敬，處事以義。嘗書楹帖曰：「忠厚人之元氣，淡泊儒者宗風。」生平自奉儉約，治家猶峻肅，師巫不得至門。居喪遵温公書儀、朱子家禮，不用僧道作佛事，不用吉服，朔奠不改，晦日不設酒，三年内不賀人吉慶事，及時而葬，不惑於陰陽形家之説。臨終遺命諸子，恪守祖宗家法，而神色不亂，脱然於生死之際云。

彭湘涵小謨觴館駢文序

小謨觴館駢（隸）文，婁東彭湘涵著。湘涵名兆蓀，字湘涵，一字甘亭。湘涵生而岸異，器業過人，外挺秀采，内禀純質。曾以象勺之年，隨侍樓煩，壯游代朔，尋沙陀之廢壘，弔祁連之古營，赫連射獵之場，鮮卑屯兵之地。郊鶩駥落，山猱捷升，嶺谷奕絶，沙原莽蒼。暇日登眺，古懷鬱伊，激發志意，馳驟風塵。聞覽既閎，譔述遂富，往來京國，名聞公卿，龍翰鳳翼，麟然炳然。洎夫晉陽回車，潁水弭檝，陟磨盤之山，過峽石之口，泥爪留雪，華堂聚星。蓼洲之水一曲，勺園之花千畝，呼風月爲齊盟，倩煙霞爲客主。抗顔旗鼓，驤首鸞凰，鬬險韻於尖叉，吸洪河於銅斗。如赤熛之照若木，如滄澥之匯眾壑。顧而失影，驚爲望洋，由是才人學人，群焉傾倒，冠蓋千里，不脛而走。笙鏞入琅，抱景咸叩，州府争薦邴原，諸侯交推徐奕。投縞紵者接武，執敦槃者斂手，寶劍爲爤夜之芒，洞簫譜雲英之奏。東南壇坫，聲華弁冕，文盟定霸，凡三十年，可謂盛矣！

少肄制科，屢充秋賦，祥金晦彩，明珠失曜，遂筮天山之象，希夷惠之迹，獨善求志，深藏若虛。胡昭惟以經籍自娱，張臶不以版謁爲飾，素履獨行，自責無咎。宣宗嗣統，特設大科，公卿交章論薦，乃力辭之。惇深操尚，履節介石，處貧能樂，屢空宴如。審義利於毫末，嚴取與於一介，閔仲叔不以口腹累人，王修齡未聞饑餒求粟。某公肅奉百金，願見顔色，對使辭謝，還其金幣，色無倨傲，容無歆動，某公敬慕之，不促迫也。至性肫厚，令德孝恭，友愛弟昆，賙恤宗黨。每坐静室，茶鐺藥臼，經案繩床，逸逸如也。又復博綜群帙，淹貫百家，多聞擇善，實事求是。搜邃閣之古牒，發崇山之墜簡，靈寶恣其取攜，星精羅之几席。盈箱縹碧，夾注丹黄，盛暑螢囊，隆冬藜炬。中年以後，慧業益劭，時面壁而哦詩，亦拈花而説法，脱塵壒之羈維，極定慧之瑩澈。平生重然諾，慎交游，莊惠契忘形迹，裴魏交必全終，求之古人，奚多讓焉！

湘涵與鎮洋盛子履廣文爲摯友，子履以遺集屬曲阜孔繡山閣讀乞余爲序。余謂文能起衰，於兹爲盛，質諸當世，諒不河漢吾言。

祭户部尚書羅椒生大司農文

維同治十有三年，歲次閼逢閹茂　月　日宜祭之辰，年後學林昌彝謹以清酌庶羞之儀，致祭於皇清誥授光禄大夫户部尚書椒生大司農年大人之靈曰：

嗚呼哀哉！神山靈淑，淵彦篤生，戴一抱愫，儲精穡英。玄圃之下，岦巖之瑩，琳琅金薤，駢綴瑶瓊。星辰在緯，鸞鷟同聲，慧地昭朗，德輝著明。外賁其采，内全其真。嗚呼哀哉！鶉火見昏，雀風燒夏，斜日占愆，大星掩舍。劍躍龍沈，衣褰蝶化。嗚呼哀哉！叔庠妙質，季重清門，升華東觀，染翰西園。蘭臺義府，蓬海詞源，才希景伯，學匹秋孫。入題宮柱，出賦皇華，地空良驥，人握靈蛇。漸江泛月，岱山飛霞，燕臺洗金，榼海披沙。盈門桃李，蜀道看花。嗚呼哀哉！秉性沖和，操心密恬，淵嘿醇粹，光輝篤實，由豫勿疑，勞謙終吉。黃流在中，玉瓚之瑟。文與行符，志以道壹，榮利勿馳，浮譽必怵，寡過審非，知白守黑。無何素韠居憂，右軍誓墓，孝里卜居，廉泉挹露，平仲衣裾，季才親故，庚桑流風，威卿履步。嗚呼哀哉！么鳳忽騫，白雞乍匿，粵海咽波，松風異色。鼒鼐弗留，吾黨安式？岳瀆其神，斧藻其德。嗚呼哀哉！東山不歸，北斗焉仰？驚塵傷今，曉霜恨往。嗚呼哀哉！靈其尚饗。

博陵弔盧忠烈公象昇文

案：任荆谿清芬樓集忠烈作忠肅。

嗚呼！乾坤板蕩兮，神州陸沈。盧龍殺氣兮，迫星斗而滋深。鉅鹿碧血兮，簞築寒侵。妙年筮仕兮，許國忠心。大戰滁陽兮，渠魁已擒；（闖賊已擒，被樞、璫放逸。）樞臣璫臣兮，豺狼獸禽。李臨淮之壁壘兮，趙營平之悃忱，公一日之不死兮，終明社之有任。痛雲旗之慘慘兮，傷英魄之森森；國事如斯兮，塵沙蕭槮。望風頻弔兮，使涕泗之難禁。

弔博羅韓烈女文

順治初，有韓氏女抗節死於亂兵。後有周生得其遺袴者，女凴焉，真形畢見，絶代丰姿。迄今二百餘年，韓氏宗人某茂才，爲謁公庭，請泐諸石。博羅門士韓亦康請詠歌其事，乃爲文以弔之。

嗟嗟烈女兮，亦孔之哀。月不可掇兮，猶餘光輝。白刃可蹈兮，幽光難埋；中衺袒衣兮，魂所凴依。越有周生兮，就市得之；舟縠血漬兮，綵繡陸離；皓雪寒冰兮，神與偕來。悠悠黄昏兮，寂静緇帷；倏忽而見兮，天人之姿。窈窕豔逸兮，盛鬋蛾眉；頫首嗟吁兮，抑鬱抒詞。重闉乍破兮，騎來如飛；圜穹浩浩兮，疑無聞知。有若虓虎兮，擠我塗泥；塗泥不從兮，刀鋸如飴。白日慘澹兮，骨肉愴悲；如風殞葉兮，如刀斷絲。陣雲傾頽兮，甲光陡開；魂魄何歸兮，閭里塵埃。眷生平之服御兮，寧棄予而如遺。如泣如訴兮，其聲在闥；若遠若近兮，珊珊來遲。願蟬蜕於幽途兮，望金天而遐思；貞姜坐臺兮，畢命淵池。共姬待姆兮，赴火軀糜；貞信不渝兮，水火如歸。猗嗟烈女兮，軌轍相追；靈爽有知兮，泐石宗祠。生賤死貴兮，夜臺如春；世有鬒眉兮，委蛇簪紳。若陳死人兮，生氣勿振；烈不爲厲兮，在天如神。景耀光起兮，俾知貞魂；乘雲往來兮，浩然長存。

同舟問答①

同治乙丑，劉融齋中允熙載督學粵中，招校試卷。舟中問「六書見於周禮保氏，自周以前，書體不知凡幾，左傳言文不一，變文言字，實始何時？八體六體，求示名義。説文引經多有異，他書引説文而今本無者，何耶？李陽冰、徐鼎臣、徐楚金諸家，孰爲可據？詁字之書，如顔元孫、張有、郭忠恕、戴侗、楊桓、周伯琦、趙撝謙諸人，有可取否？統求指示，以開茅塞」等語。因條貫説文，排比許義，作同舟問答。

答：周官保氏，教國子六書之名；漢興尉律，試學僮九千之字。字學之尚，其來舊矣。今考六書，古有三注。其一鄭衆注周官經，首舉象形，次標會意，轉注與處事代興，假借曁諧聲並出；載觀賈氏之疏通，悉仿説文之叙述。其一班固纂漢書藝文志，云是象形、象事、象意、象聲、轉注、假借；顔師古謂象事、象意、象聲之文，即指事、會意、形聲之目。其一許慎撰説文解字叙偁：一曰指事，視而可識，察而可見，「上」「下」之流。二曰象形，畫成其物，隨體詰屈，「日」「月」之等。三曰形聲，以事爲名，取譬相成，「江」「河」

① 據道光刻本王紹蘭許鄭學廬存稾卷一問六書對策校改。按林昌彝生時王氏方宦閩，本文作于王氏歿後三十年。

之屬。四曰會意，比類合誼，以見指撝，「武」「信」之倫。五曰轉注，建類一首，同意相受，「考」「老」之輩。六曰假借，本無其字，依聲託事，「令」「長」之儔。據班、鄭之雅言，較許氏之微旨，名雖少別，實則大同。惟賈公彥云：「人在一上爲上，人在一下爲下。」案説文丄是指事，𠄞，篆文上；丅亦指事，𠄟，篆文下。上下之字，並不从人。公彥又云：「闠闤之類，外聲内形。」案説文闤訓市垣，从門睘聲。闠訓市門，从門貴聲。闤闠一類，俱屬外形内聲。賈氏兩言，將無長疑流惑？

周前書體，實繁有徒。庖犧獲景龍之瑞，倉頡摹鳥蹥之形。嘉禾生而穗畫興，卿靄備而雲書出。飛禽紀官，圖成鸞鳳；水蟲獻狀，牘累科斗。高辛創僊人之奇，放勳表靈龜之異。貢金就笵，夏鼎鑄魑；倒葉示樵，殷薤屬藳。澤及仁騶，囿察虎炳；異徵祥雀，屋造烏流。白鱗躍舫，魚網織辭；緇帛掌媒，鹿皮填字。岐陽十鼓，史籀懷鉛；柱下重文，複篆盈簡。伯氏執殳，司馬轉宿。春史麟編，秋婦蠶製。通貨金錯，古泉守九府之藏；傳信鳥迒，陰謀布六國之策。油素鮮剩，槧牘俄空。揚馬無徵，桒巴永歎。

左傳僅見言文，曷嘗説字。仲子手文，細肌分衣；弱弟掌畫，密理擘奻。問社命友，飛穀解蟲。止戈爲武，反正是乏。竝沿青赤之謂，不詳孳乳之稱。迄秦刻石琅邪，始曰同書文字，依類象形謂之文，形聲相益謂之字。亞斯以降，稱號遂多。

秦始皇時，書有八體：大篆沿周籀之遺，小篆出李斯之手；刻符創雲脚之形，蟲書窺鳥文之體；摹印雕璽，署書題闕；殳乃記笏之别，隸因徒邈得名。王莽時，書有六體：古文發於孔壁，奇字聚於楊宅。篆書便是小篆，左書即秦隸書；繆篆用以刻印，鳥蟲假以畫幡。秦碣火燎，漢碑水淪，每有苔蘚，靡從剔剜。

説文引經，多有同異，許氏叙易偁孟氏，書偁孔氏，詩曰毛氏，禮曰周官，春秋左氏、論語、孝經皆以古文。其引易則有壹壺闌奇，繻絮述異。筮黷再三，數倚參兩。盈缶歌佰，逸簡觀木。往或見遴，孚爰勿恤。行卜靰升，止象限㠯。卦名瀇羿，爻語占楷。忠告彼僮，修平迺禔。示人以寉，出涕甯遰。内寔惕夤，外元槷䰣。乾臽焉噬，瓢飪誰共。刑懷天剿，明出地晉。穀士普麓，蔀屋彌豐。豹文變斐，虎尾履虩。龍悔匪忼，馬壯用拼，犕牲角觢，乘産足驢。旳駒分馳，橐椐互擊。凡屬褋遚，竝隸包巟。

其引書則有唐品弗慭，虞苗庸𡩡。堋冥丹絑，謨臬咎繇。衣繡璪黺，川容く巜。陸距盦山，澤達菏水。蔪苞惟蘨，簬枯及筱。鯀迹疏亜，獸毛聚褎。五服邲成，六旬稘有。月光哉霸，雲氣升圛。上下昭假，繁森徵庶。覲方蟄雉，任土貢玭。柴燔緜類，㑥訪咼咨。遽記執抲，緢稽朋戮，呡嶓叩璗，鳥多鵻氂。賓門既闢，軍刃奚掐。樂動牄牄，籥靖餂餂。堣宅東嵎，乿戜西截。盤謀詎炬，受德則忞。告蹐興退，毖恤胄欁。詷后能燮，瞐王畏咢。甲返𡠻命，尚狟坶戰。冑敹銃執，粻峙木桀。軍克誓棐，臣可命羿。俊焯常故，宂別諭人。昭昭無技，戔戔勿言。育子鮨音，嫪婦悆疾。若藥瘳肟，維爵用託。案列赤刀，材敫丹臒。莫席既布，介圭載偁。貞每叶疑，譒告作敀。凴几逑旁，出涘敷後。旦昺孺放，仇思艱戢。僚訟不辟，采孅而寋。位不替德，罰豈報訧。衆迪惪啓，邦箴阢隍。陵懱儌寵，敓攘杜宂。察倫無殬，審命曷剝。

其引詩則有天高難諶，地厚敢趚。朝日方昌，終風不瀑。東望指螮，西歸詠霝。瀀雨聞湝，弁星見髓。雲興湇淒，霾降陰壇。寒禦熚炦，旱禱蔽炁。時遘灘乾，竟入罙阻。江流觀羕，河州糇漪。波屬湜止，濟盈硃濙。郃陽造舟，潧外諷蔄。印山陟岨，泌泉歸洍。濫涌畢沸，埸踐町疃。潦注饋饎，邦作灌栵。嗟不薦天，矉無步國。寧自吹求，猒以戭大。瞻爾赫愃，隮茲嬒蔚。工戒僔沓，民無唸吚。廷黜翕訛，郊彙婉孎。金罍我匈，玉瓚彼瑟。飾美鐊鏤，光烈鞗瑲。驂軜茯白，鑣鑾鉞黃。祖祀禡禂，牡駕騜驈。駣騯竝鶩，獝猲同驅。周尨毋吠，齊盧甚獜。猺道從豣，駉野瘃馬。夊開滕陰，㘝舉甫艸。鐔立隅矛，膾磓機石。戠商載坺，征荆嗔旅。師戢右搯，禮示左僻。功獻搜矢，爵讓觲弓。肅肅充琇，洞洞祭鬃。鸞刀取膫，犧楅設衡。釜概鬵和，烝烰黍舀。鼖鼓鼛鼗，鍠鏜蹡磬。縣興巨業，無辨墫柴。儀佖紑素，詞卝艬觓。祝告諓溢，嘏語罔侗。公燕醺醺，朋歌饑饑。

夜懕飲飫，福儺禄摯。恩溥駾呬，威暨伾穳。崇墉降圪，召樹愛庋。政布憂憂，讒去聑聑。呭詍無然，籥伎叵信。謍蠅逐棥，緀貝裂錦。視謹佻怖，言防譌凷。役省朝飢，怒禁內鼆。弁仄懲俄，裳黸訊處。舄孫孯巳，衣畏緉氎。犴獄緩刑，膻裼偃武。校誨叏達，市罰嫛娑。工監寱穴，農去螟蟘。生民降穀，配天詒粹。茬旆岐嶷，尗種植稚。荼秣稷颯，潁穟穧秩。莑瓜及萑，采茆以藻。媄枖園桃，槮差澤荇。常蒴蒲嬒，葛蘽棣蕚。堂北樹蕙，邛間詠鶪。車同鄭蘼，牆埽墉薺。征夫遺莘，瘣木伐所。瀺瀺施罟，鮪鮪發笱。鱣躍鮁鱗，魴游䞓尾。陰蜉堀閱，文雉離罞。如彼桑蜀，奚爲艸蟖。蠕子蟕負，皃梁鷺在。鼅鼄求暥，鶩鸂戾飛。埡藋隸陰，塒雞曷昏。佪屋汽康，行熚暜畏。鴻羽靡敫，狼尾不躓。其聲有譏，子手無斁。昚誓淇岸，怞絕淮洲。厝可取山，材尤掎疋，人罔偏催，妻羞豔侷。嫁撤緥巾，暑蒙褻袢。禯制厚衣，縈尚錦服。攱織禘繰，顥拂紞鬏。長髮美㐱，好手縫纖。臺匪有玭，室寧如尾。歡招歡謞，慍謝晤摽。笐鸞宂除，袾妋優見。壙甌遠災，微瘽去病。挈瓶雖窒，依母終妟。

其引春秋左氏傳則有敵鎎勤王，備寇封後。石祳遺社，火鐇厚宗。茜徵匭茅，嵛詰門蕐。璿弁潰濮，砦甲分唐。惷恤嫠緯，慺聳弱絲。鯢六退祥，石五磒崇。兆祕龜鷂，長從籀卜。聲驗訕誒，光觀焞燿。辱睨抎子，瀆告攢神。堋不損賓，嬛無自律。部託群子，觫偁彌甹。臣貞納坒，正謀諜敖。碬取公孫，牼易司馬。候選補䙴，愷美擣戭。媽賾宋駟，犻逐華狗。牡駕中佃，玦佩牻倞。徹狗厨識，紲負偃羈。望幕登轢，寢轏執畢。脱畀兵闌，受惰禮瑞。役記鄬月，甲別擐躬。觀築鱷鯢，裔禦檮柮。鄴啓徐疆，移張齊會。鄭阪盟隔，邢郊次嵒。郯敗祊門，酄歸夾谷。沙響麓隤，戈追衛及。置胙斃犬，介國阸民。稔忼趙蔭，飲㲉褚轞。爇郤投稈，覿姜贄亲。附婁松菑，涂瀯樠踣。野蔓賦𪓕，犂登从齸。圖艸誚貊，漚菅搆兹。癹暨卉根，飻溯雲嗣。巖相荆鬢，輒垂秦耳。鮫守籞目，薑省噧言。魯鬢册季，齊耦辭㫚。師律龤川，農歲衮饉。米氣周班，門鎖衛逆。肞眼多白，聀耳尚左。怪示空禓，譎誌重襽。

其引春秋公羊傳則有祭魚䚉霤，踆嫯辵階。楚娟參同，魯叫立異。

其引三禮則有冠鷸知天，蘳骴順令。濛雨降霿，亢旱設禜。晣侯日出，幾見星回。墀玉涂赤，緣帛染縉。舟習舫人，鼻偭壺者。艸蠲化腐，肉醢薦盬。羹獻鈃毛，菜擇羊节。又如蒼仰垗郊，朱盤㿻國。磔祭副辜，鸞羞膴判。鮪𦢊行腊，犬鱢膳膏。籠肉受簝，契柱籥焌。寢贈罘悟，相度巜巜。耡興利萌，梏拲斃皐。蜃炭攻魆，鼉鼓鳴靁。鼏容七箇，泰和三舆。玉半琢埒，帛通製旓。游旗率建，晝軔孤乘。几設彤鬆，弓躲甚干。廬橈久牆，兵句僤戟。瑁執犂冠，軓立輿軾。轂眼出輥，輪牙煣㷿。駹辟覆大，雲幎共疏。家采任鄁，誦工來鼓。

其引論語則有文質備份，神祇請譴。嬧背固窮，諞忩多損。既勝小倉，弈賢惡業。跢躩足重，艴孛色嚴。溺櫌不輟，由侃何訴。磬心誚臾，彀體嗆莜。宮觀弖躳，庭聞伉詩。紳大如袉，衣長絜紩。豹鞹貴質，貐厚主温。

其引孝經則有兆分下上，凥習燕閒。寑鄙聲偯，廟尚氣享。

其引孟子則有行澆孔淅，耕忩虞田。稅納兄謜，琴諧女婐。登壟网右，畏路敆西。

其引爾雅則有字别弗離，文逸襧襀。薄作涼法，榮發黈華。擷迺趿袥，徥非則人。藻栱畫楁，麥蝨庤厫。醮盡號氿，騛大名峘。國極西汃，涓遵南汝。麐貑肞短，貛貉足蹞。盼玃能持，笑鷽迅走。

皆名附而義離，復形肖而聲改。汲古者蛾術以廣聞，嗜奇者鼠飲以飾説。布在肆牒，賁於書笘。逮晉呂忱踵成字林，雲勝作注，煙銷散簡。陶氏説郛，略載梗概：一曰分毫辨字。「禪」「禪」「祼」「裸」，枬及「衣」「示」；「瞳」「瞳」「盱」「盰」，論精「日」「目」。「麯糵」與「冰糵」各性，「謟疑」比「諂佞」殊科。二曰音同畫異。「陳」「陳」齊名，「俶」「倜」一致；「禾役穟穟」，不分「麥穗」之歧；「磬筦將將」，即依「嘒管」之韻。三曰音義並同。「理」「李」古通，「澹」「淡」今合；「蒼黄」異色，或以「倉皇」變文；「枝梧」窘形，亦可「支吾」省畫。四曰畫同音異。「虹縣」讀絳，聲難假於「虹蜺」；「衍文」音噡，響詎同於「敷衍」。「燕雀」「幽燕」之類，平仄防訛；「屈軼」「侵軼」之徒，錙銖辨等。復以一字分作數音，敦有九而灑有八，差以七而繆以五。苴切重三，湛翻亦六。行厭比沈，數躾句愞，並隸四聲；辟鄮蔓長，渾齊强契，都可三讀。此其大略，外悉就湮。攟拾衆詁，擇撢往籍，舊觀稍還，新知爰博。許氏本書，文多脫簡，斷自正義，旁逮群書，網羅放失，理而董之，次列微辭，夙所願也。

問：傳説文者何人？

答：傳説文者，唐有李陽冰，志於古篆，殆將卅載。常歎孔壁遺文，汲冢剩簡，年代寖遠，謬誤滋多。蔡中郎以豐同豊，李丞相持束爲朿，魯魚一惑，涇渭同流。自詡得篆籀之宗旨，備品彙之情狀：於天地山川，得方圓流峙之勢；於日月星辰，得經緯昭回之度；於雲霞草木，得霏布滋蔓之容；於衣冠文物，得揖讓周旋之禮；於眉髮目鼻，得喜怒舒慘之分；於蟲魚禽獸，得屈伸飛動之理；於骨角齒牙，得擺拉咀嚼之勢。然觀其增減任心，變革隨手，農越先疇之疆畎，工改專門之矩矱，所有刊定，難免祛妄。

厥後徐鼎臣校定説文，以集書正副善本及群臣家藏古書，備加考訂，詳爲甄擇，益以翻切，準諸唐韻。務援古以正時，不徇今而違昨，若其糾辨俗書，頗有裨益初學。勤記翰主，敬告墨卿。乃有殑早興夙，殅陰課晴，佰徙盈昦，霸假王霸，霧散布霧，冰堅凍冰，滂沛興雨，蜩蛃徵鬼，鄘國滅譚，巍邦削魏，郇卿冒荀，秦阬陷坑，郣海治渤，汳渠開汴，沱外鑿池，頚側處濱，洲洲水沸，虛墟土滿，邨落置村，陜隘踰峽，厓汻循滸，灰夷收燼，澂淵鏡澄，摵嶽筆撼，榜人進牓，飄馬揚帆，橃浮海筏，椶列河艘，斻舟汎航，叞繒持熨，柴籬豎寨，檐桅侵簷，橕柱支撐，榦牆築幹，塔鐵合尖，陊甎拾墮，鐙錠燒燈，厞臿執鍫，温鑪秉火，威戈鎔金，鉞鑾聽鐬，鍼管貯針，沈玉銷沉，泰輈擊汰，車軨彳足，弓弥張糸，纏緒引絁，緂帛鋪毯，冠紞垂髧，絲總束揔，韄結解韄，佩帶委珮，屏櫎施幌，帷冂覆冪，冕㦸美紱，瑚槤奉璉，梭木織梭，杓柄飲杓，罍尊酌罇，盂瓩盛椀，劍罰厲鍔，火主熏炷，椨柱埋杉，盦葢掩罯，木梠負耜，葦苣焚炬；亦有充耳褎玧，瞋目轉瞬，骿脅觀胼，鬀髮爲剃，縣繫箸心，趬疾翹足，須旁流水，郄邊生肉，口頟摘髭，頰頜掀髯，之而作髵，顙頜爛額，匊手盈掬，厵脈壅源，廫悵寂寥，霩望空廓，崝嶸皃崢，娕好狀嫩，嫷易婧妥，鬻粢燭炒，忼當以慷，涼而不亮，掔固偏慳，吝惜且恡，赴告何言，沾益罔忝，拼敢舉拯，捼非摩挼，朁昝誤移，馮憑强別，痰熱苦疢，創傷劊瘡，藏府示腑，福胙登祚，往蹇言傀，始然火附，劗發寫撤，券勞告倦，傴斂行嫗，鈔取傳抄，叢瞠變脞，晝瞑改眠，嫛錯稱婆，悫混致恪，頫仰察俯，憐閔見憫，右每助佑，瘉竟加愈，司即伺人，杖便仗物，醯酢與醋，醻醋交酢，奢奓借蒙，份彬造斌，䋚䄊過區，攫掬枉判；暨乎岀盛誦苺，暘茂用暢，草實染皂，荼蕣采茶，竹笑吠犬，馬駃依人，蝭鷩蛺蝶，蜙蝑蜈蚣，蟈非蝦蟇，蟀是悉螘，蝯或唬猨，麠迺捕魶，葉蟦食蚤，根蝥去蝨，匽鼂氏晁，豕豪名毫，蔦鳥戾鳶，鮭魚臭鯹，雅棲鵶集，烏氣鳴助。邦或化爲疑詞，石确同乎確證。褢裒競作懷抱，儋何群爲擔荷。賡續輾轉而歌賡，戺跜遷延於階戺。霹靂共劈歷互持，徘徊竝裵回相角。牲慎族絲，盲左獻瘯蠡之訛；畜誤駱駝，腐史存橐佗之舊。爆原訓灼，塾師沿陋而呼豹；捲本說收，鄙人襲𢍁而對舒。杭抗昔通，扮聞吳郎之切；繇詧今別，擅省糸絲之旁。援此正字，祛彼俗文，洵能商榷是非，刊除紕繆，有勛許氏，多助學僮。

其弟楚金，亦通小學，沈研說文，譔有繫傳。卷分四十，例括八類，通釋固備，祛妄尤妙。闡叔重之大義，刊陽冰之野文。弌，說文云：古文一。陽冰妄言：弋有質義，天地既分，人生其間，形質已成，故一二三並皆从弋。楚金以爲弋之訓質，倉雅未聞。業云天地既分，人生成質，因是从弋，則一二之時，皆形質未成，何得从弋？艸，說文解云：冬生之艸。陽冰妄言：竹種，非艸。楚金以爲竹類於艸爲近，於木爲遠，艸之冬者，斯言即當。若不言冬生艸，豈可謂冬生木？非木非艸，復是何物？血，說文詁血，是祭所獻，字从器皿，一畫爲血。陽冰妄言：當从一聲。楚金以爲人身之血無可名狀，故象血在此上見於器，若言一聲，則惟有皿，但見器爾，何關血乎？米，說文云：穬粟之實，象禾實形。陽冰妄言：象在穗上。楚金以爲天降嘉穀，一稃二米，此象稃坼米形出見，稃裹既去，始堪名米。若云穗上，仍是粟穀。秃，說文云：人無髮。字宜从禾。引王育說，倉頡出見秃人伏禾中，未知其審。陽冰妄言：从穆省聲。楚金以爲禾實梢垂，似乎秃髮種種。伏禾舊說，博異聞爾。从穆而省，無乃肊說。州，說文云：九州地高，重川爲州。陽冰妄言：三丩爲州。楚金以爲水中可居，厥名曰州。九州之義，在水之上，其州高處，亦復有水，重川之言，允可徵信。若云丩州爲聲，何必三乎？垔，說文云：从留省。土所以止，與在同意。陽冰妄言：从丣，丣時人乃不臥。楚金以爲人君鄉晨求衣，昧旦丕顯，卿士夙夜浚明，庶人宵興，日出而作，豈至卯時寢方晏起？亥，說文云：二，古文上字。一人男，一人女，乚象裹子咳咳之形。陽冰妄言：諸義穿鑿。亥，說文云：古文亥字，从豕。陽冰妄言：本象豕，減一畫。篆文乃从二首六身。楚金以爲二首六身，丘明所記，史趙所言，豈有穿鑿？古之篆文，形體互變，子夏讀史，知已誤爲三，亥誤爲豕，足徵古文亥當作亥。史趙所云，亥有二首六身，則爲篆文之亥。杜預爲下亥上二畫，竪置身旁，如算之六。案：士（旬）〔句〕云二萬六千六百有六旬。今據李斯所書亥字，二畫直竪，則算家之二萬；乚曲次之，似算家之六千；其ㄅ，象算家之六百；又ㄅ，則算家之隔六。史趙以亥字布畫偶有此形，因舉爲言。亥字之義，當如許慎所説，陽冰妄非趙許，何足與辨？凡此等類，悉有據依，文固李劣而徐優，義亦鍇勝而冰負。第以二佴三參，釋天問涉於曠邈；牣魚伏鹿，論樂稍厭其迂迴。鄭游吉之九言，奚關闈令；衛擁縲之一語，詎當諧聲。帝審道而順稽，矩矱之談焉附；王登高而下瞭，色笑之誦徒虛。脈脈水間，吴札何緣而受意；諓諓人面，越蠡奚詭而成讎。憂和緩以行遲，豈近皋陶邁種；寅陰惡而力擯，誰云西伯戡黎。辭繫宣尼，遽吒屈平之豔；真傳老氏，謬援端木之言。譖旁取乎盍簪，事嫌附會；慮曲徵其有縷，旨覺周章。臤貝作賢，訓多忞於執事；女仁爲佞，論匪類乎應侯。傳訛人惡之文，氣餤何取？詩舛武王之恚，整旅誰還？獻鴈悦心，笑解蜉蝣之悶；沐猴愚類，汎矜鷫鸘之聰。孩本闊於羽林，術乃拘於輪蓋。粟圓糕薄，任意鳴和；槎木刊山，師心説聖。講睦逮乎丹朱，結信起於仲路。陳籩習禮，水火光浮；改井明刑，矢弧威濫，皆無驗之讕言，並不信之讆説，敢阿所好，爰弼其違。

問：顔元孫干禄字書多謬説，是否？

答：唐顔元孫撰干禄字書，次以平上去入四聲，具言俗、通及正三體。所謂俗者，例皆淺近，惟籍帳、文案、券契、藥方，非涉雅言，用亦無爽。所謂通者，相承久遠，可施表奏、牋啓、尺牘、判狀，固免詆訶。所謂正者，並有憑據，可施著述、文章、對策、碑碣，將爲允當。誠以筮仕觀光，生人所急；循名責實，有國恒規。既考文辭，兼詳翰墨。升沈是繫，安可忽諸。目以干禄，義實在兹。檢厥點畫，尋其條例：詳分扣叩，細覈逢逄。謟諂章明，儌僥昭著。球璆固許通行，悊哲並須正用。然如晋晉背㬜，懷懐擾褱，鷄棲豈是囊篇，鳶樽更非昔體。萍蓱不分，義乖釋艸；与與强坼，事違解字。問塗途於經涂，空嚴泥路之界；訪崖涯於重厓，虛勞山水之辨。醋酸酢酬，訓故得毋倒置；馮通憑正，字様出何典記？門欂爲閑之閑，寧僅俗闕；月生始霸之霸，誰能正覇？雖云輕重合宜，尚嫌編輯失體。

問：張有復古編可據否？

答：宋張有撰復古編，究心二十九年，成書三千餘字，專校俗書，毋盭古法，循其趣況，略同鼎臣。功易於前，文增於舊，略其單辭，擷彼聯字。消摇河上，游戒逍遥；豈弟汶陽，發禁愷悌。怳忽狂皃，敢逞恍惚之談；阿那垂形，無作婀娜之狀。佩玓瓅之珠璣，焉誇的皪；玩玭瑞之華蕚，漫詠蓓蕾。別姬姜於鬒顡，憔悴何堪；卜婚媾之屯亶，迍邅曷進。千烁古戲，漢庭無鞦韆之詞；空矦舊音，樂府有箜篌之器。登此昆侖之虚，高山孰陟；得其目宿之種，奇艸誰移？曲鼓枇杷，定合琵琶之珏，船名蚱蜢，必繫舴艋之舟。詹諸變爲蟾蜍；谿鴣別爲鸂鶒。解廌神獸，獬豸之決訟之能；羼眉雌鼊，贔屭㞬戴山之力。即令在原，經承脊鴒之謬；加沙置火，梵傳袈裟之訛。以及鼓鼓鍾鐘，簾薕籥蘥，肻兜冑嗣，栘棠移倚。眈目視而耽耳垂，柤木閑而担手抯。類以聚之，區斯別矣。陳云攄母之碑，篆文標巍；樓偁踵息之記，隸體顔菴。具見筆精，尤徵墨守。

問：郭忠恕佩觿可據否？

答：郭忠恕撰佩觿三卷，始舉三科，後分十段，其書與篇韻音義異者十五字，謬舛者一百十九字，而三科之説，頗資多識，援引浩博，配偶工整，自有完篇，不煩勦説。忠恕又撰汗簡三卷，綜録古文，甄別群籍。冠以尚書，次以説文，後人綴述，咸殿部末。首一終亥，悉由許章；切韻玉間，依孔削追。古沵新□，遠勝五十二體；刪重汰複，奚翅七十一家。存鼎帙之規摹，備佚書之厓略。乃有允兆黿册，覰獲麟書；甓運詩葩，臬收禮實。簴應樂章，盠奉儀志；訒諷古論，翰肄前雅。濱流畫減，直搜鮒壁之奇；燾演文繁，爰采鴻都之舊。羨度起周官〔古經〕，淑人見曾子家策。石臺孝經之法，古文月令之塞，莫不道揆宓賤，人禦豫讓。亦有墨者戕義，老氏貴沖。壐取蒙莊，稓刈遷史。鏞誌山海，鼺箋琬璋。有題季塚，端表楊(邗)〔阡〕。衆詢祭酒，疑析庶子。作始荆山，也助秦刻。淮南篹記，荀邕睹篇。誄踶先生，碑篤大夫。敘杜李彤，肩望徐邈。巧習孫强，隙窺林罕。顯卿字指，乙乃祀禖；尚隱字略，漁始入澤。張揖集古，珥在答問；王氏切韻，響振簡外。

況復風行碧落，波譎玄觀。鳳棲記郭，銀牀頌甃。忌寫茅傳，恐告史書。蝎蠹育集，陶窳樊碑。長泣貝丘，思鶱華嶽。壯銘張劍，臧説衛字。早讀維畫，剋著顏文。寧忌逸人，誰陋牧子。府載濟南，縣詳無錫。厨開凌歊之臺，智闢天台之碣。鼓伐義雲之章，輈載彌勒之記。鯨呿日(殫)〔磾〕之書，竈食開元之字。庾演説文而水涌，唐標滑額而氏趙。文昌奇字之逸，光遠集綴之動，知元字略之鈒，守言釋字之馗，亦皆餒峙證俗，集類炊戾；鼻臭摭古，諸體搆文。至於虞卿石爛，周才録殘，鬱林序湮，煙蘿頌缺：此又問奇敏流，往來猶豫；好古碩彦，欠伸魚睨者也。①

問：戴侗六書，楊桓、周伯琦、趙撝謙諸家，得失如何？

答：戴侗之六書故，輒更許君之例，又乖野王之篇，文用鐘鼎，字多杜撰，觀其鄉壁虚造，良用握卷長喟。楊桓之六書統，分别六書，綱紀諸字，多設義例，將示括包。例所不通，遂生變説；變有不合，復議改條：治絲而棼，結繩難理。周伯琦之六書正譌，僮訓梗刺於叔重，芎形茅塞於相如，瀋非羕長之古文，衹豈地衹之借字。餘亦稗販謙中，篋胠騎省。趙撝謙之六書本義，生關作繪，並是榛蕪；音聲累加，尤多膠轕。假借轉注，縷析

① 據道光刻本王紹蘭許鄭學廬存稾卷一、明抄本郭忠恕汗簡、光緒廣雅書局刻本鄭珍汗簡箋正等校改。

難於示掌；數位器用，部次過於信心。凡此詁倉，略同饑鄶。雖云小補，詎曰大醇。各有所當，亦可取焉。於其不知，寧闕如也。

皇頡以降，臣籀而還，鞄𦮼柯欘，倉篇希覯，坎侯黄潤，凡將罕傳。博學漆磨，元尚韋絶；急就僅分部居，訓纂略存扈鄠。詁字之書，説文最古。更僕數字，猶見尉律之遺；書兒拭觚，尚留保氏之法。起陋儒之宿痾，洞前賢之奧恉，庶有達者，其在斯乎！

小石渠閣文集　卷六

擬海防十二策

此策作於道光十三年，咸豐三年經王子槐少司馬進呈御覽。

防海之策，論者大抵謂其要有十：一曰别要害，二曰勤會哨，三曰禁私通，四曰用偵間，五曰修戰艦，六曰利器械，七曰明軍令，八曰時訓練，九曰築城堡，十曰講禦守。此十者用以禦海寇善矣，而非以禦外患，何也？禦患者不用巨舟，破敵者不用巨砲，此善策也，説别附於後。

今先以防海十要言之。其曰别要害者何也？大海重洋，茫然萬頃，不辨其要害，則島嶴之星羅棋布，沙礁之淺深遠近，與夫狂颶駭浪之順逆向背，揚帆遥溯，觸處驚疑，即欲分巡會哨，未免勞師遠涉，曷以奏功？故自直隸而下，凡山東、江南、浙江、福建、廣東沿海各省，各有要害，是不可不審其形勢也。其曰勤會哨者何也？夫防海者，須防之於海，非俟其近岸而防也。蓋陸路之窺伺易覺，而海面之跋扈無常，哨船之設，誠爲至計。然使撑駕不過補柁，坐艙不過千把，則名微而勢不振。惟爲將者身先士卒，則哨船之體尊，而在船兵目皆有所彈壓而知効命矣。其曰禁私通者何也？沿海姦民，趨利若鶩，其始也冒險犯法，不顧身家，其繼也引類呼朋，倚爲巢窟，故必禁之也嚴，而稽之也密，則其釁可弭矣。其曰用偵間者何也？偵探者，一軍之耳目也，人喪耳目則爲廢人，軍失偵探則爲廢軍，乃從古之用兵第一要務。故孫子曰：「明君賢將，所以動而勝人、成功出衆者，先知也。」「知夫敵之情者也。」考孫子論用間有五：有因間、有内間、有反間、有死間、有生間。「三軍之事，莫重於間，賞莫厚於間，事莫密於間，非聖智不能用間，非仁義不能使間，非微妙不得間之實，微矣哉！無所不用間也。」其曰修戰艦者何也？舟楫之利，以濟不通，況哨海巡洋勦寇是賴，非緝造精審，何以出入風濤沙島之中，直搗其巢穴而撲滅之也。昔人謂張兵威，畜器械，以樓船大艦爲先；趨便利，立功效，則走舸海鶻爲用。是其制爲不可不備也。然造船與鑄砲，論者皆以爲禦寇所首資；不知造船鑄砲，其開吏胥及工匠蠹蝕之弊者，往往而是。故造船不如買船，鑄砲不如買砲，廣東外洋人有現成大船巨砲發賣，價廉又無弊竇可啓，此策可補修戰艦造巨砲者之所未備。其曰利器械者何也？易之戒不虞也，必曰「除戎器」，然械以衛身克敵，惟器是賴，若器械不利，則是兵法所云「以其卒與敵」也。近世之用兵者，多需火器，誠爲制勝之妙術，是不可不知其用也。其曰嚴軍令者何也？兵隨將令，如身之使臂，臂之使指，古稱細柳營、岳家軍者，蓋以其將令之嚴也。前明海寇之來，少者數百，多者數千，官兵十出而九敗，甚且一夫躍呼，而衆皆辟易，自相蹂躪而死，豈兵之弱而至此哉？蓋由承平日久，吏民不習兵革，諸將未申軍令之故耳。然則號令不嚴，賞罰不信，則兵弁何以効臂指之使，地方何以資保障之功哉！其曰時訓練者何也？古者田賦出兵，故講武必於農隙，今則不然。昔者魏李崇在壽春十年，嘗養壯士數千，寇來侵邊，所向摧破，軍中號曰「卧虎」。唐徐商以封疆險闊多盜，選精兵數百人，別爲一營訓練，號曰「捕盜兵」。明季之弊，患在知益兵而不知練兵，知易將而不知選將，故東南久困焉。其曰築城堡者何也？昔人論防海，惟有三策：出海會哨，無使入港者得上策；循塘據守，毋使登岸者得中策；出水列陣，毋使近城者得下策；不得已而守城，則無策矣。由是觀之，防海者果防之於海，以時分巡，督同會哨，然備豫不虞，善之大者也。古無海警，東南豈無城堡哉！其曰講禦守者何也？前明嘉靖間，崇明、常熟、嘉善、福安、寧德十餘城之破，而知明之海防，非特不能時巡會哨以禦之於海，且於守城之法，俱未知講也。夫一城之完，有關繫一邑之保障者，有關繫數郡之屏翰者，是捍禦之方，又不可以不講也。此十者，防海之大略也。閩中沿海之略，其爲禦寇要害之衝者，曰南澳山，爲玄鐘之所(戒)〔界〕也。曰侍郎洲、石城塞，爲銅山之所界也。曰鴻儒嶼、沙洒塞，爲陸鼇之所界也。曰大澉嶼、壁洲山，爲鎮海衛之所界也。曰小澉嶼，爲月港之所界也。曰舊浯嶼，爲高浦之所界也。曰嘉禾山、大擔山，爲同安、中左之所界也。曰小擔山、虎頭山，爲金門之所界也。曰大登山、小登山，爲福全之所界也。曰大捕山、小捕山，爲永寧衛之所界也。曰埕埭峰、獭窟峰，爲崇武之所界也。曰沙塘灣，爲惠安縣之所界也。曰𡾊嶼、白嶼，爲蜂尾巡司之所界也。曰眉洲山，爲下泉砦之所界也。曰石師峰、小灣，爲平海衛之所界也。曰埕中、三江中，爲沖心巡司之所界也。曰綱山、王家嶼，爲萬安之所界也。曰六湖山、碧水島，爲鎮東衛之所界也。曰踵門山，爲蕉山巡司之所界也。曰日嶼、月嶼，爲梅花之所界也。曰鸞千塘、四嶼，爲定海之所界也。曰花瓶，爲北茭巡司之所界也。曰飛鸞波，爲寧德縣之所界也。曰青山峰，爲大金之所界也。曰天千山，爲福寧之所界也。曰會城、三波礁、五虎澳，爲連江之所界也。凡此者，皆爲閩中防海要害所界之地也。

夫閩海内自沙埕、南鎮、烽火、三沙、五虎而至閩安，外自南關、大崳、小崳、北竿塘、南竿塘而至白犬，爲福州外護左翼之籓籬。南自長樂之梅花、鎮東、萬安爲右臂，其外自磁澳而至草嶼，中隔石牌洋，外環海壇大島，故閩安雖爲閩海水口之咽喉，而海壇實爲閩海之右翼。至臺灣遠隔重洋，澎湖孤懸海外，東可以達琉球，南可以接暹羅，西可以抵安南，北可以通高麗。自明季以來，常設重兵戍守，此爲閩海之扼要也。閩海之五虎門，天險者也，天險則其勢可據。虎門港内外多碴礁石，大船入港，則擱閡不得出。附海者，地斥鹵而民貧；依山者，路崎嶇而勢阻。今以閩中省垣之地勢論之，梅花、五虎、壺江、金牌、熨斗、烏猪，猶唇也；閩安猶齒也；亭頭、濂浦，猶舌也。唇亡齒寒之候，其舌尚能伸縮自如乎？以兵家九地形勢論之，亭頭、濂浦，則爲散地、圍地也；梅花、五虎、壺江、金牌、熨斗、烏猪，則爲重地、利地也。至琅琦十三鄉，南連長樂，北界連江，西接閩安，東接大海，其地皆有險可據，與梅花、五虎、金牌、閩安同一扼要，並當以重兵守之。自道光二十一年，逆夷寇厦門，省垣官弁，恐其自虎門竄入，乃不屯重兵於壺江、金牌、熨斗、烏猪，祇填船於濂浦，此之謂棄重地、利地而保散地、圍地矣。猶之人家防賊，大門而不牢固，徒以椅棹等物阻於房内，欲賊之不擅入，得乎？故用兵者，當先辨九地之形，而後扼其要以防之，若扼要之地爲敵所據，收漢奸以耕種，出杉板以遊奕，外而鹽船不得進港，内而商賈不得出洋，而省垣坐困矣。此深識遠見之士，竊竊然有藉火積薪之慮者也。海氛之流毒久矣，惟得有猷、有爲、有守之醇吏，爲天子之所倚毗，億萬生靈之所託命，而明足以照奸，斷足以去梗，忠誠可以孚物，謀出萬全，掃除而更張之，驅而出之海外，勿使盤據省垣重地。逆匪之徒，消影滅迹，可計日而待也。

擬平逆策

靖内四策

一，安輯民心以杜亂萌也。現在□□搆兵猖獗，今日破某郡，明日破某縣，風聲所播，草木皆兵；加以江浙民情怯懦，易於震懾，似宜廣張告示，俾知□□以番舶爲巢穴，上岸攻劫，必留其半守船，又懼我之邀其歸路，首尾不能相顧，斷不能深入内地，大約二三十里以外，即不能公然横行。其四散分布焚掠者，多係内地之附從漢奸，我若望風逃竄，彼即乘虚而入，肆其蹂躪，是欲僥倖逃生，而卒無以自全。我誠講求戰守之方，衆志成城，彼亦慮有失亡，不能爲我深害。曉然於利害得失之數，則民心定，而亂萌可以永戢。

一，延攬策士以資謀猷也。海濱吏卒士民，有熟識賊中利害情形，並奸宄通賊出没蹤跡，豫籌有平定方略者，當不乏人。但恐不密害成，叢怨於賊，每欲言而不敢言。昔譚綸與俞、戚二帥平倭，一時明經如郭建初、諸生如陳第輩，與有勷贊之力；胡宗憲亦有客蔣洲、陳可願來往日本倭中，説降汪直養子汪滶及島主源養長等，還所掠人口，具方物入貢。今宜密飭營縣於所屬吏士軍民，徧加延訪，俾各抒陳所見，專差彙送行營，藉資採擇。此内果有知兵習海之人，分别收録，獎拔賞銜，隨營効力，有功一例保薦。愈當知無不言，樂爲我用，使官多耳目，賊無遁形，則致人而不致於人矣。

一，稽查奸細以防内患也。昔岑彭進擊公孫，刺客肆凶；費禕用師漢川，降卒嬰禍。聞□□陷定海日，漢奸有襲用官兵衣帽，戕害守城文員；寧波失守，亦有在城竪旗内應者。凡被賊省會州縣，宜按城門幾座，街市幾道，相度四正四隅，分爲數路，各路遴選本地鄉紳，平日公正才略著聲爲輿情推服者二三人，充作正副首事，各分斷落，梭巡防守，聽其另報妥幹可靠之人，幫同經理，此外派委文武幹練員弁，爲之統率督勸。查有面生可疑、來歷不明之人，送官嚴密訊究，如實有勾結内應情弊，即以軍法從事；其無故黑夜喧呼、謠言惑衆者，亦即查拏，分別嚴辦。於稽察得實之紳民員弁，從優給以奬賞。城内號令肅然，内患自不滋生。

一，約束兵丁以絶民擾也。明代倭犯吴中，調楚、粤土司狼兵進勦，所至搶奪民財，騷擾甚於寇賊，當時有「賊如梳，兵如篦」之謡。本年粤東所調楚兵，不爲出力攻夷，肆行淫掠，至激粤民公忿，糾衆殺斃多名報復。夫兵以衛民，非以擾民，而其敢於恣睢暴戾，實由於統兵將弁之不職。「韓信將兵，多多益善。」漢史上數數明〔言〕。一語括之：蓋將兵不外將將，將官得人，兵丁奉命維謹，自如身之使臂，臂之使指。而或者以行軍之際，執法過嚴，恐致激而生變爲疑，是大不然。夫馭兵以賞罰爲先，誠能功罪分明，信賞必罰，加以開誠布公，曉示忠孝大義，何慮將卒不服？若應行罰而不敢執法，是姑息適以養奸，其害有不可勝言者。竊計一營之中，帶兵有都守千把，其上有參游，又其上有總兵副將，如能統御所部兵丁，紀律嚴明，著有擒拿賊匪勞績者，以次破格升賞，兵丁一律優賚；其縱容兵丁滋事，及闒茸不能制馭悍卒者，立即分別嚴參，查出滋事兵丁，嚴行軍法。果爲節制之師，自卜踴躍用命，所向克捷。

制勝四策

一，廣募間諜以制勝機也。用兵之法，知己知彼，而後可以百戰百勝。而欲覘賊虛實，莫要於用諜，尤莫要於用彼之諜，使輸其情於我，而我得以乘彼之弊。如高仁厚討阡能即用賊諜以爲己諜；沈希儀討傜柳州，求得與傜通販易者數十人，持其罪而厚撫之，使詗賊，賊動靜皆爲所知，故所向無不克捷。今宜購求平日販烟、通賊及常爲賊諜之人，此輩行蹤詭祕，設法勾致，寬其已往罪名，不惜金帛重賞，使其混入賊中，探知賊之腹心頭目爲其運籌者幾何人，爲其領兵者幾何人，是夷是漢，其本國隣埠敢戰之士若干，漢奸附從之衆又若干，其内外輯睦猜忌之情狀又若何。一動一靜，我得纖悉周知而先爲之備，多方以誤之，乘懈以擊之，使彼入我彀中而無能自脱，則勝算常操矣。

一，密縱反間以散賊黨也。先諜知賊中親信用事能爲我患害之人，當用反間以解散其黨。昔漢高以四萬金遺陳平間龍沮、范增於項羽；种世衡用僧王光信間野利兄弟於元昊；岳飛規取兩京，亦間劉豫於兀朮，使之自相猜貳，勢成孤注；胡宗憲督兵討倭，遣客招汪直、盧鏜，亦説日本使善妙令擒直，直與日本貳，遂復誅；宗憲又遣指揮夏正等要徐海降，因以間陳東，乘海縛麻葉以獻，即屬葉以書致東圖海，而陰泄其書於海，海復以計縛東來獻，旋爲東黨所攻，官兵因而擊之，海亦授首。皆用間致勝明徵。今計𠸄逆入寇之勢，與倭夷爲患相同，無論新附奸民，與彼交結不深，可以設謀搆離，即素相親密之漢奸，並其本國夥黨爲夷首所勝任者，亦可巧搆疑似之言以相離間。蓋兵柄所歸，雄猜易啓；利權在握，乾没堪誣。誠欲伺隙中傷，不患無詞可措。但此等行間之人，必得機警若陳平，堅忍若王光信輩，方克應變成功。倘有其人可遣，許以成功之日，破格賞賚，不次超擢官職，自無不爲我出力。又須密行資遣，勿令外廂探知，致有透漏，斯破賊之要策也。

一，操練選鋒以挫賊鋭也。孫子曰：「軍無選鋒曰北。」韓世忠置背嵬軍五百人，朝夕訓練，一可當百，順昌之捷，金兀朮望見旗幟便走；岳飛每休舍，即令軍士穿重甲學跳濠法，所向無敵。論者謂吴人孱弱，驅策恐難得力，其説非也。昔項羽起自江東，率八千子弟以西，擊破强秦；孫權父子兄弟以吴兵割據江南，争雄中原；晉都建業，北府兵雄南北。誠能加意訓練，自可成爲勁旅。今宜挑選膂力絶倫及短小精悍者，另爲一隊，教以裹帶鐵瓦跳塹超距之法，令其腰脚輕捷，起伏如飛，精練刀矛擊刺諸技，以備臨陣衝鋒破敵。嘉慶年間，傅鼐備兵湖南苗疆，因苗人火器精利，百發百中，難以取勝，親練勁兵二千，號爲「飛隊」，即用此法。兵丁驍勇矯健，能縱數丈以外，每值接仗，苗人鳥鎗發火，則伏地不動，二鎗未發，則已騰至苗前，爲其格殺。竊計嘆逆上岸攻擊，勢不能攜帶大砲，其擡鎗等件，不必精於苗人，如果練有此等健卒，即可殺敵致勝。此外擡鎗並各項軍械，仍一體勤加操練，技藝精嫻，士氣自當百倍。某水師各營兵丁，應以習水性、識風候、熟戢戧爲主。拔弁於老漁，簡兵於水户，練習砲械各項軍器，施放得宜。於海口之險隘沙礁、洋面之邀截衝擊，靡不講求精熟，臨陣可期得力。而此等操練選鋒，必得從優犒賞，以作將士之氣，亦須另籌款項以充賞需。水陸俱有制勝雄師，庶足禦侮折衝，銷氛溟渤。

一，陰設埋伏以收奇功也。昔李牧守趙邊，椎牛饗士，養鋭不用；遺牛羊於野，以委匈奴；聽其小入逐利，示之以怯，繼乃誘之大入，親率敢死願戰之士設伏，一大創之，趙邊以安。今策嘆夷挾屢勝之勢，内地漢奸望風景從助逆，功陷城池，莫之敢攖，其燄甚張，其氣已驕，若吾間諜得行，探知彼中虛實動静，先遣有膽勇者投入賊中，遇有避賊荒村空寮，縱火燒燬一二，以示誠款，令彼不相猜疑，誆其收留入夥，僞爲親昵歸附。然後暗通消息，揚言某處貨財山積，某處空虛無備，可以潛師深入，必得所欲，甘言以啗之，詭辭以邀之。賊如臨境，我軍又爲佯北以驕之，委棄畜牲以誘之。及其深入内地，或狙伏要隘，乘其半渡而襲之；或横截賊尾，伺其惰歸而蹙之；或置毒酒食，乘機以斃其師；或暗埋地雷，發機以轟其衆；又或另簡精鋭之卒，襲用夷服粧扮，乘戰酣混入賊陣，使彼不能辨認眞僞，自相踐踏潰亂，而我有暗號招呼，倏出倏没，奮勇砍殺，自無不斬禽如意。至乘勢焚燒上岸停泊賊船，則又覘其留船賊少不設警備，方能得勝；若賊多備嚴，度勢不敵，未可輕動。總之，此策爲行軍第一要着。督兵者既確有主見，必得有警敏精細之人，爲之潛往勾引，而又有智勇兼全之將弁，相機用兵應敵。其謀貴乎機密，其事出於神速，斯逆夷聚而殲旃。愛護鄉里，勇於自戰，利一；無轉餉征調之煩，利二。

守禦四策

一，團練民勇以壯軍威也。韓愈有言：「徵兵滿萬，不如召募數千。」蓋土人慮害最切，習知賊中長短情形，利一；隘塞之險夷，逕途之遠近紆直，又其素所諳悉，利二；倉卒之間，一呼便集，且民勇中，均父母、兄弟、伯叔、子姪、親戚、朋友，利（四）〔三〕；貧者出力，富者出財，勞費均而人心平，利（五）〔四〕；收召無業貧民，多一殺賊義勇，即少一從賊奸匪，利（六）〔五〕；誠能經理適宜，實較之外調客兵爲足恃。今宜札飭沿海州縣，按所屬陸路四鄉大小村莊，查明每村共有壯丁若干作爲民勇，村大者或數百名，設立正副團長三四人；村小者或數十名，設立團長一二人，均擇力能駕馭村衆者充之。下餘零星小户，歸併大村團長統轄。合數村衆至千名以上，設立總團長一二人，擇其才望出衆者充之。每村造具團長、民勇姓名年貌清册二分，團長自留一分，呈送地方官一分備查。均准製備擡鎗、弓箭、刀矛各項器械，延教師在村操習，若無力製買軍器，即棍棒亦可備操。其操練之法，分爲習擡鎗、弓箭者三之一，習刀矛、棍棒各項器械者三之二。每日則各村團長鳴金傳集分操，練熟以後或三五日一操亦可，每月則總團長定期約會所轄數村大村，大操一次；小村各製旗一面，大村則以民勇之多少，各製旗二三面，上書某村民勇字樣，團長於大操時在村鳴金集衆建旗，吶喊出村，周歷團内各村一巡，一壯聲威。地方官亦每月分赴四隣，於各村適中地面，調操民勇一次，各團長鳴金建旗均如前。其閱有技藝優長者，並所轄團長，當場賞給銀牌花紅示奬。仍嚴禁書差不得需索供應，册費亦官爲捐辦。如需隨同行營打仗，必得另行招募義勇，自爲一隊，選有智略膽氣者，作爲正副頭目，統領訓練備用。即抽調各村民勇赴營，亦須簡其技藝精熟、願告奮勇者，抽取十之二三，其不願者聽，均須優給口糧，官爲製備器械，有功一體升賞。村民不受官吏科派之累，亦不被軍營征調之擾，捍衛桑梓，宣力疆埸，自無不樂於從事。明季倭寇之變，首犯福建以及浙直，而延蔓於淮陽，獨山東未嘗被兵者，由於南方風土脆弱，明初建置衛所廢弛，兵力涣散，無可恃爲抵禦；而瀛渤之間，風氣勁悍如故。寇來獲少，所失亡多，是以轉得晏然無事。現在㖼逆雖有漢奸導引，假使所至有人拒守，賊多損折，亦必不敢肆行侵犯，保障海疆，此爲要策。

一，修築寨堡以衛民生也。前明盧象昇備兵大同，維時山西流寇充斥，畿輔震動，迺命山居百姓依險立砦，藏貲財器械及碓石櫑木諸禦賊之具畢備，而耕牧其中。平原無險則用併村法，令小附大，鑿溝築土垣，儼然如山砦。令既布，又自爲相度，而時往來申警之，畿南獲全。後擢撫鄖陽，念房、竹諸山所至有險可憑，亦用守畿南法行之，人有固志，流寇不敢犯境，鄖屹然成巨鎮。至嘉靖倭寇之變，閩之漳、泉，浙之温、處，傍海依山者，多以築砦堡得完。查㖼逆之敢於肆虐海疆者，全恃砲位精利，但形質粗笨，利於洋面轟擊，而不利於陸地施放，其上岸所用火器，亦止擡鎗等件，不能擊洞重垣，則修築寨堡之策，爲禦賊第一義。今計蘇省沿海一帶，地多平衍，便於築堡。而築堡之法，純用堅土分築，或内用土胎，外用毛石砌成，以高二丈及一丈七八尺爲準，厚半之，仍砌女牆其上，可以遮蔽銃砲，利一；或堡外厚積沙袋九重，大砲鉛子，必不能穿。家文忠公嘗驗之。賊匪或白晝突至攻劫，或黑夜焚燒荒僻村莊，居民浮寄孤懸，往往四散驚竄，既房屋皆在堡内，可以有恃無恐，利二；鄉居四散，形勢單弱，難以守望相助，有堡以聚之，則多者數百户，少亦數十家，比廬聚族，聲勢雄壯，保甲團練之法，均可就堡施行，利三；散地難守禦，有堡可憑，則聞警荷戈登陴，數十百人分布敷足，利四；民間糧食牲畜，俱納於内，堡長、堡副以時稽查，買賣交易，耳目衆多，不能潛行接濟之事，利五；鄉間村落相勢成爲犄角，一堡有警，各堡互應，或用邀截，或用夾攻，利六；取土之處，挖成深濠，則堡成而濠具，濠旁密栽棘刺叢竹之類，一二年後，棘刺叢生，是生成鹿角蒺藜，利七。其或山岡陡峭，實有險阻可以憑踞，因勢修築爲寨，其利亦與土堡同。惟是愚民可與樂成，難以慮始，宜飭沿海州縣，明示所屬居民，無得吝惜經費，致昧遠慮，俾令利害曉然於心。一面相度地方情形，有險隘可據者築寨，平原地面一律挖濠築堡。大村數百户、千户，可築一堡；小村或合數村十數村，共築一堡，築寨亦如之。再行勸諭富民，首先捐貲；貧民出力勷辦，自當剋期告成。寨堡既修，各搆住屋數間，糧食牲畜，均搬運其中，無事在外耕作，有事斂衆入内拒守。若團練之法又行，團長即爲堡長，堡副統率民勇棲止。星羅棋布，戰守有資，聲勢聯絡，永成金湯之固，逆夷不敢生心矣。若碉樓之設，宜於山險要隘，不宜於海壖。蓋山險則無他路可登，要隘則爲賊人必經之道，況道險路隘，賊必不能攜大砲，所恃者不過刀矛鎗銃耳。賊放鎗銃，我有取蔽，我放鎗銃，賊不能當，而號炮一施，四鄉皆應，守險扼隘，此爲最宜。若海壖四面平坦，眺遠則易，禦賊極難。且外國人船堅砲利，我碉樓之鎗銃不能及彼，彼船上之大炮則能及我，是碉樓爲彼砲垛耳，中則靡矣。竊以長港汊中，宜建小炮台以防其闌入，而炮台之左右，須另建飛樓，又名「懸樓」，以爲偵探之備。

一，防堵港汊以嚴守禦也。海濱港汊紛歧，水勢淺深不一，沙礁錯列其中，夷船吃水最深，原難收泊，抵岸但乘海潮而行，亦每突入爲患。又大船所不能逕泊者，其杉板船可以抵泊，然非海灘之漁師、蛋户，與内地習海舵水奸匪導之登陸搶劫，則不知路逕所嚮，上岸咫尺迷昧，焉能鴟張爲患。今宜飭令沿海州縣，查明所屬通海大小港汊共有若干處，某處可通巨舶，某處可通小艇，繪圖貼説；通詳各港内現有漁艇若干，漁丁若干，抽取其壯健者作爲水勇，即擇其中稍有才略者，點爲頭目領之。船隻編立字號，水勇造册送縣備查。無事時仍令在洋打魚爲生，有事之日，則按册酌量調撥，隨同官兵民勇，互相防堵，優給口糧，有功另加賞賚；如有斬獲夷目奇績，亦可拔爲水師偏裨。其口岸以内，既經官修碉卡防守，與内地民修各寨堡，彼此相爲聲援，軍威雄壯，有屹不可犯之勢。再於港汊通舟處所，平日督飭水勇，或縛木筏填塞港面，或繫鐵鎖横截水心，或暗中施釘樁橛，或密地抛積石塊，礙其挨舵寄椗之路。又或標記淺者爲深，有沙礁者爲平坦，使人誘其駕舶前來，淺擱不能動移，急遣伶俐水勇，用小舟裝載柴草，縱火團繞燒之，即不能全幫俱燼，但能焚燬一二，亦足褫賊之魄，不敢輕舉内犯。

承示各策，具見經世大才，拜服無似。其靖逆十二策，所謂先爲不可勝以待敵之可勝，堂堂之陣，正正之旗，無懈可擊。至不用碉樓，改作小砲台，而中間另設懸樓以備瞭望偵探，尤徵見解高明。己巳八月，愚小弟丁杰拜識。

補遺

四臣表

治國四臣　社稷之臣　腹心之臣　諫諍之臣　執法之臣

許慎說文：昔大嶽爲禹心吕之臣。案大嶽者四嶽也，官名。内傳曰大嶽，外傳曰四嶽，一也。治國者有此四臣，則天心可挽矣。古今治亂之局，載於史策，彰彰可考：變亂爲治者，有此四臣也；變治爲亂者，無此四臣也。蓋嘗讀易，而知夫治亂之理矣；又嘗讀史，而知夫治亂之原矣。欲回天心，必觀心吕；四海之廣，六合之大，豈無四臣？得其人，則治天下猶運諸掌。

社稷之臣

諸葛亮

郭子儀

韓琦

李　綱

忠藎孚於上下，威望加於内外，可與託孤，可與寄命。臨大節而不可奪，敵國聞之而不敢謀，姦宄畏之而不敢發。正色當朝，招之不來而麾之不去，是謂社稷之臣。

腹心之臣

張　良

李　泌

陸　贄

宗　澤

識足以達天下之機，略足以濟天下之業，從容帷幄，謀成而群臣不知，計定而將軍不聞，是謂腹心之臣。

諫諍之臣

汲　黯

褚遂良

張九齡

范　鎮

匡君之非，而納君於善。左右彌縫，上下歡悦，委曲剴到，悽惋惻怛。不阿順以取容，不迎合以求悦，正言不迴，觸犯忌諱，雷霆發於上而不驚，鼎鑊具於前而不顧，是爲諫諍之臣。

執法之臣

王　章

蓋寬饒

宋　璟

徐有功

直道而行，不憚權貴，逢奸必鋤，遇惡必擊，使豺狼狐狸屏息而不敢動。而又能出以平恕，迥異酷吏之所爲，亦非沽買剛直者之所爲，是謂執法之臣。

社稷之臣以忠。

腹心之臣以智。

諫諍之臣以直。

執法之臣以剛。

此四者，國之不可以一日無也。夫以匹夫之取友，尚有能死義者，能忠謀者，能責善者，能禦侮者，而況於國君乎？而況於天子乎？

忠則能抗大難。無與抗大難必危。

智則能圖大功。無與圖大功必敗。

直則能格大過。無與格大過必昏。

剛則能除大奸。無與除大奸必弱。

嘗觀古今興亡之效，國之興也，有此四臣也；國之亡也，無此四臣也。然則此四臣者，豈易得哉！是在民上者，有優養作起之術爾。

待社稷之臣，當尊之以禮。

待腹心之臣，當推之以誠。

待諫諍之臣，當納之以寬。

待執法之臣，當假之以威。

尊之以禮者何？高爵以重禄之，使危言不能中，細故不能疎；則彼必以社稷之憂爲己憂，社稷之辱爲己辱，毅然以身徇節而不變，則大難可抗矣。

推之以誠者何？略去苛禮，示之坦然；坐云則坐，食云則食；所言無不用，所欲無不與；則彼必竭思慮之精，效勝負之計，而大功可圖矣。

納之以寬者何？凡有所論，臨軒以受之，賜帛以旌之，雖激切而不怒，雖指斥而不罪；則彼必務盡直心，政事之闕日聞，聰明之道益廣，而大過可格矣。

假之以威者何？不以私愛撓其權，不以譴辱挫其氣；使强者不敢傷，讒者不敢毁；則彼必竦踴風生，剌舉無避，以尊朝廷之勢，而大奸可除矣。

不尊之以禮則棄忠。

不推之以誠則擅智。

不納之以寬則惡直。

不假之以威則害剛。

平居而上唱下和，相聚自賢。至於棄忠擅智，惡直害剛，則上無道揆，下無法守，君子犯義，小人犯刑，國子所存者幸也。

棄忠則勢孤而不知。

擅智則機去而不察。
惡直則政失而不聞。
害剛則威削而不悟。

君人者至於勢孤、機去、政失、威削，及一旦臨變，茫然而無所救，是可哀矣。詩曰：「如彼泉流，無淪胥以敗。」可不慎歟！

嘗讀易至否、泰二卦，知治天下者，可以長治而不亂，其曰治必有亂者，此不知易者也。聖人處亂，則撥亂以反乎治；處治，則繼善以防乎亂，反乎治，防乎亂，何從而亂乎？治者，泰也；亂者，否也。處否，則轉否以反乎泰；處泰，則繼善以防乎否，反乎泰，防乎否，何從而否，即何從而亂乎？故謂「否極而泰，泰極而否」者，此不知易者也。易之有陰陽，非治亂也。有陰無陽則消，有陽無陰則亢，亢與消皆亂也。一陰一陽，迭用剛柔，則治矣。故曰「一陽一陰之謂道」，道以治言，不以亂言也；失道，乃亂也。聖人治天下，欲其長治而不亂，故設卦繫詞以垂萬世，豈曰「治必有亂」乎？孟子言「一治一亂」，乃總古今之事迹而爲言，非一陰一陽之謂。一陰一陽者，日月也，寒暑也，晝夜也，時也，日往則月來，月往則日來，寒往則暑來，暑往則寒來，此天道所以長久而不已也。聖人則天趨時，故陰陽迭用，仁義互通，以成長治不亂之天下，豈曰「治必有亂」乎？所謂聖人處亂則撥亂而反乎治，處治則繼善而防乎亂，正所以反乎泰，防乎否也。謂治必有亂，容容者得而藉口矣；謂亂必有治，汶汶者得而任運矣。大抵氣化皆賴人而治，治而長治者，人續之也；治而致亂者，人失之也。無推步之術則寒暑亂，無測驗之術則日月亂，不勤耒耜則田疇亂，怠於政教則人民亂。説者以陽爲治，以陰爲亂，則將暑治而寒亂乎？日治而月亂乎？故否泰皆視乎人，不得委之氣化之必然也。爲人君者，欲長治而不亂，必得社稷之臣、腹心之臣、諫諍之臣、執法之臣，股肱心吕，力挽天心，可以撥亂世而反之正。敬擬圖説，以爲千秋之金鑑焉。

聖王之道，本於天德。萃千古治亂興亡，列於四表，以爲昭鑒，大哉言也！訓誥之文，此再見矣。年愚弟劉熙載百拜讀。

議論精實，措置咸宜，闡明易理，尤足發千古之蒙。爲百王之鑑，非學窮今古，識貫天人，洞悉治亂之原者，烏能有此！欽佩無有紀極。愚弟丁杰識。

輯佚

鷗汀漁隱詩集評語

輯自陳偕燦鷗汀漁隱詩集，道光庚子春鐵琴閣刻本。

五言古源出二陸。二謝質樸廉儁，無雕鏤之迹，七古磊犖軒昂，如珠光照人、劒氣迸落，可以繼響。坡翁五七律風骨高騫，學大杯十子而得其神。下至空同、滄溟，莫不掇其精華而夵其模擬。近代絶句多推漁洋，伦者可與相伯仲，讀竟如飲仙漿璚液，恍置身於蓬萊、方丈中也。

詩主性情，貴益之以氣格。專言氣格而不出之以性情，此前明前後七子不免有蹈襲古人之病；專言性情而不緯之以氣格，恐墮入淺易一派，此近代袁、趙諸家所以爲風雅之蝨也。

大著能以我之性情，運前賢之氣格，故學漢魏、六朝、唐宋諸體，無不皆宜。近日（鹵）〔盧〕江壇坫，藏園、蘭雪而外，吾師又增一席矣。

小隱不山林，大隱不朝廟，隱於漁不設釣，先生殆隱於詩乎！撫百感之蒼茫，聊以抒其歌嘯。門下士林昌彝謹題。

白華樓詩鈔箋註序

輯自雁門薩氏家譜卷五，宣統二年福州敦孝堂刻本。

道光甲申之歲，昌彝游學政和歸，得薩檀河先生白華樓詩鈔。讀之，歎其沉雄瑋麗，合義山、遺山爲一手，乃精選百餘篇，時爲諷詠。先生詩隸事典確，非讀萬卷書者不能爲，昌彝欲搜討群籍而爲之註，嗣以孯治三禮，未暇卒業。

丁未，公車南旋，於維揚舟次獲識先生喆嗣蘭臺舍人。舍人多聞博識，手不釋卷，余謂舍人曰：「白華樓詩註非君其誰任之？」舍人諾余言。及庚戌握手春明，舍人携其箋註稿本示余，旁行斜上，註將過半。咸豐壬子，復相遇於京師，蓋已註成八九矣。

昌彝嘗謂註詩之難，遺漏舛訛多所不免，甚則穿鑿附會而詩意轉晦。今考國初詩老如吴梅村、王阮亭、朱竹垞諸家詩皆有註，而吴枚菴又註之。王詩有金、林始之箋註，惠定宇之訓纂，而杭堇浦又加條駁。朱詩有江、楊二家註，而孫銀槎又增删改易。諸家註可稱典覈，亦不無遺漏錯訛之弊。今讀舍人白華樓詩鈔箋註，旁搜博採，繁簡適中，如汝陰王詩，既引南史宋武帝紀，又引困學紀聞云：「魏之篡漢、晉之篡魏，山陽、陳留猶獲考終，亂賊之心猶未肆也；宋之篡晉，逾年而弑零陵，不知天道報施旋自及也。」又如吴高陵詩，據盧氏墓辨，謂堅葬曲阿，後遷於吴，史不及詳載爾。皆有以發明詩意，而不至於穿鑿附會。諸如斯類，不勝枚舉。此箋註之所以善也。他日註成，可與惠、孫諸家相頡頏，舍人誠可謂能讀父書者矣。舍人命余參訂得失，使爲之序。余謭陋寡聞，不能補箋註之萬一，惟於聞見所及，獻疑一二，譬若江海之一勺、太倉之一粟云。竊喜余所欲註者竟慫恿舍人註之，且得挂名紙末，是舍人之箋註猶之余之箋註也。快何如也，幸何如也！

咸豐壬子季秋，侯官愚弟林昌彝序於京師天根月窟之齋。

軍務備采十六條①

九月十六日奏摺。現據王茂蔭後裔家傳抄本點校整理

輯自曹天生編王茂蔭集附録四，原註「見王茂蔭咸豐三年

一、兵法著有成書者，自陰符、武子以下不下百家，當以戚繼光紀效新書及練兵實紀爲實用。然繼光之書尚有遺漏，如謂營盤用布畫、城墻爲帷幄，以兵卒新用之棉被張挂其上以禦大炮彈子，然賊匪偶用(爲)〔火〕箭、火餅、火鍊等物，豈不遭其炬乎？總不如用沙袋十數重積如堵墻尤爲堅固，每袋或數十斤，軍士亦便携帶。戚繼光亦有用炮車爲營盤者，此則變通之法，在乎臨時也。

① 轉引自陳開林林則徐、林昌彝佚文摭拾，并據道光咸豐間番禺潘氏刻本火攻挈要等校改。

一、火攻之書如武經總要、武學大成、兵鏡、武學樞機、紀效新書、練兵實紀、登壇必究、武備志、兵録、一覽知兵諸書，所載火攻頗稱詳備，然或利於昔而不利於今，又或摭拾太濫無濟實用，似非救急之善本也。至神威秘旨、大德新書、安攘秘書，其中法制雖備，然多紛雜無常。如火龍經、制勝録、無敵真詮諸書，索奇覓异，巧立名色，徒炫耳目，罕資實用。至趙氏藏書海外火攻神器圖説、祝融佐理，又不載法則規制，後人不易揣測。今按軍中所用以無敵者，火攻是也。先聲能奪人之氣，隔地能傾人之命，一丸之彈可以斃萬夫之將，一囊之藥可以敗百千之兵。則製炮之法不得不用。

一、凡鑄造火炮，無論長短大小，不以尺寸爲則，只以炮口空徑爲則。譬爲口徑五寸，則以五寸算一徑；口徑三寸，則以三寸算一徑。蓋各炮异制，尺寸不同，惟炮口空徑就各炮倫，各炮以之比例推算，無論何炮，自無差誤。如戰炮空徑三寸起至四寸止，身長從火門至炮口三十三徑。火門前炮墻厚一徑，耳前墻厚七分五釐徑，炮口墻厚半徑，炮口厚一徑，尾珠任外，其珠之長大各得一徑，炮耳之長大俱各一徑。火門至耳際得十三徑，耳得一徑，耳前至炮口徑得十九徑。此系四六比例之法，火門距耳得十分之四，帶耳至炮口得十分之六也。其體重五百斤至一萬斤止，其彈重四斤至二十斤止，然鑄彈要空其心方能擊遠。

一、凡鑄火炮，不拘名色，總以身長爲能擊遠。千斤以上必用銅爲之，千斤以下可用鐵。千斤必加錫十斤，自不致炸裂。故掃敵重在製炮，自二萬斤至百五十斤皆當備用。諸大炮一時迫不及製，惟炮可以掃眾，可以守城，必不可少。炮口下空徑五寸，火門前裝藥空徑二寸五分，身長從火門至炮口八徑。塘口裝藥窄處得二徑，藥前寬處得六徑，裝藥墻厚半徑，炮口墻厚二分五釐徑，炮底厚一徑，尾珠炮耳長大各六分徑。火門至耳際二徑，耳得六分徑，耳前至炮口得五徑四分。此系四分比例之法，謂火門距耳得一分，帶耳至炮口得三分，蓋以炮前塘口體輕故也。又以塘口極寬故名炮。

一、凡火炮須用鑽彈、鑿彈、公孫彈、蜂窩彈爲攻城砦之神器。鑽彈以百鍊純鋼打成粗條，長照炮口一徑半，粗得炮口一徑四分之一，兩頭磋成尖鋭，鑄時先定中綫，無使稍偏並輕重長短以致歪斜不能直貫。若攻營砦，勢若拉朽。攻城則以鑿彈爲妙，以純鋼打成粗條，照炮口長三徑，粗得一徑四分之一，兩頭磋寬大劍形鑿頭。凡遇攻城，先以此彈鑿破城墻，繼以圓彈擊之，無不摧倒。公孫彈用大彈一枚帶小彈多寡不等，裝時先以紙錢緊蓋藥上，次裝小彈，末用大彈壓口，是名公孫彈。蜂窩彈用大彈一枚帶小彈、碎鐵、碎石（有爲）〔以及〕藥彈諸物多寡不等。裝時先以諸物裝入，末用大彈壓口，是名蜂窩彈。

一、凡掃賊，遠在數里以外則用大炮，二百步以外可用炮或公孫彈炮，二三十步以外則用火罐、火包、火箭、噴煙毒筒，再近則用陣法，所用槍刀軍器須有毒藥製過。

一、火攻之法，須知遠近之節。（爲）〔當〕遇賊衆塵起，即將火器極力擊放，及至將近而反致誤；如火器可及二三百步者，則必待賊至五六十步而後發；如火器能到百步，則必待賊至二三十步而後發。其命中可必，而勝賊亦多。倘臨界陣逆風，則又必用逆風藥加在火藥中。逆風藥者，江豚骨也、狼糞也、艾芮也。

一、火攻之士卒，固貴膽壯心齊而用命矣。然膽不易壯，心不易齊，命不易用也。必須賢能良將有完固必勝之略，能使士卒内有所恃、外無所懼，有感召節制之方，常與士卒恩威並用，賞罰分明，而膽自壯，而心自齊矣。必以恩信結之於里，功利誘之於前，嚴刑迫之於後，則命不期用而自無不用矣，又何患功績之不成哉！

一、行軍須講陣法。陣法不講，則兵無紀律，易於散亂。昔黄帝始置八陣法敗蚩尤於涿鹿，諸葛亮造八陣圖：在夔州者六十有四，方陣法也；在彌牟者一百二十有八，當頭陣法也；在棋盤市者二百五十有六，下營陣法也。人但知諸葛亮造八陣於魚（腹）〔復〕平沙之上，尚嫌挂漏。按諸葛亮八陣即九軍陣法也。隋韓擒虎深明其法，以授其甥李靖；靖以時遇久亂，將臣通曉其法者頗多，故造六花陣以變九軍之法。大抵八陣即九軍，九軍者方陣也；六花即七軍，七軍者圓陣也。蓋陣以圓爲體，方陣者内圓而外方，圓陣則内外俱圓矣。方以八包一，圓以六包一。至明代戚繼光變六花陣爲鴛鴦陣，每伍十二人，有長牌、有圓牌、有狼筅、有長槍、有擋鈀、有伍長、有火兵。四伍爲一隊，十隊爲一哨，十哨爲一司，十司爲一旗，十旗爲一營，其間有伍長、有隊長、有哨長、有旗長、有營長。又每伍可分爲三伍，名三才陣，以防隘路之戰。今按鴛鴦陣長牌與圓牌並列尚有遺漏。若每伍加一圓牌，爲長牌左右之翼，亦便於分爲三才陣，於陣法似爲較密。今改鴛鴦陣爲飛虎陣，又改三才陣爲獅頭陣，改狼筅陣爲長槍，庶陣法精嚴，可一出而殲群醜矣。

一、陣法既精，須明槍法。槍法之精，非學十年不可。今惟用簡捷之法，以木造長牌，開成十餘孔，每孔如彈子大，又以木造圓彈塞其中，使兵士手持長槍，於二十步外跑至牌前，以槍刺出木彈，十次能挑出十個木彈，此其槍爲可用。戚繼光教兵士每日以槍打圜，由大圜練至小圜，此陣法非一時所能學。

一、兵不在多，在乎精。古人「精騎三千勝於强兵百萬」非虚語也。古軍政曰：「言不相聞，故爲之金鼓；視不相見，故爲之旌旗。夫金鼓、旌旗者，所以一人之耳目也。人既專一，則勇者不得獨進，怯者不得獨退，此用衆之法也。故夜戰多火鼓，晝戰多旌旗，所以變人之耳目也。」

一、用兵之道，必死則生，幸生則死。昔吴起謂「善將者如坐漏船之中，伏燒屋之下，使智者不及謀，勇者不及怒。故曰用兵之害，猶豫最大；三軍之災，害於狐疑」，孫子謂「吳人與越人相惡，當其同舟共濟而遇風，其相救也如左右手」，是也。明少保戚繼光練兵實紀臨壇口授，論用兵如坐漏舟過江，即本孫、吳之説也。

一、凡賊據堅城，攻之不破，必用購綫之計，内外相通。故兵法「知己知彼，百戰百勝」。如高仁厚討阡能，即用賊諜以爲己諜。沈希儀討徭柳州，求得與徭通販易數十人，捨其罪而厚扶之使詗，賊之動静皆爲所知，故所向無不克捷。今宜購求常爲賊諜之人，此輩行蹤詭祕，設法勾致，寛其已往罪名，不惜重賞，賊之一動一静，我得纖細周知而先爲之備，多方以誤之，乘懈以擊之，則操乎勝算矣。

一、城中擊外，當攻其堅，又宜寛散。蓋堅處必賊之技擊所在，寛散則傷彼者衆矣。城外攻内，當攻其瑕，又宜攢聚。蓋瑕處則易攻，攢聚則易破也。

一、守城之法，城外必要安營。凡城之突處必造炮臺，其制捏腰三角尖形，比城高六尺。安大炮三門或五門以便循環迭擊。外設（篆炮）〔象銃〕以備近發，設鍊彈以禦雲梯。鍊彈其形中分兩半，彈心鑄存箭釘，長大各五分，如磨心相似，以便鏁合渾圓；彈之邊際各鑄鐵鼻，聯以百鍊鋼鏁，或長四五尺、七八尺不等。放時先以鋼鏁入口，次以銃彈合圓裝入，彈出之際兩頭分開，横往前向，所遇無敵。備石炮，内裝火藥以防扒城。石炮之制詳於許乃釗所刊七種。備水缸以防地雷。用水缸於城上，觀水之動便知賊從地道而來，須預防之。又開地道以備聽枕，亦防地雷。又上另築眺臺二層，高二丈，設遠鏡以備瞭望，且各臺遠近彼此相救，不惟可顧城脚，抑且兼顧臺脚。是以臺可保炮，炮可保城，兵少守固，力省而功鉅，況多兵乎？至用兵首先鎮静，凡賊聲東而實擊西，聲南而實擊北，有驚傳賊衆聲勢、謡言惑衆者立以軍法從事。

一、「將兵者所慎有五：一曰理，二曰備，三曰果，四曰戒，五曰約。理者治衆如治寡，備者出門如見敵，果者臨敵（而懦）〔不懷〕生，戒者雖克如始戰，約者法令省而不煩。」然用兵者又須知乎剛柔。「凡人論將，常觀於勇。勇之於將，乃數分之一耳。勇必輕合，輕合而不知利，未可也。」此中變化，視乎爲將之權衡。前代王守仁平宸濠，每戰必捷，人問以用兵之道，對以八字訣曰「聲東擊西，已到後發」，此王守仁所以殺賊如鋤草也。

二知軒詩鈔序

輯自方濬頤二知軒詩鈔，同治五年刻本。本書文集卷二所收爲節選。

詩之作也，有本焉，有文焉。本者何，性情是也；文者何，風格是也。性情無古今者也，風格之高下則若有時代限之。詩三百篇，牢籠天地，囊括古今，原本物情，諷切治體，總統理性，闡發道真，近也實遠，淺也實深，辭有盡而意無窮也。自漢魏而下歷唐宋元明，其間作者不絕如縷，然就其盛論之，則唐可以躋漢魏，即宋元明之盛者亦不減於唐，何者？性情無古今，一也。蓋性情摯而風格高者有之矣，未有性情不摯而風格能高者也。若不本於性情，雖徒言風格，模範山水，觴詠花月，刻畫蟲鳥，陶寫絲竹，其辭文而其旨未必深也，其意豪而其心未必廣也，其性往復而其情未必厚也。即若其旨遠於鄙倍，而其辭未必盡文也；其心歸於和平，而其意未必盡豪也；其性篤於忠愛，而其情未必盡能往復也。蓋必思乾坤之變，知古今之宜，觀萬物之理，備四時之氣，其幽憂隱忍、慷慨頫仰，發爲詠歌，若自嘲、若自悼，又若自慰，而千百世後讀之者，亦若在其身、同其遇，而淒然太息、悵然流涕也。此本立而文行者耳。

夫古詩人之詠歌也，廓乎廣大、靡所不備，美乎精微、靡所不貫。觀於「誰適爲容」，知閨怨之貞（去）〔志〕也；「與子偕作」，知塞曲之雄心也；「於女信宿」，知戀德之衷悃也；「攜手同行」，知招隱之姱節也；「示我周行」，知乞言之虛懷也；「周爰咨謀」，知遠游之博采也：此詩之本也。後世詩人之言性情者，實基於此。性情既見，而後取乎格以辨其體，因而本乎趣以臻其妙。其發於詩也，爲典雅，爲冲澹，爲豪健，爲穠縟，爲幽婉，爲奇險，變化從心，隨所宜而賦焉。凡夫日星之燦陳，喬岳之聳拔，江海之汪洋，山林之幽冥，風雪之摩盪，雲霞之鮮麗，木石之奇詭，异域殊方之變幻，一發之於詩。蓋才大者，精神意氣與造化相流通，固無施而不可，此風格一本於性情者也。

自前代鍾譚詩歸出，操觚家奉爲津(符)〔筏〕，雖厺文存質，將以力排飛揚蹈厲之失。其論詩也，曰清、曰真、曰合法、曰近情。夫(志)〔厺〕文存質，則天地菁華刊削濩落，風氣之衰亦遂中於人心者。清而不已閒入於薄，真而不已或至於率，率與薄相乘，漸且爲俚爲野矣。法合矣，然法勝則離；情近矣，然情勝則俚。此論詩者膠絃鼓瑟，等諸山僧之枯禪兀坐耳矣。

定遠方子箴都轉同年，性於詩。其爲詩，質有其文，蓋性情而兼風格者也。集中感時撫事，憫念蒸黎，家室孝思，交誼懇摯，洎乎其衷，淵乎其量，得詩人六義之旨矣。推之感弔今昔，彈壓山川，玉泣金啼，風月騷屑，時而豔麗，時而悲壯，時而清華，時而雄偉，時而沖澹，時而激越，吐欲沆瀣，濬瀹靈源，嶢嶢焉其淩厲也，飄飄焉其超舉也，洋洋焉其暢遂也，泱乎漭乎而莫涉其津涯也。風格具在，本於性情，聽政之餘，偶事唫咏，其辭文而其旨未嘗不深也，其意豪而其心未嘗不廣也，其情往復而其性未嘗不厚也，而和平之音、忠愛之悃溢於楮墨，非得三百篇温柔敦厚之旨者能之乎？有本者如是也。

去歲夏，識都轉於廣州。都轉出其二知軒詩稾屬爲訂定，已採佳篇入海天琴思録矣。今冬常以詩歌贈畣，往復疊和數十首，都轉下筆千言，三鼓不竭，囊沙拔幟，辟易萬夫。

及與之論詩，尤以虚受人，洞悉源委。兹復以詩藁屬爲之序，因舉其詣之深、才之大、心之細，以告世之讀都轉之詩者。

乙丑孟冬，侯官年愚弟林昌彝拜序。

二知軒詩集續鈔序

輯自方濬頤二知軒詩續鈔，同治刻本。

人惟有德量，乃能愛人之才如己之才。昔漁洋山人以詩鳴海内，宏奬風流，一時豪俊無不託其宇下。吾同年子箴方伯之詩之工，前序已詳之。兹方伯又出其近作見示，詩膽愈壯，詩律愈細。吴江計甫草謂漁洋山人德量深者詩亦深，方伯有焉。昌彝與方伯相知四載，方伯於詩外别無嗜好，惟以詩爲性命，而愛才亦如性命，其德量之過人遠矣，非世人之所能及也。繼漁洋山人而起，非方伯其誰與歸！

同治戊辰仲春，侯官年愚弟林昌彝拜序。

覆瓿詩草序

輯自陳本直覆瓿詩草，同治十二年刻本。

鴻城陳訥人先生博識能文章，尤精申韓之學。大府争以禮致，而先生謙以自牧。嘗謂余曰：吾十餘年來案牘勞形，無復餘暇吟咏，故於詩不多作。因出其太翁畏三先生詩集示余。披誦數過，見其用意甚深，製律甚細。其峻潔也，如秋竹之戛雪；其清麗也，如春風之摇波。集中有關風化之作，如哀翁歎則杜少陵石壕吏之亞也，田家謡則元次山春陵行之亞也，風雨歎則白香山牡丹芳之亞也，其他如感懷弔古、模範山水諸作，秀氣靈襟，溢於楮墨之外，其風格在陶謝間也。夫昔人論詩，别裁僞體，所貴乎真，蓋得其真則一花一草、一木一石皆有天趣，失其真則率然寡味，所以僞三唐不如真兩宋、僞李杜不如真王孟。畏三先生詩有真意，語出心裁，絶無優孟衣冠之態，可謂深得風人之旨矣。余因訥人先生之請，是以樂爲之序。同治庚午仲春上澣，侯官林昌彝謹識。

甕牖餘談序

輯自王韜甕牖餘談卷首，同治、光緒間上海申報館排印本。

夙游燕京，獲交楚南奇士曰魏默深；嗣客嶺南，又獲識吴中奇士曰王紫詮。二君能文章，其才奇。默深文似龍門、西京，紫詮文似東坡、同甫。二君均通外國掌故，默深有海國圖志，紫詮有普法戰記，實爲聞所未聞。紫詮向以弢園文録乞爲之序，兹復出甕牖餘談見示。讀其書，凡忠黨之殉節、貞女之死難，及各國之風俗、各賊之源委顛末，無不詳載。紫詮之才，視默深抑何多讓！余是以因紫詮之請，爰書之，以告世讀紫詮之書者。

同治十二年歲次癸酉，閩中五虎山人林昌彝序於羊城天根月窟之齋。

未灰齋詩鈔題詞

輯自徐鼒未灰齋詩鈔，光緒十二年刻本。本書詩集卷七題敝帚詩草（注「六合徐太守著」）即其一。

□□□□□□□，□□□□□□□。開府辭家方避亂，冬郎宦越本知名。平川煙月携囊貯，瘴海波濤挾卷鳴。經術趙張餘事在，巴田耘鼓亦詩情。

梅花骨格幾生修，大雅扶輪孰與儔。四海願交習鑿齒，六經須問賈長頭。紬來蟲鳥搜金版，夢到蛟龍演玉杯。行聽鼓鼙思將帥，綸巾羽扇自風流。

右題詞二首，福州林香谿先生於建甯府學郵贈先大夫者。先生於先大夫詩鈔每首各有評語，通體復加總評，稿存年伯林頴叔壽圖方伯處，未經寄還，無由録入。此二詩六弟承禋所默記，而忘其首二句，亟登之以俟補印。男承祖謹志。

顔胤紹遺篆印册題詞

輯自續修曲阜縣志卷三，民國二十三年鉛印本，文句异于本書詩集卷四顔河間公遺印鈐本孔繡山舍人屬賦。

正氣塞宇宙，忠孝爲不滅。丹心焕九霄，凝結成金鐵。煌煌史册文，凜凜河間節。印篆落人間，寶貴過碑碣。神鬼常呵護，赤肝照碧血。家勢數忠誠，可配常山舌。手澤出劫火，遺刻光前烈。慟矣孝孫賢，痛懷宗德切。

俟官後學林昌彝敬題

附録

清史列傳林昌彝傳

林昌彝，字惠常，福建侯官人，道光十九年舉人。治經精博，從三禮問途知奥，乃以貫通諸經。所爲詩古文辭雄厚槃深，入古賢之室。漢陽葉名澧嘗曰：「昌彝學博詞雄，今之顧炎武、朱彝尊也。」生平足迹半天下，所與游皆知名士。性精勤，舟車之中手不釋卷。長樂温訓嘗與同舟五十餘日，每夜深就枕，猶暢談經史，亹亹不惓。訓以爲聞所未聞，因悉記之，爲同舟異聞録。尤留心時務，與邵陽魏源爲摯友，同邑林則徐相知尤深。家有樓，樓對烏石山寺，寺爲飢鷹所穴，思欲射之，因繪射鷹驅狼圖以見志，鷹謂英吉利也。嘗言：「中國以大黄、茶葉救英人之命，英人反以鴉片流毒之物賺中國財寶。此爲天理所不容，人情所共憤。」又言：「欲革洋煙，須先禁内地吸食之士民，然後驅五海口之英人。驅之之法，則不主和而主戰。」因著平夷十六策，及破逆志四卷。源見之決爲可行，林則徐亦稱其「規畫周詳，真百戰百勝之長策。前在粤東五圍英兵、三奪英船，其兩次英船退出外港，不敢對陣，皆此法也」。昌彝又謂：「中國元氣已傷，救之之法有二：一曰絶通商，一曰開海禁。海禁開則彼國之人可商於我國，我國之人亦可商於彼國，如是則天下之財分於百姓，不能獨歸外地矣。」時服其見之遠。同里沈葆楨年十七，從昌彝游，昌彝教以持躬涉世之道，後卒爲名臣。著有三禮通釋二百餘卷、小石渠經說、溫經日記、說文二徐本辨譌、詩文集，又采海内詩人及師友交游之詩爲敦舊集八十卷。其射鷹樓詩話二十四卷，首二卷言時務，末卷附載桂林朱琦新鐃歌四十九章，用意蓋甚深云。

民國福建通志林昌彝傳

林昌彝，字惠常，又字薌谿，侯官人。善飲茶，晚號茶叟。取遠祖慎思伸蒙子⿰石求⿰石已篇之義，又號⿰石求⿰石已。喜考據之學，歷數十寒暑，著作不倦。道光己亥舉於鄉，座主何紹基以其五策進呈。是科所問說文疑義，非有心得者不能對也。八上公車，四薦不售，頗交四方知名士。咸豐元年，獻所著三禮通釋二百八十卷，由禮部具奏進呈，賞官教授，司教建寧、邵武兩郡，以敦品植學訓士。禁煙事既決裂，海口通商，英人遂有雜居福州城內烏石山者。昌彝憤之，著有破逆志四卷、射鷹樓詩話若干卷，並繪射鷹驅狼圖以見志。當粵匪擾攘之時，又著有軍務備採，歙人王侍郎茂蔭稱爲濟世之書，嘗以進呈。此外，尚有海天琴思録前後集、小石渠閣文集、衣讔山房詩鈔、鴻雪聯吟、硯桂緒録，皆付梓。尚有溫經日記、說文二徐校本、燕翼日鈔，均已成帙。嘗游粵，掌教海門書院。毛尚書鴻賓任兩

廣總督，爲刊三禮通釋。子慶炳，以鹽官需次粵東，著有説文字辨暨周易述聞、焚餘偶録、粵鹺紀要、鹺論偶存、東關紀略。焚餘偶録

家嚴七秩壽辰敬徵詩文啓

輯自林慶炳焚餘偶録卷上，光緒八年刻本。

重光協洽之歲，月在壽星，值萃卦上爻用事，爲家嚴攬揆之辰，年已七十矣。方當戲綵以爲歡，益喜添籌而增紀。敢祈諸君子雕日鐫月，頌柏評松。謹當手奏傳鈔，略陳梗概焉：

家嚴名昌彝，字惠常，又字薌谿，性善飲茶，晚號茶叟，又號硃砢山人，取始祖伸蒙子硃砢篇之義也。姻愚弟劉存仁謹填。家嚴幼不好弄，喜讀書，尤潛心兩漢六朝之學，歷數十寒暑著作不倦。鄉先正陳恭甫先生以博文明事許之，目爲大器。張少軒少司寇鱗視學閩中，家嚴以經學受知，補弟子員。甲午雋副貢，己亥舉於鄉，五策進呈，座主何子貞太史紹基謂近日海内傳經鮮有如家嚴之精且博也。八上公車，四薦不售，輦下士大夫靡不願交恐後，歸而郵筒四走，相與通欵，素致慕悦，猶有數千里若隔一室者。此其致之，豈曰無由！繄昔文宗顯皇帝御極之元年，家嚴獻所著三禮通釋，由禮部具奏進呈御覽，特旨褒嘉，有「留心經訓，徵引詳明」之諭，又有「留心載籍，不爲浮靡之學」之諭，賜官教

授。司鐸建甯、邵武兩郡，以敦品植學訓士，一時文人學士無不仰頌先帝優崇經術之盛心，而因以羨家嚴之名傳之於無窮。徐壽蘅侍郎樹銘督學閩中，贈家嚴長古一篇，有「硃砚教授今賈馬，著書獻天子，帝詔嘉其勤」之句；吴蘭皋侍御世驥贈五古，有「千秋留手著」之句；潘玉泉京卿增瑋贈七律，有「傳經名獨冠詞林」之句；徐梅橋大宗伯澤醇贈句，有「絶學千秋追許鄭，奇文兩漢並匡劉」；陶凫薌少宗伯樑贈句，有「三代典章歸九庫，六經疏義眩千門」：皆紀實也。曾文正公與家嚴都下知交，屢向何子貞太史稱羨，以家嚴學問經濟，近世罕有其匹。其在直隸總督任内，疊囑陳繹萱太守來函，勸令家嚴前往節署。時則家嚴掌教粤東海門書院，弗遑他顧。家嚴胸襟豪邁，每談海氛事，慷慨激昂，幾欲拔劍起舞。著有破逆志四卷，並繪射鷹驅狼圖以見志。當髮逆擾攘之時，又著有軍務備採。歙王子槐少司馬茂蔭稱爲濟世之書，進呈御覽，以家嚴「不獨學問優長，並且留心時務，深諳韜略」等語臚列剡章，欽奉諭旨，着王大臣閲看。積學砥行，疊邀主知。

家嚴通經致用，名垂宇宙，非一日矣。自來詞章、經術各判門户，許鄭經師、盧駱詞人不能兼擅，家嚴於二者鎔而一之。方子嚴觀察濬師贈家嚴長歌，有「精金百鍊陶鉛銅，造化萬類真天工」之句；羅椒生尚書惇衍贈家嚴七律，有「漢宋兼資得會通」之句；方子箴方伯濬頤贈家嚴七古，有「胸羅武庫甲兵滿，毫端異采娜環收」之句。家嚴兼善屬辭及詩歌襍詠，著有射鷹樓詩話、海天琴思録前後集、小石渠閣文集、衣讔山房詩鈔、鴻雪聯吟、硯桂緒録、遂初堂制藝、賦鈔、試帖，皆付梓行世。尚有温經日記、説文二徐校本、燕翼日鈔，均已成帙。家嚴壬戌遊粤，越二年甲子，毛寄雲尚書鴻賓任兩廣總督，嘗出一千八百金爲家嚴刊三禮通釋二百八十卷，又出五百金刷印本書一百部，宏奬風流，世所罕覯，亦知遇之隆也。其嗣君蔚文、猶子炳文皆從家嚴肄業。並承郭筠仙中丞嵩燾招課哲嗣阿箎、繼蒙，劉融齋學使熙載招校文卷，敬若神明。嗣後主講廉州海門書院，平時以窮經礪行課士，從遊於家嚴之門者不勝枚舉。

家嚴又樂刊善書，已刊者如玉曆考證及劉忠介公人譜、何顧瑛人譜、類篇、訓子至言、惠注感應篇、科名顯報記諸書，廣佈里閭。並著有聖學傳心録、防淫種德録，而於放生施藥、製送棉衣諸善舉，以家貧鳩資爲之，亦常典衣以行其事。家嚴學成行修，追思先祖妣吴太宜人之教，繪一燈課讀圖，題詠者多名公鉅卿，刊成課讀圖題册，佳章炳若日星。先慈周太宜人勤儉營家，躬執婦道，辛勞三十載，臂助家嚴者良多，家嚴作遺鏡詞以紀實。

慶炳久困秋闈，需次粤東鹺務加州同銜，著有説文字辨暨周易述聞、焚餘偶録、粤鹺紀要、鹺論偶存、東關紀略，家嚴見而喜之。慶濂議叙五品銜，慶銓九品徵員，趨公廣州讞局，庖代南海縣典史。炳等未能顯揚，時深慚愧，仰求世誼、年誼、姻誼寵以詩歌文辭，俾張諸寓所，以侑綵觴，有餘榮焉。

輓林薌谿先生

輯自劉存仁屺雲樓集卷十，咸豐三年福州刻本。

獻闕陳三禮，君著三禮通釋，進呈御覽，欽賞教授。專門富五車。經師推祭酒，文藻亦名家。此老不復覯，殘年空自嗟。廣陵今絶響，吾道果非耶？

海内稱耆宿，靈光魯殿尊。鶴齡難久視，蠹簡爲招魂。匝月過深巷，二月君招飲，余來道南，與君叙别，未逾月而耗至。臨風哭寢門。千秋誰繼起，師友溯淵源。

蒜髮如銀白，相逢幸告存。驚心悲執手，話舊易銷魂。不朽羨全福，君著書滿家，三禮各書已付剞劂，未刻經義、説文十餘種，手自定稿，約秋間刊刻。古文屬余爲序。傳人闕夙根。含飴祝頤壽，詎料哭培轅。

老友凋零盡，生存慰問勤。余每月必遍訪老友一次。廢書緣久病，學道冀朝聞。且了前修業，臘月余方校刊止齋遺書告成。誰商後死文。蓋棺今論定，樸學孰如君。

生平無嗜好，任重力能肩。天性本剛毅，深思貴静專。名山今絶業，並世有遺編。總角交情重，回頭六十年。年十七八訂交，君壽終七十五，余今年亦七十二矣。

修訂後記

同仁鄧長風先生美國訪書歸來，曾告訴我，他在美國國會圖書館借讀到劉炯甫屺雲樓詩文集，其中有小石渠閣文鈔序和輓林薌谿先生詩，對於林昌彝的生卒年和仕履記述甚詳，可訂正辭海、中國大百科全書和我們整理的林昌彝詩文集初版前言説林昌彝生於一八〇三年的錯誤。因請胡文波先生在上海圖書館借出屺雲樓詩文集查閲，可惜上圖藏本不全，只抄得輓林薌谿先生五律五首；小石渠閣文鈔序由胡先生托友從北京大學圖書館複印寄滬。

劉炯甫名存仁，閩縣人，小昌彝三歲，後昌彝四年卒。他宦途較昌彝順，晚年曾任秦州知府，解任回籍後主講延平道南書院。二人「總角交情重，回頭六十年」。林集中有很多與劉感懷唱和之作，劉母沈太恭人家傳云：「存仁與予爲總角交，又申之以婚媾。」劉序云：「先生長子慶炳，又余壻也。哲嗣等奉遺言問序，不敢負亡友宿諾，謹書以歸之。」可見劉寫的序文和輓詩并非應酬，叙事行文實在有據，可信度極高。劉序云：

乙亥冬，年七十四，倦遊歸里。時余歸田主講，聞先生至，病榻相見，契闊二十餘年，蒜髮如銀，彼此老矣。……丙子春，往還三四面。二月，束裝赴道南，走告別。……約以秋旋深談。到院方二十日，而訃至。

乙亥是光緒元年（一八七五），翌年丙子二月底或三月初昌彝卒，「壽終七十五」。由丙子上數七十五年，林昌彝應生於嘉慶七年壬戌（一八〇二）。依此類推，初版前言説「林昌彝於道光十九年中舉，時年三十六歲」也應是三十八歲。劉序文説「四十始舉於鄉」，過去一般相差一兩歲即可舉爲成數，三十八歲正可作「四十」成數，三十六則似無此例。又卷一古今體詩題下「始旃蒙作噩，時年二十三歲」，按「旃蒙作噩」干支爲乙酉（道光五年），由乙酉上推至壬戌生年應是二十四歲。該書再版時即據此改正。

鄧長風先生已於一九九九年三月於美京病逝，英年早喪，深爲痛惜。林昌彝詩文集再版時無從請益，謹書此文作爲紀念，以志鄧先生誨人以誠的隆情厚誼。

王鎮遠先生遠居新西蘭，無法與其溝通商量。修訂版如有錯誤，概由我負責。

林虞生

二〇一二年一月

再版説明

相比林昌彝詩文集，本書主要變更如下：

一是體例。按古籍原貌，將十七卷詩文集拆分爲衣讔山房詩集八卷、詩外集一卷、賦鈔一卷、小石渠閣文集六卷加補遺四輯；將原附録評贈、題詞和詩外集序、賦鈔序歸位至各輯之首，將丁杰詩集後序、劉存仁文鈔序各置入詩集、文集。

二是校勘。重新校對底本，更正詩文集逡録失誤和不妥標點若干；同時使用校勘符號更正底本部分訛誤，并體現整理者徑改的部分文字，其中圓括號小字表示删字、六角括號表示改補字；另在重要疑竇和特別説明之處添加注釋。

三是輯佚。從清代詩文集彙編、地方文獻和今人整理的同時代作品中輯出林昌彝其他詩文，録入、標點并利用關聯文獻校勘，作爲輯佚置于附録之前。

本書力圖在保留古籍原貌的基礎上方便讀者利用，這有賴于林虞生、王鎮遠二先生的整理成果。書中輯佚、校勘、注釋均爲本版所加，個中謬誤與二先生無關。

出版者

二〇二三年十二月

圖書在版編目（CIP）數據

衣讔山房詩集　小石渠閣文集 /（清）林昌彝著；王鎮遠，林虞生點校．-- 福州：福建人民出版社，2023.12

（八閩文庫・要籍選刊）

ISBN 978-7-211-09273-4

Ⅰ．①衣…　Ⅱ．①林…　②王…　③林…　Ⅲ．①古典詩歌 - 詩集 - 中國 - 清代　Ⅳ．①I215.22

中國國家版本館 CIP 數據核字（2023）第 238187 號

衣讔山房詩集　小石渠閣文集

作　　者：[清]林昌彝著　王鎮遠、林虞生點校
責任編輯：江叔維
責任校對：李雪瑩
美術編輯：陳培亮
裝幀設計：張志偉
出版發行：福建人民出版社
地　　址：福州市東水路 76 號
電　　話：0591-87533169（發行部）
電子郵箱：fjpph7221@126.com
經　　銷：福建新華發行(集團)有限責任公司
印刷裝訂：雅昌文化(集團)有限公司
地　　址：深圳市南山區深雲路 19 號
電　　話：0755-86083235
開　　本：890 毫米 ×1240 毫米　1/32
印　　張：16.375
字　　數：299 千字
版　　次：2023 年 12 月第 1 版　第 1 次印刷
定　　價：75.00 元